Mariages à Fool's Gold

SUSAN MALLERY

Mariages à Fool's Gold

Prélud'

éditions HARLEQUIN

Collection : PRÉLUD'

Titre original : ONLY HIS

Traduction française de JULIETTE BOUCHERY

HARLEQUIN®
est une marque déposée par le Groupe Harlequin

PRÉLUD'®
est une marque déposée par Harlequin S.A.

Photo de couverture
Femme : © IMAGE SOURCE/GETTY IMAGES/ROYALTY FREE
Réalisation graphique couverture : L. SLAWIG (HARLEQUIN SA)

83-85, boulevard Vincent-Auriol, 75646 PARIS CEDEX 13.
Service Lectrices — Tél. : 01 45 82 47 47
www.harlequin.fr
ISBN 978-2-2802-8358-8 — ISSN 1950-277X

1

Règle numéro 1 : ne jamais accepter d'entretien d'embauche avec un patron qui vous a vue toute nue. La recommandation ne figurait dans aucun manuel, mais en se retrouvant face à Tucker Janack, Nevada Hendrix regretta de tout son cœur que personne n'ait eu l'idée de lui donner ce conseil.

Elle arrivait avec un CV remanié, des réponses à toutes les questions possibles, une veste neuve, elle était même allée chez le coiffeur… Tout ça pour voir ses efforts balayés par une erreur de jeunesse.

— Bonjour, Nevada.

— Tucker.

Garder un visage serein et décontracté. Surtout ne pas rougir ou rester bouche bée, conserver, en dépit de tout, une attitude professionnelle. Il s'était tout de même écoulé dix ans depuis le fameux soir. Encore sous le choc, elle s'entendit avouer :

— Je m'attendais à rencontrer ton père.

Le courrier de confirmation annonçait un entretien avec « Monsieur Janack » ; ce n'était pas un nom qu'elle associait avec le jeune garçon rencontré lors de sa première année d'études !

— Je suis à la tête de ce projet, je recrute personnellement les cadres du chantier, répondit-il en lui indiquant un siège.

Ils se trouvaient dans la salle de conférences du *Ronan's Lodge*, le plus bel hôtel de la petite ville de Fool's Gold.

En d'autres circonstances, Nevada aurait apprécié ce cadre élégant, ces boiseries sculptées ; mais là, elle ne voyait que l'homme qui prenait place en face d'elle.

Les années avaient été clémentes avec Tucker, il était toujours aussi grand, aussi brun et surtout toujours aussi beau. Le léger sourire qui flottait sur sa bouche bien dessinée se reflétait dans ses yeux sombres ; il était aussi irrésistible que dans le souvenir de Nevada. Choquée par la direction que prenaient ses pensées, elle se hâta de faire machine arrière. Tucker n'était pas irrésistible, non, pas du tout ; pas s'il devait être son patron. D'ailleurs, cette éventualité semblait déjà bien compromise : s'il gardait le moindre souvenir de la soirée qu'ils avaient passée ensemble, sa candidature était fichue d'avance. Pourquoi avait-il fallu que Janack Père passe la main sur ce projet ! Elle n'avait jamais eu de chance avec Tucker.

— Depuis le temps qu'on ne s'est pas vus ! s'écria-t-il en lui décochant le sourire chaleureux qui lui donnait autrefois le sentiment d'être une fille extraordinaire.

Ce n'était qu'une impression, bien entendu, car elle ne comptait pas du tout pour lui. Elle s'en était aperçue le fameux soir et cette prise de conscience lui avait brisé le cœur. Brisé si radicalement qu'elle avait longtemps cru ne jamais s'en remettre. Dans un sursaut, elle s'efforça de repousser ces souvenirs qui n'avaient aucune place dans un entretien d'embauche. Posément, en le regardant bien en face, elle lança :

— Comme tu l'as vu sur mon CV, j'ai été assez occupée depuis notre dernière rencontre. Mon diplôme en poche, je suis partie en Caroline du Sud où j'ai travaillé deux ans, sur le terrain, pour me familiariser avec tous les aspects de la conduite d'un chantier. Nous construisions surtout des locaux professionnels et commerciaux. J'ai été chef de projet sur un immeuble de cinq étages.

Tant pis si cela n'impressionnait pas cet habitué des chantiers pharaoniques, elle était très fière de cette expérience.

— Nous avons bouclé le projet en avance et en dessous du budget, avec un rapport d'inspection impeccable.

Il approuva de la tête et demanda :

— Pourquoi n'es-tu pas restée ? Avec un bilan pareil, l'entreprise a forcément voulu te garder.

— Je préférais rentrer.

— Tu voulais retrouver tes racines ?

— Exactement.

Elle se souvint que, de son côté, Tucker n'avait de racines nulle part. Janack Construction était une multinationale ; enfant, il suivait son père de chantier en chantier, un été en Thaïlande, l'hiver suivant en Afrique… Il lui avait raconté cela comme une belle aventure, mais de son côté elle trouvait cela affreusement triste… Pour la seconde fois, elle dut repousser l'assaut des souvenirs.

— Depuis que je suis de retour à Fool's Gold, j'ai surtout travaillé sur des projets de petite envergure, maisons particulières ou locaux d'entreprises, mais j'ai une expérience solide en tant que chef d'équipe et je suis très au courant des normes du bâtiment, au niveau régional comme au niveau local.

Elle enchaîna avec quelques exemples de difficultés rencontrées au cours de son parcours professionnel, en décrivant les solutions qu'elle avait apportées. Quand elle se tut, Tucker prit la parole :

— Je compte faire venir l'une de nos meilleures équipes. Ces gars travaillent ensemble depuis longtemps et ils n'acceptent pas facilement les nouvelles têtes.

— Les nouvelles têtes, ou les femmes ? demanda-t-elle franchement.

Il se rejeta en arrière dans son grand fauteuil en lui décochant un nouveau sourire dévastateur.

— Janack Construction ne pratique aucune forme de discrimination. Nous appliquons les recommandations fédérales au niveau de la parité.

— Bravo, c'est politiquement très correct, répliqua-t-elle. Pour répondre à la question que tu ne m'as pas posée, une équipe soudée et masculine ne me fait pas peur. J'ai eu la meilleure formation possible : trois grands frères.

— Je n'ai pas oublié. Comment va Ethan ?

— Très bien. Il est marié et heureux de l'être. Si tu comptes rester quelques jours, tu devrais lui faire signe.

Idéalement, Tucker n'aurait aucune envie de renouer avec son vieux copain. Avec un peu de chance, il était juste venu pour la recruter ; dès ce soir, il sauterait à bord d'un jet privé et on ne le reverrait plus avant la fin du chantier. Il balaya ses espoirs en répondant cordialement :

— J'y compte bien. Je resterai ici pendant toute la phase initiale du projet.

Elle encaissa le coup en serrant les dents.

— Tu travailles actuellement pour Ethan, enchaîna-t-il. Pourquoi veux-tu rejoindre mon projet ?

Mais elle ne le voulait pas, justement ! Tucker ne faisait pas du tout partie de son plan. Elle croyait avoir trouvé la situation idéale : une entreprise de pointe, mondialement connue, un projet à deux pas de chez elle, et pour patron, le père de Tucker, un homme pour lequel elle avait le plus grand respect.

— Je crois que j'ai fait le tour de ce que je peux réaliser avec Ethan, répondit-elle. Je cherche un nouveau challenge.

— Tu es au courant de l'amplitude du projet ?

Elle approuva de la tête. Janack Construction venait d'acquérir une cinquantaine d'hectares au nord de la ville dans le but de bâtir un complexe touristique avec hôtel et casino. Ces terres avaient fait partie d'une réserve indienne, aujourd'hui inhabitée ; quelques hectares seraient cédés à un promoteur spécialisé dans les centres commerciaux — une nouvelle qui faisait frémir d'anticipation la population féminine de la commune.

— Nous devrions en parler, lança-t-il d'une voix contenue.

Nevada le dévisagea sans comprendre. Quel aspect

de sa candidature pouvait bien justifier ce front plissé, ce regard inquiet ? Puis la lumière se fit. Lui aussi se souvenait, il voulait parler de leur histoire. Un peu affolée, elle se hâta de répliquer :

— Non, je ne pense pas que ce soit une bonne idée.

Elle luttait contre l'envie de bondir de son siège ou même de prendre la porte, en tout cas contre un besoin urgent de mettre de la distance entre eux.

— C'était il y a très, très longtemps ! ajouta-t-elle.

— Nevada…

— C'est du passé.

Il haussait un sourcil sceptique. Elle en aurait trépigné de frustration : pourquoi ne pouvait-il pas se comporter comme la quasi-totalité des hommes de la planète, en refusant purement et simplement d'aborder les sujets qui le gênaient ? A quoi bon ressasser le passé ?

— Tucker, c'était il y a dix ans. Cinq minutes pénibles et humiliantes, cela ne pèse pas grand-chose dans une vie !

Il se pencha brusquement en avant et lui demanda, les yeux dans les yeux :

— C'est de cette façon que tu vois les choses ?

— Il n'y a rien d'autre à voir ! Tu étais ivre, j'étais…

Elle s'interrompit, serra les lèvres : il était hors de question pour elle de prononcer le mot « vierge » pendant un entretien d'embauche.

— Oublie ça, conclut-elle.

— Mais… cinq minutes ! Je n'ai jamais…

Cette fois, ce fut plus fort qu'elle, elle sauta sur ses pieds en clamant :

— Pour l'amour du ciel, c'est une question d'ego pour toi ? Tu ne peux pas admettre qu'un épisode sexuel vieux de dix ans puisse être un mauvais souvenir pour ta partenaire ? Quelle maturité, Tucker ! Pour la dernière fois : ce n'est pas important. Je n'y pense plus. Je suis venue ici pour un entretien d'embauche, pas pour…

Elle s'interrompit, furieuse de s'être laissé entraîner sur ce terrain. En s'emportant, elle venait de se trahir,

Tucker savait maintenant que la question la touchait plus qu'elle ne voulait l'admettre. Un ton plus bas, elle reprit :

— Nous étions amis, à l'époque. C'est de cela qu'il faudrait se souvenir.

— Mais ensuite, tu ne me voyais plus comme un ami, protesta-t-il en se levant à son tour. Pas après…

Elle fit un effort pour se contenir. Un hurlement serait tout à fait malvenu, à ce stade. Au prix d'un effort considérable, elle parvint à demander avec calme :

— Tu avais d'autres questions sur mon profil professionnel ?

— Non.

— Dans ce cas, j'ai été heureuse de te revoir. Merci de m'avoir reçue.

Elle tourna les talons et quitta la salle, la tête haute et les épaules droites. En assistant à cette sortie, personne n'aurait pu deviner à quel point elle se sentait vaincue et humiliée. C'était déjà assez dur de se souvenir de la nuit horrible qu'elle avait passée avec Tucker, mais voir ce job de rêve lui filer sous le nez pour un motif pareil… Elle rêvait de travailler pour Janack Construction ! Le projet était formidable, il représentait un challenge passionnant à deux pas de chez elle. Elle n'aurait pas eu à quitter les siens. Hélas, sa candidature serait écartée d'office, malgré toutes ses qualifications. Une réaction masculine typique. C'était trop injuste !

A cette pensée, elle fit volte-face et rebroussa chemin. La porte de la salle de conférences était restée ouverte ; debout derrière la table, Tucker glissait un dossier dans sa mallette. *Son* dossier, pensa-t-elle avec amertume, la somme de tous ses espoirs. Surpris, il interrompit son geste.

— Je fais du bon travail. Je me donne à fond et je connais cette ville sur le bout des doigts, déclara-t-elle sans préambule.

Il l'écouta sans chercher à l'interrompre. Cette attitude raisonnable et courtoise eut le don de la mettre hors d'elle.

— J'aurais pu beaucoup apporter à ce projet, mais cela ne va pas se faire, n'est-ce pas ? A cause d'un épisode idiot qui date d'il y a dix ans. Tu as une drôle de conception de l'intégrité !

Médusé, Tucker observa Nevada en silence. Puis il comprit qu'elle s'apprêtait à faire une sortie fracassante, la seconde en moins d'une minute. Et effectivement, sur un dernier regard de mépris, elle tourna les talons, et la porte se referma sèchement derrière elle. Il fixait toujours le battant quand Will, son assistant et son ami, se montra à la porte de la pièce voisine, où il avait installé un bureau temporaire.

— Jolie sortie, opina-t-il. Quand avez-vous couché ensemble, tous les deux ?

— Cela ne te regarde pas.

— Tu crois que je m'intéresse à tes petites histoires ? Détrompe-toi ! Mais tout de même… d'après ce qu'elle dit de ta performance, tu aurais intérêt à te ressaisir !

Will Falk était l'un des piliers de la corporation. Ami de la famille, assistant du fils du grand patron, cet être privilégié précisa avec un large sourire :

— Cinq minutes ! A ta place, je trouverais ça humiliant !

— Merci pour ce débriefing, articula Tucker.

Il avait envie de clamer que Nevada exagérait forcément, mais il pouvait difficilement la contredire car il gardait un souvenir très flou de la soirée en question. Comme l'avait si bien dit Nevada, il était ivre et en plein naufrage, coulé par l'ouragan Caterina. Caterina Stoicasescu, la femme de sa vie… D'ailleurs, il espérait de tout son cœur ne jamais revivre une passion pareille. Malheureusement la pauvre Nevada avait également été bousculée par la tempête.

Will, qui ne soupçonnait rien de ce vieux drame, enchaîna avec entrain :

— Tu as vraiment été mauvais sur ce coup. Je trouve qu'elle a du potentiel.

— Je trouve aussi. Je n'en ai pas terminé avec elle.

— Tu crois peut-être qu'elle acceptera de venir travailler pour toi ? s'esclaffa son assistant.

— Elle a très envie d'obtenir ce poste.

— Elle en *avait* envie mais, maintenant, elle a compris qu'elle travaillerait au coude à coude avec toi. Enfin, Tucker, cinq minutes !

— Tu veux bien arrêter avec ces cinq minutes ?

— Quel gâchis ! Tu étais pourtant présentable il y a dix ans, intelligent, pas trop moche… J'ai toujours cru qu'une femme avait eu la gentillesse de t'enseigner les bases !

Les dents serrées, Tucker lui montra la porte ; enchanté de son effet, Will sortit de sa démarche inégale. Si un autre s'était avisé de se moquer de lui, Tucker l'aurait très mal pris mais Will, c'était un peu le grand frère qu'il n'avait jamais eu. Entré à Janack Construction à dix-huit ans, Will avait rapidement gravi les échelons jusqu'au jour de l'accident, six ans auparavant. Tombé du pilier du pont qu'ils construisaient, il s'en était sorti avec les deux jambes brisées et une fracture de l'épine dorsale. Janack Construction avait réglé tous les soins et quand il était devenu évident que Will ne pourrait plus assurer un travail physique, on lui avait proposé de devenir le bras droit de Tucker.

C'était l'époque où celui-ci commençait à piloter des projets en solo. Depuis, ils formaient une bonne équipe tous les deux, et Tucker acceptait de la part de cet ami des commentaires qu'il n'aurait autorisés à personne d'autre. Mais rien de tout cela ne l'aidait à résoudre l'équation Nevada !

Le projet du centre touristique était énorme, le plus important qu'il ait eu à piloter. Il connaissait Nevada, il lui faisait confiance et il savait que sa présence serait un réel atout. En fait, vu les contacts de la jeune femme dans la localité, il ne pouvait tout simplement pas se passer d'elle. Comment la convaincre d'oublier le passé et de venir travailler pour lui ? Il sortit de la pièce à son tour en pensant qu'une fois de plus, les complications de son existence trouvaient leur source chez Caterina Stoicasescu. Cat était un cataclysme ambulant ; à son approche, il fallait foncer aux abris pour ne pas se retrouver brisé dans un fossé. Il en avait fait plusieurs fois l'expérience avant de décider qu'il en avait sa claque de l'amour fou et de ses conséquences. L'amour ? Très peu pour lui, la peine dépassait largement le plaisir. Et ensuite, c'était toujours à lui d'assumer les dommages collatéraux… comme ce problème avec Nevada.

Nevada sortit de l'hôtel comme une furie et s'immobilisa sur le trottoir, le souffle court. Où aller maintenant ? Pas au bureau, où elle risquerait de croiser son frère Ethan qui voudrait forcément savoir comment s'était passé l'entretien. Que pourrait-elle lui dire ? Ethan voyait Tucker comme un ami, il n'apprécierait pas du tout d'apprendre qu'il avait couché avec sa sœur alors qu'elle n'était qu'une petite vierge de dix-huit ans. Rentrer chez elle ? Elle ne tarderait pas à se taper la tête contre les murs. Elle fit donc le seul choix possible : elle se dirigea vers le centre-ville et, au bout d'une dizaine de minutes, poussa la porte du *Jo's Bar*.

Jusqu'à tout récemment, le grand secret de Fool's Gold avait été la pénurie d'hommes qui sévissait dans la commune. Le *Jo's Bar,* spécialisé dans l'accueil au féminin, était conçu pour répondre à cette situation insolite. Ici, on pouvait décompresser en toute confiance… tout en buvant et grignotant sans emmagasiner trop de calories. Ce concept avait valu un franc succès à Jo Trellis, la propriétaire. Grande, solide, jolie sans ostentation, elle était très appréciée même si, curieusement, personne à Fool's Gold ne semblait rien savoir de sa vie. Arrivée quatre ou cinq ans plus tôt, elle ne parlait jamais de son passé.

En semaine, en milieu d'après-midi, la salle était aux

trois quarts vide. Jo émergeait de la salle du fond quand Nevada se laissa tomber sur une banquette.

— Tu arrives tôt, nota-t-elle avec un sourire.

— Je sais. Il y a des jours où la seule option possible, c'est de se soûler.

— Tu le regretteras demain, observa la patronne du bar.

— Sans doute mais demain, c'est loin. Une double vodka tonic, s'il te plaît.

— Et quelque chose à manger ?

Jo avait adopté une attitude maternelle et réprobatrice, plutôt surprenante chez une femme qui gagnait sa vie en vendant des boissons alcoolisées.

— Non, merci, soupira Nevada. Je ne veux pas ralentir le processus.

Si elle buvait suffisamment, elle parviendrait peut-être à oublier la scène qu'elle venait de vivre ? Jo hocha la tête, s'éloigna… et revint quelques instants plus tard avec un grand verre d'eau fraîche.

— Tu me remercieras demain.

Docile, Nevada but son eau, en attendant mieux. Dès que son cocktail arriva, en revanche, elle saisit le verre embué et en avala la moitié d'un trait. Maintenant, pensa-t-elle avec satisfaction, il suffisait d'attendre. Les brumes de la vodka ne tarderaient pas à tirer un voile sur son après-midi.

En règle générale, elle affrontait ses problèmes avec courage. Elle regardait la situation en face, cherchait l'erreur, choisissait la meilleure solution et la mettait en œuvre sans tarder. Elle préférait l'action à l'apitoiement. Malheureusement, face à Tucker Janack, toutes ces belles qualités ne lui étaient d'aucun secours. Il était rare de pouvoir revenir sur un mauvais choix ! Follement amoureuse de Tucker, elle avait agi sans réfléchir ; si elle assumait sa part de responsabilité, elle ne supportait pas de devoir payer ce choix aujourd'hui, et surtout pas de cette façon.

Elle vida son verre, fit signe à Jo de lui en apporter

un autre. Elle patientait, le regard dans le vide, quand la porte du bar s'ouvrit pour livrer le passage à deux nouvelles clientes : ses sœurs. Un regard à sa montre lui apprit qu'elle était arrivée depuis moins d'un quart d'heure.

— Quelle efficacité ! lança-t-elle ironiquement à Jo qui la surveillait, retranchée derrière le bar.

— Tu sais ce que je pense des gens qui boivent seuls.

— Dans mon cas, c'est purement thérapeutique.

— J'aimerais avoir un dollar pour toutes les fois où j'ai entendu ça.

Nevada braqua sur ses sœurs un regard hostile. Elle aurait aussi bien pu se toiser dans un miroir car elles étaient identiques toutes les trois : même taille, même silhouette, mêmes yeux bruns et mêmes cheveux blonds. Logique puisqu'elles étaient des triplées ! Petites, leur famille elle-même peinait parfois à les différencier ; cela les enchantait à l'époque mais aujourd'hui, elles préféraient cultiver leurs différences de style. Montana laissait pousser ses boucles blondes et préférait les robes floues et des étoffes douces. Dakota optait pour un look plus sobre et strict ; pour l'heure sa grossesse la rendait très facile à repérer. Quant à Nevada, elle s'était toujours considérée comme la plus raisonnable des trois ; comme elle passait le plus clair de son temps sur des chantiers, les jeans et les chaussures de sécurité étaient de rigueur pour elle. Le bon sens qu'elle montrait sur le plan vestimentaire se manifestait à tous les niveaux : elle prenait généralement de bonnes décisions, allait au bout de ses réflexions et réussissait le plus souvent à éviter les regrets. L'affaire Tucker était le plus gros accident d'un parcours lisse et un peu solitaire.

— Jo nous a prévenues, annonça Dakota en s'installant en face d'elle. Il paraît que tu te mets à boire ?

Montana se glissa près d'elle sur la banquette, le visage anxieux. Contrariée, Nevada leur tourna le dos pour brandir son verre vide à l'intention de la patronne.

— Et une *quesadilla* ! commanda-t-elle.

— Je croyais que tu ne voulais rien manger ?

— J'ai changé d'avis.

— Parfait ! lâcha Jo en s'approchant pour prendre les commandes de ses sœurs. Maintenant, si tu voulais bien t'arrêter pendant que tu peux encore éviter la gueule de bois…

— Il n'en est pas question.

Nevada attendit le départ de Jo pour grogner :

— Vous êtes arrivées plus vite que je ne m'y attendais.

— C'est une nouvelle invention extraordinaire, l'avenir de la communication, expliqua Montana. Ça s'appelle le téléphone.

Dakota se pencha vers elle, les deux mains à plat sur la table.

— Il s'est forcément passé quelque chose, déclara-t-elle. Tu ne te mettrais pas à boire sans raison au milieu de la journée.

— Techniquement, on n'est plus au milieu de la journée.

Nevada plissa les yeux. Enfin, un léger flottement… les contours du monde s'émoussaient un peu. Dakota scrutait toujours son visage, les sourcils froncés.

— D'accord, mais, à cette heure-ci, tu devrais être au bureau… J'y suis ! Ton entretien. C'était aujourd'hui.

Mal à l'aise, Nevada se retourna sur sa chaise pour jeter un coup d'œil au bar. Que faisait Jo ? Près d'elle, Montana s'écria, avec sa loyauté habituelle :

— L'entretien ? Mais il s'est forcément bien passé. M. Janack a assez de métier pour apprécier tes qualifications ! Il aura besoin de toi pour gérer le facteur local et, en plus, tu es superbe aujourd'hui.

L'arôme des tortillas et du fromage fondu filtrait de la cuisine. Nevada avait sauté le déjeuner : trop anxieuse avant son entretien, elle s'était acharnée à travailler jusqu'à la toute dernière minute. Le regard tourné vers la cuisine, elle laissa échapper un soupir.

— Pourquoi crois-tu que l'entretien s'est mal passé ? lui demanda Dakota.

— Qu'est-ce qui te fait croire que je crois…

Elle renonça à achever sa phrase. Le flottement s'intensifiait, et Jo revenait enfin avec son second verre. Sa sœur répondit sur un ton neutre :

— Je crois que le premier indice, c'est la façon dont tu t'es précipitée dans un bar.

Nevada but une longue gorgée et posa son verre avec précaution. Une sœur psychologue de métier, ce n'était pas forcément un avantage.

— Je n'ai pas envie d'en parler, déclara-t-elle avec toute la fermeté dont elle était capable. Si j'avais voulu en parler, je serais allée vous voir. Je ne l'ai pas fait, je suis venue ici pour me soûler. Fichez-moi la paix.

Ses deux sœurs échangèrent un regard. En se concentrant un peu, Nevada aurait sans doute pu capter ce qu'elles pensaient : elles communiquaient souvent de cette façon, question de génétique — mais pour l'instant, elle n'avait d'attention que pour les parfums délicieux qui lui parvenaient de la cuisine.

— Nevada, insista Montana de sa voix douce.

Il n'en fallut pas davantage pour la faire fondre. La vie serait tellement plus simple si elle détestait sa famille, comme tout le monde !

— D'accord ! L'entretien n'était pas avec Elliot Janack, le père, mais avec Tucker Janack, le fils.

— Celui qui était le copain d'Ethan, il y a une éternité ? demanda Dakota.

Elle semblait avoir quelque difficulté à le situer. Ce décalage, si inhabituel entre elles, sembla si comique à Nevada qu'elle faillit éclater de rire. Bien sûr, ses sœurs n'avaient rencontré Tucker qu'une seule fois, quand elles étaient petites !

— Je ne comprends pas, renchérit Montana. Le fils a pris la tête de l'entreprise ?

— Il pilote ce projet, lâcha Nevada, en jetant un nouveau regard vers la cuisine.

— Et il te pose problème ?

A contrecœur, et parce qu'on ne lui apportait pas à manger, elle but encore une gorgée de vodka et se décida à tout expliquer.

— Je connais Tucker, avoua-t-elle. Quand je suis partie à l'université, Ethan m'a donné ses coordonnées en me disant de lui faire signe.

— D'accord, admit Montana, perplexe. Et ce n'est pas une bonne chose de le connaître ?

— J'ai couché avec lui. Disons, pour simplifier, que cela rendait l'entretien un peu gênant.

Enfin, Jo revenait avec un plateau bien chargé. Elle posa une tisane devant Dakota, un Coca light devant Montana, plaça la *quesadilla* au centre de la table avec une coupe de chips et un bol de sauce piquante. Déterminée à ne pas relever les expressions stupéfaites de ses sœurs, Nevada s'empara d'un triangle de pâte dorée remplie de fromage fondu.

— Pas *aujourd'hui*, chuchota Montana, dès que Jo se fut éloignée. Tu ne veux pas dire que tu as couché avec lui aujourd'hui ?

Nevada s'étrangla sur sa première bouchée.

— Non, articula-t-elle, je n'ai pas couché avec lui pendant mon entretien. C'était avant. Au début de mes études.

Ses sœurs attendirent la suite avec impatience ; butée, elle se remit à dévorer. Comme toujours, Montana craqua la première.

— Mais tu ne nous as jamais dit ça. Raconte !

Nevada s'essuya méthodiquement les mains, puis reprit une gorgée de son cocktail. Le bourdonnement dans sa tête s'intensifiait. Elle décida que ce serait très facile, en fin de compte, de révéler son secret.

— Quand je suis partie à la fac, Ethan m'a proposé de contacter Tucker, qui travaillait à Los Angeles.

Au moment de décider où elles feraient leurs études supérieures, les trois sœurs avaient choisi de partir dans des universités différentes. Ces quatre années de séparation devaient leur permettre de fixer leurs identités individuelles… ou quelque chose de ce genre, pensa Nevada qui flottait dans un brouillard assez plaisant. Sur le moment, l'idée semblait excellente mais avec le recul, elle se demandait si l'épisode Tucker se serait mieux terminé si elle avait eu l'une de ses sœurs auprès d'elle.

— Je ne voyais pas trop l'intérêt mais Ethan insistait, alors j'ai fini par téléphoner et nous avons pris rendez-vous.

Elle se revoyait encore tourner de longues minutes dans une zone industrielle, et finir par trouver l'immense hangar qui correspondait à l'adresse donnée au téléphone ; pousser la porte et découvrir un espace gigantesque, vertigineux, avec en son centre un échafaudage dressé sous une verrière — et sur la plate-forme, une femme splendide armée d'une lampe à souder. Un décor impressionnant, mais un élément du tableau avait retenu son attention, plus que tous les autres : l'homme debout au pied de la plate-forme. Tucker adulte, très différent de l'adolescent dont elle ne gardait qu'un vague souvenir.

— Ce sont des choses qui arrivent, dit-elle en attaquant une troisième part de *quesadilla*. Je l'ai vu, j'ai eu le coup de foudre, je n'ai rien pu faire.

Montana fronça les sourcils et demanda avec précaution :

— Le coup de foudre, c'est une bonne chose, non ?

— Pas quand il vise un homme qui est fou d'une autre femme. Tucker avait une copine.

Elle réprima une grimace. Le mot semblait déplacé, appliqué à une femme comme Cat.

— J'étais folle de lui, il était fou d'elle et elle tenait beaucoup à être mon amie. C'était l'enfer.

— Qui était-ce ? demanda Dakota. Une autre étudiante ?

Nevada haussa les épaules. Elle n'avait aucune envie de parler de Cat. Et puis, ses sœurs risquaient de reconnaître son nom.

— Je les ai revus plusieurs fois, enchaîna-t-elle, pressée d'en finir. C'était difficile, alors j'ai préféré prendre mes distances. Sauf que voilà, un soir, j'ai appris qu'ils avaient rompu et je suis allée voir Tucker. Il était très, très soûl et nous avons couché ensemble. Un épisode lamentable.

Elle ne précisa pas que ce soir-là, c'était elle qui avait pris l'initiative. Avec le recul, elle était même un peu surprise que Tucker sache à qui il avait eu affaire, parce qu'au moment crucial, il avait crié le nom de Cat.

— Lamentable, répéta-t-elle amèrement. Ensuite, ils se sont remis ensemble et je me suis sentie très mal. Voilà toute l'histoire. Je ne les avais jamais revus ni l'un ni l'autre… jusqu'à aujourd'hui.

Elle n'avait pas envie d'avouer que le pire, pour elle, c'était que Tucker l'ait repoussée pour choisir Cat. Le choix n'était pas surprenant car Cat était éblouissante et cela faisait un certain temps qu'ils étaient en couple, mais pour Nevada, cela avait été un vrai crève-cœur et une immense humiliation. Pour couronner le désastre, l'expérience avait réellement été épouvantable sur le plan physique, à tel point qu'il s'était passé près de trois ans avant qu'elle ne se risque à refaire l'amour.

— Je voulais ce job, dit-elle en reprenant son verre.

— Il t'embauchera peut-être, protesta Montana. Tu es la meilleure candidate.

— A mon avis, cela n'entrera pas en ligne de compte.

Le visage pensif, Dakota goûta sa tisane et demanda :

— C'était dur de le revoir ?

— C'était surtout un choc. Je m'attendais à rencontrer son père. Mais ce n'est pas ce que tu veux savoir, n'est-ce pas ?

— Non.

Nevada réfléchit quelques secondes.

— Ce qui s'est passé entre nous ne me pose plus problème. C'était il y a longtemps, j'étais très jeune et pas très futée. Tout est différent maintenant.

— Tu n’as plus aucun sentiment pour lui ? insista sa sœur.

— Pas un seul.

Elle prononça ces mots avec toute la conviction dont elle était capable. Et elle était presque sûre qu’elle ne mentait pas.

2

Pour Tucker, l'Amérique des petites villes était quasiment une planète inconnue. Son travail l'emmenait souvent dans des lieux sauvages et reculés où il devait créer ses propres infrastructures, y compris la route qui ouvrait l'accès au site ou encore dans des zones urbaines en grande difficulté. Il n'avait aucune pratique de cet univers de vitrines pimpantes et de gens sympathiques qui flânaient sur des trottoirs propres. Au cours des dix minutes qu'il mit pour rejoindre le centre-ville à pied, huit inconnus le saluèrent, lui dirent de passer une bonne journée ou lui demandèrent si le temps n'était pas formidable ; un caniche en manteau rose lui donna même la patte.

Il était déjà venu à Fool's Gold une fois, l'année de ses seize ans. Chaque été, son père tenait à l'envoyer en colonie de vacances aux Etats-Unis, pour s'assurer que malgré son éducation nomade (entre chantiers, écoles locales et percepteurs) il rencontrerait d'autres jeunes de son âge et de son pays. Les thèmes des colonies étaient chaque fois différents, randonnée, astronomie, théâtre… C'était lors d'un séjour axé sur la pratique du vélo qu'il avait rencontré Ethan Hendrix et Josh Golden.

Ils étaient restés ensemble tout l'été. Josh et Ethan prenaient leur cyclisme très au sérieux, Josh avait d'ailleurs fait carrière dans ce sport. De son côté, Ethan avait de grands projets, il répétait qu'une fois ses études bouclées, il ne remettrait jamais les pieds à

Fool's Gold. Ils s'étaient mis d'accord tous les deux : dès qu'il serait qualifié, Ethan rejoindrait Tucker chez Janack Construction et ensemble, ils construiraient des barrages en Amérique latine, des ponts en Inde. La vie en avait décidé autrement : le père d'Ethan était mort et en tant qu'aîné, il s'était dévoué pour reprendre l'entreprise familiale. Tucker avait décroché son premier poste dans l'entreprise de son père et s'était envolé vers de nouveaux horizons, mais Ethan n'avait jamais quitté Fool's Gold.

L'enseigne de Hendrix Construction dominait une petite rue toute proche des rues commerçantes. Tucker poussa la porte et sourit à la fille de l'accueil.

— J'aimerais voir Nevada, s'il vous plaît.

Il était venu tôt en espérant l'intercepter avant qu'elle ne parte sur un chantier. On ne l'annonça pas, on ne lui demanda pas s'il avait rendez-vous : la réceptionniste se contenta de lui indiquer une porte en lançant :

— Elle est dans son bureau.

— Merci.

En s'approchant, il aperçut Nevada par la porte ouverte. Elle était penchée sur le tiroir d'un meuble de classement. Ses chaussures de sécurité la rehaussaient de quelques centimètres, elle était grande, mince, avec des rondeurs partout où il le fallait. Une femme séduisante, pensa-t-il machinalement, sexy même. Elle devait déjà être superbe dix ans plus tôt, mais bien entendu, il n'avait rien remarqué. Cat était comme le soleil : une fois qu'on l'avait regardée, on ne pouvait rien voir d'autre. Dommage qu'il ne soit pas tombé amoureux d'une fille normale, comme Nevada par exemple : sa vie aurait été très différente.

Elle se retourna brusquement, comme si elle avait senti son regard sur elle. Elle ne s'était pas maquillée aujourd'hui et il la trouva un peu pâle.

— Bonjour, dit-il.

— Pour toi peut-être, souffla-t-elle avec une brève grimace.

Il fut surpris de voir qu'elle avait les yeux rouges, un peu cernés. Mauvaise nuit ?

— Tu as la gueule de bois ? s'enquit-il en baissant la voix.

— Je n'ai pas envie d'en parler.

Se serait-elle pris une cuite à cause de lui ? Il l'espérait un peu, car cela voudrait dire que leur rencontre ne l'avait pas laissée indifférente. Elle se détourna en lâchant :

— Je ne sais pas à quoi tu penses, mais arrête tout de suite.

— Pourquoi ? demanda-t-il, amusé.

— Tu as l'air content de toi et ça m'agace. Qu'est-ce qui t'amène ? Tu cherches Ethan ?

— C'est toi que je cherche.

— Je ne vois pas pourquoi, soupira-t-elle en se frottant machinalement le front.

— Bien sûr que si !

Il l'étudiait toujours, en souriant malgré lui. Elle était réellement craquante, et elle lui plaisait encore plus en tenue de travail que dans son tailleur élégant de la veille. Un jean, un T-shirt, voilà comment il la voyait dans son souvenir.

— Je veux le refaire. L'entretien, se hâta-t-il de préciser.

Quoique… si elle lui donnait l'occasion de rejouer leur interlude physique, ce serait l'occasion pour lui de se racheter.

— Je n'ai rien de plus à te dire. Tu as mon CV.

— Justement. Je veux t'engager comme chef de projet.

— Va te faire voir.

— Je prends ça pour un « je vais réfléchir à ta proposition » ?

— Ce n'est pas un « je vais réfléchir », c'est un non. Je n'aime pas qu'on se fiche de moi.

— Qu'est-ce qui te fait penser que je me fiche de toi ?

— Tu me proposes le job parce que j'ai dit que tu étais lamentable au lit.

Il réprima une grimace en espérant que personne dans les bureaux voisins ne pouvait les entendre.

— Ce chantier représente des dizaines de millions de dollars. Tu crois que je le mettrais en jeu pour une question d'ego ?

Lassé de ces tractations, il se planta devant elle et lui dit avec un sérieux absolu :

— Tu es largement qualifiée et, comme tu l'as souligné hier, tu es d'ici. Tu connais les pratiques locales, tu peux nous faire gagner du temps et nous éviter de grossières erreurs.

C'était une leçon qu'il avait apprise à la dure : pour réussir un projet, il fallait respecter les coutumes des gens du cru et tenir compte de leurs attentes, aussi insolites soient-elles. Sinon, on finissait toujours par s'en mordre les doigts. Cela faisait toute la différence entre un chantier bouclé dans les temps et un cauchemar au budget explosé par des imprévus.

— Je sais que tu veux ce poste, enchaîna-t-il. Tu n'aurais pas postulé s'il ne t'intéressait pas.

— Je croyais rencontrer ton père, pas toi. Je ne voulais pas te revoir.

— Je pilote ce projet.

— Précisément. Voilà pourquoi nous n'avons plus rien à nous dire.

Bon, cela avait le mérite d'être clair ! Il n'allait tout de même pas la supplier à genoux ! Il hocha la tête, tourna les talons et s'en alla, frustré de ne pas comprendre son attitude. Il traversait le parking quand un pick-up se rangea près de lui.

— Je te croyais en Amazonie, lança une voix familière.

Il oublia aussitôt sa contrariété pour lancer, tout heureux :

— Ethan ! Qu'est-ce que tu fiches ici ?

— C'est ma boîte, fit remarquer son vieux copain. Même si je n'y mets quasiment pas les pieds en ce moment : je passe tout mon temps aux éoliennes.

Ils se donnaient rarement des nouvelles, mais Tucker avait tout de même appris qu'Ethan s'intéressait à la technologie des turbines à vent et qu'il était parvenu à créer des modèles très demandés dans ce secteur en pleine expansion.

— J'ai quelques noms pour toi, annonça celui-ci en sautant à terre, une vieille mallette à la main. Des gars sérieux, je te les recommande. Deux d'entre eux travaillent pour moi mais je te les laisserai : maintenant que Nevada nous quitte, nous allons nous désengager du bâtiment.

— Nevada s'en va ? Où ça ?

Ethan le dévisagea, interdit.

— Mais… elle va travailler pour toi !

— Je viens de lui proposer le poste mais elle refuse.

— Elle re… ? Là, je n'y comprends plus rien. Elle voulait absolument décrocher ce poste !

— Et moi, je tenais beaucoup à le lui offrir.

Tucker réfléchit un instant. La colère de Nevada ne pouvait être due à une fichue soirée qu'ils avaient passée ensemble dix ans plus tôt. Il devait absolument en avoir le cœur net. Si Nevada disait vrai, si leur « aventure » ne représentait rien pour elle, pourquoi refusait-elle de travailler avec lui ?

— J'allais la mettre à la tête de ma meilleure équipe…

— Je vais lui parler, déclara Ethan.

— On ne peut pas la forcer. C'est sa décision.

— Tu as raison… Mais je ne comprends pas ce qui lui prend. En tout cas, ne crois pas que tu pourras m'éviter pendant que tu es à Fool's Gold. Viens dîner un soir ! Tu rencontreras Liz et les gosses, et tu mesureras tout ce que tu as raté en vivant comme un nomade.

— J'aime ma vie de nomade.

— C'est parce que tu n'as jamais été aussi malin que moi.

*
* *

Nevada s'efforçait d'ignorer son horrible mal de tête. Elle avait pris des cachets, bu suffisamment d'eau pour irriguer six hectares de maïs, et pourtant elle regrettait encore de s'être levée ce matin. Jo avait bien tenté de la mettre en garde, elle avait mesuré les conséquences d'une telle beuverie chez une fille qui se limitait habituellement à un seul cocktail par soirée. Mais Nevada ne l'avait pas écoutée et, maintenant, elle payait le prix.

— Je n'arrive pas à croire que tu refuses ce job.

La voix de son frère éclata dans sa tête douloureuse. Elle sursauta en réprimant une plainte. Ethan se tenait sur le seuil de son bureau, le visage réprobateur. Quand Tucker avait occupé la même place, quelques minutes plus tôt, elle avait trouvé l'effet beaucoup plus décoratif. Elle l'avait même trouvé si séduisant qu'elle s'était mise en colère. Combien de temps devrait-elle encore souffrir avant que les derniers vestiges d'alcool ne s'évacuent de son organisme ?

— Je n'ai pas envie d'en parler, marmotta-t-elle.

— C'est une opportunité unique, poursuivit son frère sans l'écouter. Tucker te propose tout ce dont tu rêvais, il pense que tu apporterais beaucoup à son équipe. Tu peux me dire pourquoi tu refuses ?

C'était une chose de tout raconter à ses sœurs, ses doubles, et tout à fait une autre de confier l'histoire à son frère aîné !

— Le job ne m'intéresse plus.

— Mais pourquoi ! Tu as peur de ne pas être à la hauteur ?

— Rien à voir.

— Alors quoi ?

Ethan était un grand frère formidable. Enfant, il s'était beaucoup occupé de ses petites sœurs ; adulte, il avait mis ses propres ambitions en veilleuse pour reprendre l'entreprise familiale et financer les études des plus jeunes. Elle ne pouvait tout simplement pas parler de son aventure avec Tucker à un garçon comme lui. Il se sentirait obligé de réagir, et la situation deviendrait ingérable.

— Ethan, je t'adore, soupira-t-elle. Je t'en prie, oublie ça.

Il la dévisagea, interdit.

— Tucker est quelqu'un de bien. Pourquoi ne veux-tu pas travailler pour lui ?

— Je ne veux pas, voilà tout.

— C'est idiot. Tu as conscience que c'est idiot ?

— J'en ai conscience.

— Très bien. A toi de voir.

Il tourna les talons et s'en alla, laissant Nevada seule avec ses souvenirs. Depuis la veille, le passé menaçait sans cesse de faire crouler la digue et d'envahir le présent. Elle s'efforça de travailler mais ses yeux douloureux ne supportaient pas la luminosité de son écran. A bout, elle finit par renoncer et par rentrer chez elle.

En cette fin d'été, la Sierra Nevada était merveilleusement belle. La petite ville de Fool's Gold se nichait dans les contreforts à une attitude de huit cent cinquante mètres, juste assez haut pour avoir quatre saisons, mais pas assez pour que la neige ne s'accroche jusqu'au mois de juin. Adossée aux pics acérés de la Sierra, elle s'ouvrait sur le panorama des vignobles, baigné par la lumière si particulière de cette fin de saison. Nevada aimait passionnément ce paysage mais, pour une fois, elle fut insensible à tant de beauté : elle rentra par des chemins détournés, tête basse. Elle avait une grosse envie de pleurer et se sentait incapable de répondre normalement au salut le plus désinvolte.

En voyant sa maison, elle se sentit un peu mieux. Bâtie au cours des années 1920 par un fan d'architecture victorienne, la bâtisse dominait ses voisines comme une grande dame un peu dépaysée au milieu de ses voisines plus modernes. Nevada l'avait achetée trois ans plus tôt et fait toutes les rénovations elle-même. La façade d'un gris très doux relevé par des huisseries d'un blanc éclatant était encadrée par des tourelles ; l'une abritait sa salle de bains, l'autre faisait partie de la chambre d'amis. Le rez-de-chaussée abritait deux petits logements qu'elle louait à des étudiants, cette année deux doctorants en science informatique. Si elle ne comprenait rien à leur domaine d'expertise, elle les appréciait beaucoup car ils n'étaient pas bruyants et payaient toujours leur loyer à l'heure.

Elle gravit lentement l'escalier qui menait au duplex spacieux qu'elle habitait, aux premier et deuxième étages. En verrouillant la porte derrière elle, elle eut le sentiment de se barricader dans un refuge sûr ; enfin, elle pouvait laisser tomber le masque. A pas traînants, elle traversa le salon, emprunta l'escalier qui menait aux chambres et passa dans la salle de bains. Lors des travaux, elle avait consacré à cette pièce une part considérable de son budget et elle adorait le résultat. La pièce était grande, avec une cabine de douche séparée de la baignoire à l'ancienne dressée sur ses pieds ouvragés ; les hautes fenêtres transformées en vitrail illuminaient la pièce de couleurs somptueuses, tout en la protégeant des regards indiscrets. Quand elle s'allongeait dans la baignoire, elle voyait la cheminée de sa chambre.

Les tempes battantes, elle fit couler un bain, y jeta une poignée de pastilles au jasmin ; la vapeur chargea la pièce d'un parfum apaisant et elle sentit qu'elle commençait à se détendre. Elle retourna dans la chambre, retira ses chaussures de sécurité, se déshabilla et enfila un peignoir. Elle pensait à sa première rencontre avec Tucker, ce grand garçon maigre qu'Ethan et Josh avaient ramené de leur colonie de vacances. Elle n'avait pas plus de dix ans à l'époque. Ce qui l'avait le plus frappée, c'était que le père du visiteur était venu le chercher en jet privé.

Huit ans plus tard, alors qu'elle partait à l'université… Elle entendait encore Ethan lui recommander avec insistance de prendre contact avec son vieux copain. Quand elle s'était enfin décidée à passer le coup de fil, elle avait été surprise par la réaction enthousiaste à l'autre bout du fil. Oui, la petite sœur d'Ethan, il se souvenait très bien. Il fallait absolument qu'elle passe le voir. Il lui avait longuement expliqué comment le trouver, au fin fond d'une zone industrielle près du grand aéroport international de Los Angeles. Elle avait été étonnée qu'il ne loge pas dans les beaux quartiers. Son adresse correspondait à un entrepôt. En descendant de sa petite voiture, elle pensait s'être trompée puis elle avait entendu la musique. Une pulsation de basse à faire trembler les vitres.

Elle se coula dans l'eau tiède et parfumée et ferma les yeux en renversant la tête en arrière. Malgré elle, elle revivait la scène, revoyait la porte métallique entrouverte. Elle frappait, tambourinait même, mais sans résultat. Personne ne pouvait l'entendre. Elle entrait donc… et débouchait dans un volume ahurissant, des centaines de mètres carrés, une hauteur de cathédrale sous de grandes verrières qui filtraient le grand soleil de Los Angeles. A l'intérieur, la musique était encore plus assourdissante. Au centre du hangar se dressait un échafaudage, assemblage complexe de plates-formes et de rambardes entourant un immense morceau de métal tordu. L'objet semblait à la fois se recroqueviller sur lui-même et s'élancer vers le ciel. Fascinée, Nevada chercha à comprendre. C'était un peu comme les fragments déchiquetés d'une explosion rassemblés en hâte, mais pas dans leur ordre d'origine. Cela parlait obscurément de blessure, de tragédie. Il s'en dégageait un chagrin terrible.

Tout en haut de l'échafaudage, une silhouette travaillait au cœur d'un nuage d'étincelles. Une silhouette féminine.

— Tu nous as trouvés ! cria une voix.

L'homme au pied de l'échafaudage s'avança vers elle avec un large sourire. Elle reconnut Tucker, mais un Tucker radicalement différent de l'adolescent maigre et boutonneux dont elle se souvenait. Beau à tomber, le regard chaleureux et le sourire décontracté, il semblait sincèrement enchanté de la voir. En un instant, tout s'effaça, la musique sauvage, la grande coque vide du bâtiment et la sculpture étrange ; l'univers se ramassa dans une étincelle de lumière qui s'élargissait à l'infini sans contenir autre chose que Tucker.

Elle qui n'avait jamais cru au coup de foudre ou aux âmes sœurs, elle se sentit comme précipitée dans un vide intégral, paralysée, muette et sans souffle ; incapable de faire autre chose que contempler cet homme en sachant qu'elle l'aimerait le reste de sa vie.

Il disait quelque chose, elle voyait bouger ses lèvres. Comme elle ne le comprenait pas, il se mit à rire, la saisit par le bras et l'entraîna à l'extérieur.

— Bonjour, répéta-t-il dans le silence relatif du parking. Je suis content que tu sois venue.

Il la serra un instant sur son cœur. Pressée contre lui, Nevada ressentit une émotion très douce. Malheureusement, il se redressa bien vite.

— Alors, la fac, c'est comment ?

— Très bien. Je commence à trouver mes repères.

— Tu es bien logée ?

Son attitude était celle d'un père plus que d'un copain.

— Ethan va bien ?

— Oui, il assure.

Soudain, le sourire s'effaça des yeux de Tucker.

— Je suis navré pour votre père.

— Merci.

Leur père venait de mourir et la famille entière était encore sous le choc. Les trois sœurs avaient voulu repousser leur départ pour l'université, mais leur mère s'était montrée intraitable et, en fin de compte, un seul d'entre eux avait dû renoncer à ses projets : Ethan, qui s'était dévoué pour prendre la place de son père à la tête de l'entreprise familiale.

— C'est compliqué, dit-elle à Tucker avec un effort.

Il y a encore des moments où je n'arrive pas à croire qu'il n'est plus là.

Avec une grande simplicité, Tucker enserra ses épaules de son bras et posa un baiser sur ses cheveux.

— J'ai envie de te dire que le chagrin ne dure pas éternellement, mais je me doute bien que, pour le moment, ça n'a aucun sens pour toi.

— Je suppose que ça fera moins mal, plus tard, mais c'est encore très dur.

Il plongea alors son regard dans le sien et ce fut magique : elle sentit le vide de son cœur se combler. C'était fou, stupéfiant ; son bras entourait toujours ses épaules et il la regardait avec une telle douceur, une telle gravité. Profondément émue, elle se demanda s'il ressentait la même émotion qu'elle, s'il avait conscience qu'un lien se nouait entre eux. Pour la première fois de sa vie, elle regretta de n'avoir pas davantage d'expérience des hommes. Au lycée, elle ne s'était guère intéressée aux garçons ; il lui arrivait de sortir à deux plutôt qu'en bande mais elle n'avait jamais eu de vrai petit copain.

— On déjeune ensemble ? proposa-t-il.

Le cœur de Nevada bondit. Ce qu'il lui proposait, c'était presque un rendez-vous.

— Oui, très bien.

— Parfait. Je vais voir si Cat veut faire une pause.

Au moment de s'engouffrer dans le hangar, il se retourna pour lui confier :

— Elle a le tempérament artistique. Ne sois pas surprise si elle réagit un peu… vivement. En fait, je ne sais jamais quand elle va piquer sa crise.

Il semblait plus excité que contrarié par cette perspective. La silhouette sur l'échafaudage, au milieu des étincelles, revint alors à l'esprit de Nevada.

— Cat… ?

Il avait déjà disparu. Troublée, elle s'approcha de la porte et observa Tucker escalader l'échafaudage avec une aisance d'acrobate. Il rejoignit la silhouette et lui toucha l'épaule. Aussitôt, la fontaine d'étincelles se tarit. L'inconnue retira son casque ; une somptueuse crinière sombre croula dans son dos et, malgré la distance qui les séparait, Nevada sut qu'elle était belle. Ils échangèrent quelques mots puis, d'un geste, la femme ouvrit son bleu de travail et le laissa choir sur la plate-forme. Sous sa tenue de travail, elle portait un short et un débardeur. Nevada découvrit des jambes parfaites, un corps longiligne de top model. Déjà, Tucker et l'inconnue descendaient de l'échafaudage.

Pour la seconde fois, Nevada se sentit paralysée. Ce n'était plus le regard de Tucker qui la clouait sur place, mais la conviction de sa propre insignifiance face à une beauté aussi spectaculaire — ces yeux de chat, ces pommettes hautes, cette bouche sensuelle. A côté d'une féminité aussi triomphante, elle se sentait très petite fille. « Cat » devait avoir quelques années de plus que Tucker. Même dans cette tenue ultra-décontractée, il se dégageait d'elle une aura d'élégance sophistiquée. Pour des femmes comme elle, les hommes étaient capables de tout, du meilleur comme du pire. Sur leur passage naissaient des amours de légende.

Quand le couple s'approcha d'elle, elle faillit tourner les talons et détaler sans demander son reste. Si elle ne bougeait pas, c'était surtout parce que ses jambes tremblaient tant qu'elle craignait de trébucher et de s'étaler ignominieusement sur le parking.

— Tu es l'amie de Tucker, dit la femme d'une voix grave et sensuelle, à l'accent charmant, Je suis heureuse de te rencontrer. Je suis Caterina Stoicasescu.

— Nevada Hendrix.

Dans un état second, Nevada serra la longue main fine qu'elle lui tendait, une main à la fois délicate et rude, marquée de cicatrices. Caterina Stoicasescu ? La sculptrice roumaine était si célèbre que même à Fool's Gold, on avait entendu parler d'elle. La presse la décrivait comme un génie, un phénomène, propulsée vers la gloire internationale alors qu'elle n'était encore qu'une enfant. Ses œuvres étaient exposées dans le monde entier et elle était fabuleusement riche.

— Tu viens d'une petite ville, n'est-ce pas ? lui demanda Caterina.

— Oui, répondit Nevada d'une voix essoufflée qu'elle ne se connaissait pas. Fool's Gold, au pied de la Sierra. C'est très joli, un peu vieillot… Pas du tout le genre d'endroit dont vous avez l'habitude.

Quand Caterina sourit, ses yeux verts s'étirèrent vers ses tempes.

— Tu as entendu parler de moi. C'est bien.

— Je n'y connais rien, mais votre travail…

Elle esquissa un geste timide vers la sculpture.

— … c'est très beau.

L'artiste se plaça près d'elle et posa un long regard critique sur son œuvre.

— Dis-moi, lança-t-elle. Que ressens-tu en la regardant ?

— Je… ne comprends pas très bien…

— Quand tu la regardes, quel effet cela te fait-il ? Qu'as-tu pensé en la voyant ?

— Je fais des études d'ingénieur, bredouilla Nevada, rougissante.

Elle jeta un coup d'œil à Tucker pour l'appeler à l'aide, mais il ne vit rien, perdu dans la contemplation de l'autre femme. L'artiste insista :

— Tu es intelligente, je le vois bien. Qu'as-tu ressenti ?

Nevada avala sa salive et osa finalement répondre :

— De la tristesse. Comme s'il était arrivé une chose terrible.

Caterina leva les bras avec exultation.

— Oui ! C'est ça, exactement. Merci !

Elle saisit Nevada aux épaules, l'embrassa sur les deux joues. Abasourdie, Nevada murmura :

— De rien, mademoiselle Stoicasescu…

— Non, *Cat*, je t'en prie ! Tous mes amis m'appellent Cat !

Elle glissa son bras sous celui de Nevada et fit un grand geste vers la sculpture en expliquant :

— C'est la fin de la guerre. Une chose qui n'arrivera pas avant longtemps, mais je l'ai faite pour nous rappeler la souffrance que nous ressentons tous. Je n'avais pas décidé ce que ce serait, je ne décide presque jamais. Je ne suis que le canal, l'art me traverse.

Puis elle se retourna vers Nevada et la dévisagea attentivement en ordonnant :

— Dis-moi tout de toi. Je sens que nous allons être de grandes amies.

De plus en plus dépassée, Nevada bredouilla :

— Que... voulez-vous savoir ?

— Mais tout ! Commence au commencement. Tu as des frères et sœurs ? Oui, bien sûr, c'est comme ça que tu as rencontré Tucker. Nous devons faire quelque chose ensemble, très bientôt. Allons à une fête, par exemple.

— J'avais pensé qu'on pourrait déjeuner ensemble, intervint Tucker.

Cat se tourna vers lui. Quand elle inclina la tête de côté, ses cheveux d'un noir profond se répandirent sur son épaule presque nue.

— J'avais pensé qu'on pourrait rester ici.

Elle avait dit cela tout bas, sans emphase... mais une tension subite, électrique, jaillit entre eux. Nevada vit les pupilles de Tucker se dilater. Sans détourner les yeux de la femme sublime et exotique qui se tenait devant lui, il articula :

— Une autre fois, Nevada ?

Malgré son manque d'expérience en matière d'hommes ou de sexe, Nevada sut ce qui allait se passer dès qu'elle serait partie. Ils feraient l'amour, tout de suite, peut-être à même le sol de béton craquelé. Ils étaient un couple, et Cat était femme à inspirer une passion dévorante.

— Oui, bien sûr, chuchota-t-elle.

Elle se repliait déjà vers sa voiture, se sentant affreusement jeune et déplacée. Le cœur lourd, elle se répétait que Tucker n'avait strictement rien éprouvé pour elle ; à ses yeux, elle n'était que la petite sœur d'Ethan. Elle devait ravaler son émotion, admettre qu'il était amoureux de Cat, fou d'elle-même…

Quand elle se détourna pour partir, le soleil lui brûla les yeux. Absurdement, elle faillit rebrousser chemin, dire à Tucker qu'il devait lui donner une chance. Involontairement, elle se retourna… Cat et Tucker étaient déjà rivés l'un à l'autre dans un baiser d'une folle intensité. Les mains du premier homme à l'avoir émue parcouraient le corps d'une autre, passionnées, possessives.

Nevada rejoignit sa voiture en courant presque ; il lui fallut rouler de longues minutes avant de reprendre son souffle. Enfin, elle parvint à se dire que l'épisode n'avait aucune importance. De toute façon, elle ne reverrait jamais Tucker. Quoi qu'elle ait ressenti pour lui, cela s'effacerait vite. Il ne lui faudrait que quelques jours pour l'oublier.

3

— Tu sais que je déteste me mêler de vos affaires, attaqua Denise Hendrix en versant des pépites de chocolat dans un saladier.

— Si seulement c'était vrai ! Ton sport préféré, c'est l'ingérence.

Accoudée au plan de travail, Nevada regardait sa mère préparer sa pâte à cookies, un spectacle qui restait l'un des rituels les plus réconfortants de son enfance.

— Non, protesta celle-ci, ce que je préfère, c'est avoir raison. Ce n'est pas la même chose.

— La différence est un peu trop subtile pour moi !

Nevada se sentait bien dans cette cuisine où régnait toujours une ambiance familière, malgré les rénovations successives. Dans les moments de stress, le foyer de son enfance restait son meilleur refuge. En quelques gestes, Denise termina sa pâte et entreprit d'en aligner des cuillerées sur de grandes plaques prêtes à aller au four.

— Alors, tu m'expliques ? réclama-t-elle.

— Il n'y a pas grand-chose à dire. L'entretien s'est mal passé. Je m'attendais à me retrouver face à Elliot Janack, le père, et en fait, c'était Tucker.

— Je croyais que tu appréciais Tucker.

Apprécier ! Un mot un peu faible pour désigner l'amour fou qu'elle avait éprouvé pour lui ! D'ailleurs, était-ce seulement de l'amour ? Qui pourrait dire ce qu'elle avait vraiment ressenti, si jeune et si naïve, parachutée dans un univers si nouveau ! Pour elle, Cat aussi avait été une révélation, tout autant que Tucker.

— Ce n'est pas le problème, trancha-t-elle.

Brièvement, sans entrer dans les détails, elle relata leur brève rencontre sexuelle et conclut :

— Je me suis sentie très gênée en le revoyant, et il tenait absolument à remettre cette vieille histoire sur le tapis. Il veut uniquement m'embaucher pour préserver sa réputation et là, je ne marche pas. Ce job aurait été une opportunité fantastique, mais pas dans ces circonstances.

— Il t'a proposé de coucher avec lui pour pouvoir se racheter ?

— Non ! Mais je refuse qu'on m'embauche par pitié.

Sa mère se retourna vers elle, incrédule.

— Tu crois sérieusement qu'il voudrait t'embaucher pour compenser le fait d'avoir été mauvais au lit ?

Nevada réfléchit un instant… et fit la grimace.

— Sur le moment, je trouvais ça logique mais maintenant que tu le dis tout haut…

— C'est bien ce que je pensais.

Denise Hendrix savait juger les êtres et les situations. La vie l'avait obligée à voir juste : mariée très jeune, elle avait eu trois garçons en l'espace de cinq ans. Comme elle ne désespérait pas d'avoir une fille, elle s'était décidée à faire un quatrième enfant… et s'était retrouvée maman de triplées. Une fois ce choc surmonté avec son élégance et son humour habituels, elle avait élevé ses six enfants avec une aisance remarquable. Aujourd'hui, onze ans après son veuvage, elle recommençait depuis peu à sortir, voir des hommes — mais sa vie sociale plus animée ne l'empêchait pas de continuer à dire à ses enfants exactement ce qu'elle pensait d'eux et de leurs choix. Une constance qui avait ses avantages… et aussi ses inconvénients.

— Si Tucker craignait réellement pour sa réputation, il ne t'embaucherait pas, au contraire. Soit il ferait tout pour t'écarter, soit il tenterait de coucher avec toi pour effacer la mauvaise impression de la première fois. Franchement, si l'épisode lui posait un tel problème, tu crois qu'il prendrait le risque que tu ailles le raconter à toute son équipe ?

— Je ne ferais jamais ça.

— Mais le sait-il ? D'après ce que tu me dis, il n'a pas franchement pris le temps de te connaître.

— C'est… compliqué.

Nevada ne voulait surtout pas entrer dans de grandes explications. Tucker n'avait pas assuré lors de leur unique rencontre sexuelle, certes, mais c'était elle qui s'était jetée à sa tête en apprenant que Cat venait de rompre avec lui.

— Soyons claires, lui dit sa mère. Tu tiens là une opportunité intéressante et si tu la rates, tu risques de le regretter toute ta vie. Rien n'est plus lourd à porter que les regrets.

Nevada leva les yeux, surprise.

— Tu as des regrets, toi ?

— Très peu. J'ai eu beaucoup de chance. J'ai eu un mari adorable, et mes enfants sont…

— Nous sommes assez géniaux, oui.

Denise éclata de rire et ouvrit largement les bras.

— Oh ! Nevada, tu n'as pas cessé de répéter que tu voulais ce poste ! Pourquoi laisser un vieux souvenir contrarier ta carrière ? Vous êtes des adultes, vous pouvez tirer un trait sur cette histoire.

— Attends, tu sais que cela me met très mal à l'aise quand tu deviens logique et rationnelle, protesta sa fille.

— Si je veux rester efficace, je dois varier mes angles d'attaque.

Nevada respira à fond.

— Bon ! D'accord, tu as raison : je veux ce job. Et ce n'était qu'une nuit, même pas, ce n'était que cinq minutes. Je dois être capable d'oublier.

Sa mère se dirigea droit vers le téléphone, décrocha le combiné et le lui tendit.

— Maman ! Je déteste quand tu fais ça.

Indécise, elle contempla le combiné et finit par soupirer :

— D'accord. Je téléphone.

Sachant que plus elle hésiterait, plus ce serait difficile, elle sortit la carte de Tucker de sa poche et composa le numéro. Il y eut deux sonneries, puis la voix familière lança :

— Janack.

— Hendrix, dit-elle automatiquement. Enfin… c'est Nevada.

— Salut ! Que puis-je faire pour toi ?

Elle s'éclaircit la gorge.

— J'ai pensé que nous pourrions terminer notre entretien.

Il y eut un blanc. Horrifiée, elle sentit ses entrailles se glacer. Ce fumier allait la rembarrer, il allait lui dire qu'il ne voulait plus d'elle.

— Fantastique, dit-il enfin. Tu es libre tout de suite ? Je partais justement sur le site, j'aimerais te montrer ce que nous comptons faire.

Elle ouvrit la bouche, la referma, et réussit enfin à répondre :

— Oui. Très bien. Je peux te retrouver là-bas.

— Dans vingt minutes, alors.

Il raccrocha. Elle l'imita, avec précaution, et annonça sans se retourner :

— Je dois le retrouver sur le site. Nous allons parler.

— C'est tout ce que vous allez faire ? s'enquit sa mère avec un large sourire.

— Maman !

Sa mère éclata d'un grand rire et la serra sur son cœur.

— Tout ira bien pour toi !

— Ça, tu ne peux pas en être sûre.

Sa mère scruta son visage et lui sourit avec confiance.

— J'en suis à peu près sûre.

*
* *

Campé sur le bord de la route, les mains sur les hanches, Tucker contemplait le terrain sur lequel il allait édifier son centre touristique. L'équipe avait terminé la première étape du travail : dégager et niveler, entre la route cantonale et le site du chantier, un espace pour garer les voitures et les gros engins. Maintenant, le véritable effort pouvait commencer. Le chantier serait énorme, il coûterait des millions de dollars et prendrait près de deux ans. En tant que responsable, Tucker était déterminé à boucler le projet dans les temps et en dessous du budget prévisionnel ; pour cela, il lui faudrait avoir beaucoup de chance… et d'excellents chefs d'équipe.

Il entendit soudain un bruit de moteur. Un pick-up bleu roulait vers lui, Nevada au volant. Quelques instants plus tard, le véhicule se rangea près du sien et sa conductrice sauta à terre. Elle était belle, pensa-t-il en la contemplant avec plaisir. Efficace et sexy à la fois. Il adorait ce genre de fille, mais bien entendu, il ne pouvait pas le lui dire — en tout cas pas s'il voulait qu'elle accepte de travailler pour lui. Si elle rejoignait l'équipe, ils passeraient beaucoup de temps ensemble et il devrait se comporter d'une façon tout à fait professionnelle. De toute façon, il savait depuis longtemps qu'il était préférable de fuir les femmes qu'il trouvait irrésistibles. L'amour menait au désastre, il ne serait pas assez stupide pour commettre de nouveau une erreur pareille.

— Qu'en penses-tu ? demanda-t-il avec un coup de menton vers le paysage qui s'ouvrait devant eux.

— Le site fait quoi, cinquante hectares ?

— Oui. Nous avons tout le vallon et la pente d'en face, à un tiers de la ligne des arbres. Nous allons trancher dans la montagne aux explosifs.

— Tu ne crains pas de fâcher les esprits ?

Il tourna la tête vers elle en riant.

— Tu oublies que je suis de la famille. Les esprits seront très contents de me voir.

— J'oubliais que tu as du sang Màa-zib. Tes deux parents sont des descendants de la tribu ?

Il hocha la tête avec entrain. Elle reprit :

— Donc, techniquement, les terres ne pouvaient être rachetées que par toi ou ton père.

— C'est cela. Nous les avons achetées en notre nom propre, et nous les louons à l'entreprise pour ce projet.

— Tu deviens un gros propriétaire foncier.

— Je ne suis qu'en partie propriétaire.

— C'est tout de même impressionnant.

— Tu es impressionnée, toi ?

Les tensions s'étaient effacées comme par enchantement, ils se lançaient des piques amicales comme aux meilleurs moments de leur ancienne amitié.

— Je pourrais l'être, répliqua-t-elle en riant.

— Dis-moi ce que je dois faire pour t'impressionner.

— Tu pourrais déjà me montrer les plans.

Ils retournèrent vers le pick-up de Tucker ; il cueillit le rouleau qui contenait les plans sur la banquette, ouvrit le hayon arrière et les déroula sur le plateau.

— Nous prévoyons une utilisation très dense du terrain. Une route ceinturera le site. Le casino sera ici, voilà l'hôtel…

— Je vois que tu gardes le bosquet de grands arbres, observa-t-elle en posant l'index sur un graphique. C'est une bonne idée. Et le parcours de randonnée me plaît.

Son doigt fin alla se poser sur la montagne.

— Tu vas devoir faire sauter des tonnes de rochers.

— Tu as déjà travaillé à l'explosif ?

— Non, jamais, dit-elle en levant la tête vers lui. Mais je suis curieuse d'apprendre.

— Dans ce cas, reste avec nous.

— C'est tentant.

Tucker la regarda avec étonnement. On pouvait donc la séduire avec de la dynamite ? D'autres se seraient plutôt intéressées au salaire ou au prestige du poste, mais au fond, cela ne le surprenait pas, Nevada avait toujours été comme cela : une intelligence vive et concrète, un grand désir d'apprendre et de découvrir. Quand il se prenait trop au sérieux, elle avait toujours su trouver le mot juste pour le ramener sur terre. Ils avaient passé des nuits blanches, autrefois, à débattre de tous les sujets possibles ; il prenait beaucoup de plaisir à discuter avec elle… chaque fois qu'il parvenait à se libérer de sa fascination exclusive pour Cat.

Il aurait aimé lui dire qu'il regrettait ce qui s'était passé entre eux. Pas seulement leur nuit « lamentable » (même s'il trouvait le terme passablement humiliant), mais aussi tout le reste. Il n'avait pas été suffisamment attentif à l'époque ; il ne s'était pas comporté en véritable ami.

— Je croyais qu'il était question d'un centre commercial, dit-elle.

Ramené aux réalités, il sortit un autre plan de son rouleau.

— Ce ne sera pas notre bébé. C'est un projet trop petit.

— Tu ne serais pas un peu snob ?

— Le dernier chantier que j'ai piloté était un pont suspendu long d'un kilomètre. Je ne construis pas de centres commerciaux.

Elle le regardait en riant ; il comprit qu'elle le taquinait mais, au lieu de se sentir vexé, il fut enchanté de la voir sourire.

— Je le sais bien, glissa-t-elle.

Intrigué, il s'appuya contre son véhicule.

— Tu n'es plus en colère.

— Je n'étais pas « en colère », répondit-elle en se redressant. Ce job est une opportunité pour moi, et le futur centre apportera beaucoup à Fool's Gold.

— De notre côté, nous apprécions la coopération de la commune.

— Ah ? Je pensais que ça allait de soi.

— Non, pas du tout. Nous faisons des propositions, mais toutes les villes ne souhaitent pas changer, ou connaître une croissance trop importante.

— Nous sommes très ouverts à Fool's Gold. Le projet va créer des emplois. Nous avons déjà un tourisme assez florissant mais, avec ce centre, le nombre de visiteurs va exploser.

— Pourquoi es-tu revenue ici ? demanda-t-il impulsivement. Tu aurais pu trouver un emploi n'importe où.

— Je suis d'ici. J'ai grandi ici, ma famille a fondé la ville.

Elle s'interrompit avec un nouveau sourire pour préciser :

— Je te parle du temps des pionniers ; évidemment, les Màa-zib étaient là en premier.

— Evidemment…

Il saisissait bien le concept des racines que Nevada évoquait, mais cette idée ne trouvait aucun écho en lui. La seule constante de son existence vagabonde était l'appartement que son père possédait à Chicago, et où il ne mettait quasiment jamais les pieds. « Chez lui », c'était le site du chantier en cours.

— Je te parle de ton équipe ? proposa-t-il.

— Bien sûr !

Il lui décrivit les hommes qui seraient sous ses ordres. Il comptait la charger de la préparation du site avant la construction. Cette tranche terminée, ses hommes rejoindraient les équipes chargées du gros œuvre de l'hôtel.

— J'aimerais aussi que tu assures les négociations avec la commune, en cas de difficultés.

— Je doute qu'il y ait des difficultés avec la commune, mais c'est d'accord, je négocierai avec qui tu voudras.

— Tu te doutes bien que les gars voudront te tester, pour commencer ?

Elle haussa les épaules.

— Je m'en doute. Je travaille dans le milieu du bâtiment depuis des années, et j'ai grandi avec trois grands frères… disons qu'ils auront du mal à me déconcerter.

Tucker eut soudain envie de lui dire qu'il serait là pour la protéger, mais il eut l'intelligence de se taire.

Elle s'en apercevrait bien toute seule, au besoin, et le mot « protection » se situait sur un plan trop affectif. Il voulait juste que tout se passe bien pour elle ; le fait de se sentir ému par le parfum léger qui émanait d'elle n'entrait pas en ligne de compte, pas plus que son admiration pour la façon dont le soleil faisait ressortir les nuances différentes de ses courts cheveux blonds. C'était juste une réaction passagère, due au fait de la revoir après tout ce temps. Il avait souvent travaillé avec des femmes, sans jamais les percevoir autrement que comme des collègues. Ce serait pareil cette fois : d'ici quelques jours, Nevada serait un membre de l'équipe, ni plus, ni moins.

— Nous commencerons les relevés lundi, dit-il.

— Tu me proposes le poste ?

— Je te l'ai déjà proposé plusieurs fois. Tu veux que je te supplie ?

— Dans un sens, je devrais.

— Je ne suis pas très doué pour supplier.

— Tu devrais t'exercer.

— C'est ce que tu me proposes ? Un coaching ?

— Je suis toujours contente de me rendre utile.

Il s'interdit de rire, se redressa et lui demanda avec un sérieux absolu :

— Nevada, j'aimerais te recruter parmi mes chefs de projets. Es-tu d'accord ?

— Ce n'est pas exactement supplier.

— Peut-être, mais c'est sincère.

— Nous ferons tous deux comme s'il ne s'était jamais rien passé entre nous. Nous reprendrons tout de zéro.

Elle posait ses conditions. Il répondit sans hésiter :

— Ça marche.

— Dans ce cas, j'accepte le poste.

Tout heureux, il lui tendit la main pour sceller leur accord.

— Parfait ! Retournons au bureau pour régler les détails.

Quand elle glissa sa main dans la sienne, il ressentit une émotion aussi inattendue que bouleversante. Sans rien laisser paraître, il pressa sa petite main ferme et recula. Il se serait volontiers passé de cet impact sensuel. Résolument, il écarta ces considérations pour écouter ce qu'elle lui demandait :

— Vivras-tu à l'hôtel pendant ton séjour ici ? Si tu veux louer un logement, je pourrais me renseigner.

— Je préfère l'hôtel, c'est plus simple.

— Parce que quelqu'un d'autre se charge de la cuisine et du ménage ?

— Bien sûr.

— L'homme par excellence !

— Oui, je suis assez banal en fin de compte.

Il la raccompagna à sa voiture en ajoutant :

— Retrouve-moi dans le foyer du *Ronan's Lodge* dans vingt minutes. J'apporterai ton contrat.

Elle approuva de la tête et se glissa derrière le volant mais au moment de refermer la portière, elle demanda brusquement :

— Tu as des nouvelles de Cat ?

— Non, répondit-il, surpris. Pas depuis des années. Pas depuis notre rupture. Et toi ?

Elle secoua la tête.

— Elle n'était pas mon amie.

— Elle t'aimait bien. Autant qu'elle peut aimer qui que ce soit.

— C'est tout dire !

— Tu sais comment elle était, conclut-il avec un léger malaise.

Il vit passer une lueur fugitive dans le regard de Nevada, une expression qu'il ne put définir. Souffrance, colère ? Impossible à dire. Alors qu'il reculait, assez interdit, il fut soulagé de voir un autre pick-up quitter la route et se garer près d'eux.

— Voilà Will, dit-il. Il faut que tu le rencontres. C'est

mon bras droit, mais si tu le lui demandais, il te dirait qu'il fait tout le boulot.

— Je fais effectivement tout le vrai boulot, déclara Will en mettant pied à terre. Demandez-lui combien de fois je l'ai tiré d'affaire !

— Il faudrait aborder des chiffres astronomiques ? demanda Nevada.

Elle était redescendue de son siège en riant, très décontractée. Will lui lança un clin d'œil avant de se tourner vers Tucker.

— Je savais qu'elle me plairait. Rassure-moi : elle a dit oui ?

— Elle a dit oui.

— Bienvenue à bord, s'écria-t-il en tendant la main à Nevada. Will Falk.

— Nevada Hendrix. Tucker allait me montrer mon contrat, vous voulez venir me voir signer ?

— J'y tiens ! On se retrouve en ville.

Tandis que les trois véhicules reprenaient la route de Fool's Gold, Tucker décida que c'était mieux ainsi : tant qu'il n'aurait pas compris pourquoi le contact de la main de Nevada lui faisait un tel effet, mieux valait ne pas se retrouver seul avec elle. Une chose était sûre : maintenant qu'ils travaillaient ensemble, les échanges intimes étaient absolument exclus !

— Que se passe-t-il ? s'inquiéta Ethan. Il y a un problème ?

Denise Hendrix contempla son fils avec amour. Son petit garçon était devenu ce grand gars solide… Elle se souvint subitement du jour où elle l'avait ramené de la maternité. A peine vingt ans, mariée depuis un an, elle ne connaissait strictement rien à l'art d'être maman. Sa belle-mère Eleanor était encore là à l'époque, et elle s'était présentée à la porte un quart d'heure après le retour de Denise et Ralph avec leur premier-né.

— Je ne veux pas m'imposer, avait annoncé cette femme massive au visage sévère, mais si vous avez besoin de moi, je viendrai tout de suite.

Elles n'étaient pas du tout proches, toutes les deux. Denise avait donc répondu avec beaucoup d'assurance qu'elle saurait se débrouiller — conviction qui s'était effondrée dès le lendemain matin quand, Ralph parti à son travail, Ethan s'était mis à pleurer pendant des heures, en refusant de manger. Affolée, elle s'était décidée à appeler Eleanor et en deux minutes chrono, sa belle-mère avait calmé le bébé. Par la suite, pendant tout l'apprentissage de Denise, toutes ses difficultés initiales, Eleanor était restée présente, toujours prête à donner des conseils pratiques, sans jamais dire un mot à Ralph de ses visites quotidiennes.

— Ta grand-mère me manque, soupira Denise.

Ethan la toisa, abasourdi.

— C'est pour ça que tu viens me voir au bureau ? Voilà trente ans qu'elle n'est plus là !

— Non, ce n'est pas pour cela que je suis passée. Je pensais à elle, voilà tout. Elle a été extraordinaire avec moi quand j'étais toute jeune. Tu te souviens d'elle ?

— Bien sûr que je me souviens ! Quand j'allais dormir chez elle, je pouvais me coucher aussi tard que je voulais et regarder tout ce qui me plaisait à la télé. Chaque fois, je choisissais un film d'horreur que tu ne m'aurais jamais permis de voir, et je me faisais si peur que je ne pouvais plus m'endormir. Alors je me faufilais dans leur lit et elle me chantait des chansons.

— Ça lui ressemble bien, dit Denise en riant.

— Mais ce n'est pas pour elle que tu es venue.

— Non. Je ne sais pas très bien comment réagir par rapport à Tucker Janack. J'aimerais savoir ce que tu en penses.

Les deux affirmations étaient fausses. Elle savait exactement comment réagir mais elle voulait voir Ethan tirer ses propres conclusions.

— Où est le problème ? demanda-t-il, perplexe. Nevada va travailler pour lui, elle m'a dit qu'elle acceptait le poste.

— Oui, je le sais et j'en suis très contente. C'est juste…

Elle s'interrompit, hésita un instant et lança :

— Quand elle est partie à Los Angeles pour ses études, tu te souviens que tu as voulu qu'elle contacte Tucker ?

— Bien sûr. Je voulais qu'elle ait quelqu'un pour l'aider, si jamais elle avait besoin d'un conseil ou si elle se retrouvait en difficulté. Les études d'ingénieur, c'est ardu, et il avait déjà bouclé tout le parcours.

— Elle est effectivement allée le voir. Ils sont devenus amis et ensuite…

Elle agita la main en se détournant à demi.

— Non, oublie ça. Je ne devrais pas en parler avec toi.

Il fronça les sourcils, en alerte.

— C'est un peu tard pour te taire. Il s'est passé quelque chose ?

Le terrain était bien préparé. Tranquillement, Denise lâcha sa bombe.

— Il s'est soûlé et ils ont couché ensemble. Il était avec quelqu'un d'autre, mais ils avaient rompu momentanément ; il a profité de ta sœur avant de retourner auprès de sa copine. Nevada a beaucoup souffert. Je te jure que cela me retourne complètement quand j'y pense… ce type, avec ma petite fille.

En règle générale, elle estimait que les jeunes devaient faire leurs erreurs et assumer les conséquences, mais Tucker était allé trop loin. Ethan hocha sèchement la tête en lâchant :

— Je vois. Ne te fais aucun souci. Je m'en occupe.

— Je savais que je pouvais compter sur toi.

Il la raccompagna à la porte. Sur le seuil, elle lui tendit sa joue, qu'il embrassa, et se dirigea vers sa voiture, très satisfaite. Elle savait que beaucoup de gens lui reprocheraient ce qu'elle venait de faire, mais elle s'en fichait. Personne n'avait le droit de faire du tort à l'un de ses enfants.

*
* *

Découragée, Jo Trellis contemplait son 4 x 4 plein de cartons de toutes les tailles. Elle s'était peut-être laissé emporter par son enthousiasme ? Ses amies devenaient mamans les unes après les autres et Jo se faisait une joie de voir grandir leurs bébés... Une envie l'avait prise de vivre la maternité par procuration, de devenir la Tante Jo de la nouvelle génération de Fool's Gold — puisqu'elle n'aurait vraisemblablement jamais d'enfants à elle ! Elle venait donc d'acheter des jouets. Beaucoup de jouets.

D'ici quelques mois, la fille de Charity filerait à quatre pattes, ensuite, ce serait le tour des jumelles de Pia. Déjà maman d'une petite Hannah adoptée de neuf mois, Dakota attendait son second enfant. Ce matin, Jo avait eu une inspiration subite : pourquoi ne pas aménager un angle de la salle du *Jo's Bar* en aire de jeux ? Ethan lui enverrait un gars pour installer une barrière solide et bien sécurisée pour délimiter l'espace ; il suffirait de réorganiser un peu la salle pour disposer quelques tables près du coin des enfants. Les mamans pourraient passer un bon moment ensemble pendant que les petits joueraient. Ainsi, tout le monde serait content.

Avec précaution, elle dégagea du coffre l'un des cartons les moins volumineux et l'emporta à l'intérieur du bar. Celui-ci était encore maniable, mais la boîte contenant la cuisine miniature allait lui poser un réel problème.

— Je peux vous donner un coup de main ?

Surprise, elle jeta un coup d'œil par-dessus son épaule. Un homme de haute taille se tenait derrière elle. Un homme à la carrure athlétique — mais quand il s'approcha, elle vit qu'il boitait bas. Il souriait. Ses yeux d'un bleu profond brillaient d'humour.

— Cette caisse est aussi grande que vous !

Le premier réflexe de Jo fut de le rembarrer. En règle générale, elle n'adressait pas la parole aux inconnus et si son métier le lui avait permis, elle aurait choisi de limiter au maximum ses contacts avec les hommes. Avec eux, elle se montrait cordiale mais distante, et ne se laissait jamais approcher. Sa vie à Fool's Gold lui avait pourtant appris que le plus important dans l'existence, c'était l'échange et le soutien mutuel. Elle commençait enfin à faire confiance aux autres et, plus précieux encore, à *se* faire confiance.

— Will Falk, se présenta l'homme.

— Jo Trellis.

Notant sa tenue, jean délavé et chemise de flanelle, elle ajouta :

— Vous travaillez pour Janack Construction ?

— Gagné.

Il étudia un instant le chargement, tira à lui une boîte immense et la souleva sans difficulté particulière. Jo réprima une grimace de contrariété en pensant à l'effort qu'elle avait dû fournir pour la charger.

— Où voulez-vous que je le pose ? demanda-t-il.

Ils se trouvaient derrière le bar, dans l'allée où se garaient les camions des livraisons. Elle le fit traverser sa réserve et le précéda dans la salle. Là, il déposa la boîte à l'endroit qu'elle lui indiquait et se redressa en regardant autour de lui, interdit.

— Des jouets dans un bar ?

— Plusieurs de mes habituées sont sur le point d'accoucher.

— Vos habitués emmènent leurs bébés dans les bars ?

Il semblait outré. Elle s'autorisa un sourire.

— J'ai beaucoup de monde à l'heure du déjeuner, et aussi l'après-midi. Elles se retrouvent pour discuter ensemble, pas pour se soûler. Je rangerai les jouets avant l'arrivée de la clientèle du soir. Ne vous faites aucun souci : personne ici ne cherche à corrompre des enfants.

Will Falk semblait à peine l'entendre : il pivotait lentement sur lui-même en détaillant les murs fuchsia, la télé grand écran réglée sur un défilé de mode et les tabourets confortables, avec dossiers et crochets pour suspendre son sac à main.

— Mais qu'est-ce que c'est que cet… établissement ?

— Un bar.

— J'ai déjà vu beaucoup de bars.

— Il y a une salle dans le fond pour les hommes, beaucoup plus traditionnelle, avec un billard et du sport à la télé.

Il semblait toujours aussi désarçonné. Elle eut un peu pitié de lui et consentit à expliquer :

— La population de Fool's Gold compte une majorité de femmes. Beaucoup des commerces se sont spécialisés, y compris le mien.

— Je vois.

— Si vous devez rester ici pendant quelque temps, vous serez obligé de vous habituer !

Elle tourna les talons en riant et retourna vers sa voiture. Il lui emboîta le pas en protestant :

— Ne le prenez pas mal ! J'apprécie les femmes, c'est juste que je n'avais encore jamais vu un bar conçu pour elles. Je trouve l'idée formidable.

Un instant, elle envisagea de le mettre en garde : ce n'était pas parce que beaucoup de femmes venaient chez elle qu'il réussirait à y faire un carton. La plupart de ses clientes venaient passer un moment tranquille avec leurs amies, pour rire ou pour parler de leurs soucis ; pas pour rencontrer un homme. Puis elle se ravisa en décidant qu'il comprendrait bien tout seul.

Ensemble, ils achevèrent de décharger la voiture. Elle s'apprêtait à le remercier quand il sortit un cutter de sa poche et se mit à ouvrir les cartons.

— Je vois que vous êtes manager, observa-t-elle avec un brin d'ironie.

— Bien malgré moi, oui. Pourquoi ?

— Vous pensez que c'est à vous d'organiser les tâches.

— Et ça vous ennuie ?

— J'apprécie votre aide, avoua-t-elle. Je n'aurais

pas eu le temps de tout déballer avant le coup de feu du déjeuner.

— Je suis content de vous dépanner. Joli, ajouta-t-il en sortant de la boîte un réfrigérateur de plastique rose vif.

— J'ai trouvé aussi.

Puis ce fut le tour du petit fourneau, qu'il déposa avec précaution près du réfrigérateur en demandant :

— Vous êtes ici depuis longtemps ?

— Quelques années. On est bien, ici, les gens sont très agréables.

La gratitude de Jo était sincère car Fool's Gold l'avait acceptée avec une générosité sans faille. Elle savait qu'on s'interrogeait sur son compte, mais personne ne cherchait à forcer ses confidences. Cela comptait énormément pour elle.

— C'est bon à savoir, dit-il avec un sourire chaleureux. Nous sommes ici pour deux ans environ. Une petite ville sympathique comme celle-ci, c'est autre chose que de construire un pont au fin fond de la brousse. J'aime l'aventure autant que n'importe qui mais il y a des jours où on donnerait n'importe quoi pour une bonne pizza.

— Vous voyagez beaucoup ?

— Cela fait partie du boulot. Janack Construction fonctionne à l'international.

Il s'attaqua au carton suivant, qui contenait un tricycle pour tout-petit. Quel âge pouvait-il avoir, quarante-deux, quarante-trois ans ? Intriguée, Jo demanda :

— Et que pense votre famille de vos absences ?

Elle s'en voulut aussitôt pour cette question, qu'il pourrait interpréter comme une invite. Il cessa d'examiner le tricycle et se redressa tranquillement en répondant :

— Je n'ai pas de famille. Il n'y a que moi.

Elle hocha négligemment la tête. Sous le regard grave et pensif de Will, une nervosité bizarre s'empara d'elle. Dès qu'elle reconnut la nature de son trouble, elle eut envie de battre en retraite. Non, c'était exclu, impossible ; elle ne devait ni séduire, ni se sentir séduite — elle n'en avait pas le droit. Il n'était pas question pour elle de s'attacher, elle avait pris ce chemin une fois, avec pour résultat un désastre qu'elle expierait toute sa vie. Les relations homme-femme, c'était dangereux. Parfois, c'était même mortel.

— Cela doit beaucoup vous simplifier la vie, dit-elle en reculant. Ecoutez, merci pour votre aide, mais j'ai beaucoup de travail…

Elle se replia derrière le bar, ce long rempart de bois luisant qui lui donnait un tel sentiment de sécurité. Il termina le déballage, aplatit les cartons et les emporta dehors, dans la benne de recyclage. Puis il revint s'accouder au bar et la regarda s'activer pour préparer l'ouverture.

— Merci encore…, murmura-t-elle sans interrompre sa tâche.

— De rien. Vous servez des repas ? Je déjeunerais volontiers.

Il lui plaisait, c'était indéniable. Il y avait beaucoup de gentillesse dans son regard et de toutes les qualités, c'était sans doute celle qu'elle appréciait le plus. Elle lança pourtant :

— Je ne doute pas que vous soyez quelqu'un de bien, mais la réponse est non.

Il ne fit pas semblant de ne pas comprendre, ne se fâcha pas : il se contenta de hausser un sourcil en murmurant :

— Vous tirez des conclusions hâtives.

— Peut-être, mais ce sont mes conclusions et je m'y tiens.

Au lieu de battre en retraite comme elle s'y attendait, il resta à sa place, en braquant sur elle ce regard chaleureux et clairvoyant qui la troublait tant. Elle le toisa d'un air de défi, mais son cœur se serra d'une affreuse tristesse. Cet homme charmant cherchait à mieux la connaître et de son côté, elle n'avait pas d'autre choix que de l'envoyer paître. Comment pourrait-il comprendre ses motivations ?

— Ce n'est pas contre vous, soupira-t-elle. Je ne fréquente pas les hommes.

— Vous jouez pour l'autre équipe ?

La surprise lui arracha un sourire involontaire.

— Je ne suis pas lesbienne, non.

Maintenant, il allait lui répondre qu'ils n'étaient pas obligés d'échanger de grands serments : ils pouvaient juste passer un bon moment ensemble, partager sur un plan purement physique. Et s'il disait cela, elle serait sûrement tentée ; voilà très longtemps qu'elle n'avait pas couché avec un homme. Mais dans le silence chargé qui s'était abattu sur eux, la porte de la rue s'ouvrit et plusieurs femmes entrèrent en bavardant. C'étaient des employées de la mairie qui déjeunaient souvent chez elle. Elles la saluèrent joyeusement et s'installèrent à une table en vitrine ; dans la minute qui suivit, douze clients supplémentaires entrèrent, dont deux hommes qu'elle ne reconnut pas et qui devaient travailler, eux aussi, pour Janack Construction : ils interpellèrent Will par son nom, mais prirent place sans s'approcher de lui.

— Je vois que vous avez beaucoup à faire, dit-il. Nous en reparlerons.

— Je n'aurai rien à ajouter.

— Je n'en suis pas si sûr.

La porte s'ouvrit de nouveau et Ethan Hendrix parut. Il jeta un coup d'œil à la ronde et se dirigea vers la table des deux inconnus. L'un d'eux se leva pour l'accueillir et, sans prévenir, Ethan lui lança un formidable coup de poing en pleine mâchoire.

Machinalement, Jo leva les yeux vers l'horloge. Il n'était même pas encore midi. La journée allait être longue.

4

Tucker ajusta la poche de glace pressée contre sa joue et répéta avec patience :

— Ecoutez, je vous ai déjà promis que je ne chercherais pas à riposter. Je n'ai rien à lui reprocher. C'était mérité.

— Veuillez m'excuser si je ne suis pas convaincue, articula froidement la patronne du bar.

Elle cessa de toiser Tucker avec méfiance pour se tourner vers Ethan.

— Quant à toi, si jamais tu recommences un coup pareil, tu ne mettras plus les pieds ici.

— Je n'ai rien cassé.

— Tu sais ce que je pense des bagarres. Tu veux que j'aille trouver Liz ?

— Non ! protesta-t-il, une lueur de panique dans le regard. Ne lui dis rien. Je vais me calmer.

— Tu as intérêt à tenir parole.

Elle s'éloigna dignement pour aller servir ses clients.

— Drôle de bar, grommela Tucker en tâtant sa mâchoire avec précaution.

Ce n'était pas trop douloureux. Avec un peu de chance, l'application immédiate de glace limiterait les traces. Deux nouvelles équipes devaient arriver le lendemain, et il ne tenait pas à présenter un visage enflé ou des bleus au menton. De son côté, Ethan ouvrait et refermait la main en grimaçant.

— Nom de Dieu, ça fait mal…

— Ne compte pas sur moi pour te plaindre. Qu'est-ce qui t'a pris ?

— Tu veux que je te pose la même question ?

— Non, si j'avais une sœur, j'aurais fait la même chose.

— Encore heureux !

Ethan écarta les bras dans un grand geste indigné.

— Je comptais sur toi pour la protéger !

— Tu as conscience que c'était il y a dix ans ?

— Et toi, tu trouves que ça change quelque chose ?

D'un geste plein de lassitude, Tucker déposa sa poche de glace sur le bar.

— Non. Enfin, je ne sais pas. Je n'avais pas l'intention de coucher avec elle. J'étais soûl.

Le regard d'Ethan se fit glacial.

— Parce que tu comptes me raconter les détails ?

— En fait, non.

Sans violence cette fois, Ethan le secoua par l'épaule.

— Je te faisais confiance.

— Je sais bien…

— Tu m'as déçu.

— Je regrette. Si je pouvais revenir en arrière…

Il se sentait coupable, sincèrement désolé. C'était déjà assez grave qu'Ethan soit au courant, ce serait encore pire s'il savait dans quelles circonstances… Horrifié, il l'entendit ajouter :

— Ma mère pense que c'était sa première fois.

Ce mot le frappa bien plus fort que le poing de son ami ; un véritable coup de marteau. Sa première fois ? Non, par pitié… ce serait mille fois pire. C'était déjà assez horrible d'avoir tout raté, d'avoir crié le nom de Cat, mais si en plus elle était vierge… Il laissa tomber sa tête douloureuse sur la surface luisante du bar.

— Achève-moi tout de suite…

Puis une autre idée le frappa et il se redressa d'un bond.

— Attends… Ta mère est au courant ?

— Elle est très proche des filles.

— C'est ce que je vois. Qui d'autre… Non, ne dis rien.

Nevada, vierge ? Elle avait dix-huit ans à l'époque. C'était possible ; avec sa chance, c'était même vraisemblable. Il se souvenait à peine de la scène, il savait seulement que tout avait été rapide, maladroit. Que dire, comment se faire pardonner ? Sa seule excuse était l'état second dans lequel il vivait à l'époque, coupé de lui-même, hypnotisé par son amour-obsession. Depuis, il avait appris la leçon. Jamais plus il ne se laisserait obséder, ni par l'amour, ni par les femmes, mais cela n'excusait pas ce qu'il avait fait à Nevada.

Jo vint poser deux bières devant eux.

— C'est mieux, lâcha-t-elle. Je vois que vous êtes réconciliés. Vous comptez déjeuner ?

— C'est moi qui invite, dit Tucker d'une voix mourante.

— J'espère bien, gronda Ethan en empoignant leurs bières. Viens, on va prendre une table dans le fond. Des hamburgers, ça te va ?

Tucker approuva de la tête et le suivit, docile. La petite salle du fond ressemblait bien plus à un bar conventionnel : les tables étaient rondes, les sièges non rembourrés et la télé suspendue au mur diffusait un match de base-ball.

— Intéressant, dit-il en se laissant tomber sur une chaise en face de son ami.

— Ce bar, ou Fool's Gold en général ? D'accord, je sais que c'est un peu spécial, mais c'est chez moi. A part pour mes années d'études, je n'ai jamais vécu ailleurs.

Il passa une des bières à Tucker en soupirant :

— Tu n'en as jamais marre de voyager tout le temps ?

Tucker avala une gorgée de bière qui lui fit un bien fou. Habituellement, il opposait des réponses toutes faites aux questions de ce genre. Cette fois, il hésita un instant avant de demander :

— Explique-moi en quoi c'est mieux de rester toujours au même endroit.

Ethan se renversa sur son siège. Un large sourire satisfait étira son visage. Il sortit son portefeuille et en tira une photo qu'il lui tendit. L'image montrait un couple : Ethan et une belle femme rousse qui levait vers lui le regard dont rêvent tous les hommes. Un regard de fierté et de tendresse, pimenté d'un délicieux petit air de contentement épanoui.

— Tu ne la mérites pas, lâcha Tucker.

Ethan se mit à rire.

— Je le sais ! Liz est incroyable : sexy, intelligente, une maman fantastique. Elle donne tout, tous les jours. Je ne sais pas pourquoi elle m'a choisi, mais je compte m'accrocher !

Des mots tout simples, et une sincérité qui mit Tucker assez mal à l'aise, un peu comme si, sans l'avoir cherché, il jouait les voyeurs. Le sentiment qu'exprimait Ethan lui était complètement étranger. Aimer et être aimé d'une façon sécurisante, faite d'estime et de soutien mutuels ? Dans son univers, l'amour était un piège, une jungle dont on n'échappait pas indemne.

— Et puis il y a ces trois-là.

Il lui tendit une autre photo. Tucker découvrit alors trois grands enfants, deux filles rousses et un garçon brun. L'aînée devait avoir quatorze ou quinze ans, une fille superbe qui faisait certainement déjà des ravages au lycée ; la plus jeune, moins spectaculaire, avait une adorable frimousse couverte de taches de rousseur. Le garçon était la copie conforme d'Ethan.

— Tu n'as pas chômé, murmura-t-il en rendant la photo à son ami. Tu es marié depuis si longtemps ?

— Liz et moi, nous nous sommes mariés l'été dernier. Les filles sont ses nièces, leur maman est morte, leur père en prison, elles vivent avec nous. Tyler est mon fils… c'est une longue histoire.

Il rangea soigneusement la photo dans son portefeuille et leva vers son ami un visage heureux.

— Si tu m'avais dit il y a un an que je prendrais sous mon toit les deux gamines d'un autre ! Je pensais comme tout le monde : si elles ne sont pas à toi, tu ne pourras pas les aimer de la même façon.

Il secoua la tête et ouvrit grand les bras pour clamer :

— Je me trompais ! Ces petites… leurs soucis m'empêchent de dormir tout autant que ceux de Tyler. Melissa voudrait commencer à sortir avec des garçons ; moi, je n'ai qu'une envie : l'enfermer dans sa chambre jusqu'à ses quarante ans. Nous cherchons un compromis.

— On dirait que ta vie te convient.

— Tu peux le dire. J'ai la vie idéale.

Il but une longue gorgée de bière et reposa son verre avec un claquement sonore.

— Et toi, tu comptes te caser un jour ?

— Probablement pas. Je voyage trop.

— Tu voyageras moins quand tu te retrouveras à la tête de l'entreprise.

— Peut-être… mais je ne sais pas si j'ai envie de changer de vie.

— Tu ne te sens jamais seul ?

Ce fut au tour de Tucker de se renverser dans son siège.

— Il y a de belles femmes partout. Tu es trop marié pour t'en souvenir ?

— Je m'en souviens, mais ça ne m'intéresse pas. Pourquoi aller chercher ailleurs quand on a tout chez soi ?

La ferveur du nouveau converti, pensa Tucker. Il avait déjà assisté au phénomène, déjà vu des hommes tomber amoureux, se caser et vouloir que le monde entier fasse comme eux. Ces pauvres types ne se doutaient pas que l'amour ferait d'eux des esclaves et une fois qu'ils ouvraient les yeux, le mal était fait. Cat s'était chargée de lui ouvrir les yeux, il avait vu défiler les amies de son père… Non, il ne se laisserait pas prendre à ce piège. Et pourtant, face à Ethan, il ressentit un pincement curieux qui était peut-être de l'envie. Des racines, un vrai foyer… retrouver quelqu'un qui vous attend le soir. Non ! Il s'était aventuré dans cette voie, Cat l'avait démoli… à moins que ce ne soit sa propre réaction face à elle ? Elle était devenue son univers, plus rien n'existait en dehors d'elle ; le temps d'échapper à cette emprise, il ne se reconnaissait plus. Non, décidément, l'amour était pour les imbéciles incapables de mesurer le risque.

— Tu vas rester ici, quoi, un an ? demanda Ethan.

— A peu près, oui. Pas jusqu'au bout du chantier, juste le temps de m'assurer que tous les éléments sont en place.

— Tu as déjà passé un an dans une petite ville ?

— Non.

Ethan le surprit en éclatant de rire.

— Tiens-toi bien : ce n'est pas du tout ce que tu crois. D'ici un mois, tout le monde saura qui tu es, ce que tu fais de tes journées et avec qui. Tu ne pourras pas faire un geste sans croiser un visage connu. Méfie-toi des femmes d'ici, garde tes distances ou elles te dévoreront tout cru… et pas de façon agréable, crois-moi.

— A t'entendre, c'est pire que de bâtir une route à travers la jungle. Pourquoi restes-tu, toi ?

— Parce qu'il n'y a aucun autre endroit où j'aie envie d'être. J'ai grandi ici, j'y suis chez moi ; ça me plaît de connaître tous mes voisins, de savoir qu'ils auront l'œil sur mes enfants, qu'ils me diront si un ami est en difficulté. Ils surveillent mes arrières et moi les leurs.

— Je n'ai jamais connu ça, avoua Tucker.

— Tu vas pouvoir te faire une idée. Surtout, tâche de rester en ville le week-end : Fool's Gold est célèbre pour ses fêtes. Et tiens, si tu veux, je t'emmènerai skier cet hiver. Les pistes sont toutes proches.

— Là, je suis partant. Voilà bien deux ans que je n'ai pas skié.

— Parfait. Et si tu crois pouvoir le supporter, viens dîner à la maison.

— Je peux encaisser quelques heures de domesticité.

Ethan lui décocha un sourire.

— Nous pourrions même inviter une ou deux célibataires. Ce serait amusant de les voir se battre pour toi.

— Tu viens de me dire de garder mes distances.

— Le challenge te plairait peut-être. Moi, tant qu'il ne s'agit pas de ma sœur…

— Pas question, se hâta d'assurer Tucker. Tu as ma parole.

— J'aime mieux ça.

Pensif, Tucker termina sa bière. Une demi-heure plus tôt, Nevada représentait une réelle tentation pour lui, mais il venait de changer d'avis. Il avait franchi la ligne rouge une fois et, même s'il la trouvait toujours aussi séduisante, il ne voulait pas recommencer. Il n'était pas un crétin fini ; en ce qui concernait Nevada, le moment était venu de battre en retraite.

Nevada sortit de chez elle dès l'aube. C'était son premier jour sur le chantier, elle n'avait quasiment pas dormi, mais elle se sentait si survoltée qu'elle arriva sur le site avec une bonne heure d'avance. Bien entendu, elle ne trouva personne. Incapable de tenir en place, elle tourna en rond dans la caravane qui abritait l'administration, ouvrant et refermant les tiroirs vides de son nouveau bureau et étudiant compulsivement le planning de la semaine à venir.

La première tranche des travaux se déroulerait en deux temps : amener les gros engins sur place (ce qui exigeait une logistique assez complexe), et préparer le site. A un moment donné, il faudrait gagner sur la face est de la montagne en l'attaquant à l'explosif. En parcourant la liste des garanties exigées par les autorités du comté et de l'Etat, elle nota qu'ils devraient notifier les pompiers de Fool's Gold avant chaque explosion, et qu'un représentant du service devrait se trouver sur le site. Ce serait sa première tâche de liaison puisqu'elle connaissait tous les pompiers de la ville.

Une fois le terrain dégagé, on se mettrait à creuser les fondations et les égouts. Grâce à une remarquable planification à long terme de la part de la commune, le complexe touristique pourrait se greffer sur le réseau de la ville pour le retraitement de ses eaux usées. Cela représentait une économie gigantesque en termes de temps, d'efforts et de coûts. Le revers de la médaille était le nombre d'autorisations à obtenir…

Elle lisait le rapport d'impact environnemental quand des pas sonnèrent sur les marches métalliques de la caravane. La porte s'ouvrit et Will Falk parut, un gobelet à café à la main.

— Quelqu'un est arrivé tôt, ce matin, dit-il en souriant.

— Je n'ai pas pu m'en empêcher, confia-t-elle, un peu gênée.

— L'enthousiasme, c'est une bonne chose. Je me sens un peu vieux en te voyant. Viens, je vais te présenter à tes gars.

Il lui tenait la porte. Le cœur battant, elle sauta sur ses pieds, saisit son casque et le suivit à l'extérieur. Une douzaine d'hommes étaient arrivés pendant qu'elle se familiarisait avec le projet. Leurs pick-ups s'alignaient sur le petit parking et ils se tenaient en groupe serré, engoncés dans leurs blousons, en blaguant à mi-voix dans la fraîcheur du petit matin. Quand Will et Nevada parurent sur le seuil, les voix s'éteignirent et tous les regards se braquèrent sur elle. Elle prit soin d'afficher une assurance imperturbable ; personne ne devait deviner les frissons nerveux qui couraient sur sa peau.

— Bonjour, lança Will à la cantonade. Je vous présente Nevada Hendrix, notre nouvelle chef de projet, qui va prendre la tête de votre équipe. Elle est d'ici, alors si vous avez un souci en ville, c'est à elle qu'il faudra s'adresser. Et si vous créez des problèmes en ville, c'est elle qui vous bottera le cul !

Nevada prit son temps pour scruter les visages des hommes qui l'étudiaient en retour. En gros, leurs âges s'échelonnaient entre vingt-deux et cinquante ans. Elle comprit qu'elle devrait d'abord convaincre les vétérans : moins travaillés par le besoin de prouver leur virilité, ils se préoccuperaient davantage de ses qualifications professionnelles. Les plus jeunes commenceraient sans doute par se la jouer macho, mais si les anciens l'adoptaient, ils feraient de même.

Will présenta les ouvriers et elle serra leurs mains en s'efforçant de se souvenir de leurs noms. D'autres véhicules arrivaient, l'équipe des géomètres débarquait avec son matériel. Will lui suggéra de détacher deux membres de l'équipe pour les assister ; elle accepta et mit les autres au travail à défricher le site. Pendant quelques minutes, elle regarda les chenillettes faucher, broyer, rassembler les déchets en pensant que les cadres s'amusaient beaucoup moins que les simples ouvriers. C'était décidé, dès qu'elle aurait une minute, elle s'offrirait un tour aux commandes d'un engin !

La matinée passa en un éclair. Nevada fit surface le temps d'une visite aux toilettes du chantier… et découvrit que l'une d'entre elles était ornée d'un énorme ruban rose. Prudente, elle vérifia l'intérieur avant de s'y enfermer. Dans les meilleures traditions du bizutage machiste, elle s'attendait à y trouver un rongeur, ou un gros insecte, mais il n'y avait rien. De retour au bureau, elle dessina rapidement un panneau « Réservé aux filles », retourna l'afficher, et alla rejoindre les géomètres. Un peu après midi, Will vint leur annoncer la pause du déjeuner. Nevada avait prévu de manger avec son équipe, mais Will lui fit signe de l'accompagner.

— Tu t'en sors ? demanda-t-il tandis qu'ils remontaient vers la caravane.

— Mais oui.

— J'aime beaucoup la décoration, ajouta-t-il avec un geste vers les toilettes.

— Merci. J'adore le rose.

Il eut un petit rire. Ensemble, ils s'engouffrèrent dans la caravane et s'attablèrent de part et d'autre du bureau de Will.

— Tu connais Jo Trellis ? demanda-t-il à brûle-pourpoint.

Surprise, Nevada le dévisagea.

— Pourquoi, tu t'intéresses à elle ?

— Je pourrais.

Nevada réfléchit un instant. Bien sûr qu'elle connaissait Jo… mais elle venait seulement de réaliser qu'elle ne l'avait encore jamais vue avec un homme, ou entendue parler d'un ami.

— J'aime beaucoup Jo, lança-t-elle.

— Je ne cherche pas à profiter d'elle, assura aussitôt Will. Je n'ai plus ni l'âge ni l'énergie de partir en courant dès que j'ai séduit une femme. Je voudrais faire connaissance et elle… y met des obstacles.

— Cela ne m'étonne pas, répartit Nevada avec un sourire. Jo est très indépendante.

— Elle a quelqu'un ?

— Non. Et pourtant, ce ne sont pas les propositions qui manquent.

— Tu sais pourquoi ?

Nevada secoua la tête.

— C'est une amie, mais je ne sais rien de son passé. Comme elle n'en parle jamais, il circule toutes sortes de théories. Il y a la version où elle serait la fille d'un baron de la mafia qui aurait fui le milieu, et la version de la femme battue qui se cache pour que son mari ne la retrouve pas. Je ne crois ni l'une ni l'autre.

Maintenant qu'elle y pensait, Marsha Tilson, la maire de la commune, connaissait probablement toute l'histoire : elle savait tout sur tout le monde. Nevada n'avait jamais compris comment elle glanait ses informations. En revanche, même si Marsha connaissait la vérité, elle ne la dirait pas à Will.

— Je ne peux te donner aucun conseil pour te rapprocher de Jo, dit-elle. Je te mettrai tout de même en garde : arrange-toi pour ne pas lui faire de mal. La ville entière te le ferait payer.

Elle appréciait Will mais Jo, c'était quasiment la famille, et la famille passait toujours en premier. Il hocha lentement la tête.

— Je suis content de voir qu'elle est bien entourée.

— C'est l'un des avantages d'une petite ville comme la nôtre. Tu te plais ici ou c'est la claustrophobie ?

— Je me plais. Il paraît que vous organisez un festival ? J'ai hâte de voir ça.

— Ne te fais aucun souci : si tu rates celui-ci, il y en aura un autre dans la quinzaine. Nous sommes célèbres pour nos festivals.

Les marches métalliques tintèrent sous un pas rapide. Nevada se retourna en s'attendant à voir un homme de son équipe, mais ce fut Tucker qui entra. En le voyant, Will consulta ostensiblement sa montre.

— C'est à cette heure-ci que tu arrives ?

— Je déposais des dossiers en mairie. Nevada, désolé, je comptais être là pour te mettre le pied à l'étrier. Will t'a bien épaulée ?

— Mais oui, tout va bien.

Elle réussit à garder une attitude tranquille et détachée, mais elle avait tout de suite repéré l'ombre du bleu sur son menton. A Fool's Gold, tout le monde savait déjà qu'Ethan avait frappé Tucker. Personne ne savait pourquoi en dehors de sa famille, et on se posait énormément de questions.

Will termina son sandwich et se leva en disant qu'il voulait parler au géomètre. Nevada eut très envie de sortir avec lui, mais une mise au point avec Tucker était nécessaire, et le plus tôt serait le mieux. Dès que la porte se referma, elle s'écria :

— Je suis désolée pour ce qui s'est passé avec mon frère.

Tucker se frotta la mâchoire avec une grimace.

— Il ne m'a pas raté.

Elle ne put s'empêcher de rougir. L'idée d'une bagarre publique entre ces deux-là la mettait affreusement mal à l'aise… surtout si tout le monde devait en connaître la raison !

— Il n'aurait pas dû, dit-elle d'une voix brève.

— A sa place, j'en aurais fait autant.

Elle leva les yeux au ciel.

— Vous ne pouviez pas vous contenter d'une discussion civilisée ? J'apprécie qu'il m'ait défendue, mais il y avait tout de même d'autres solutions !

— Je ne suis pas d'accord avec toi, mais passons.

Il ouvrit le petit réfrigérateur, en sortit une bouteille d'eau de source ; au moment de la porter à ses lèvres, il interrompit son geste pour lâcher :

— Ethan a tout de même dit une chose intéressante…

Elle sentit la panique exploser dans sa poitrine. Il allait dire une phrase affreuse comme : « Nevada n'a jamais cessé de t'aimer », ou « C'est tout de même curieux qu'elle ait été dingue de toi alors que tu ne la fréquentais même pas ». C'était idiot, Ethan ne pouvait rien savoir, mais tout de même… Tucker abaissa sa bouteille et, les yeux braqués sur les siens, il murmura :

— Il pensait que c'était ta première fois.

Elle sentit ses joues flamber, ses yeux se clouèrent au sol… mais elle se ressaisit aussitôt, reprit son sandwich et répondit froidement :

— Ne te flatte pas trop. J'avais eu un petit copain au lycée.

Elle n'avait pas nié son affirmation, mais il prit sa phrase pour argent comptant.

— Tu es sûre ?

— Evidemment que je suis sûre !

Elle prit une grande bouchée, se força à la mâcher avec assurance en le regardant dans les yeux. Elle réussit même à rire en ajoutant :

— Arrête de t'inquiéter. Tu n'as pas été ma première fois.

Voilà. C'était dit. Et Tucker semblait très soulagé.

— Je suis content. Je n'aurais pas voulu…

— Tu étais soûl. Je doute que tu aies pu intégrer une information de ce genre, sur le moment.

— Sans doute que non, soupira-t-il. Nous n'en parlons plus, alors ?

— C'est toi qui as remis la question sur le tapis. D'accord, nous n'en parlons plus.

— Amis ?

— Bien sûr.

Elle ne s'était jamais vue comme l'amie de Tucker, plutôt comme la fille qu'il n'avait pas remarquée. Amis ? Cela valait la peine d'essayer. Maintenant qu'ils étaient collègues, elle ne serait pas assez stupide pour craquer pour lui une seconde fois.

Après le déjeuner, Nevada sortit voir où en étaient les géomètres. Les cinquante hectares dédiés au projet représentaient une surface immense qu'ils devaient quadriller pour pouvoir opérer leurs relevés avec un maximum d'exactitude. Une équipe de bûcherons était déjà passée tailler dans les futaies. Les bosquets les plus grands resteraient intacts le long du parcours de randonnée… Elle suivait le tracé du regard quand l'un des hommes — Brad ? — s'approcha d'elle à grands pas en serrant sa main gauche dans un grand mouchoir.

— Je me suis coupé. Vous avez des pansements dans votre voiture ?

— Oui. C'est grave ? Il vaudrait mieux prendre la pharmacie du bureau.

Il se rembrunit, secoua la tête.

— Il faut remplir un papier si on va au bureau.

Elle hésita. Personne n'aimait remplir des paperasses ; si la coupure était sans gravité, elle pouvait passer outre cette fois. En revanche, il pouvait s'agir d'un test, pour la mettre en difficulté : on venait de la parachuter dans l'équipe et en plus, elle était une femme. A la première occasion, elle demanderait à Will si elle avait fait le bon choix. Sa décision prise, elle se hâta vers sa voiture, ouvrit la porte du passager, se pencha pour ouvrir la boîte à gants… et vit le serpent lové sur le siège du chauffeur.

Elle réussit à ne pas sursauter. Ce fut un effort conscient, un réflexe de survie, non pas face à l'animal mais face aux hommes aux yeux desquels elle devait réussir à s'imposer. Dans la fraction de seconde où elle resta paralysée, elle reconnut la couleur brune des flancs lisses, la strie plus claire : un thamnophis. Sauf erreur, sa morsure n'était pas dangereuse pour les humains et d'après sa taille, la pauvre bête était toute jeune. Les pièces du puzzle s'assemblèrent : c'était bien un test, mais il ne s'agissait pas de contourner un règlement maison ; elle devait juste prouver qu'elle avait du cran. Brad ne s'était pas coupé, les gars voulaient juste l'amener à ouvrir sa portière et à se pencher sur le siège…

Elle n'adorait pas les serpents, mais elle n'en était pas à sa première mise à l'épreuve. Le serpent était un peu engourdi par la chaleur de l'habitacle ; d'un geste vif, elle le saisit juste derrière la tête ; affolé, il s'enroula autour de son avant-bras, la relâcha, se lova de nouveau. Elle se retourna en brandissant son trophée et trouva l'équipe au grand complet alignée en bordure du parking.

— L'un de vous a égaré sa petite amie ? s'enquit-elle.

Les hommes échangèrent un regard, puis il y eut un énorme éclat de rire. Affermissant ses jambes qui flageolaient un peu, elle se dirigea vers les buissons les plus proches et relâcha le serpent.

— Vous avez mis combien de temps à l'attraper ? demanda-t-elle en revenant vers ses collègues.

— Presque toute la matinée, répondit Brad, hilare. On croyait que vous alliez hurler.

— Désolée de vous avoir déçus…

L'un des doyens du groupe lui lança un large sourire.

— Oh ! On n'est pas déçus. Pas du tout !

— Contente de l'entendre. On se remet au travail.

*
* *

Le vendredi après-midi, Nevada retourna à Fool's Gold en compagnie de Tucker pour déposer de nouvelles requêtes en mairie.

— A quand le prochain événement sur la commune ? demanda-t-il en ressortant. On n'arrête pas de me parler de vos festivités.

— Le week-end prochain. Oh, il y a aussi un rendez-vous demain sur les terrains de sport. Les *cheerleaders* viennent de rentrer de stage, elles vont nous montrer ce qu'elles ont appris. C'est un événement annuel, on passe toujours un bon moment.

— Il y a des *cheerleaders* ici ?

— Oui, la formation du lycée. En fait, tous les prétextes sont bons pour nous réunir.

— C'est ce que j'avais cru comprendre.

Ils approchaient de l'endroit où il avait garé son pick-up.

— Tout se passe bien pour toi au travail ? demanda-t-il à brûle-pourpoint.

Elle approuva de la tête, très consciente tout à coup de leur proximité physique. La journée était chaude, ils portaient tous deux des T-shirts ; en marchant, son bras nu effleurait parfois celui de Tucker. Elle sentit un frémissement courir sur sa peau et se raidit en décidant que cela n'avait rien à voir avec lui, c'était juste… C'était… Elle réprima un soupir. Elle allait devoir faire un sérieux effort pour se trouver de bons prétextes chaque fois qu'elle en aurait besoin.

Travailler aux côtés de Tucker, c'était à la fois plus facile et plus difficile qu'elle ne s'y attendait. En tant que patron, il était juste, faisait confiance à son équipe et abattait sa part du boulot. C'était le bon côté. En revanche, partager un bureau aux dimensions assez réduites avec un homme aussi irrésistible… Dans la caravane, ou même ici, sur un trottoir relativement étroit, la tension se faisait vite sentir. Heureusement qu'ils passaient tous deux beaucoup de temps sur le site !

— Je m'attendais à ce que les gars aillent plus loin pour me tester mais, apparemment, le serpent leur a suffi, observa-t-elle.

Frappée d'un soupçon, elle leva les yeux pour demander avec méfiance :

— A moins que tu ne sois intervenu… ?

— Non. Tu voulais le poste, à toi d'être crédible. Et puis… je me suis dit que tu cognerais plus dur qu'Ethan si jamais tu apprenais que j'étais passé derrière toi.

— Tu avais raison.

Il lui décocha un sourire en glissant :

— Enfin… il faudrait déjà que tu m'attrapes…

Un groupe d'adolescentes marchait à leur rencontre en jacassant comme des pies ; ils se rangèrent dans l'entrée d'une boutique pour les laisser passer et, sans l'avoir cherché, elle se retrouva tout contre lui. Une fois de plus, son corps la trahit, une chaleur subite jaillit en elle…

— Nevada, salut !

Elle était si troublée qu'elle mit un instant à reconnaître Melissa.

— Oh… salut ! Quoi de neuf ?

— On va s'acheter des glaces.

Le regard de l'adorable petite rousse se posa sur Tucker. Nevada se hâta de faire les présentations.

— C'est mon nouveau patron, Tucker Janack. Tucker, tu n'as pas encore rencontré Melissa, ma nièce ?

— Contente de vous rencontrer ! s'écria la gamine en riant.

Elle leur lança un sourire lumineux et s'éloigna en courant pour rejoindre ses copines. Nevada bondit presque hors du réduit ; quand ils reprirent leur chemin, côte à côte, elle s'efforçait de maîtriser son souffle.

— C'est une des filles d'Ethan ? demanda Tucker.

— C'est compliqué, dit Nevada avec un sourire. Mais en fait, oui, sa sœur et elle sont comme ses filles.

— Il m'a montré leur photo quand on a déjeuné tous les deux.

Ils avaient rejoint le pick-up de Tucker. Il lui ouvrit la portière côté passager et parut surpris quand, au lieu de monter, elle resta plantée devant lui à le dévisager.

— Explique. Je ne comprends pas comment vous avez pu déjeuner tranquillement tous les deux alors qu'il venait de te flanquer son poing dans la figure.

— L'affaire était réglée, nous avions mis les choses au point. Pourquoi n'aurions-nous pas déjeuné et échangé des nouvelles ?

— Les hommes sont bizarres.

Il éclata de rire. Elle se décida à grimper à bord, mais en circulant sur le chantier, le marchepied du pick-up s'était enduit de boue. Sa chaussure de sécurité glissa, elle bascula, les mains tendues pour se retenir. Tucker la saisit à la taille et la remit debout. Pour la seconde fois en l'espace de quelques minutes, elle se retrouva pressée contre lui. Aussitôt, son corps s'éveilla, frémissant. Consciente du danger auquel elle s'exposait, elle s'éclaircit la gorge et lança d'un ton léger :

— Tout va bien, pas de casse !

— Je viens tout juste de te recruter, je ne veux pas d'accident du travail ou de procès, répliqua-t-il d'un ton bourru.

— Ce n'est pas mon genre, voyons.

Au lieu de monter à bord… elle se tourna vers lui. Ce fut plus fort qu'elle, comme si elle assistait au mouvement de l'extérieur, sans l'avoir décidé. A moins que l'impulsion ne soit venue de lui ? Ils se retrouvèrent donc face à face, les yeux dans les yeux. Pour Nevada, le temps se télescopa et elle revit le salon d'une belle demeure des collines d'Hollywood.

Cette fête, elle y était uniquement venue parce qu'elle savait que Tucker y serait. L'invitation venait de Cat, mais cela n'avait pas suffi à la dissuader. Elle savait pourtant qu'elle passerait une soirée misérable, et effectivement, une fois sur place, ballottée dans une foule d'inconnus, elle s'était mise à regretter de tout son cœur sa chambre à la cité universitaire. Des visages célèbres émaillaient la foule mais elle ne voyait que Tucker… qui lui ne voyait que Cat et la suivait partout comme un petit chien, avec une expression d'adoration imbécile. Sans aucune expérience de l'amour, elle était tout de même choquée par le décalage entre cet abandon de tout son être et l'attitude de Cat en retour, parfois tendre, parfois désinvolte…

— Je te connais ?

Un grand garçon, beau comme une star de cinéma, s'était planté devant elle. Elle avait mis un instant à le reconnaître : c'était bien une star de cinéma, la tête d'affiche du blockbuster de l'été, le visage souriant sur la couverture de toutes les revues *People*. Elle aurait aimé trembler en le voyant comme elle tremblait en regardant Tucker ! Gênée, elle avait marmonné :

— Je ne crois pas, non.

— Tu pourrais, avait-il répliqué. Tu pourrais apprendre à me connaître.

Il était ivre, peut-être même shooté à voir ses pupilles dilatées.

— Non, merci.

— Viens, je saurai te faire changer d'avis.

Il avait saisi son poignet et la tirait vers les profondeurs de la maison. Elle envisageait de faire ce que ses frères lui avaient appris pour se défendre quand Tucker s'était matérialisé à ses côtés.

— Pas de ça, avait-il dit en détachant la main de l'homme de son bras. Elle est avec moi.

— Oh ! Désolé, *man*. Je ne savais pas.

Le type était parti sans demander son reste. Avec un sourire, Tucker avait attiré Nevada contre lui.

— Je vois qu'on ne peut pas te laisser sans surveillance. Si je ne fais pas attention, tu vas te faire dévorer toute crue.

Et il l'avait embrassée. Un baiser léger, amical, qui ne signifiait sans doute rien pour lui. Pourtant, cela avait suffi à faire s'écrouler l'univers de Nevada. Elle se serait peut-être autorisée à l'embrasser en retour… mais Cat s'était approchée et aussitôt, l'attitude entière de Tucker avait changé. Nevada n'existait plus pour lui. Il n'y avait pas de demi-mesure : si Cat était présente, tous les autres s'effaçaient.

— Nevada ?

Elle retomba brutalement dans le présent. Le visage de Tucker, à quelques centimètres du sien, arborait une expression étrange. D'une voix un peu rauque, il demanda :

— Tout va bien ?

— Mais oui !

Très vite, elle lui tourna le dos et grimpa à bord du pick-up. Il contourna le véhicule, puis se glissa derrière le volant et s'éclaircit la gorge avant de lancer d'un air dégagé :

— On y retourne ?

Elle approuva de la tête, trop bouleversée par ce souvenir pour prononcer un mot. En silence, elle fit le serment de ne plus jamais endurer la torture déchirante de désirer un homme qu'elle ne pouvait avoir.

5

Le lundi suivant, à l'aube, Nevada roulait vers le chantier quand elle vit une voiture et un petit 4 x 4 immobilisés sur le bord de la route. Deux femmes se tenaient sur le bas-côté. Aussitôt, elle se rabattit pour voir si elles avaient besoin d'un coup de main.

En descendant de son véhicule, elle reconnut la plus grande des deux, Heidi Simpson, une jolie blonde que tout Fool's Gold appelait la « fille aux chèvres ». Arrivée depuis peu dans la région, Heidi s'était installée avec son grand-père au Castle Ranch, juste à côté du site du chantier. Nevada se souvenait d'être allée à ce ranch quand elle était gosse pour faire des promenades à poney. A l'époque, c'était un élevage florissant de bétail et de chevaux, mais à la mort du propriétaire, l'exploitation était restée à l'abandon pendant près de vingt ans. Heidi et son grand-père élevaient des chèvres et proposaient du fromage artisanal.

— Bonjour ! lança Nevada en s'approchant. Vous avez un problème ?

— Une crevaison ! s'écria Heidi. Vous connaissez Annabelle Weiss ?

— La nouvelle bibliothécaire, se présenta l'inconnue avec un sourire gêné. Je suis arrivée hier ; je roulais pour découvrir un peu la région et…

Elle eut un geste d'impuissance vers son pneu à plat.

— J'appelle une dépanneuse ? proposa Nevada en sortant son portable de sa poche.

— Pas de réseau, dit Heidi. Au ranch, cela fonctionne un tiers du temps, au mieux. Heureusement que j'ai une ligne fixe. J'allais emmener Annabelle chez nous pour téléphoner. Vous pouvez nous recommander un garage ?

— Il y en a plusieurs… Tenez, le fils de Donna cherche toujours un prétexte pour conduire la dépanneuse ; si j'étais vous, je l'appellerais en premier : il sera ici dans les dix minutes.

— Donna ? répéta la bibliothécaire, perplexe.

Nevada éclata de rire.

— J'oubliais, vous êtes nouvelle ici. Vous allez devoir vous y habituer : nous sommes une ville de femmes. Pendant des années, par manque d'hommes, les femmes ont pris en charge beaucoup des emplois habituellement réservés à ces messieurs. Le chef de la police est une femme, le chef des pompiers aussi, tout comme la plus grande partie des effectifs du shérif et quasiment tout le conseil municipal.

Elle tendit la main en lançant cordialement :

— Nevada Hendrix.

— Oui, je ne vous ai pas présentées, soupira Heidi. Je ne sais plus où donner de la tête : les vaches sauvages sont revenues saccager les enclos ce matin, nous avons eu très peur.

— Les vaches sauvages ? répéta Nevada, incrédule.

— Elles étaient sur nos terres quand nous sommes arrivés. Apparemment, les vaches peuvent retourner à l'état sauvage. Voilà des années qu'elles se débrouillent seules, et elles n'apprécient pas du tout notre présence. Il devait y avoir au moins un taureau parce qu'elles se sont reproduites. Aujourd'hui, il y en a tout un troupeau et je vous jure que c'est impressionnant quand elles renversent négligemment les clôtures que nous venons juste d'installer. J'ai l'impression qu'elles essaient de politiser les chèvres. Mais si ! Elles veulent qu'elles se rebellent et qu'elles viennent les rejoindre.

Médusée, Nevada se tourna vers Annabelle, qui haussa les sourcils en murmurant :

— Des chèvres dévoyées… tout un programme.

Heidi éclata de rire.

— Dit comme cela, c'est ridicule, mais je vous jure que chaque fois que les vaches s'approchent, les chèvres se comportent bizarrement.

— C'est peut-être territorial, suggéra Annabelle. Elles sentent qu'on envahit leur espace.

— Peut-être. Je n'y avais pas pensé. Il faut dire que je n'avais encore jamais eu à m'occuper de vaches sauvages.

— Vous devriez faire appel à un beau cow-boy solitaire, s'écria Nevada, très amusée. Il faudra en importer un, parce que nous n'avons pas ça ici, mais il pourrait tout vous expliquer.

Heidi hocha la tête d'un air de doute et revint au problème immédiat.

— Venez, Annabelle. Je vous emmène au ranch passer votre coup de fil. Nevada, merci de vous être arrêtée.

— De rien. Nous sommes comme ça, à Fool's Gold.

— J'ai vu cela. Si vous saviez comme je suis contente que nous ayons atterri ici, avec grand-père ! Tout le monde a été accueillant, et tout le monde a l'air d'aimer le fromage.

— Je suis contente de vous avoir rencontrée, ajouta Annabelle avec un sourire.

— Si je peux faire quelque chose pour vous aider à vous installer…

— Merci !

Elles retournaient vers leurs voitures quand un pick-up énorme freina à leur hauteur. Une grande femme aux cheveux coupés court tenait le volant ; Nevada reconnut Charlie, pompier de son état.

— Drôle d'endroit pour un pique-nique ! cria-t-elle en se penchant par sa vitre ouverte.

Puis elle vit le pneu à plat et s'exclama, outrée :

— Ne me dites pas qu'à trois, vous n'êtes pas capables d'arranger ça ?

— Charlie, pompier, secouriste, murmura Nevada en guise de présentation tandis que l'intéressée se garait en tête du petit convoi.

— Elle va encore nous crier dessus ? souffla Heidi.

Charlie s'approchait déjà de sa démarche de baroudeuse. Un mètre quatre-vingts, solidement charpentée, elle était femme à imposer son point de vue à des interlocuteurs autrement coriaces. Assez jolie au demeurant, elle ne portait que les vêtements les plus utilitaires et ne se maquillait jamais. Nevada préférait également les jeans, mais il lui arrivait de se passer un peu de gloss ou de mascara. Pas Charlie, qui semblait s'être juré de présenter la façade la plus rugueuse possible.

— C'est une crevaison, annonça-t-elle.

Nevada prit sur elle de faire les présentations.

— Annabelle Weiss, la nouvelle bibliothécaire, et Heidi Simpson, qui a racheté le Castle Ranch avec son grand-père.

— La femme aux chèvres, résuma Charlie. J'ai entendu parler de vous. Excellent fromage.

— Merci.

— Et voici Chantal Dixon, conclut Nevada.

Charlie posa sur elle un regard blessé.

— Qu'est-ce que tu viens de dire ?

— Mais ton prénom est très joli, protesta Nevada qui se retenait de rire.

— Ne m'oblige pas à te faire du mal. Mesdames, appelez-moi Charlie et nous nous entendrons très bien.

— Vous n'aimez pas votre prénom ? s'étonna Heidi.

— J'ai l'air d'une Chantal ? Ma mère avait la poésie mal placée. Elle pensait que je serais menue et délicate comme elle, mais heureusement, je ressemble à mon père.

La minuscule bibliothécaire, qui arrivait à peine à l'épaule de Charlie, murmura :

— Nous allions appeler une dépanneuse…

Charlie opposa un veto immédiat à ce projet.

— C'est une crevaison, donc pas la fin du monde.

Les autres femmes échangèrent un regard hésitant.

— Je m'occupe moi-même des travaux de rénovation de la grange, hasarda Heidi.

— C'est bien, mais une grange, ça se conduit difficilement. Toi, Nevada, tu sais forcément changer une roue ! Tu as trois grands frères !

— Justement, avec trois grands frères, je n'ai jamais eu à m'occuper de ma voiture, répondit gaiement Nevada.

Puis, devant l'expression de Charlie, elle avoua :

— D'accord, j'aurais pu apprendre à changer une roue mais je ne l'ai pas fait. Si ça peut te consoler, je sais conduire une rétrocaveuse.

— Vous ne faites rien pour l'image des femmes ! Je vous jure, je vais finir par organiser des ateliers sur l'autonomie au quotidien. Je parie que vous ne savez pas non plus réparer un robinet qui fuit.

— Moi je sais, protesta Nevada. Je suis beaucoup plus douée pour le bricolage que pour la mécanique.

— Mais c'est une voiture que tu as devant toi.

— Habituellement, elle n'est pas aussi désagréable, glissa Nevada aux deux nouvelles citoyennes de Fool's Gold.

— Si, la contredit aussitôt Charlie.

Elle contourna la voiture, ouvrit le coffre sans demander l'autorisation de sa propriétaire et lança :

— Au moins, vous avez une roue de secours. Très bien, nous allons faire ça ensemble, je vous expliquerai au fur et à mesure.

— Je passe mon tour, protesta Nevada en reculant vers son pick-up. Je suis déjà en retard pour le travail.

— Hors de question. Vous allez toutes les trois apprendre quelque chose d'utile aujourd'hui.

— Les gars du chantier ont mis un serpent dans mon pick-up et ça ne m'a pas dérangée. Ça compte, pour l'image des femmes ?

— C'était un serpent dangereux ?
— Non.
— Alors ça ne compte pas. Venez par ici.
Elle brandit un outil en forme de X et lança :
— L'une de vous peut me dire comment ça s'appelle ?

Jo acheva de ranger les bouteilles de vodka, aplatit le carton et alla le déposer dans la benne de recyclage. Le temps était magnifique, tiède et ensoleillé ; un après-midi à passer au grand air plutôt que dans un bar. Très peu pour elle, pensa-t-elle en tournant le dos au grand ciel bleu pour se replier dans son refuge.

De retour dans la salle, elle jeta un regard satisfait à la ronde. La vie était belle, les clients nombreux, son compte en banque bien fourni ; elle mettait même une petite somme de côté chaque mois, pour les coups durs ou pour sa retraite. Elle avait beaucoup d'amis, un chat adorable, une existence idéale, pensa-t-elle avec un petit frisson de culpabilité. C'était apparemment classique, psychologiquement, ce sentiment d'imposture embusqué chez ceux à qui tout réussit. Au fond, ils ne cessent d'attendre la voix qui viendra leur dire que leur parcours remarquable était un malentendu, qu'ils n'étaient pas particulièrement doués, qu'on ne leur avait pas du tout proposé cette promotion… La question ne la laissait jamais en paix : pourquoi avait-elle tout alors que tant d'autres n'avaient rien !

Qui aurait cru qu'elle pourrait un jour atteindre un tel équilibre ? Ou qu'elle trouverait un accueil aussi chaleureux dans une ville aussi agréable et aurait enfin un vrai foyer ? Si elle ne méritait rien de tout cela, elle voyait difficilement comment (ou à qui) elle pourrait rendre toutes ces richesses. Lassée de ces pensées douloureuses, elle réprima un soupir et passa dans la cuisine où Marisol, sa cuisinière à temps partiel, préparait le *guacamole* maison.

— Tu as tout ce qu'il te faut ?

La petite Mexicaine lui sourit avec affection et répliqua avec sa vivacité habituelle :

— Tu me demandes toujours, et je te dis toujours oui. Les fournisseurs sont très bien, ils livrent ce qu'il faut quand il faut.

— Je préfère être sûre.

— Tu veux trop contrôler, répliqua Marisol en fronçant le nez. Il te faudrait un homme.

— C'est ce que tu me répètes depuis des années.

— J'ai raison depuis des années !

Elle embraya sur une tirade volubile en espagnol, en expliquant sans doute que tous les problèmes de Jo seraient résolus si seulement elle se trouvait un homme valable.

— Tu n'es pas une observatrice impartiale, protesta Jo, agacée. Tu t'es mariée à quel âge, douze ans ?

— Seize ! Presque quarante ans de mariage et nous avons déjà huit petits-enfants. Tu devrais avoir autant de chance !

— Je devrais, mais ce n'est pas le cas. Profite bien de ton bonheur. Moi, je suis très bien comme je suis.

— Etre bien, ce n'est pas être heureuse.

Etre bien, cela lui suffisait pourtant. Jo retourna dans la salle en se disant qu'être bien, c'était même royal ! Elle avait la sécurité, elle parvenait à dormir la nuit ; un peu plus de bonheur et tout l'édifice serait par terre. Heureuse, elle se ferait un sang d'encre en attendant le coup dur qui viendrait rééquilibrer la donne en la punissant. Non, décidément, elle ne demandait rien de plus.

Avec soin, elle inscrivit le *Happy Hour* du jour au tableau noir. Elle aimait ce temps creux entre le déjeuner et la sortie des bureaux. Après un instant de réflexion, elle alluma le téléviseur ; si elle appréciait le silence, les clients aimaient trouver de l'animation en entrant. Un instant plus tard, la porte de la rue s'ouvrit, un homme parut. En reconnaissant Will Falk, elle fut incapable de décider si elle était heureuse ou contrariée de le voir.

— Comment va la vie ? demanda-t-il en s'approchant de sa démarche inégale.

— Très bien, repartit-elle en posant un sous-verre sur le bar. Qu'est-ce que je vous sers ?

— Je suis passé voir si je pouvais vous aider à assembler les jouets.

— C'est déjà fait. Nous avons eu deux petits aujourd'hui à l'heure du déjeuner, ils se sont amusés comme des petits fous.

— C'est bien. Je prendrai une bière, ajouta-t-il en s'installant sur un tabouret. Ce que vous avez à la pression. Je vous offre un verre ?

— Je ne bois jamais au travail.

— Je ne vous donne pas beaucoup de travail.

Elle lui accorda un bref sourire, sans revenir sur son refus. Il était sûrement un type très bien, un homme *normal,* appréciant les bonnes choses de la vie, faisant son travail avec conviction, du sport pendant ses loisirs, l'amour deux fois par semaine. Un homme fait pour savourer les petits plats maison. Dans son métier, elle avait appris à jauger les gens et elle se trompait rarement sur leur compte. Si elle devait évaluer Will Falk, elle dirait qu'il ne trichait ni au jeu ni avec les femmes, qu'il avait beaucoup d'amis et un code moral solide. Résultat : il était hors limites pour elle. Tous les hommes étaient hors limites, mais surtout les hommes comme lui. Muette, elle posa sa bière devant lui et s'éloigna vers la réserve.

— Cela vous dérange que je boite ?

Surprise, elle se retourna, puis revint lentement vers lui.

— Non.

Il précisa, sans émotion particulière :

— Certaines femmes n'aiment pas. Elles cherchent la perfection.

— Pas moi. La perfection ne m'attire pas.

— Dans ce cas, quel est le problème ?

Il était séduisant. Agréable. Plusieurs de ses amies

étaient récemment tombées amoureuses, et Jo les avait enviées.

— Que vous est-il arrivé ? demanda-t-elle sans relever sa question.

— Un accident sur un chantier. Je me suis cassé à peu près tout ce qu'on peut se casser en tombant d'un pilier de pont. J'ai mis un certain temps à me remettre.

Elle devina que ce sobre résumé recouvrait une réalité assez rude. Il avait dû passer des mois à l'hôpital, endurer des centaines d'heures de rééducation.

— Vous avez encore mal ?

— Je sais quand il va pleuvoir, mais je vais bien.

Il lui offrit un lent sourire sexy.

— Vous voulez voir mes cicatrices ?

Elle se découvrit une envie de dire oui. Une envie de baisser sa garde, pour une fois, et de répondre sur le même registre. Ce serait si bon de rire et de faire rire un homme ! Elle soupira :

— Une autre fois peut-être.

— J'ai le temps. Je serai ici près de deux ans.

— Mais ensuite, vous partirez sur un nouveau projet ?

Il approuva de la tête.

— C'est mon métier de voyager. C'est passionnant.

Sans l'avoir décidé, elle s'entendit avouer :

— Moi, je préfère planter mes racines. J'ai beaucoup cherché avant de trouver cette ville.

— Qu'est-ce que vous aimez ici ?

— Les gens. Ils sont très chaleureux. Le climat aussi. C'est un endroit formidable.

Un endroit où elle pouvait tirer le voile sur le passé et vivre comme tout le monde. A Fool's Gold, la patronne du *Jo's Bar* était un personnage important… mais elle ne pouvait pas lui confier tout cela.

— Faites-moi visiter, proposa-t-il. C'est ce qu'on fait quand on accueille de nouveaux voisins, non ? On organise une visite.

Elle avait réellement envie de céder. Il y avait si

longtemps qu'elle ne s'était pas autorisée à se montrer accessible, vulnérable. Oui, mais la dernière fois, les conséquences avaient été si destructrices ! A cause de son immense besoin d'aimer et d'être aimée, un homme était mort.

— Je ne peux pas, dit-elle, à la limite de la brusquerie. Ce n'est pas votre faute. Je suis désolée.

Il hocha lentement la tête, descendit de son tabouret et laissa choir un billet de dix dollars sur le bar.

— C'est ma tournée, dit-elle avec raideur.

— Non, merci. Je ne me fais inviter que par mes amis.

Et il s'en alla sans se retourner. Interdite, elle le suivit du regard et, quand la porte se referma, elle baissa la tête. Elle venait de le blesser et de se blesser aussi, mais comment faire autrement ? Elle n'avait pas le choix, elle ne pouvait pas prendre le risque. Il y aurait tout simplement trop à perdre.

— J'adore cette ville, dit Tucker en refermant sa boîte mail. Nous avons déjà nos autorisations.

Il fit pivoter son siège vers Nevada, qui travaillait à l'autre extrémité de la caravane, et lui demanda :

— C'est toi qui as accéléré la procédure ?

— J'aimerais me faire mousser, mais je dois dire que non. Je te l'ai dit, la commune est à cent pour cent pour ce projet. Pourquoi veux-tu qu'on te mette des bâtons dans les roues ?

Tucker reporta son regard sur l'écran de son ordinateur. Les propos de Nevada étaient logiques, mais les forces qui régissaient un chantier n'étaient *jamais* logiques ! Cette fois, tout se mettait en place avec tant de facilité que cela en devenait inquiétant. C'était peut-être idiot de sa part, mais il préférait voir venir les coups durs et ne pas être pris par surprise.

— Arrête de te faire du souci ! lança-t-elle en riant.

— C'est parce que je me fais du souci que je suis si efficace.

Il se leva et empoigna la cafetière électrique.

— Tu en veux ?

— Merci.

Nevada lui apporta sa tasse. Comme il contournait le bureau au même moment, ils se retrouvèrent nez à nez. En voulant tous deux s'écarter, ils faillirent se heurter de nouveau et elle bondit en arrière avec un empressement assez comique.

— Tu es un peu nerveuse, non ?

— Mais non ! protesta-t-elle, sur la défensive.

— Ce n'est pas grand, ici, reprit-il avec calme. Nous allons devoir nous côtoyer de près.

— J'en ai bien conscience, et ce n'est pas un problème.

— Tu te comportes pourtant comme si c'était un problème.

— Mais non ! clama-t-elle, excédée. Tu fais un drame à partir de rien.

— Crois-tu ?

Elle leva le menton d'un air de défi.

— Oui, je le crois. Je peux avoir du café, s'il te plaît ?

— Je crois aussi que tu te sens attirée par moi et que tu ne sais pas comment gérer la situation.

Elle le fixa un long moment, bouche bée…

— Tu as perdu la tête ?

— On n'a jamais fait de diagnostic professionnel, mais je me crois à peu près sain d'esprit.

— Tu dis ça à cause de ce qui s'est passé il y a dix ans. On était d'accord pour ne plus y revenir !

Posément, il remplit sa tasse, remit le pichet à sa place et se percha sur l'angle du bureau de Will.

— Ce n'est pas moi qui ai parlé du passé.

— Tu y pensais.

— Non. Mais toi, tu y as pensé. Souvent.

Il vit ses joues rougir brutalement.

— Pas de cette façon. Tu essaies de prouver quelque

chose ? Tu n'y arriveras pas. Je suis parfaitement remise de mes sentiments pour toi et…

Elle se tut brusquement en serrant les lèvres.

— Tes sentiments… ? répéta-t-il.

— Tais-toi.

— Tes sentiments pour moi ?

— Je te jure que si tu ne te tais pas, Tucker, je vais imiter mon frère.

— Tu viens de dire que tu étais attirée par moi, avant.

Elle posa brusquement sa tasse en croisant les bras sur sa poitrine. Ses yeux bruns jetaient littéralement des éclairs.

— J'ai couché avec toi. Pourquoi, à ton avis ?

— J'étais assez irrésistible.

— Pas autant que tu le crois.

— Tu es toujours attirée par moi.

Elle leva les yeux au ciel en clamant :

— C'est quoi, ton problème ! Nous sommes collègues sur un projet à long terme. Pourquoi cherches-tu à tout compliquer ?

— C'est une chose qui me vient naturellement.

— Tu ne m'attires pas du tout.

— C'est O.K., tu peux me le dire, personne ne le saura. Tu as envie de moi.

— J'ai surtout envie de te passer sur le corps avec un gros engin.

Il avait commencé cette discussion dans une optique un peu kamikaze : pour lever les tabous, tout mettre à plat entre eux. Un peu par provocation aussi, par besoin de la pousser à bout… mais le résultat le laissait assez pantois. Il ne s'attendait pas à tant de fureur ; cherchait-elle à se protéger ? Maintenant qu'il y pensait, elle se montrait très circonspecte en sa présence. Cela signifiait-il qu'elle sentait, elle aussi, le courant qui passait entre eux ?

Ils étaient effectivement collègues, c'était stupide de sa part de compliquer la situation, mais il ne pouvait pas s'empêcher de la provoquer. Elle était si intelligente, si drôle et si sexy, et si prête à relever n'importe quel défi. Une combinaison irrésistible !

— Vas-y, dit-il tout bas. Embrasse-moi si tu l'oses. Une fois que tu te seras sorti ça de l'esprit, tu pourras te concentrer.

— Je n'ai aucun problème pour me concentrer, articula-t-elle, les dents serrées. Et toi, tu as un ego de la taille de la planète Mars.

— Tu as peur.

— Je n'ai pas peur, je suis raisonnable.

Nevada tourna le dos à Tucker pour se calmer. Elle était furieuse qu'il ait réussi à la troubler. Pour une raison qu'elle ne s'expliquait pas, il déclenchait en elle des réactions insensées. Elle mourait d'envie de le gifler, de l'embrasser, sans même savoir laquelle des deux pulsions était la plus forte. Pourquoi avait-il fallu qu'il parle de baisers ? Elle n'y pensait même pas jusque-là, mais maintenant que le mot était dit, elle se sentait vibrer au plus profond de son être. Dire qu'elle l'accusait, lui, d'avoir perdu l'esprit !

Elle lui fit face de nouveau. Il avait une petite moue, comme pour dire qu'il la trouvait bien lâche. N'y tenant plus, elle l'empoigna aux épaules et se haussa vers sa bouche. Une succession de pensées confuses se bousculèrent dans le bref instant qu'elle mit à atteindre ses lèvres : il fallait dédramatiser cette histoire… En l'embrassant, elle lui prouverait qu'elle ne se laissait pas impressionner, ni par lui, ni par le passé… Dans une minute, la tension serait retombée et ils en riraient tous les deux. Puis ses lèvres effleurèrent celles de Tucker et une chaleur intense et sensuelle l'enveloppa, comme si elle était précipitée tout droit de la caravane climatisée aux berges du Mississippi en plein mois d'août. L'air trop lourd lui coupa le souffle, son sang s'épaissit et charria le désir dans chaque recoin de son corps.

Sous le choc, elle recula, les yeux élargis. Le regard sombre de Tucker était indéchiffrable.

— C'est tout ce que tu sais faire ? demanda-t-il tout bas.

Elle secoua la tête et revint à la charge, en inclinant légèrement la tête sur le côté. Dès que leurs bouches se rencontrèrent, la chaleur jaillit, plus violente encore. Elle eut envie d'arracher ses vêtements, pour trouver un peu de fraîcheur, mais surtout pour s'offrir à ses caresses. Sa peau frémissait, un appel délicieux se glissait dans les endroits les plus intimes de son corps. Elle aurait voulu étreindre Tucker, découvrir la densité et les contours de son corps, mais elle s'interdit le moindre geste. Elle aurait voulu lui donner un baiser qu'il n'oublierait jamais, mais elle ne pouvait pas aller plus loin… parce qu'elle avait trop peur de sa propre réaction.

Stop, le jeu était terminé, même s'il cherchait de nouveau à la provoquer. Si un baiser aussi chaste pouvait la faire trembler de désir, comment résisterait-elle si jamais il se mettait en tête de la séduire ?

— Voilà, tu es content ? lâcha-t-elle en se détournant.

— Très.

Elle inspira à fond pour raffermir sa détermination.

— Tout ça, c'est pour regonfler ton ego, je me trompe ?

Il semblait… ma foi, il semblait troublé, lui aussi. Un peu assommé.

— Ça, c'était avant. Ce n'est plus la même chose maintenant.

Sa voix était bizarre, son regard aussi. Pendant un long instant, ils se fixèrent dans le blanc des yeux, puis elle retourna à son bureau sans lui demander d'élucider sa petite phrase. S'il avait ressenti la même chose qu'elle, s'il avait été sur le point de perdre le contrôle de lui-même… elle préférait ne pas le savoir. Mieux valait ne plus jamais aborder le sujet. La dernière fois… Non, elle devait oublier la dernière fois. Mieux valait verrouiller l'épisode, pour toujours.

— Nous avons besoin de revoir le planning des explosions, dit-elle en cueillant un document au hasard sur son bureau. Il faudra coordonner l'action de plusieurs organismes, y compris les pompiers de Fool's Gold. Je ferai la liaison avec eux si tu veux.

— Oui. Parfait

— C'est ma première fois… je veux dire, je n'ai jamais travaillé avec des explosifs.

— Ça va secouer ton univers.

Malgré sa gêne, elle se mit à rire.

— Je ne suis pas sûre de vouloir qu'on secoue mon univers.

— Tu devrais essayer. Cela pourrait te plaire.

Il souriait de nouveau, le visage détendu. Si seulement c'était possible, comme elle aurait aimé découvrir ce qu'elle pourrait ressentir dans ses bras, ce qu'il pourrait faire de son corps ! Vu leur passé commun et leurs situations respectives, ce serait stupide, une grossière erreur. Le travail d'abord, les fantasmes ensuite. Elle se laissa tomber sur son siège et se concentra de nouveau sur son écran… Rien à faire, elle ne comprenait rien au rapport qu'elle s'efforçait de lire, trop habitée par le feu d'artifice qu'elle venait de vivre, et trop angoissée par la catastrophe qui fondrait sur elle si jamais elle s'avisait de céder.

Car, en fait, le problème ne se situait pas du côté de Tucker, mais bien du sien. Dix ans plus tôt, elle avait été incapable de lui résister alors qu'il ne faisait pas un geste pour la séduire. Que ferait-elle aujourd'hui si, tout à coup, il ne plaisantait plus ?

Elle ne devait pas oublier une chose importante : il ne resterait pas plus d'un an. De plus, il n'avait aucune intention de se ranger, il se montrait on ne peut plus clair sur le sujet. Il lui avait déjà brisé le cœur une fois, demandait-elle réellement une piqûre de rappel ? N'avait-elle pas fait le tour du phénomène Tucker Janack ? Il n'était pas un bon choix pour elle, à aucun niveau. Elle se demanda combien de fois encore elle devrait se répéter cela avant d'y croire.

6

Après une semaine aussi rude, Nevada n'avait qu'une envie : passer une soirée tranquille sans penser une seule fois à Tucker. Malheureusement, depuis la scène bizarre de la caravane, il faisait souvent irruption dans ses pensées. Ce fut donc avec grand plaisir qu'elle accepta l'invitation de sa mère pour un dîner en famille.

Elle arriva à l'heure dite et rencontra Dakota, Finn et Hannah sur le trottoir devant la maison. Elle sourit joyeusement à sa sœur et à l'homme qui serait bientôt son beau-frère, et se hâta de prendre le bébé dans ses bras.

— Na-na-na, piailla la petite, enchantée.

— Ne-va-da, c'est ça ! Tu es très intelligente ! Bonjour, dit Nevada à l'adresse du couple. Vous allez bien ?

— Fantastique, répondit Finn avec conviction. La petite grandit à vue d'œil, elle essaye déjà de marcher.

Nevada le contempla avec affection. Il semblait si heureux et si fier de sa petite famille ; sa sœur avait vraiment trouvé un type adorable. Leur couple était encore tout nouveau car Finn était arrivé à Fool's Gold quelques mois auparavant, pour récupérer ses jeunes frères embrigadés dans une émission de téléréalité. Les deux garçons, des jumeaux, étaient majeurs et parfaitement capables de faire leurs propres choix, mais sur le moment, il avait eu quelques difficultés à l'admettre. De son côté, Dakota, déjà convaincue qu'elle ne trouverait jamais l'amour, s'était mise en rapport avec une agence d'adoption ; alors même qu'elle commençait à craquer pour Finn, elle avait appris qu'on lui confiait Hannah. La situation s'était encore compliquée quand elle avait découvert qu'elle était enceinte… Ils sortaient donc d'une période assez stressante, mais qui se terminait bien : Finn s'était installé à Fool's Gold en rachetant le petit aérodrome local, et le jeune couple préparait son mariage.

— Vous avez choisi la date du grand événement ? demanda Nevada tandis qu'ils s'avançaient vers la porte d'entrée.

— Non, pas encore, répondit Dakota en se retournant à demi pour sourire à Finn.

Celui-ci poussa la porte en s'effaçant pour laisser passer ces dames. Ils plongèrent alors dans un brouhaha joyeux. Le reste de la famille était déjà arrivé et Fluffy, un grand chien doré, s'efforçait de saluer tout le monde en bondissant pour leur lécher le visage.

— Je crois que nous arrivons les derniers, confia Dakota à Hannah.

La petite regardait autour d'elle, les yeux brillants, et riait de reconnaître tant de visages aimés. Il y avait là Ethan, Liz et leurs trois enfants ; Kent et son fils Reese qui s'efforçaient de calmer Fluffy tandis que Montana, la troisième triplée, les conseillait en professionnelle du dressage. Son fiancé Simon se tenait un peu en retrait comme à son habitude, mais il semblait beaucoup plus détendu désormais, et aussi beaucoup plus heureux. Tucker bavardait avec Denise et…

Médusée, Nevada fit mentalement machine arrière. *Tucker ?*

— Vous voilà ! s'écria Denise.

Elle tapota amicalement le bras de son interlocuteur et vint accueillir les nouveaux venus.

— Et voilà Hannah ! Viens voir ta mamie, ma chérie !

Hannah lui tendait déjà les bras. Nevada confia la petite à sa grand-mère et recula en s'efforçant de rassembler ses esprits.

— Finn, tu as rencontré Tucker ? demandait Denise en serrant la petite fille sur son cœur. Un vieux copain d'Ethan et aussi le nouveau patron de Nevada. Sa compagnie construit le complexe touristique au nord de la ville.

Nevada profita de ce que les deux hommes se serraient cordialement la main pour demander en sourdine :

— Qu'est-ce qu'il fait ici ?

— Il ne connaît encore personne à Fool's Gold. J'ai pensé qu'il apprécierait un dîner en famille.

— C'est cela. Après avoir dit à Ethan que j'avais couché avec lui pour qu'il aille me venger.

— Il fallait faire quelque chose, répliqua sa mère, sur le ton de l'évidence et sans la moindre confusion. Maintenant, il a eu son avertissement et nous pouvons tous passer à autre chose.

Nevada secoua la tête, atterrée.

— Je n'en crois pas mes oreilles. Tu te prends pour la mafia ? Tu as pensé un seul instant à la position gênante dans laquelle tu me mettais ?

— Gênante pourquoi ? Vous êtes juste collègues.

Effectivement. Leurs rapports n'avaient plus rien d'intime. A part quelques baisers.

— Mais tout le monde a su… Et cela ramenait la question… Bon, oublie ça, soupira-t-elle. De toute façon, le mal est fait.

— Je suis contente que cela ne te pose aucun problème, répliqua cette femme incorrigible, parce que je l'ai placé à côté de toi pour le dîner.

Et elle disparut dans la cuisine, Hannah dans les bras. Que faire, la suivre ? Monter se cacher à l'étage ? Avant que Nevada ne puisse se décider, Tucker s'approcha pour lui offrir un verre de vin.

— J'avais oublié l'ambiance, dans ta famille, dit-il.

— Ta dernière visite remonte à longtemps.

— Je ne les ai pas revus depuis l'été de la colonie vélo avec Ethan et Josh Golden.

Nevada n'avait pas plus de dix ans à l'époque. Sur le moment, elle n'avait pas du tout remarqué Tucker ; pour elle, les copains de son grand frère étaient par définition des êtres sans intérêt.

— Nous sommes plus bruyants aujourd'hui, soupira-t-elle.

— Et encore plus nombreux. Je n'en reviens pas de voir Ethan à la tête d'une famille.

Les enfants en question choisirent ce moment pour partir d'un énorme fou rire. Nevada ne put s'empêcher de sourire en regardant leurs visages épanouis.

— J'aime qu'ils restent avec nous au lieu de disparaître à côté pour jouer avec la Wii que maman leur a offerte, confia-t-elle.

— Dakota et Montana sont fiancées toutes les deux ?

— C'est ça. Simon est chirurgien et Finn pilote. Il vient d'Alaska.

— Nous avons fait un chantier là-haut.

— Y a-t-il un endroit au monde où vous n'avez pas fait un chantier ?

— Pas vraiment, non.

Il jeta un nouveau regard à la ronde.

— Je n'ai jamais eu ce genre de foyer. Je me souviens à peine de ma mère. Après sa mort, mon père m'a trouvé une nounou et nous avons toujours voyagé partout avec lui.

— Je ne peux même pas imaginer ce que ce serait de vivre loin de ma famille.

— Vous êtes très soudés. Et ton frère est déterminé à te protéger, glissa-t-il en se frottant la mâchoire.

— Tu l'avais bien mérité.

Il la surprit en éclatant de rire.

— C'est vrai ! Je t'ai fait mes excuses ?

— Oui, alors ce n'est pas la peine de recommencer.

Ethan choisit ce moment assez délicat pour les rejoindre.

— Tout va bien ici ?

— Merci, répliqua sèchement sa sœur. Ce n'est pas la

peine de jouer les gros bras, je suis parfaitement capable de me défendre.

— Il y a des moments où il faut intervenir pour protéger ceux qu'on aime. Tucker le comprend très bien.

Comme celui-ci approuvait de la tête, Ethan lui demanda s'il comptait regarder le match à la télé le dimanche suivant et les deux hommes se mirent à parler football. Assez amusée par cette conclusion, Nevada les écouta en se demandant où Tucker passait habituellement ses après-midi du dimanche. Quelles options pour un célibataire dans ce monde de couples ? Au fond, Tucker avait toujours dû trouver ses propres stratégies. Enfant, puis adolescent, il était obligé presque chaque année de s'intégrer dans une nouvelle école, souvent dans un nouveau pays, une nouvelle culture. Comment parvient-on à vivre sans racines ?

— Fais attention à toi, disait Ethan. Il y a des milliers de filles célibataires en ville.

— Tu exagères ! Et d'ailleurs, où est le problème ? Tes célibataires ne m'inquiètent pas du tout.

Il sirotait son vin, très décontracté. Nevada se mit à rire.

— Elles devraient ! Jusqu'à tout récemment, nous avions une pénurie d'hommes ; ces dames vont se jeter sur toi. Tu ne te rends pas compte de l'aubaine : un garçon solide, riche, qui travaille dans le bâtiment !

Ce fut au tour de Tucker d'éclater de rire.

— Moi aussi, je sais me défendre.

— Ethan, ne laisse pas passer cette occasion ! s'écria-t-elle, enchantée. D'ici une dizaine de jours, tu pourras lui dire : « Je te l'avais bien dit ! »

Les voyant jubiler tous les deux, Tucker fronça les sourcils, un peu troublé.

— Ce n'est pas à ce point, si ?

— Surtout, accroche-toi à cette idée, recommanda Nevada.

Et elle fila dans la cuisine aider sa mère.

*
* *

— Je connais le chemin de chez moi, objecta-t-elle quatre heures plus tard, après un dîner très animé.

— Je ne te raccompagne pas, expliqua Tucker, c'est toi qui me raccompagnes. Si ce que vous m'avez dit est vrai, j'ai besoin de ta protection.

— Je t'en prie ! Je te crois capable de tenir tête à quelques dames en mal d'amour.

— Pas plusieurs en même temps.

Il se pencha vers elle pour préciser, sur le ton de la confidence :

— Je n'ai jamais été très fan de l'amour en groupe. Après les premières cinq ou six fois, ce n'est plus vraiment l'éclate.

— Tu ne m'impressionnes pas du tout avec ces histoires.

— Quel genre d'histoire t'impressionne ?

— Déplace-toi dans le temps comme Kyle Reese dans le premier *Terminator*. Là, tu retiendras mon attention.

— Je vais m'exercer.

La nuit était tiède et très claire, très étoilée. Vu le nombre de passants qui circulaient encore sur les trottoirs, cette promenade à deux n'avait rien de très intime, et pourtant… au fur et à mesure qu'ils marchaient, Nevada était de plus en plus troublée par la présence de Tucker près d'elle, par la largeur de ses épaules, la vibration de sa voix…

— Ta famille est formidable, dit-il. Ta mère est vraiment géniale.

— Elle est assez douée pour la gestion des foules.

— Voilà longtemps qu'elle est seule. Elle voit quelqu'un ?

— Elle recommence à sortir un peu, à titre d'expérience. C'est une bonne chose, même si j'ai encore du mal à réaliser que papa nous a quittés depuis plus de dix ans.

Elle leva les yeux vers lui en observant :

— Ton père non plus ne s'est jamais remarié.

— Non, mais il n'a jamais été seul. Il a une fille dans

chaque port ou plutôt une femme sur chaque chantier. Je ne compte même plus les fois où il s'est traîné aux pieds d'une belle indifférente.

— Cela te dérange ?

Il haussa les épaules.

— Je comprends mal l'intérêt du nombre. Il n'arrête jamais ! Il a près de soixante ans et il se comporte encore comme un adolescent. L'amour fait de nous de pauvres pantins.

— L'amour ? Mais non, ce qui nous ridiculise, c'est…

Elle ne put achever sa phrase : elle savait trop bien à qui il pensait en disant cela. Elle finit par lâcher :

— Seulement si on choisit une artiste folle à lier.

— Elle n'a fait que confirmer ce que je pensais déjà.

Quand ils tournèrent l'angle de la rue, Nevada s'aperçut tout à coup qu'ils étaient presque chez elle.

— Je croyais que je te raccompagnais !

— Ne t'inquiète pas pour ta réputation, personne ne me verra.

Ils traversèrent la rue, remontèrent l'allée. Les fenêtres des deux appartements du rez-de-chaussée étaient éclairées, mais on n'entendait pas un bruit.

— Je ne sais pas qui a inventé les casques, mais il mérite le prix Nobel, observa-t-elle. Mes deux locataires sont étudiants, ils écoutent de la musique 24 heures sur 24. Grâce au casque, je ne suis jamais obligée de l'entendre.

— Une chance pour toi.

Ils s'immobilisèrent au pied du perron. Par-dessus l'épaule de Tucker, elle vit la lune pointer entre les arbres. Logiquement, un immense disque blanc suspendu dans le ciel de la nuit aurait dû capter toute son attention ; mais en fait, elle ne voyait que l'homme debout devant elle.

— Merci de m'avoir raccompagnée…

Il était temps de faire volte-face et de rentrer avant de faire un geste déraisonnable.

— De rien, murmura-t-il.

Il se penchait vers elle, son regard intense scrutait son

visage. Troublée, elle le fixa en retour en se demandant à quoi il pensait, et plus important encore, comment elle pourrait se préserver de lui. Mais le voulait-elle vraiment ? D'un mouvement vif, il posa la main sur sa joue. Un instant plus tard, son bras se glissait autour de sa taille et il l'embrassait.

Ce baiser, elle l'avait vu venir et elle aurait très bien pu l'empêcher. Elle ne fit rien, et dès que la bouche de Tucker s'empara de la sienne, elle oublia jusqu'à ses réticences. Une vague irrésistible mais très douce balaya tout sur son passage, et elle ne put que s'abandonner. C'était une folie, elle faisait le mauvais choix… mais elle noua les bras autour du cou de Tucker en décidant qu'il embrassait trop bien pour qu'elle puisse lui résister.

Il prit possession de ses lèvres avec une assurance qui la fit trembler. Ses grandes mains vinrent enserrer sa taille, sa langue caressa délicatement sa lèvre inférieure. Instinctivement, elle s'ouvrit à cette invasion si douce et retrouva dans sa bouche le goût léger du cognac servi à la fin du repas. Quel bonheur d'enserrer son grand corps dans ses bras, et d'être tendrement étreinte en retour ! Ses seins cherchaient le rempart dur de son torse, son ventre se rivait au sien. Il s'écarta juste assez pour pouvoir semer des baisers dans son cou, taquiner la peau si sensible de la pointe de sa langue, mordiller le lobe de son oreille. C'était si sensuel qu'elle en eut la chair de poule.

Puis, de très loin, elle entendit démarrer une voiture. Le grésillement des cigales envahit ses oreilles, le monde extérieur fit irruption dans la bulle de son désir. Elle prit alors conscience qu'elle était debout sur son perron, en pleine vue de tout le quartier, en train d'embrasser passionnément… son patron.

Elle pouvait l'inviter à l'intérieur, ce qu'elle faisait chez elle ne regardait personne. Dans ses yeux, elle lisait un désir brûlant, il ne se contentait pas cette fois de prendre ce qu'elle lui offrait, il la choisissait réellement.

S'ils faisaient l'amour… C'était tout de même aller un peu loin pour prouver quelque chose, et elle ne voulait plus avoir de regrets.

— J'aime beaucoup mon job, souffla-t-elle.

Elle fut obligée de s'éclaircir la gorge avant de continuer.

— Je ne veux pas tout gâcher en couchant avec mon patron.

Il hocha la tête, marmotta un juron. Sa frustration évidente procura à Nevada une sombre satisfaction.

— Je…, commença-t-il.

Elle se hâta de l'interrompre.

— La dernière fois… Tu n'étais pas le seul coupable. Je savais parfaitement que tu étais amoureux de Cat. Elle m'avait dit que c'était terminé entre vous et je voulais la croire… mais je savais qu'au fond, tu mettrais très longtemps à l'oublier.

— Arrête. Ce n'était pas ta faute, ce n'était pas la mienne non plus. Cat adorait manipuler les gens et nous n'étions que de simples mortels.

Elle le dévisagea, indécise.

— Elle était si belle, et si douée…

— Elle était une drogue, j'étais sa marionnette. Quand je l'ai perdue, j'ai cru que j'en mourrais mais c'était la meilleure chose qui pouvait m'arriver.

Elle se demanda comment tout s'était terminé entre eux… et décida aussitôt qu'elle préférait ne pas le savoir.

— Pour ce soir…, dit-elle.

Il prit son visage entre ses mains.

— J'ai compris. Nous travaillons ensemble, je ne resterai sur le site qu'un an, tout au plus. On fait comme s'il ne s'était rien passé ?

Puis il lui décocha le sourire dévastateur dont il avait le secret et ajouta :

— Jusqu'au jour de mon départ. Là, je peux te promettre un week-end mémorable.

Alors même qu'une nouvelle vague de chaleur explosait dans son ventre, elle protesta automatiquement :

— Tu supposes que je serai toujours intéressée.

— Tu le seras, répliqua-t-il avec assurance.

Il posa un baiser léger sur sa bouche et recula. Déterminée à ne pas flancher, elle lança :

— Mais si je change d'avis ?

— Je saurai te convaincre.

Une perspective… intéressante, pensa-t-elle. Il tourna les talons et s'éloigna d'un pas rapide tandis qu'elle se repliait à l'intérieur. Immobile dans le grand hall obscur, elle chercha à reprendre son souffle. Son attirance pour Tucker représentait une sérieuse complication mais elle saurait gérer, décida-t-elle. Ils venaient de poser les règles du jeu, tout serait plus facile désormais. Elle ne perdrait plus son temps à penser à lui.

Elle gravit les marches menant à son appartement et déverrouilla sa porte. Puis elle tendit la main pour actionner l'interrupteur. Elle avait décidé de ne plus se souvenir mais l'emprise du passé était la plus forte, le souvenir s'imposait malgré elle. A la place de son salon familier, elle vit un autre lieu, un autre temps : Cat à la porte de sa chambre d'étudiante, ses yeux verts luisant de malice.

— C'est fini, entendit-elle, comme si elle revivait cette scène vieille de dix ans. Tucker et moi, c'est terminé. Je sais que tu l'aimes et ce soir, il a besoin de toi. Va le consoler, vite !

Elle retrouvait au présent toutes les sensations de cet instant. D'abord l'incompréhension, l'impossibilité d'admettre ce qu'elle entendait… puis la honte. Elle avait donc été si transparente, tout le monde connaissait donc son secret ? *Tucker*, savait-il, avait-il pitié d'elle ? Il lui semblait qu'elle ne le supporterait pas. Elle souffla :

— Je ne comprends pas.

— Il est chez lui, il a besoin de toi. Va le retrouver.

— Je…

Mais Cat était déjà repartie, en laissant son parfum subtil et exotique suspendu dans le couloir vide. Pendant vingt minutes, Nevada lutta contre l'indécision. Aller chez Tucker ? Pouvait-elle faire cela ? Si Cat venait réellement de le quitter, il était libre… mais si elle y allait, il ne la verrait même pas. Il serait fou de douleur… mais disponible. Et il aurait réellement besoin de soutien. Un élan subit la mit sur pied. Ses clés de voiture… Elle dévala les marches et, en un temps incroyablement bref, se retrouva devant la porte de Tucker, le pouce pressé sur la sonnette. Déjà, des pas se rapprochaient en courant presque. La porte s'ouvrit à la volée, elle vit le visage de Tucker… d'abord ses yeux flamboyants, puis son expression affreusement déçue.

— J'ai cru que c'était Cat…

Il se détourna, le visage relâché, la voix pâteuse. Vite, elle se glissa à l'intérieur en murmurant :

— J'ai su ce qui s'était passé.

— Elle m'a quitté.

Il s'effondra sur le canapé, les coudes sur les genoux, la tête dans les mains. C'était la première fois que Nevada entrait chez lui ; elle était passée le prendre une ou deux fois sans jamais franchir la porte de l'immeuble. Incrédule, elle découvrit des canapés de cuir, des tables sculptées… Cet intérieur *design* ne ressemblait en rien à un repaire de jeune célibataire, et ces tableaux, ces œuvres d'art n'étaient pas des reproductions. L'une des sculptures au moins était de Cat et maintenant qu'elle regardait mieux, l'appartement entier portait sa patte ! Murs gris pâle, rideaux en coton naturel, piles de livres en français et en italien, le *Times* de Londres sur la table basse. Une jalousie hideuse lui tordit les entrailles. *Elle* avait donc vécu ici. Peut-être pas en permanence, mais suffisamment pour que le lieu soit à son image !

— Je ne peux pas, marmonna Tucker.

Quand elle s'assit près de lui, il braqua sur elle ses yeux injectés de sang.

— Je ne peux pas vivre sans elle. Elle est mon univers.

Son visage se contractait de souffrance.

— Je ne veux plus jamais ressentir ça. L'amour… Face à elle, je n'ai jamais rien pu faire.

Que dire, comment le consoler ?

— Ça va aller, dit-elle tout bas.

Elle osa presser son épaule et ajouta :

— Je sais que ça fait mal, mais tu trouveras quelqu'un d'autre.

— Non. Jamais. Il n'y a qu'elle.

Elle retira sa main comme s'il venait de la brûler. Cela faisait doublement mal, d'un côté de le voir souffrir, de l'autre de l'entendre parler de sa passion pour Cat. Dans un élan, elle prit son visage entre ses mains pour le forcer à la regarder.

— Non ! Il n'y a pas qu'elle, il y a… Il y a moi !

Il la dévisageait stupidement, sans comprendre. Sentant que son courage risquait de l'abandonner à tout instant, elle dit très vite :

— Je t'aime. Je t'aime depuis longtemps. Cat se fiche de toi, elle est incapable d'aimer, mais moi… Tu es tout pour moi, Tucker. Si tu savais…

Maladroite, elle se pencha vers lui, leurs bouches se heurtèrent… et il ne réagit pas. Il resta assis là, immobile et passif. Quelle affreuse humiliation ! Elle voulut partir en courant, pendant qu'il lui restait encore un peu de dignité, mais s'entendit souffler :

— Tucker, je t'en prie…

Elle prit sa main et la plaça sur son sein.

Jamais de sa vie elle n'avait fait un geste pareil. Cela faisait justement partie du problème : elle n'avait jamais fait l'amour. Elle était sortie avec des garçons sans jamais aller très loin sur le plan physique, mais cette fois, tout était différent : il s'agissait de Tucker, qu'elle aimait de toute son âme. Il se croyait fou de Cat, mais elle sentait bien qu'elle l'aimait davantage que la Roumaine, d'un amour plus puissant et plus durable. Un amour capable de tout surmonter.

Tout à coup, elle sentit la bouche de Tucker s'animer

sous la sienne. Sa main se referma sur son sein, si fort qu'elle dut retenir une exclamation ; sa langue envahit sa bouche. Le souffle court, il releva son t-shirt, se débattit maladroitement avec son soutien-gorge sans parvenir à le dégrafer, puis le fit glisser vers le haut et caressa son mamelon.

Tout était si étrange, elle ne savait pas sur quoi se concentrer : le goût inconnu du whisky dans sa bouche, sa main sur son sein… Elle n'eut pas le temps de décider si sa caresse était agréable ; il y eut bien un premier frémissement de plaisir mais déjà, il l'empoignait aux hanches, la faisait glisser sur le dos. Elle sentit ses doigts sur son ventre ; son jean se relâcha, fut tiré vers le bas par à-coups, en même temps que sa culotte. Il lui libéra une jambe, l'autre resta prise dans le vêtement.

C'était tout ce dont elle avait rêvé, et cela arrivait beaucoup trop vite, et pas du tout comme elle l'imaginait. Pas sur un canapé, pas alors qu'il était ivre, pas…

— Tucker, je…

Elle ne savait pas elle-même ce qu'elle voulait lui dire. Alors qu'elle cherchait à rassembler ses idées, il recula en se penchant entre ses cuisses et pressa sa bouche contre elle. Il l'embrassait *entre les jambes* !

Elle avait su, théoriquement, que les amants faisaient cela. Elle avait entendu des amies en parler, mais rien n'aurait pu la préparer à ce lent baiser intime. Ses lèvres si douces, sa langue, c'était à mourir. Eperdue, elle se laissa aller à la renverse, s'abandonnant à une sensation totalement nouvelle. C'était… parfait, et mieux encore que parfait. Cela prouvait bien que Tucker tenait à elle, n'est-ce pas ? Il ne pourrait pas faire cela s'il ne l'aimait pas, n'est-ce pas ?

Elle se tordait sous l'attaque de sa bouche, tendue, le corps en éveil. Elle savait qu'elle voulait davantage, mais pas ce qui devait se passer ensuite. Un appel puissant montait en elle ; d'elles-mêmes, ses cuisses s'écartèrent plus largement tandis qu'elle s'efforçait d'étouffer ses gémissements de plaisir. Il se redressa et la regarda dans les yeux.

— J'ai envie de toi. Tu as envie de moi.

— Oui, souffla-t-elle. Oui.

Elle lui ouvrit les bras, l'étreignit tendrement quand il s'allongea sur elle et se positionna entre ses jambes. Le premier assaut la prit par surprise, c'était inconfortable, presque douloureux. Elle se raidit, tout désir envolé, et se mordit la lèvre pour ne pas protester. Il allait et venait en elle, lentement d'abord, puis de plus en plus vite. Une première vague de plaisir naissait en elle quand il se cambra en criant :

— Cat ! Oui !

Anéantie, brisée, elle ne trouva rien à répondre. La phrase terrible se répercutait en elle, encore et encore, en la blessant plus profondément à chaque répétition. Elle resta figée tandis qu'il s'immobilisait dans un gémissement rauque.

C'était terminé. Il se retira et elle serra les dents car la sensation était bizarre, assez désagréable. Il se releva en boutonnant son jean. Effondrée, elle attendit qu'il réalise ce qui venait de se passer. Malgré tout, elle espérait encore qu'il allait retourner la situation, en faire quelque chose qu'elle pourrait endurer.

— Je reviens, promit-il en lui jetant un sourire bancal.

Et il disparut dans la salle de bains. Etendue là, à demi nue, son jean tire-bouchonné autour d'une jambe, elle sentit les larmes glisser sur ses tempes et se perdre dans ses cheveux. Enfin, elle réussit à se redresser et à se rhabiller. A bout de forces, elle se laissa retomber sur le canapé et sanglota, la tête dans les mains. Tous ses espoirs, tous ses rêves s'effondraient en silence, l'édifice imaginaire se disloquait. Tucker n'éprouvait aucune tendresse pour elle, juste une vague amitié. Il le lui avait pourtant répété, mais elle s'était refusée à le croire : pour lui, il n'y avait que Cat. Elle avait interprété sa gentillesse naturelle, élaboré tout un fantasme…

Aveuglée par les larmes, elle quitta l'appartement et roula en pilote automatique jusqu'à sa chambre d'étudiante. Au bout d'une heure sous la douche, elle se sentait toujours aussi mal. Si stupide, si humiliée… et elle ne pouvait s'en prendre qu'à elle-même.

Cette nuit-là, elle mit très longtemps à s'endormir. Ivre de désespoir, elle se demandait combien de temps il lui faudrait pour oublier son premier amour. Au matin, elle alla en cours comme s'il ne s'était rien passé mais pendant qu'elle prenait des notes ou bavardait avec ses copines, pendant qu'elle se comportait comme à l'accoutumée, le désespoir s'installait, tenace. Puis, deux jours plus tard, Cat téléphona.

— C'était merveilleux ?

— Comment ?

— Ta nuit avec Tucker ! Tu étais amoureuse de lui, alors j'ai voulu que tu l'aies.

Nevada pressa une main tremblante contre sa tempe. Elle redoutait de comprendre…

— Attends, tu m'as dit que tu l'avais quitté…

— Je lui ai dit la même chose. Autrement, il n'aurait jamais voulu coucher avec toi. C'était mon cadeau pour toi. Nous sommes amies, et les amies partagent.

Toute l'horreur de l'épisode fondit sur Nevada. Tucker, ivre, ne sachant même pas qui elle était. Elle s'entendit crier :

— Est-ce qu'il s'en souvient seulement !

C'était horrible, mais elle avait vraiment besoin de savoir. Cat se mit à rire.

— Quelques bribes. Il avait une terrible gueule de bois le lendemain. Il m'a tout avoué, il croyait que je serais furieuse. Je ne lui ai pas dit que j'avais tout orchestré et maintenant, il est très reconnaissant parce que j'ai bien voulu le reprendre !

— Tu as bien voulu… ?

— Oui, je te l'ai dit : je t'ai offert ta nuit avec lui. Alors, raconte ! C'était fantastique ?

Comme un plongeur jaillit à la surface de l'eau, Nevada secoua brusquement la tête en inspirant violemment. Elle s'arracha au passé, retomba de plain-pied dans la réalité de sa belle maison, de la vie qu'elle s'était bâtie à la force du poignet. Dix ans plus tôt, elle avait raccroché au nez de Cat et ne lui avait jamais plus adressé la parole, pas plus qu'à Tucker. Elle avait réussi à reprendre le fil de sa vie, à guérir, mais sans jamais oublier cette humiliation. Si on lui avait posé la question, elle aurait dit qu'elle ne pensait plus à cet épisode. Maintenant, il ne lui restait plus qu'à le prouver.

Installée dans son salon, le journal du jour déplié devant elle sur la table basse, Denise Hendrix savait qu'elle prenait un gros risque : à son âge, elle pouvait difficilement se permettre de sécher son cours de yoga. Son corps se raidirait, elle sombrerait dans l'ostéoporose et devrait se faire poser une prothèse de la hanche.

Mais voilà, elle n'avait tout simplement pas envie, aujourd'hui, d'aller perfectionner sa posture du chien renversé, et les autres activités qui lui donnaient habituellement tant de satisfaction ne l'emballaient pas davantage. Une inquiétude bizarre l'habitait. Inquiétude ou excitation ? Comme une gamine à quelques jours de Noël, elle ne parvenait pas à se concentrer sur ses occupations, à cette différence qu'elle n'avait pas la moindre idée de ce qu'elle attendait.

Aucun problème ne se profilait à l'horizon : ses enfants étaient heureux, ils réussissaient dans leurs métiers respectifs ; ses amis allaient bien et ses investissements tenaient la route. Sa chaudière était vérifiée en prévision de l'hiver, ses gouttières nettoyées ; alors d'où lui venait cette impression d'une tâche à accomplir, ou d'un événement ?

On sonna à la porte et elle se précipita pour ouvrir, soulagée d'échapper à ses pensées. Très douée pour mettre de l'ordre dans la vie des autres, elle n'avait jamais beaucoup aimé examiner la sienne. Elle préférait agir ! Pour une mère de six enfants, c'était même une question de survie. Elle passa vivement dans l'entrée, ouvrit la porte… et recula malgré elle en ouvrant de grands yeux. Un homme se tenait sur le seuil, un homme qu'elle n'avait pas revu depuis trente-cinq ans. Trente-cinq ans jour pour jour, songea-t-elle. Voilà donc la source de sa nervosité : c'était l'anniversaire du départ de Max.

Max Thurman, son premier amour, son premier amant, celui qu'elle croyait aimer pour la vie avant de rencontrer Ralph Hendrix. Les deux hommes étaient aussi différents que possible : Max le rebelle roulait en moto et multipliait les coups pendables, Ralph, le garçon responsable, s'apprêtait à reprendre l'entreprise de son père. Sur un coup de tête, après l'une de ses fréquentes disputes avec Max, elle avait accepté de passer une soirée avec Ralph, et au lieu de s'ennuyer comme elle s'y attendait, elle avait été charmée. Quelques semaines plus tard, Max quittait la ville.

Personne ne savait plus rien de lui quand, un an plus tôt, il était subitement revenu à Fool's Gold. Depuis, elle s'arrangeait pour ne pas le croiser. Au fond, elle ne savait pas elle-même ce qu'elle pensait de son retour… et voilà qu'il venait frapper à sa porte ? Machinalement, elle se dit qu'il avait bonne mine. Ses cheveux blonds grisonnaient sans rien retirer à sa séduction, ses yeux bleus étaient toujours aussi vifs, son sourire aussi décontracté, son corps aussi musclé que dans son souvenir.

— Bonjour, Max.

— Denise…

Elle s'écarta pour le faire entrer. Quand il passa devant elle, un frémissement la parcourut. Elle n'avait pas oublié cette sensation, c'était celle du premier éveil de sa sensualité, la boucle se bouclait et c'était même réconfortant de constater qu'elle y était aussi sensible aujourd'hui que l'année de ses dix-sept ans. Que c'était étrange de voir Max chez elle !

— Cela fait longtemps, dit-elle. Comment vas-tu ?

— Très bien. Je suis revenu l'année dernière.

— Je l'ai su, oui.

— Je t'ai vue en ville, de loin en loin.

Elle hocha la tête et détourna les yeux pour avouer :

— Je t'évitais.

— J'avais compris. Il te fallait un peu de temps.

Malgré elle, elle se mit à rire.

— Tu m'as déjà laissé trente-cinq ans ! Tu comptais me donner encore longtemps ?

Il lui sourit et ce fut comme autrefois : elle se sentit fondre, ses genoux ployèrent et son cœur battit plus vite. Elle ne savait pas ce qu'il attendait d'elle mais cela n'avait aucune importance. Max était de retour. Son Max.

— Ralph est mort il y a onze ans, dit-elle.

— Je sais. Je suis désolé.

— Je l'aimais très fort. Nous avons été heureux et il m'a donné six enfants magnifiques.

Il hocha lentement la tête.

— J'ai reconnu ce qui se passait entre vous, après votre première sortie. C'est pour cela que je suis parti : parce que j'ai vu que je ne pourrais pas me mesurer à lui. J'aurais sûrement pu te ramener dans mon lit, mais je ne t'aurais pas gardée. Je ne te méritais pas, à l'époque.

Ils se fixèrent dans le blanc des yeux.

— Maintenant que c'est dit…

— J'ai pensé que nous pourrions boire une tasse de café. Histoire de se raconter ce que nous avons fait pendant tout ce temps.

7

Tucker se tenait sur le bord de la route de terre, une terrine entre les mains, l'air un peu étourdi et le regard dans le vague. Nevada se gara en réprimant un sourire et alla le rejoindre, l'air innocent.

— Je te cite de mémoire : « Je saurai gérer » ? « Quelques célibataires, ça ne me fait pas peur » ?

— Elles sont partout…

— Tu exagères un peu, répliqua-t-elle, indulgente. Elles n'étaient que trois.

— En une seule matinée !

Elle savait qu'on ne se contentait pas d'offrir des petits plats à Tucker : il avait également eu deux invitations à dîner et la proposition d'un café en tête à tête.

— Je t'avais prévenu mais tu n'as pas voulu m'écouter.

— J'ai eu tort.

Il émergea de son engourdissement et se tourna vers elle, un éclair de panique dans le regard.

— Qu'est-ce que je peux faire ?

— Si je comprends bien, s'enquit-elle, tu ne comptes entamer de liaison avec aucune de ces charmantes jeunes femmes ?

— Non ! Mais je ne veux pas les mettre en colère. Tu dois m'aider.

— Techniquement, je ne *dois* rien faire du tout.

C'était peut-être mal de sa part de prendre autant de plaisir à le voir souffrir, mais elle était prête à assumer.

— Regarde les choses en face, Tucker ! Les hommes sont rares dans le secteur, tu es un homme…

Et même un homme qui embrassait comme un dieu. Elle se hâta de repousser le souvenir de l'autre soir. Dire qu'il y avait eu des années entières, des années bénies où elle ne pensait quasiment jamais à Tucker ! Maintenant, non seulement elle était obligée de le voir chaque jour, mais elle savait quel effet cela faisait de l'embrasser lorsqu'il était sobre… et dévoré de passion.

— Tu dois les convaincre de me laisser tranquille.

— Et j'aurai quoi, en échange ?

Une réponse automatique, l'écho d'une enfance rythmée par les négociations entre six frères et sœurs. Avant qu'il ne puisse répondre, elle s'était déjà ravisée.

— Non, oublie ça. Ce sera ma bonne action pour la journée, ma mère sera fière de moi. Viens.

Elle tourna les talons en sortant ses clés de voiture de sa poche.

— Où allons-nous ?

— En ville.

Moins d'un quart d'heure plus tard, elle se gara près du lac et coupa le moteur.

— Voilà ce que nous allons faire : nous allons parcourir les rues du centre et tu feras comme si tu t'intéressais à moi. Le temps de revenir à la voiture, la rumeur aura fait son chemin et ton problème sera réglé.

Le visage de Tucker s'éclaira.

— Je peux faire ça. Sans problème !

Il ne semblait pas se demander pourquoi elle lui venait en aide. Une chance pour elle car sa bonne action, elle ne la faisait pas uniquement pour la gloire mais parce que cela lui déplaisait qu'on fasse des avances à Tucker. Peu importe qu'ils se soient mis d'accord pour n'avoir que des rapports de collègues ; il était hors de question pour elle de le regarder tomber dans les bras d'une autre.

— Nous commencerons par la supérette, puis nous irons à la librairie *Morgan's Books*, décida-t-elle. Ensuite, il suffira d'une promenade rapide le long de Frank Lane et tu seras intouchable.

— Je te dois une énorme faveur.

Elle ouvrit sa portière et sauta à terre en pensant qu'il lui devait beaucoup plus qu'il ne le pensait. Au coin de la rue, alors qu'ils attendaient pour traverser, il la stupéfia en prenant sa main dans la sienne. Elle réprima un hoquet… et se détendit aussitôt. Bien sûr, c'était juste le plan, ce plan qui était sa propre idée. Son cerveau luttait encore pour traiter l'information quand son corps s'éveilla, laissant la chaleur familière s'engouffrer en elle… Résolument, elle la repoussa. Il n'était plus question pour elle de réagir de cette façon mais comment s'en empêcher ? Comme s'il cherchait à empirer l'épreuve, il mêla ses doigts aux siens.

Ils parcoururent les rayons de la supérette, elle salua gaiement ses connaissances et leur fit la conversation avec tout l'esprit dont elle était capable ; intérieurement, elle était tendue dans une lutte sans merci contre l'émotion qui s'emparait d'elle chaque fois que Tucker lui souriait. En reprenant pied sur le trottoir, elle fut soulagée de voir Pia et Raoul s'approcher derrière une poussette à deux places. Dégageant sa main de celle de Tucker, elle se précipita à leur rencontre.

— Bonjour ! Les petites sont de sortie ?

— Oui, enfin ! s'écria la nouvelle maman. Nous avons décidé de leur montrer leur ville. Les préparatifs de la Fête d'automne commencent aujourd'hui, je voulais vérifier quelques petites choses. Et puis, il y a l'exposition artistique itinérante et son invité surprise. Et c'est déjà le moment de faire l'inventaire des décorations d'Halloween !

Nevada présenta Tucker, qui salua cordialement les jeunes parents et la surprit en se penchant pour embrasser les jumelles.

— Elles sont magnifiques !

— Ce n'est pas grâce à moi, répliqua Pia avec entrain,

alors je suis très à l'aise pour dire que je suis d'accord avec vous. Et elles sont faciles ! J'ai parcouru des foules de forums sur le parcours du combattant des premières semaines, avec les nuits blanches et les coliques. Nous avons une chance folle : tout se passe très bien ! Qu'est-ce que vous faites, tous les deux ?

— Une campagne pour protéger Tucker des célibataires prédatrices.

Tucker se redressa, outré.

— Tu étais obligée de le dire ?

Ravie de l'avoir mis mal à l'aise, elle lui lança un large sourire.

— Oh,je suis désolée ! C'était un secret ?

— Si Nevada est prête à vous protéger, n'hésitez pas, Tucker, intervint Raoul. Les femmes d'ici sont redoutables. La mienne m'a eu au harcèlement.

Il entoura les épaules de Pia de son bras en embrassant tendrement sa joue.

— Pas du tout, protesta-t-elle gaiement. C'est toi qui m'as suppliée de t'épouser. J'ai eu pitié de toi.

Nevada savait le fin mot de l'histoire : ces deux-là étaient tombés amoureux l'un de l'autre sans l'avoir cherché, alors que Pia menait à terme les embryons légués par une amie défunte. Pia s'appuya contre son mari en souriant à Tucker.

— Si la pression devient trop rude, vous pourrez venir nous voir, proposa-t-elle.

Tucker la remercia pour son invitation et la petite famille s'éloigna. Au coin de la rue, devant la vitrine de *Morgan's Books*, Nevada allait proposer d'entrer acheter du *fudge* quand Tucker la surprit en la saisissant aux épaules.

— Quoi ? s'écria-t-elle, affolée.

Pour toute réponse, il inclina sa haute taille et l'embrassa. Son corps déjà sensibilisé s'épanouit avec bonheur… et tout le reste de son être se rebella. Ils étaient en plein centre-ville, au carrefour le plus fréquenté !

Elle voulut reculer, mais elle se découvrit incapable de bouger, paralysée par l'emprise légère des mains de Tucker. Son baiser se fit plus passionné, il la serra plus étroitement contre lui. Ils se touchaient maintenant de la bouche aux cuisses et cette étreinte si intime balaya les derniers vestiges de sa résistance. D'eux-mêmes, ses bras se refermèrent autour de lui. Quand il recula, elle resta sous le choc, hébétée, clignant des yeux au grand soleil.

— Qu'est-ce que tu fabriques ! lança-t-elle sèchement dès qu'elle put articuler un mot.

Il lui décocha un sourire éblouissant et reprit sa main dans la sienne.

— Exactement ce que tu m'as dit. Je fais croire que je m'intéresse à toi.

Ah ? Oui, bien sûr… son plan pour le protéger des assiduités des femmes de Fool's Gold.

— D'accord, dit-elle en s'éclaircissant la gorge. Je vois. Tu as bien fait.

— Moi aussi, j'ai aimé, confia-t-il ingénument.

Et voilà. C'en était fait de « nous serons juste collègues », ou simplement amis. Il l'avait toujours émue, et elle pouvait bien s'avouer qu'il l'émouvait toujours. Maintenant, comment gérer la situation sans y laisser sa santé mentale ?

Jusqu'à la fin de la semaine, et malgré les efforts qu'elle faisait pour éviter Tucker, Nevada endura une rude tension sexuelle à chaque heure de chaque journée de travail. Le vendredi, ce fut donc avec un immense soulagement qu'elle accueillit le coup de fil de Montana qui la convoquait pour une réunion des triplées. Elles se mirent d'accord sur l'heure et le lieu : 18 heures, chez leur mère.

Elle arriva en avance ; pour une fois, elle s'était autorisée à quitter le chantier de bonne heure. Sur le trajet, elle se sentait déjà mieux. Une fois qu'elles auraient discuté du problème que voulaient lui soumettre ses sœurs, elle pourrait leur demander conseil sur la meilleure attitude à adopter face à Tucker. Personnellement, elle était au bout du rouleau. Ressasser le passé n'était pas une option : l'événement remontait à dix ans, elle avait sa part de responsabilité et préférait, par principe, s'intéresser à l'avenir. Il était hors de question de renoncer à son poste, mais si elle restait, comment tenir la ligne de conduite qu'elle s'était choisie face à cet homme irrésistible ? Il n'accepterait sûrement pas de porter un masque de gorille au bureau !

Voilà, elle était arrivée. Comme à son habitude, elle frappa un coup léger et poussa aussitôt la porte en criant :

— C'est moi ! J'arrive la première ?

Il n'y eut pas de réponse, mais elle crut entendre un bruit léger du côté de la cuisine. Elle s'engagea dans le couloir en se demandant de quoi ses sœurs voulaient lui parler. Montana serait-elle enceinte ? Ce serait génial, Simon était adorable… A moins qu'ils ne se soient enfin décidés à annoncer leurs fiançailles ? Deux triplées sur les trois seraient donc heureuses en amour ? Eh bien, tant mieux, et tant pis pour elle qui n'avait pas cette chance et qui attendait encore de se caser. Tôt ou tard, elle finirait par rencontrer quelqu'un, il suffisait de rester positive…

Perdue dans ses pensées, elle remarqua à peine que le son avait repris. Une sorte de plainte bizarrement modulée… Ce fut donc sans la moindre préparation qu'elle déboucha dans la cuisine et y trouva sa mère. Avec Max Thurman. Quasiment nue sur la table de la cuisine. En train de faire l'amour.

Ce fut l'un de ces moments où le temps s'arrête. Comme dans un cauchemar, elle eut la sensation de se débattre sous l'eau, sans pouvoir respirer ou se mouvoir à une vitesse normale. Dans un hoquet, elle se couvrit les yeux… trop tard car le tableau était déjà gravé dans son esprit.

— Je suis désolée, cria-t-elle.

Et elle s'enfuit en se heurtant aux murs du couloir. Sans savoir comment, elle déboucha à l'air libre et s'immobilisa sur la pelouse en s'efforçant de reprendre son souffle.

— Mais non, mais non, répétait-elle tout bas.

Elle n'arrivait pas à encaisser le choc, si elle fermait les yeux, elle revoyait aussitôt le couple dans la cuisine…

— Qu'est-ce qui t'arrive ?

Ses deux sœurs se hâtaient vers elle, le visage anxieux. Instinctivement, elle tourna les talons et reprit sa fuite éperdue… une réaction absurde car elles se lancèrent aussitôt à sa poursuite.

— Arrête ! hurla Montana. Dakota ne peut pas courir comme ça, elle est enceinte !

Nevada s'arrêta net, si brusquement qu'elle faillit tomber. Quand ses sœurs la rejoignirent, elle se sentit incapable de les regarder en face.

— Horrible, haleta-t-elle. Il va me falloir… une thérapie à vie.

Les deux autres l'encadrèrent, très inquiètes.

— Mais qu'est-ce qui se passe ! clama Dakota. Tu es malade, tu as un problème ?

D'un grand geste tragique, Dakota montra la maison qu'elle venait de quitter.

— Là-dedans ! Sur la table.

— Il est arrivé quelque chose à maman ? demanda Montana d'une voix blanche.

— Non, elle va bien ! Je ne peux pas, ne m'obligez pas à expliquer…

Privée de son éloquence habituelle, elle agitait furieusement les mains. Elle tenta de penser à des choses agréables, des choses simples et joyeuses : des chatons, du chocolat, un tour en barque avec un amoureux. Elle fredonna tout bas la musique d'une série télévisée de leur enfance… rien n'y fit. Excédée, Dakota la prit aux épaules et la secoua.

— Tu veux bien, s'il te plaît, nous dire ce qui t'arrive ?

— J'ai vu maman faire l'amour avec Max. Sur la table de la cuisine.

Ses oreilles se débouchèrent. Voilà, c'était dit.

— Je n'arrive pas à me sortir le tableau de la tête.

Quand elle osa enfin lever les yeux, les lèvres de Montana se retroussaient malgré elle. Furieuse, elle éclata :

— Ce n'est pas drôle ! Nous avons mangé notre petit déjeuner sur cette table. Nous y avons fait nos devoirs. Je ne pourrai plus jamais regarder maman en face et…

— Je crois que c'est davantage son problème que le tien, déclara Dakota. Oh ! « Max »… ce doit être lui, l'homme du tatouage.

Nevada ouvrit la bouche… et ne trouva rien à répliquer. Comment sa sœur pouvait-elle prendre la nouvelle avec un tel calme, et d'ailleurs quel tatouage… ? Puis elle comprit. Quelque temps auparavant, elles avaient découvert que leur mère avait le nom « Max » tatoué sur la hanche.

— Moi, annonça Montana, j'ai plus de mal à imaginer Max avec maman que maman avec Max. C'est tout de même mon patron. Les choses pourraient devenir assez compliquées.

Atterrée, Nevada les dévisagea. Elles ne semblaient pas du tout saisir la magnitude du choc qu'elle venait de subir.

— Je ne pourrai jamais remettre les pieds dans cette maison ! Je ne pourrai plus adresser la parole à ma mère.

— Tu t'en remettras, lâcha Dakota, toujours avec ce calme horripilant.

— Tu n'en sais rien ! C'est une hypothèse !

— C'est l'hypothèse d'une professionnelle. Fais-moi confiance, tu t'en sortiras très bien.

C'était insupportable, elles persistaient à trouver la situation comique. Que faire ? Une thérapie aux électrochocs ? Cela ferait mal, mais ce ne serait pas trop cher payé si cela pouvait la libérer de ces images affreuses.

Elle aimait sa mère et voulait son bonheur, mais pas si elle devait le chercher sur la table de la cuisine !

— Ils sont vieux, dit-elle d'une voix tremblante. Ils devraient penser à leurs articulations. Un lit, ce serait beaucoup mieux. Ce serait beaucoup moins choquant, dans un lit.

— Moi, j'admire, déclara Montana. C'était quand, la dernière fois que tu as fait des choses sur une table de cuisine ?

— Je ne me souviens même plus de la dernière fois où j'ai fait des choses, gémit Nevada.

Décidément, ses sœurs ne pouvaient rien pour elle, elle devrait affronter seule ce traumatisme. Elle se mit à marcher vers le centre-ville. Sans commentaire, les deux autres suivirent le mouvement. Au bout de quelques instants, elle leur demanda :

— Vous croyez qu'un *caffe latte* m'aidera plus à oublier qu'une glace ?

— Essaie un *mocha frappuccino*, recommanda Dakota en lui tapotant l'épaule. Tu auras le meilleur des deux mondes.

— Oui. Bonne idée. Parfait.

— En fait, c'est assez charmant…

Le regard que Nevada lui jeta suffit à la faire taire.

— N'essaie même pas, grinça celle-ci. Ce n'est pas toi qui les as vus. Tant que tu n'as pas croisé le regard de ta mère alors qu'elle fait l'amour sur la table de la cuisine, tu n'as pas droit à la parole. Je me fais bien comprendre ?

— Compris.

Elles marchèrent encore quelques minutes en silence, puis Montana observa avec beaucoup de naturel :

— Je parie que Max est plutôt bien bâti. Il fait beaucoup de sport, il prend soin de lui.

— Oui, apparemment, il est en pleine forme, pouffa Dakota.

— Je vous déteste toutes les deux, marmotta Nevada.

Ses sœurs fondirent sur elle en riant aux éclats et la serrèrent tendrement dans leurs bras.

— Tu ne peux pas nous détester, protesta Montana. Nous avons ton ADN.

— Rendez-le-moi.

Comme les deux autres riaient de plus belle, elle finit par les imiter, bien malgré elle. Enfin, glissant son bras sous les leurs, elle se remit en marche en lançant :

— D'accord, assez parlé de mes problèmes. De quoi vouliez-vous discuter ?

Les deux autres s'arrêtèrent net. Dans leurs regards, elle lut une subite inquiétude et aussi… de la culpabilité ?

— Quoi ! clama-t-elle. Ne jouez pas avec mes nerfs, la journée a déjà été rude.

Quoique… si elle voulait positiver, le fait de surprendre sa mère comme elle venait de le faire mettait sacrément en perspective ses difficultés avec Tucker ! Comme toujours, Dakota se dévoua pour ouvrir le débat.

— Nous organisons le mariage…

— Je suis au courant, répliqua Nevada.

Puis, avec un regard pour Montana, elle ajouta :

— Vous allez enfin vous décider à officialiser les choses, avec Simon ? Ce n'est pas pour te brusquer, mais tout le monde a compris que vous êtes amoureux et que vous finirez par vous marier, alors qu'est-ce qu'il attend pour t'offrir ta bague ?

Radieuse, Montana tendit sa main gauche ; un gros diamant scintilla au soleil. Enchantée, Nevada poussa un cri en lui sautant dans les bras.

— Il a du goût ! J'adore !

Elles partagèrent une de ces étreintes à trois dont elles avaient le secret et reprirent leur route d'un pas alerte. Au bout de quelques pas, Dakota respira à fond et hasarda :

— On avait pensé…

Sa voix s'éteignit. Troublée, Nevada fronça les sourcils. Si Dakota hésitait, l'heure devait être grave car elle savait toujours formuler les choses les plus difficiles.

— Quoi donc ? demanda-t-elle avec appréhension.

Le visage crispé, Dakota dit très vite :

— Pour le mariage, on aimerait organiser une double cérémonie. Puis on s'est dit que ce serait dur pour toi et on a décidé de ne pas le faire. En même temps, on en a très envie et ce serait plus facile financièrement, mais si cela te fait de la peine ou si tu n'as pas envie qu'on le fasse, on ne le fera pas.

— On t'aime très fort, ajouta Montana.

— Je le sais, murmura Nevada.

Une double cérémonie, bien sûr ! Ses sœurs s'étaient fiancées quasiment en même temps ; elles avaient toujours tout partagé, pourquoi pas leur mariage ? Et pourtant, cette idée la frappait en plein cœur. Pour la première fois, elle se retrouverait à l'écart du trio. Elle ne se mariait pas, ne sortait avec personne, n'avait aucune perspective de s'engager pour la vie…

— Je trouve que c'est une idée formidable.

Elle sourit aux deux autres en faisant un gros effort pour se montrer enthousiaste.

— Vous avez déjà choisi la date ?

— Peut-être le week-end de Thanksgiving. Maman pense que Ford pourrait avoir une permission.

Ford, le plus jeune de leurs frères, était dans la Navy, stationné en Asie.

— Oui, repartit Nevada avec beaucoup de conviction. Il faut que Ford soit avec nous ce jour-là. Thanksgiving, ce serait très bien.

Ses sœurs scrutaient son visage, crispées, incertaines. Elle réprima un soupir. Que pouvait-elle dire de plus ? Sûrement pas la vérité car en réalité elle se sentait triste, abandonnée. C'était formidable que ses sœurs aient trouvé le bonheur, mais elle aurait aimé qu'il en soit de même pour elle.

— Vous auriez intérêt à vous décider très vite, recommanda-t-elle avec un sourire. Ce ne sera pas facile de trouver une salle assez grande pour accueillir toute la famille… et la population entière de la ville. Foncez ! Je suis sûre que vous faites le bon choix.

— Merci, souffla Dakota, émue.

— Je ne sais pas pourquoi vous étiez si inquiètes : j'ai toujours été la plus raisonnable de nous trois. Filez planifier votre mariage, moi, je vais aller avaler le plus de calories possibles, histoire de m'éclaircir les idées.

Elle laissa ses sœurs et se hâta vers le Starbucks, où elle se commanda un énorme *mocha frappuccino* avec de la crème fouettée. Tout en le dévorant, elle se répéta que ce mariage était une très bonne chose. Ses sœurs méritaient d'être heureuses ! Elle aussi le méritait mais elle y penserait une autre fois.

Le lendemain, Nevada se sentait encore ébranlée par tant de chocs successifs quand elle se rendit au *Jo's Bar* dans l'espoir d'y trouver des amies. Un moment agréable en bonne compagnie, il n'y avait rien de tel pour oublier ses déboires ! Elle trouva un trio improbable attablé au centre de la salle, Heidi, Charlie et Annabelle, qui lui firent aussitôt signe de les rejoindre.

— Nous fuyons la fichue joie et la bonne humeur de la Fête d'automne, annonça Charlie en poussant la coupe de chips vers elle. J'adore les festivals mais aujourd'hui, il y a des gosses partout.

Elle frissonna ostensiblement.

— Tu n'aimes pas les gosses ? demanda Heidi en riant.

— Individuellement, je n'ai rien contre, mais en groupe ? Une horreur. Vous avez lu « Sa Majesté des mouches » ?

Surprise, Annabelle inclina la tête sur le côté.

— Mais ce n'est pas un livre sur les enfants ! C'est une allégorie pour…

— On voit bien que tu es bibliothécaire, grogna Charlie.

— Parce que tu croyais que je me faisais mousser ?

Elles éclatèrent de rire. Avec un soupir de contentement, Nevada se carra dans son siège. Enfin, elle allait pouvoir se détendre. Oublier les complications de son existence et se laisser vivre, tout simplement. Elle comprenait tout à coup pourquoi les hommes aimaient tant les bars ! Avec affection, elle contempla les trois femmes qui l'entouraient. Heidi avec sa beauté fraîche et sa tresse blonde dans le dos, Annabelle, rousse et menue dans sa robe de coton à volants, et à l'autre extrême, Charlie, la fille la moins féminine du monde. Nevada aussi préférait le look décontracté, mais comparée à cette dernière, elle était une grande élégante. Quand elle laissait son uniforme au placard, Charlie se promenait en pantalon de toile et chemise d'homme informe ouverte sur un débardeur ; elle coupait elle-même ses cheveux. Une fille nature, franche, un peu brusque même… adorable.

Quand Jo vint prendre la commande de Nevada, celle-ci fut amusée de voir qu'elle fronçait les sourcils, méfiante. Sans doute pensait-elle encore à sa cuite de l'autre jour !

— Un Coca light, décida Nevada. Dites, on se partage des *nachos* ? Les chips m'ont donné envie de grignoter.

— J'adore les *nachos*, se lamenta Annabelle. Et elles m'aiment aussi, elles me collent aux hanches. Oui, j'en veux !

Heidi et Charlie montrèrent le même enthousiasme.

— Tu veux que je me serve du fromage que tu m'as apporté ? proposa Jo à Heidi.

— Bonne idée !

Puis elle confia aux trois autres :

— J'ai apporté des échantillons à tous les commerçants, histoire de faire connaître nos produits. Il faut absolument élargir notre clientèle, les traites n'attendent pas !

— Jo, c'était logique, mais je ne veux pas savoir comment le pressing va se servir de tes échantillons de fromage, grommela Charlie.

— De toute façon, tu ne vas jamais chez le pressing, s'écria Nevada en riant.

— Et j'en suis fière !

Jo empocha son carnet de commandes et haussa un sourcil en regardant Nevada.

— Dis, c'est vrai ? Ta mère et Max Thurman…

— Laquelle de mes sœurs te l'a dit ? soupira Nevada avec une grimace douloureuse.

— Les deux.

Typique ! Personne n'avait de secrets dans cette ville.

— J'ai toujours apprécié ta mère mais, maintenant, c'est « respect » sur toute la ligne. Elle a élevé six gosses, encaissé la mort de son mari et maintenant… J'espère que je serai comme elle à son âge.

Et Jo conclut avec un clin d'œil :

— Tu mesures ta chance ? Tu as ses gènes !

— Curieusement, je suis tout de même un peu traumatisée d'avoir surpris ma mère en situation, répliqua Nevada avec un brin d'agacement.

Jo retourna au bar en riant. Nevada espérait que le sujet était clos mais, bien entendu, elle n'eut pas cette chance : Charlie saisit la balle au bond en s'écriant avec enthousiasme :

— Oui, je dois dire que ta mère…

— Pourquoi est-ce que tout le monde se sent obligé de l'applaudir ! éclata Nevada.

— Personnellement, parce que je serais incapable de faire l'amour sur une table de cuisine. Il me semble que ce serait froid, pas du tout confortable…

— Ça dépend de la surface, objecta Annabelle. Le verre est froid, oui, mais le bois…

Elle s'interrompit en s'éclaircissant la gorge, les joues subitement très roses.

— Quelqu'un parle d'expérience…, glissa Charlie en haussant un sourcil.

Jo revenait avec leurs boissons. Déterminée à changer le sujet, Nevada demanda à Heidi :

— Tout se passe bien au ranch ?

— Nous nous installons, petit à petit. Les travaux de la grange sont presque terminés, les chèvres s'acclimatent, mais les finances sont au plus bas. L'an prochain, ce sera plus facile. Pour le moment, je vends surtout ce que j'avais fabriqué avant de nous installer ici. Nous envisageons de prendre quelques chevaux en pension, pour arrondir nos fins de mois, vous pensez qu'il y aurait une demande ?

— Moi, je cherche à loger mon cheval, dit Charlie.

Les trois autres la dévisagèrent, interdites. Nevada avait beau chercher à se représenter Charlie en selle, elle n'y parvenait pas.

— Tu as un cheval, toi ?

— Mais oui ! J'aime les chevaux, j'aime le grand air.

— Je ne t'ai jamais vue à cheval.

— Il est en pension dans un centre équestre à une quarantaine de kilomètres d'ici. Si tu me proposes une solution plus proche, ça m'intéresse ! D'ailleurs je ne suis pas la seule : Morgan vient d'offrir un poney à sa petite-fille et ils l'ont mis au même endroit.

Heidi sourit, enchantée.

— Merci pour le tuyau ! Je vais me dépêcher de monter quelques boxes. Sérieusement, passe chez nous pour te faire une idée des installations !

— O.K.

Elles prirent rendez-vous pour le lendemain après-midi et s'attaquèrent aux *nachos* avec appétit en discutant des dernières nouvelles.

— Nevada, dit enfin Charlie, il faudra passer au bureau en début de semaine : j'ai les autorisations pour vos explosifs.

— Formidable, merci. Ce sera toi qui représenteras les pompiers sur le site ?

Charlie engloutit une *nacho* couverte de fromage épicé et confirma avec entrain.

— Je serai là, oui. Pas question de rater ça. Je compte vous garder à l'œil !

— Nous ferons tout dans les règles. Nous n'avons aucune envie de nous compliquer la vie.

— Regardez !

Annabelle montra la porte, les yeux ronds. Surprise, Nevada se retourna. Will venait d'entrer. Il alla se planter devant le bar et attendit que Jo daigne s'apercevoir de sa présence.

— L'autre soir, ils se disputaient dans l'allée derrière le bar, souffla la bibliothécaire. Enfin, pas une dispute exactement, mais une discussion assez intense.

Elle baissa encore la voix pour expliquer :

— Il a très envie de sortir avec elle et elle refuse. Je ne sais pas pourquoi. Il est séduisant et il a l'air gentil.

— C'est un type adorable, confirma machinalement Nevada.

Et pourtant, derrière le bar, Jo secouait la tête en refusant de l'écouter.

— Je ne comprends pas, renchérit Charlie. Il n'y a pas beaucoup de gars intéressants dans le secteur. S'il s'intéresse à elle, elle devrait foncer.

Nevada lui glissa un regard à la dérobée. Il lui avait semblé capter dans sa voix une note tout à fait inhabituelle. Nostalgie, tristesse ?

— Jo a été échaudée, opina gravement Heidi. Je reconnais les symptômes. Un homme a dû lui briser le cœur et maintenant, elle n'a plus confiance.

— On ne sait rien de ce qui a pu lui arriver, lâcha Charlie. Quand il s'agit de Jo, on n'a que de vagues rumeurs à se mettre sous la dent.

Will repartit assez vite. Quand, un peu plus tard, Jo vint s'assurer qu'elles ne manquaient de rien, Charlie fit montre de sa délicatesse habituelle en lui demandant de but en blanc :

— Qu'est-ce qui se passe entre toi et ce type ?

Au lieu de l'envoyer paître comme Nevada s'y attendait, Jo se contenta de hausser les épaules.

— Il est intéressé, moi pas. Fin de l'histoire.

— Tu as remarqué que c'est un type génial ? intervint Nevada. Je me mêle peut-être de ce qui ne me regarde pas mais je préfère te le dire : je travaille avec lui et je l'apprécie énormément.

— Si tu l'aimes bien, tu devrais me remercier, répliqua Jo. Crois-moi, je lui rends service.

Elle s'éloigna. Les femmes autour de la table échangèrent un regard stupéfait en silence, puis Annabelle prit une poignée de chips en observant tout bas :

— J'adore cette ville. C'est mieux que la télé.

— Tu ne pouvais pas venir en voiture ? lança Tucker en souriant.

Puis il s'avança à la rencontre de l'homme qui descendait du jet privé. Le bel appareil venait d'atterrir à l'aérodrome de Fool's Gold. Sa ligne racée tranchait sur les petits appareils de tourisme qui fréquentaient habituellement la piste. Nevada resta en retrait, se demandant encore pourquoi Tucker lui avait proposé de l'accompagner pour accueillir son père.

Les deux hommes s'étreignirent avec affection. Nevada leur laissa quelques instants d'intimité avant de s'avancer à son tour.

— Monsieur Janack, dit-elle en tendant la main.

— Je vous en prie, appelez-moi Elliot ! s'écria le grand patron avec un sourire qui ressemblait beaucoup à celui de Tucker. Content de vous revoir, Nevada. Vous gardez mon fils à l'œil ?

— Je fais de mon mieux.

Un homme d'équipage vint charger un sac de voyage dans le coffre du grand pick-up de Tucker. Puis ils montèrent tous à bord. Dès que Tucker démarra, Elliot se retourna à demi vers Nevada, installée à l'arrière.

— C'est un sacré atout pour nous de vous avoir dans l'équipe. Je me souviens d'un chantier en Amérique latine : j'ai contrarié un fermier qui cultivait les terres en amont et, pour se venger, il nous a coupé l'eau. Vous imaginez ça ? Plus une seule goutte pour tout le chantier, jusqu'à ce que j'aille lui faire mes excuses et que j'offre des sacs à main de marque à ses huit filles. Tout ça pour un problème qui lui semblait évident mais que personne n'avait su m'expliquer. Je ne veux plus jamais refaire la même erreur.

Il riait. Nevada approuva de la tête en précisant :

— Ici, ce sera plus simple. La commune n'est pas du tout hostile au projet et la communication est facile.

— Excellent.

Il se retourna vers son fils pour demander :

— Nous sommes dans les temps ?

Tucker fit son rapport. En quelques phrases, il expliqua ce qu'ils avaient accompli jusque-là, la situation de l'adduction d'eau et des égouts, le planning des explosions ; le temps d'arriver sur le site, Elliot en savait quasiment autant qu'eux sur l'état du chantier. Dès que le véhicule s'immobilisa, Nevada sauta à terre. Elle s'apprêtait à souhaiter un bon séjour au grand patron et à retourner à ses propres tâches quand Elliot lui fit signe de l'accompagner tandis que Tucker s'éloignait.

— Mon fils doit passer quelques coups de fil. Faites-moi visiter.

Elle obéit avec plaisir. Les équipes faisaient un travail formidable et elle était très fière de ce qu'ils avaient accompli. Elle entraîna donc le visiteur dans un circuit du site, lui expliquant la procédure de défrichage et la préservation des bosquets les plus anciens.

— Oui, cela plaît beaucoup, approuva Elliot. C'est bon pour l'environnement, cela ne nous complique pas trop la tâche. En somme, tout le monde est content. Et vous, cela vous plaît de travailler avec Tucker ?

— J'adore ce projet, répondit-elle, sincèrement mais avec une certaine prudence.

Que signifiait cette question ? Janack Père ne pouvait rien savoir de ce qui s'était passé dix ans auparavant ! Ce n'était sans doute qu'une interrogation générale, le mot courtois d'un patron bienveillant à une nouvelle collaboratrice. Il la surprit en ajoutant :

— D'ici un an, il prendra la tête de l'entreprise.

— Je l'ignorais.

Il lui sourit amicalement.

— Il me répète qu'il est trop tôt pour que je prenne ma retraite mais moi, j'ai envie de lever le pied. Il considère ce projet comme son dernier test, l'occasion de prouver qu'il est capable de me succéder.

— C'est un sacré enjeu, murmura-t-elle.

Elle se doutait, bien entendu, que Tucker endosserait des responsabilités de plus en plus importantes, mais elle n'avait pas réalisé qu'il se retrouverait d'ici quelques mois à la tête d'une énorme entreprise.

— Il fera du bon boulot, dit-elle.

— Je suis d'accord avec vous.

— Il s'installera donc à la maison mère ?

— Oui, à Chicago. Et moi, je passerai plusieurs mois de l'année aux Caraïbes.

Il ajouta quelque chose qu'elle ne saisit pas au sujet du voilier qu'il comptait s'offrir. Tucker allait partir. Cela n'aurait pas dû la choquer autant, elle savait depuis le début que sa présence sur ce chantier était temporaire. Mais tout à coup, elle saisissait que ce projet n'était qu'un marchepied, le tremplin qui le propulserait vers un poste mille fois plus important. L'entreprise Janack Construction tout entière ! Bien sûr, c'était ce dont Tucker devait rêver depuis toujours. Ce n'était pas comme si elle s'attendait à ce qu'il reste à Fool's Gold.

Elle donna un casque à son visiteur et l'invita à venir inspecter les fondations de l'hôtel. Tout en donnant mécaniquement ses explications, elle pensait que le problème, au fond, n'était pas la position géographique de Tucker mais son attitude envers les femmes. Quoi qu'il en pense, être amoureux, cela ne signifiait pas forcément être dévoré tout cru ou transformé en esclave ! De toute façon, ce n'était pas comme s'ils étaient amoureux tous les deux. Amis, tout au plus. Elle ne ferait pas l'erreur de craquer pour lui une seconde fois.

A cet instant, un de ses gars se hâta vers elle. Il semblait très troublé.

— Dites, il y a…

Il s'interrompit en reconnaissant le grand patron et le salua avant de revenir à son idée première.

— Nous avons un problème.

Elle haussa les sourcils en attendant des précisions.

— Des chèvres, expliqua-t-il avec nervosité. Beaucoup de chèvres.

8

— C'est une première pour moi, avoua Tucker.

Il marchait d'un bon pas tout en menant deux chèvres au moyen d'une longe improvisée. Derrière lui, Nevada en entraînait deux autres, et le reste du troupeau suivait, remplissant bord à bord la petite route de montagne. Il était déjà arrivé à Tucker de rencontrer des difficultés avec la faune locale sur des chantiers, mais jamais encore avec des chèvres. En comparaison avec les bestioles qu'il avait rencontrées sous d'autres latitudes, il les trouvait plutôt sympathiques !

— Pauvre Heidi, répondit Nevada. Elle va encore devoir refaire sa clôture. C'est sûrement un coup des vaches.

— Elle a aussi des vaches ?

— Dans un sens, oui. Des vaches sauvages.

Tucker se mit à rire.

— Des vaches sauvages ? C'est possible, ça ?

— Apparemment, elles étaient sur le ranch à son arrivée. L'ancien propriétaire de l'exploitation est mort quand j'étais toute petite, je me souviens à peine de lui. Le ranch a été abandonné pendant près de vingt ans et le bétail est retourné à l'état sauvage.

— Dire que je craignais de m'ennuyer en bâtissant un complexe touristique en Californie ! Des vaches sauvages, c'est beaucoup mieux que des grands fauves !

— Ne sous-estime pas la capacité de nuisance des vaches, recommanda-t-elle en riant.

De plus en plus enchanté, il répliqua :

— Je refuse de me laisser impressionner.

— C'est ce que tu dis maintenant, mais d'ici quelques années, tu seras plus prudent. J'ai bien remarqué que ton père ne s'était pas porté volontaire pour ramener le troupeau chez Heidi.

— Il n'est pas franchement fan de nos amies les bêtes. Voilà trop d'années qu'il vit derrière un bureau.

— Depuis que tu as commencé à piloter les grands projets ?

Tucker approuva de la tête. Après sa relation désastreuse avec Cat, il s'était plongé à corps perdu dans son travail et en moins d'un an, il s'était retrouvé en Thaïlande, responsable du chantier d'un immeuble de dix étages. L'année suivante, il y avait eu un pont en Inde… Depuis cette époque, son père se rendait de plus en plus rarement sur le terrain.

— Je ne pourrais pas vivre comme ça, dit-elle. Tout le temps à courir le monde… J'aime avoir un chez-moi.

— Je n'ai jamais connu autre chose.

Il lui jeta un regard de biais. Le soleil faisait ressortir la blondeur de ses cheveux. Bien malgré lui, il s'attarda un instant sur son profil parfait, sa bouche charnue… et détourna vite les yeux pour échapper à la tentation. Mieux valait savourer cette journée idéale, le ciel bleu vif, les arbres encore verts.

— Parle-moi de Fool's Gold, dit-il.

— Nous sommes presque arrivés, protesta-t-elle en riant. C'est une trop longue histoire.

— Je n'en doute pas. Haute en couleur ?

— Il y a eu quelques personnages assez peu recommandables, je l'admets, bien que je descende de l'une des familles fondatrices. Enfin, je m'entends : les premiers à vivre ici étaient bien sûr tes ancêtres à toi, les Màa-zib.

— Une tribu d'amazones qui se servaient des hommes pour leur plaisir. Respect !

— Disons qu'on peut apprécier leur point de vue !

renchérit-elle, les yeux pétillants. Si je comprends bien, personne ne sait au juste ce qu'est devenue la tribu. Les historiens sont incapables de décider si elle s'est éteinte ou si elle a repris sa migration. Au XIXe siècle, une jeune femme appelée Ciara O'Farrell est arrivée dans la région pour rejoindre son fiancé. Il s'agissait d'un mariage arrangé avec un homme très riche et assez âgé. Quand le navire a mouillé à San Francisco, elle s'est enfuie pour se faire chercheuse d'or. Elle voulait bâtir sa propre fortune, pour ne plus jamais se retrouver à la merci d'un homme.

— Cet endroit a une influence bizarre sur les femmes, dit-il sombrement. Je vais devoir prévenir mes gars.

— Laisse-les se débrouiller. Tu veux entendre cette histoire, oui ou non ?

— Continue !

— Le capitaine du navire, Ronan Kane, s'est lancé sur les traces de Ciara.

— Ronan… comme celui de mon hôtel ?

— Il l'a rattrapée, ils sont tombés amoureux l'un de l'autre et ils ont trouvé de l'or. Il lui a construit une demeure magnifique pour clamer son amour à la face du monde : oui, tu as deviné, leur maison est devenue ton hôtel.

— Ça me plaît : unc avcnturc romantiquc, mouve mentée, avec un *happy end*.

— Je suis enchantée que tu approuves notre histoire.

— Il y a encore de l'or dans les montagnes ?

— Sans doute, mais plus personne ne le cherche. Des jeunes partent parfois pour quelques jours de randonnée. Ils tamisent le gravier de quelques cours d'eau mais voilà des années que personne n'a trouvé la moindre pépite.

— Heidi pourrait dresser ses chèvres à chercher l'or.

— Bonne idée. Tu devrais le lui suggérer.

Au détour d'un lacet de la route, ils découvrirent la vieille ferme nichée dans la verdure. Automatiquement, Tucker évalua les bâtiments ; la maison principale semblait dater des années trente. Un toit sain, mais l'ensemble aurait eu grand besoin d'un coup de peinture. Un ranch traditionnel, de la belle ouvrage. Il se demanda si les boiseries d'époque étaient encore en place.

Une femme franchit la barrière ouverte et se précipita à leur rencontre.

— Heidi ? glissa-t-il à Nevada.

— Oui. Elle a dû se faire un souci monstre pour son cheptel.

— Je devrais peut-être prendre une chèvre.

Nevada éclata de rire.

— Tu vois un peu grand. Commence déjà avec un poisson rouge ; si tu parviens à le garder en vie une semaine, nous en reparlerons.

— Tu me vexes.

— Je suis désolée ! cria Heidi dès qu'elle fut à portée de voix. J'avais laissé la barrière ouverte.

— Pas de problème ! répondit gaiement Nevada. Tu aurais vu la tête des gars quand le troupeau a envahi le chantier. Ils étaient tétanisés. Je me suis bien amusée.

Heidi s'arrêta devant eux, le souffle court. Machinalement, elle frotta le front d'une chèvre qui venait mendier une caresse. Elle ne souriait plus.

— J'avais la tête ailleurs. Nous venons d'avoir une mauvaise nouvelle : un grand ami de mon grand-père est malade, il lui faudrait une opération, tout un traitement, et il n'a pas de couverture médicale. Je ne sais pas du tout comment…

Elle eut un geste comme pour écarter ses préoccupations et entreprit de dénouer les longes.

— Merci de les avoir ramenées ! reprit-elle en leur rendant leurs cordes.

Elle parlait d'un ton joyeux qui ne trompait pourtant personne.

— De rien, répondit Nevada en lui pressant amicalement le bras. Qu'est-ce que je peux faire pour vous aider avec votre ami ?

Tucker nota la formulation : non pas « je peux faire quelque chose » ? mais « qu'est-ce que je peux faire » ? Elle partait du principe qu'elle allait forcément s'investir, et cela faisait toute la différence.

— Rien pour l'instant mais si je vois quelque chose, je te le dirai.

— N'hésite pas. Tu es l'une des nôtres maintenant, et à Fool's Gold, nous prenons soin les uns des autres.

Les yeux bleus de Heidi se remplirent de larmes.

— Merci…

Elle serra Nevada sur son cœur et s'éloigna vers le ranch, tête basse, suivie de son troupeau. Côte à côte, Nevada et Tucker prirent le chemin du retour.

— C'était gentil de ta part, murmura ce dernier.

— Je parlais sincèrement. Si elle a besoin d'aide, nous serons là. Nous organiserons un gala pour rassembler des fonds, ou nous verrons avec l'hôpital local s'ils peuvent lui faire une fleur pour le coût du traitement.

Elle fronça les sourcils et décida :

— Je retournerai la voir en fin de journée pour lui indiquer les options envisageables. Il faut parler avec la maire.

— Pourquoi la maire s'intéresserait-elle au problème ?

— C'est le miracle des petites villes — ou en tout cas le miracle de Fool's Gold. Si quelqu'un cherche à faire du tort à Heidi ou à son grand-père, ils devront affronter toute la commune.

— Vous devriez afficher un avertissement !

— Nous préférons leur réserver la surprise.

Le *Gold Rush Ski Lodge* se dressait sur un replat à 1400 mètres d'altitude. L'hiver, il proposait des pistes de ski et de snowboard. Pour ceux qui désiraient uniquement se prélasser au coin du feu dans des tenues follement originales, c'était un cadre très agréable, élégant et convivial. L'hôtel abritait l'unique restaurant cinq étoiles de Fool's Gold et chaque mois, un chef-en-résidence y préparait un repas prestigieux. L'événement attirait des gourmets du pays entier, et Nevada aurait dû être enchantée d'y participer.

L'invitation était arrivée par l'intermédiaire de sa boîte vocale. « Dîner au *Gold Rush* à 7 heures. Toute la famille y sera. Vous rencontrerez Max. » La voix était celle de sa mère. Pour Nevada, qui avait déjà vu Max dans le plus simple appareil, cette rencontre ne s'imposait pas forcément. Elle n'avait même aucune envie de se retrouver face à ce type ! Que pourrait-elle lui dire ? Parviendrait-elle seulement à le regarder en face ? Il y aurait une foule de pièges à chaque détour de la discussion et il ne lui faudrait pas plus de dix secondes pour mettre le pied dans le plat. En revanche, comment rester chez elle sans créer des tensions désagréables pour toute la famille ?

Un instant, elle envisagea d'emmener Tucker avec elle, pour faire tampon. Puis elle pensa que si elle lui proposait de venir, elle devrait lui expliquer pourquoi. Ce serait beaucoup trop gênant ! Elle se résigna donc, et arriva délibérément en retard dans l'espoir de se fondre dans la foule de frères, sœurs, pièces rapportées et enfants.

Simon, le fiancé de Montana, se trouvait dans le hall quand elle arriva. Le voyant très concentré, son portable plaqué à l'oreille, elle ne le dérangea pas et attendit qu'il ait raccroché pour s'approcher de lui.

— Bonsoir !

Il rangea l'appareil dans la poche de sa veste et lui sourit en prenant ses deux mains dans les siennes.

— Nevada ! Comment vas-tu ?

Il posa un baiser affectueux sur sa joue et glissa son bras sous le sien. Il l'entraînait vers la salle à manger privée réservée pour la soirée quand elle s'arrêta net, en l'obligeant à faire de même.

— Je voudrais te poser une question médicale.

Il se retourna vers elle et plongea son beau regard gris-vert dans le sien.

— Bien sûr. Dis-moi.

Simon était sans aucun doute l'homme le plus beau qu'elle ait jamais vu. Une beauté qui le situait à part des hommes seulement agréables ou séduisants, mais une partie de son visage était défigurée par de terribles cicatrices de brûlures. Bien sûr, dès qu'on apprenait à mieux le connaître, on oubliait ces marques sur son visage pour ne retenir que ses qualités de cœur et de médecin. Nevada l'appréciait pour toutes ces raisons, et aussi parce qu'il aimait sa sœur avec un dévouement à rendre jalouse la femme la plus comblée.

— C'est possible d'effacer un souvenir pénible ? demanda-t-elle. Par l'hypnose, ou… je ne sais pas moi, une sonde électronique dans mon lobe frontal ?

Le coin intact de la bouche de Simon se retroussa. Vexée, elle protesta :

— Ce n'est pas drôle !

— C'est un petit peu drôle.

— Très bien, soupira-t-elle. Amuse-toi, mais donne-moi tout de même une réponse.

— Tu sais comment fonctionne ton lobe frontal ?

— Pas du tout.

— Crois-moi, ce n'est pas un endroit où tu as intérêt à planter une sonde.

Il embrassa de nouveau sa joue en ajoutant gentiment :

— Ta mère est une femme formidable, pleine de vitalité. Tu devrais être heureuse pour elle.

— Je le suis, mais je n'avais aucune envie de la voir manifester sa vitalité en direct. Ce n'est pas naturel.

— Je suis désolé, mais je ne peux rien pour toi. Si ça peut te rassurer, le souvenir perdra de sa puissance avec le temps.

— Ça ne m'avance pas beaucoup.

— Je ne peux pas faire mieux.

— Et moi qui te prenais pour un grand médecin.

Il riait toujours quand ils entrèrent dans la salle à manger. Elle s'immobilisa sur le seuil en le laissant rejoindre Montana. Avec leur arrivée, le groupe se retrouvait au complet : Kent avec son fils, Ethan avec Liz et leurs trois enfants, Dakota avec Finn qui tenait Hannah dans ses bras. Les adultes discutaient avec entrain, les plus jeunes bavardaient et riaient aux éclats. Nevada se raidit en repérant sa mère au cœur d'un groupe ; Max se tenait près d'elle, très séduisant dans son complet bien coupé. En les voyant, LE souvenir fondit sur elle, si fulgurant qu'elle dut résister à l'envie de se couvrir les yeux. Par pur réflexe de protection, elle saisit une coupe de champagne sur le guéridon près de la porte et la vida d'un trait.

Voilà, elle allait mieux. Prudente, elle entama un circuit en commençant par saluer frères, sœurs, conjointes et fiancées, nièces et neveux, pour finir par s'approcher, bien à contrecœur, de sa mère. Aussitôt, celle-ci glissa quelques mots à son compagnon et vint à sa rencontre.

— Comment vas-tu ? Je ne savais pas si je devais t'appeler, ou passer te voir…

— Je vais bien, m'man.

— Ce n'est pas ce que j'ai entendu.

Nevada inspira à fond.

— Je suis contente que vous soyez heureux, Max et toi. Sincèrement, c'est formidable. Seulement, ne le prends pas mal mais je ne veux jamais, jamais plus entrer chez toi et vous trouver en train de faire des choses. Surtout sur la table de la cuisine.

Denise se mit à rire malgré elle.

— Tu es ma mère. Finalement, je suis quelqu'un de très traditionnel.

— Je le sais. Je suis désolée. A l'avenir, je m'assurerai que la porte est verrouillée quand nous…

— Parfait, merci, pas un mot de plus. Tu verrouilleras la porte, personne ne vous surprendra. Parfait.

Sa mère rit de nouveau en la serrant sur son cœur.

— Si tu savais comme j'ai hâte que tu aies des enfants à ton tour !

— C'est mal parti pour l'instant mais un jour ou l'autre, ils viendront te venger.

— Tout va bien alors ?

— Oui, tout va bien, répondit Nevada.

— Je suis contente. Viens rencontrer Max. Il va beaucoup te plaire.

— J'en suis sûre, marmotta Nevada en se laissant entraîner. Entre nous, il a un corps de rêve.

Cette fois, quand sa mère éclata de rire, elle l'imita. L'orage était passé. Quel soulagement !

Le dîner fut très joyeux, la petite explication avec sa mère s'avérait très libératrice. Nevada se sentait pleine d'énergie en rentrant chez elle. Incapable de tenir en place, elle passa un jean et des baskets, saisit ses clés et un sweat à capuche et ressortit. Il était près de minuit, les étoiles fourmillaient dans le ciel limpide ; elle se mit à marcher d'un pas vif en savourant le premier froid de l'année.

On était aux derniers jours de septembre. Bientôt, elle ouvrirait ses rideaux et les feuilles auraient changé de couleur. Ensuite, les montagnes passeraient leur manteau de neige et ce serait l'hiver. En règle générale, Fool's Gold ne souffrait pas de froids trop extrêmes, mais les intempéries allaient sans doute ralentir le chantier. Elle se promit de jeter un coup d'œil au planning pour s'assurer qu'ils s'étaient laissé une marge de manœuvre suffisante, et aussi qu'on avait prévu des plans d'urgence en cas de grosses chutes de neige.

Indécise, elle ralentit le pas. Où allait-elle, en fin de compte ? Au *Jo's Bar* ? Les vendredis et samedis, c'était plutôt le repaire des couples que le refuge des célibataires. Excellent pour les affaires de Jo, mais moins plaisant pour une fille seule qui se demandait que faire du reste de sa soirée.

— Le dîner s'est bien passé ?

Tucker ? Que faisait-il à arpenter le centre-ville à une heure pareille ?

— Bonsoir. Très bien, oui, je n'ai pas piqué une seule crise d'hystérie.

— Tout le monde a dû apprécier, dit-il avec un sourire. Tu es réconciliée avec ta mère ?

— Nous n'avons jamais été fâchées. Je ne lui en voulais pas, j'ai juste un peu… paniqué. Et ne t'avise pas de me traiter de petite nature : ça te plairait, toi, de surprendre ton père en train de faire des choses avec une femme ?

— Ça dépendrait de la femme.

Elle lui lança une bourrade.

— N'importe quoi ! Tu t'enfuirais en hurlant, exactement comme je l'ai fait.

— Tu as vu mon père faire des choses ? se récria-t-il. Quand ?

— Arrête. Tu sais très bien ce que je veux dire.

— Oui, je sais. Viens, retournons à mon hôtel. Je t'offrirai un verre et tu pourras tout me raconter.

— Mon épisode de voyeurisme ou le dîner ?

— Le dîner !

Une petite voix intérieure lui murmura une mise en garde. Terminer la soirée avec Tucker ? Ce n'était pas forcément une bonne idée. Chaque fois qu'ils se retrouvaient en tête à tête, elle était sujette à des réactions physiques incontrôlables… Elle en était là de ses réflexions quand il saisit sa main et l'entraîna ; elle le suivit sans protester. Ce serait gênant de reculer maintenant, cela donnerait trop d'importance à une invitation toute simple. Et n'espérait-elle pas un peu, sans se l'avouer, qu'il se passerait quelque chose entre eux ? Cela faisait beaucoup de pensées en une fraction de seconde ! Elle choisit de les écarter toutes pour demander :

— Et toi, qu'as-tu fait ce soir ?

— J'ai dîné tôt et je suis allé voir un film.

— Tu te plais toujours ici ?

— Mais oui ! Les gens sont charmants. C'est tout de même assez impressionnant : tout le monde sait qui je suis, je n'arrête pas de croiser des inconnus qui me saluent par mon nom.

— Tu as eu d'autres démêlés avec ces dames ?

— Non. Tu es mon bouclier. C'est pour cela que je tiens absolument à t'offrir un verre.

Ils marchèrent en silence jusqu'à ce qu'ils atteignent l'hôtel de Tucker. Lorsqu'ils entrèrent, le bar du *Ronan's* était presque désert. Tucker l'entraîna vers une petite table du fond, ils commandèrent des cognacs et s'installèrent confortablement dans les sièges de cuir.

— Le fameux Max a plu à la famille ? demanda-t-il.

Elle approuva de la tête.

— Nous le connaissions déjà un peu puisque Montana travaille pour lui. C'est un type bien, très agréable. Maman et lui se fréquentaient quand ils étaient adolescents ; apparemment, ils ont eu une histoire assez torride, puis elle a rencontré mon père et décidé que c'était lui qu'elle attendait… Max a quitté la ville quelque temps après.

— Il ne s'est pas battu pour la garder ?

— Il a dû sentir que c'était perdu d'avance. Dakota en a parlé avec maman ; d'après elle, Max n'était pas prêt à se caser et maman voulait un mari et une famille.

— Votre père est parti depuis un moment. C'est bien qu'elle ait trouvé quelqu'un.

— Oui, je suis contente pour elle… tant que je ne suis pas obligée de les voir à l'œuvre !

Le serveur apporta leurs cognacs. La première gorgée irradiait encore sa chaleur dans la poitrine de Nevada quand Tucker murmura :

— Viens dans ma chambre.

Interdite, elle leva les yeux vers lui… sentit ses mains se mettre à trembler et se hâta de les cacher sous la table.

— Tucker, je…

Elle s'interrompit en serrant les lèvres. Peut-être pour se retenir de dire oui ? Si elle montait dans sa chambre, ils feraient l'amour. Elle sentirait son corps musclé contre le sien, ses mains sur elle ; ils se donneraient de la tendresse et du plaisir. Cette fois, elle était prête, et il avait réellement envie d'elle. Il tendit la main pour effleurer sa joue. Au contact de ses doigts, elle sentit ses paupières s'alourdir. Elle fondait déjà, elle allait céder…

— Nous ne pourrions plus travailler ensemble, murmura-t-elle.

— Pourquoi pas ? Cela n'a rien à voir…

Il se tut pour mieux chercher ses mots. Il allait certainement lui dire que quoi qu'elle choisisse, cela n'aurait aucune conséquence : si elle refusait, il ne le lui ferait pas payer, ce n'était pas du tout son style. Il y aurait pourtant des retombées d'un autre type : s'ils faisaient l'amour, rien ne serait plus jamais comme avant.

Le souffle court, elle attendait toujours la fin de sa phrase quand il sembla renoncer à s'expliquer. D'un mouvement impatient, il se pencha vers elle pour l'embrasser. Ce fut plus fort qu'elle, un élan la porta à sa rencontre… mais au lieu du baiser passionné qu'elle attendait, il ne fit qu'effleurer ses lèvres. Ce contact éphémère décupla son désir, et cette retenue entama sa résolution bien plus efficacement qu'une étreinte vorace.

Ses seins étaient presque douloureux, son corps entier se tendait vers lui. Elle n'aurait qu'un mot à dire pour vivre enfin ce dont elle rêvait depuis si longtemps. Elle avait trop envie, elle allait… Sans l'avoir décidé, elle se faufila hors de la banquette et bondit sur ses pieds en répétant :

— Je ne peux pas.

Elle secoua la tête, frustrée, au bord des larmes, mais elle était de nouveau maîtresse d'elle-même.

— Toi et moi… il faut que ça reste purement professionnel.

— C'est déjà trop tard…

Il pensait cela ? Eh bien, il n'avait peut-être pas tort, mais elle pouvait encore faire semblant. Elle ouvrit la bouche, la referma… et s'enfuit sans un mot. Elle réussit même à rentrer jusque chez elle sans un regard en arrière, et sans s'avouer qu'elle espérait qu'il la suivrait. Bien entendu, il n'en fit rien. Sans doute venait-elle de remporter une victoire, mais elle la trouva bien amère en se couchant dans son lit solitaire et froid.

Tucker n'aimait pas perdre, ni en affaires ni dans sa vie privée. Il passa donc une nuit infernale à ressasser sa frustration. Il comprenait parfaitement les raisons pour lesquelles il ne devrait pas céder à son désir pour Nevada, mais il refusait d'admettre qu'elle ait pu faire le bon choix tandis qu'il commettait une grossière erreur.

Au fond, il avait tout fait pour alimenter la tension entre eux. Au début, c'était juste un jeu, pour prouver… il ne savait plus quoi au juste. Ensuite, peu à peu, tout avait changé. Il sentait bien que ce qui se passait entre eux était important, mais cela ne faisait rien pour apaiser la brûlure de son corps.

Le lendemain matin, il arriva sur le chantier de très mauvaise humeur. Il n'aspirait qu'à une chose : faire le plein de caféine et vider son esprit en se tuant au travail. Mais en entrant dans la caravane, il trouva la cafetière vide et une dame aux cheveux blancs, très bien mise, installée sur la chaise en face de son bureau.

— Monsieur Janack, dit-elle en se levant. Je me présente : Marsha Tilson, maire de Fool's Gold.

— Madame, dit-il en lui serrant la main.

— Appelez-moi Marsha, comme tout le monde, repartit-elle avec un bref sourire.

— Très bien, Marsha, que puis-je faire pour vous ?

— Je voulais vous parler de votre projet.

Les visites d'élus n'annonçaient généralement rien de

bon, donc mieux valait se ménager le temps de préparer sa réponse. Courtoisement, il fit asseoir sa visiteuse et lui proposa un café, qu'il prépara avec soin. Puis il respira à fond et se lança dans un bilan rapide de l'avancement des travaux, en soulignant bien que si rien n'était encore gagné, ils étaient dans les temps et à jour de toutes leurs autorisations. Son petit discours terminé, il s'assit sur le coin de son bureau en croisant les bras sur sa poitrine. Le moment était venu pour sa visiteuse d'expliquer ce qui l'amenait.

Celle-ci se leva posément, en braquant sur lui un regard tranquille. Intéressé, il nota que si son tailleur bleu ciel et son chemisier à fronces étaient totalement déplacés dans une caravane de chantier, elle n'avait rien de ridicule et conservait toute sa dignité. Il avait déjà croisé des personnages de ce genre, des êtres qui dominaient si parfaitement la situation qu'ils se trouvaient à leur place partout. C'était un don particulièrement précieux pour une politicienne.

— La commune est très contente de vous, déclara-t-elle. Vous respectez les règlements locaux ; vous ne cherchez pas à rogner sur les frais nécessaires ; vos employés vous respectent.

Elle lui sourit en précisant :

— Et ils laissent d'excellents pourboires.

— Content de l'apprendre, murmura-t-il en se demandant où diable elle voulait en venir.

— C'est ma ville, ici, reprit-elle fermement. Je crois pouvoir dire que je suis au courant de tout.

Une idée absurde lui vint : allait-elle lui reprocher d'avoir voulu coucher avec Nevada ?

— Nous apprécions tout ce que ce complexe touristique va nous apporter : des emplois, du tourisme, des clients pour nos commerces. Il y aura quelques ratés, bien entendu ; un projet aussi important met toujours un certain temps à trouver son rythme de croisière. Mais nous nous en sortirons. Nous nous en sortons toujours.

Il sentit qu'elle n'avait pas terminé, et eut la finesse d'attendre la suite en silence. Elle ajouta :

— Votre entreprise ne gérera pas le centre.

Ce n'était pas une question, mais il confirma tout de même d'un signe de tête. Elle reprit :

— Mais vous aurez votre mot à dire au moment de nommer les dirigeants. Janack Construction reste l'un des actionnaires.

— Effectivement. Pourquoi ? Vous avez un neveu à me recommander ?

Elle lui sourit assez froidement et répliqua :

— Non, mais j'aimerais être consultée au moment du recrutement des futurs responsables. Ils devront être prêts à se faire une place ici en respectant les priorités de la commune. Je ne veux pas voir s'installer n'importe qui ici.

Elle avait l'apparence des vieilles dames qui vont chez le coiffeur une fois par semaine et passent le reste de leur temps à se lamenter sur l'attitude des jeunes d'aujourd'hui. Mais il commençait à comprendre à quel point cette image était trompeuse.

— Vous êtes une sacrée baroudeuse, n'est-ce pas ?

— Quand la situation l'exige, admit-elle sereinement. Vous ferez ce que je vous demande ?

— Oui. En retour, j'aimerais vous demander pourquoi Jo Trellis envoie promener Will Falk. Il cherche uniquement à mieux la connaître.

— Vous partez du principe que je connais la raison ?

— J'en suis même sûr.

— Eh bien oui, soupira sa visiteuse Il y a bien une raison.

— Vous comptez me la dire ?

La maire de Fool's Gold reprit son sac et se dirigea vers la porte.

— Non. C'est son secret, je n'ai pas le droit de le révéler.

— Il y a donc un secret ?

— Tout le monde a son secret, monsieur Janack. Même vous.

9

Dans un bruissement de draps, Max se pencha vers Denise pour poser un baiser sur sa bouche. Ils passaient beaucoup de temps au lit : c'était si doux de constater qu'à leur âge, le désir n'avait pas faibli. Auprès de lui, Denise redevenait une vraie jouvencelle. Souriante, elle se perdit dans son regard bleu et murmura :

— Mes enfants te trouvent formidable…

— Parce que tu leur as laissé le choix ?

Elle se blottit contre lui en riant.

— Pas vraiment, non. Ils auraient tout de même pu se braquer. Pas Montana, bien sûr ; elle t'appréciait déjà beaucoup *avant*. Elle est très heureuse dans son travail.

— Moi aussi, je l'apprécie énormément. C'est un plaisir de travailler avec une jeune femme à la fois responsable et créative. En revanche, Nevada m'a évité toute la soirée.

— On peut difficilement lui en vouloir.

— Difficilement. Il faudra nous décider à verrouiller les portes.

Elle s'étira dans un soupir heureux, en mêlant ses jambes aux siennes. Que de chemin parcouru… Cinq ans après la mort de Ralph, elle se demandait encore si elle parviendrait un jour à supporter son deuil. Depuis que ses enfants avaient quitté le nid, elle ne savait plus à quoi employer ses énergies. Les années passant, elle avait tenu bon et, quelques mois auparavant, elle s'était décidée à tenter l'ouverture. Elle sortait un peu, rencontrait des hommes, mais à l'époque, elle n'imaginait pas un seul instant qu'elle aurait la chance de tomber follement amoureuse d'un homme exceptionnel… et que cet homme serait Max !

— Je n'ai jamais cessé de penser à toi, lui dit-il. Je me demandais très souvent où tu étais, ce que tu faisais.

— Moi aussi, j'ai pensé à toi.

Parfois. De façon fugace. Investie comme elle l'était dans sa vie avec Ralph et leurs six enfants, il ne lui restait guère de loisirs pour se poser ce genre de questions.

— Ce n'était pas la même chose, dit-il d'un ton léger. Tu étais mariée à un autre.

— Tu ne t'es jamais marié ?

— Je n'en ai jamais eu envie. J'ai eu des amies, tu t'en doutes.

— Je m'en doute, murmura-t-elle en lui souriant, mutine. Des douzaines. Des centaines peut-être.

— Au moins des centaines.

Il riait en l'embrassant. Résolument, elle repoussa l'assaut de la jalousie. Elle n'avait pas le droit de lui en vouloir, pas alors qu'elle avait été si heureuse avec Ralph. Elle ne s'attendait tout de même pas à ce que Max se fasse moine en l'attendant ? A ce qu'il reste chaste pendant trente-cinq ans ? Comme un écho à ses pensées, il murmura :

— Quand j'ai su, pour Ralph, j'ai eu envie de revenir, mais j'ai senti que ce serait une erreur.

— Tu as eu raison, je n'étais pas prête. J'ai mis très longtemps à faire mon deuil, et puis, les enfants…

Il l'embrassa de nouveau avec cette tendresse qui la touchait tant.

— Moi non plus, je n'étais pas prêt. Je devais d'abord devenir un homme digne de toi. J'avais besoin de mûrir un peu.

Elle promena la main sur sa joue, sur son épaule nue.

— Personne n'a jamais dit que tu n'étais pas digne de moi.

— Disons que j'avais un certain potentiel. Je t'aime, Denise. Je veux t'épouser.

Soudain, il y eut un grand froissement et la pièce bascula de côté, puis sembla s'envoler en tournoyant. Dans un éblouissement, elle revit l'autel de son mariage, entendit la voix du pasteur clamer : « M. et Mme Hendrix ! » Un instant de bonheur et de fierté, où elle avait su qu'elle aimerait Ralph toute sa vie.

— Non…

Elle s'aperçut qu'elle était de l'autre côté de la chambre. Non plus nue mais enroulée dans le drap. Le souffle bloqué dans ses poumons contractés.

— Je suis désolée… Non…

Elle contempla l'homme dans son lit. Un bel homme solide, et parfaitement nu, dans sa chambre ! Une véritable panique s'empara d'elle.

— Mais… tu pleures ?

Atterré, Max sauta du lit et s'avança vers elle. Machinalement, elle se toucha le visage et trouva des larmes sur ses joues.

— Tu es… adorable, sanglota-t-elle. Un homme merveilleux mais ce serait… Non, ce n'est pas possible.

Ce qu'elle disait n'avait aucun sens, mais elle ne pouvait plus se taire.

— Se marier… cela gâcherait tout. Dans un mariage, il y a autre chose que des moments fabuleux au lit. Tu n'as rien compris ! Nous nous amusons. Nous sommes juste deux personnes qui… qui sont ensemble pour le plaisir.

Il fronçait les sourcils, l'air plus inquiet que contrarié. Quand il tendit les mains vers elle, ce fut plus fort qu'elle : elle recula brusquement.

— Non !

Elle se précipita dans la salle de bains et claqua la porte.

— Je ne me sens pas très bien, cria-t-elle à travers le battant. Je crois que tu devrais t'en aller.

— Denise, je ne comprends rien à ce que tu me dis. Il faut qu'on parle…

— Non ! Je t'en prie, rentre chez toi.

Elle se laissa glisser sur le sol en sanglotant de plus belle. La culpabilité était insupportable : elle venait de trahir son véritable amour. Elle avait trompé Ralph en s'autorisant à croire qu'elle pouvait être avec un autre que lui. Derrière la porte, elle entendit des mouvements, des pas… puis ces pas s'éloignèrent ; un instant plus tard, la porte d'entrée se referma. Max était parti. Elle ramena ses genoux contre sa poitrine, les enserra de ses bras ; elle était seule et elle avait froid.

Debout sur un talus, Nevada et Charlie, son amie pompier, surveillaient le déchargement des explosifs.

— J'ai le cœur qui bat, pas toi ? souffla Charlie.

— Moi aussi ! J'ai hâte d'assister au feu d'artifice.

— Officiellement, je n'étais pas obligée de venir aujourd'hui, mais j'avais trop envie de voir ça. Les relevés sont terminés ?

— Presque, jubila Nevada. Pour les petits chantiers, nous nous servons encore des trépieds à l'ancienne, c'est rapide et cela ne coûte rien mais ici, on a tout fait au GPS. Tu te rends compte ? On peut faire un relevé au millimètre près grâce à un satellite qui vogue dans l'espace à trente mille kilomètres. La technologie, j'adore.

— Si seulement les satellites pouvaient éteindre des incendies.

Le porte-palettes à chenillettes s'éloignait avec son fardeau. Charlie poussa un gros soupir.

— Ces engins doivent être géniaux à conduire. Je comprends que les hommes veuillent les garder pour eux.

Elles n'étaient pas seules à assister à l'arrivée du matériel : plusieurs membres de l'équipe de Nevada se tenaient à quelques pas, prêts à apporter leur concours en cas de pépin. Nevada en surprit deux à détailler Charlie avec intérêt.

— Je crois que mes gars vont me demander ton numéro de téléphone, glissa-t-elle à son amie.

— Inutile de le leur donner, lâcha Charlie sans même se retourner. Je ne suis pas intéressée.

— Tu es sûre ? Certains d'entre eux sont très gentils, et plusieurs sont très bien fichus.

— Laisse-moi deviner : ce ne sont pas les mêmes ? Ils sont soit gentils, soit bien fichus ?

— Mais si, protesta Nevada en riant, j'en vois quelques-uns qui correspondent aux deux critères.

— Laisse tomber. Je ne suis pas douée pour les histoires d'amour. Parlons plutôt de dynamite.

— Le mot suffit à me donner des frissons partout.

— Normal. Tout le monde n'a pas la chance de pouvoir faire exploser son lieu de travail.

Le portable de Charlie émit un bip aigu. Surprise, elle le sortit de sa poche.

— Vous avez réussi à faire installer un relais dans ce coin perdu ?

— On l'a livré la semaine dernière. Janack Construction a des amis haut placés.

— C'est ce que je vois. Je prends cet appel et ensuite, on file en ville, d'accord ?

Elles avaient prévu de retrouver Annabelle et Heidi au *Jo's Bar* pour un déjeuner rapide. Depuis l'incident de la crevaison, elles se voyaient souvent toutes les quatre. Laissant Charlie à son coup de fil, Nevada retourna à la caravane chercher ses clés de voiture. Elle monta les marches quatre à quatre, ouvrit la porte… et laissa échapper un soupir de soulagement en voyant que Tucker n'était pas là.

Ce n'était pas qu'elle l'évitait, pas exactement, mais depuis l'autre soir, elle faisait en sorte de le croiser le moins possible. Elle ne regrettait pas son refus de monter dans sa chambre — enfin si, un petit peu — mais elle restait persuadée d'avoir fait le bon choix. Une histoire avec Tucker serait une complication inutile ; un interlude très agréable sans doute, mais elle préférait être sage et se concentrer sur ses priorités. Avec un brin de tristesse, elle posa son casque sur son bureau, prit son sac et retrouva Charlie sur le parking.

Vingt minutes plus tard, elles s'attablaient au *Jo's Bar* avec leurs amies. Elles commandèrent des salades, avec une assiette de frites à partager pour toute la tablée.

— Ne me laissez pas en prendre plus de trois, gémit Annabelle. Je ne suis pas grande comme vous, quand je prends un gramme, ça se voit tout de suite.

— Dans une minute, elle va aussi se plaindre d'être riche, grommela Charlie en goûtant son thé glacé.

— Essaie de faire la taille d'une puce pendant cinq minutes, tu verras si ça te plaît, répliqua Annabelle.

— Et toi, essaie d'être plus grande que la moitié de la population masculine.

— Au moins, s'ils t'embêtent, tu peux leur botter les fesses.

— Là, tu n'as pas tort, convint Charlie avec un sourire satisfait.

Cela déclencha un éclat de rire général. Nevada contempla les visages épanouis qui l'entouraient, heureuse de se sentir si bien avec ses nouvelles amies. Ces derniers temps, sa vie affective stagnait un peu ; elle échangeait moins avec ses copines d'enfance, et ses sœurs… ses sœurs prenaient un chemin différent du sien. Elles seraient beaucoup moins disponibles à l'avenir pour la dernière célibataire. Le changement serait positif puisque les deux fiancées étaient heureuses, mais ce ne serait pas forcément facile ou confortable pour Nevada.

— Alors, quelles sont les nouvelles ? demanda Annabelle à Jo quand celle-ci apporta leurs salades. On ne peut plus venir ici sans croiser Will. Il est craquant !

— Il n'y aura rien entre nous, répliqua froidement l'intéressée. Je me fiche de ce que dit la rumeur, nous n'allons pas sortir ensemble.

Ses clientes échangèrent un regard. Désolée pour son collègue, Nevada osa insister :

— J'espère que tu mesures bien à quoi tu renonces ? Il n'y en a pas beaucoup comme lui ; sur le chantier, tout le monde le respecte, mais on l'apprécie aussi personnellement.

Le visage déjà fermé de Jo se rembrunit encore.

— Tu crois que je ne le sais pas ? Tu n'as pas compris que c'est justement le problème ? Pourquoi entamer une relation si c'est pour tout gâcher ?

Elle posa brusquement leurs repas sur la table et s'en alla à grands pas. Médusée, Nevada se tourna vers Charlie en l'interrogeant du regard.

— Je n'en sais pas plus que toi, avoua son amie en s'emparant d'une frite. A mon avis, le problème remonte à un coup dur dans son passé.

— C'est notre cas à toutes, murmura Annabelle en retirant tristement la sauce de sa salade. Les rapports avec les hommes ne sont jamais simples. Si je faisais la liste de mes ratages, elle se déroulerait jusqu'en Chine.

— A ce point ? Raconte, réclama Heidi, intriguée.

Annabelle secoua résolument la tête.

— Disons que je n'ai pas toujours été la petite bibliothécaire bien sage que vous voyez aujourd'hui. J'étais même… très différente.

— Les hommes peuvent être de vrais fumiers, soupira Heidi.

Charlie piocha une frite en hochant sombrement la tête. Nevada pensa à la façon dont son cœur s'était brisé en une seule soirée.

— Ce n'est jamais facile, soupira-t-elle.

Un silence pensif s'était abattu sur la table. Heidi le rompit en lançant avec entrain :

— D'accord, mais ton patron est à croquer. Je t'en prie, dis-moi que ça te fait chaud partout de travailler près de lui. Je ne me souviens même plus de la dernière fois que j'ai eu chaud partout.

— Jamais avec les collègues.

Les autres la regardèrent avec des yeux ronds. La pruderie de sa réponse était en net décalage avec la franchise habituelle de leurs échanges… mais elle redoutait trop que ses amies ne devinent quelle tentation Tucker représentait pour elle.

— Tu n'es pas obligée de palper la marchandise, glissa Heidi, mais tu regardes forcément. Il a un corps extraordinaire.

— C'est vrai, assura Charlie. Même moi, je l'ai remarqué, et je déteste presque tous les hommes.

— Tout à fait, renchérit Annabelle en souriant avec gourmandise. Et ton frère Ethan ! Avec tout le respect que je te dois, il est assez irrésistible. Oh, ne te fais aucun souci, je sais bien qu'il est fou de sa femme…

Son visage se ferma et elle soupira :

— Bref ! J'ai beau savoir que ça ne marche jamais, je me surprends à vouloir rencontrer l'homme de ma vie.

— Pas moi, grogna Charlie. Ça n'existe pas.

— Tu ne penses pas vraiment ce que tu dis, protesta Heidi. Personnellement, je ne cherche pas, mais je comprends ton envie. J'en rêvais aussi, avant de voir tous mes espoirs passer à la trappe.

Elle mangea quelques instants en silence avant de conclure :

— Et maintenant, je vis avec mon grand-père et j'élève des chèvres. Qui dit que la vie n'a aucun sens de l'humour ?

— Il y a tout de même des hommes adorables, réagit Nevada. Mes sœurs en ont trouvé deux. Elles sont amoureuses et très heureuses.

— C'est vrai, admit Heidi.

— Irritant, mais vrai, renchérit Charlie. Tes sœurs ont eu beaucoup de chance. Il y a…

Elle s'interrompit soudain.

— C'est ta mère ?

Nevada se retourna brusquement. C'était bien Denise

qui se tenait au centre de la salle, le visage défait. Elle la vit au même instant et s'approcha en hâte.

— Excuse-moi de venir te chercher ici…

Effrayée, Nevada se précipita vers elle. Ce visage pâle, ces yeux rouges… Les possibilités les plus affreuses se bousculèrent dans son esprit. Elle saisit la main de sa mère et l'entraîna à l'écart en lui demandant tout bas :

— Il s'est passé quelque chose ? Un accident ? Quelqu'un est malade ?

— Non, ce n'est pas ça, murmura Denise, les yeux pleins de larmes. Je voulais juste te prévenir que je vais vendre la maison et partir loin d'ici.

Nevada la dévisagea, bouche bée.

— J'ai sûrement mal entendu. De quoi parles-tu ?

— Je dois partir, tout de suite.

— Mais pourquoi !

— Max veut m'épouser.

— J'aurais voulu être orpheline, déclara Nevada en entrant en coup de vent dans la caravane qui leur servait de bureau.

Surpris, Tucker leva les yeux de son écran.

— Comment ? Tu adores ta famille.

— Le plus souvent, oui. Il y a tout de même des moments où je me dis que faire son chemin tout seul, cela a de sérieux avantages.

Elle se laissa tomber sur son siège et annonça sombrement :

— Ma mère menace de vendre sa maison et de partir Dieu sait où.

— Pourquoi donc ?

— Elle a été incapable de me le dire. Elle est plus ou moins hystérique, elle répète que Max veut l'épouser. C'est une raison, à ton avis ? D'après son attitude, je suppose qu'elle a refusé, mais vu la difficulté que j'ai eue à lui faire prononcer une phrase complète et cohérente… En fait, elle ne fait que répéter qu'elle doit partir au plus vite et qu'elle ne reviendra jamais. Je dois retrouver mes sœurs chez elle tout à l'heure, nous allons tenter de tirer cette histoire au clair.

Médusé, il chercha par où il pourrait commencer à formuler sa réponse.

— Elle ne veut pas vraiment partir, hasarda-t-il. Cette ville, c'est toute sa vie. Et je croyais que Max lui plaisait !

— Ils sont fous l'un de l'autre. Elle a même organisé un grand dîner pour que toute la famille le connaisse, et nous l'avons tous trouvé charmant. Même moi.

— Je croyais que toutes les femmes voulaient se marier.

— Et que tous les hommes voulaient une voiture de sport ? répliqua-t-elle sèchement. Tu parles d'un cliché sexiste !

Puis elle frappa de la paume sur son bureau en s'écriant :

— Excuse-moi, je passe mes nerfs sur toi, c'est injuste. Mais cela ne lui ressemble vraiment pas. Je t'assure, c'est bizarre de voir ma mère dans cet état ! Je l'ai toujours connue solide, inébranlable. Quand papa est mort, elle a énormément souffert mais elle n'a jamais cessé d'aller de l'avant. Et tout ça pour craquer au moment où Max lui déclare un amour éternel ? Cela n'a aucun sens !

— Vous allez lui parler toutes les trois. Vous y verrez plus clair.

— Je l'espère ! Oh, les rapports humains sont trop compliqués !

— Là, je suis tout à fait d'accord avec toi.

C'était même pour cette raison qu'il les éludait le plus souvent possible. Elle le surprit en s'exclamant :

— Regarde Jo et Will !

— Je suis obligé ? Will et moi, nous ne parlons pas de questions personnelles.

— Ah, les hommes ! Cela fait du bien d'en parler !

— Ah ? Et en quoi ?

— Cela aide à résoudre ses problèmes.

— On n'a pas de problèmes si on ne s'implique pas personnellement.

Le visage de Nevada se ferma.

— C'est comme si tu décidais de ne plus manger pour ne pas risquer l'intoxication alimentaire. C'est Cat que tu cherches à éviter ?

— Je n'ai pas besoin d'éviter Cat. Elle ne fait plus partie de ma vie.

Incrédule, elle fit pivoter son siège pour pouvoir le regarder en face.

— Tu veux dire que tu n'as plus eu d'histoire sérieuse avec une femme depuis Cat ?

— Exactement. Tu tiendrais à recommencer après une expérience pareille ?

— Mais c'était un phénomène à part. Cat n'était pas comme tout le monde, elle était…

— Une drogue, assena-t-il en la voyant hésiter. Elle s'est emparée de moi et elle m'a vampirisé. Jamais je ne me remettrai dans une situation pareille.

Au risque de parler comme une femme, il s'était *perdu* auprès de Cat. Il était devenu son esclave, sur le plan émotionnel comme sur le plan physique. Cela prouvait bien que l'amour pouvait rendre idiot. Heureusement, il avait eu la chance de s'en sortir.

— Ce n'était pas de l'amour mais une obsession, protesta Nevada. Il y a une différence.

— Peut-être, mais je refuse de reprendre le risque.

— Une relation mature serait complètement différente.

Il secoua la tête avec conviction.

— Ta mère était dans une relation mature, et regarde le résultat ! Max propose de l'épouser, elle décide de quitter la ville. Crois-moi : l'amitié et le sexe, il n'y a que ça de vrai.

Frappé par une idée subite, il la dévisagea avec curiosité.

— Tu cherches autre chose, toi ?

— Nous parlions de toi. Quand tu dis que tu ne

veux même pas tomber amoureux… je trouve ça triste, voilà tout.

— Je crois en l'amour, corrigea-t-il. Les gens peuvent s'aimer sincèrement, mais dès qu'ils se mettent en couple, tout dérape.

Il lui donnait son opinion et, par la même occasion, il la mettait en garde. Il la désirait, mais les règles devaient être claires et il préférait poser tout de suite ses limites. Qu'elle n'aille surtout pas attendre davantage de sa part ! Troublé tout à coup, il pensa à la situation de Nevada. Ses deux sœurs fiancées, Dakota qui allait être maman pour la seconde fois… en fait, elle nageait dans la domesticité ! Atterré, il vit poindre une vérité désolante.

— Tu es comme elles… Tes sœurs.

— Comment ? Bien sûr que je suis comme elles. Nous sommes identiques, nous avons le même ADN.

Il réprima un juron. Jusqu'à cet instant, il voyait surtout leurs rapports comme une sorte de défi qu'il était déterminé à remporter, mais la situation devenait subitement beaucoup plus sérieuse.

— Quoi ? demanda-t-elle, alarmée par son expression. Il y a un problème ?

Le mot « déception » était bien trop faible pour décrire ce qu'il ressentait. Il ne pourrait jamais l'avoir ! Nevada, si intelligente, si impudente, avec un tel sens de l'humour… et si habile aux commandes d'une rétrocaveuse ! Nevada, cette femme idéale, était contaminée par le fichu désir de vivre à deux.

Il les avait imaginés au lit ensemble, nus et transportés de désir. Il rêvait de la satisfaire et de l'entendre crier son nom. Oui, bien sûr, son ego machiste voulait aussi surmonter une humiliation, mais ce n'était pas une mauvaise chose de vouloir donner du plaisir. Seulement, la donne venait de changer.

— Je ne suis pas celui-là, dit-il.

Elle haussa les sourcils.

— Tu n'es pas qui ?

— Le gentil mari. Finn ou Simon. Je ne m'engage pas. Je l'ai fait une fois et je ne retournerai pas dans cet enfer.

— Tu es un peu théâtral aujourd'hui, soupira-t-elle en levant les yeux au ciel. Ce que tu éprouvais pour Cat, ce n'était pas de l'amour, c'était…

Elle s'interrompit brusquement, les yeux ronds.

— Oh ! Je vois, tu ne parlais pas en général, tu parlais de nous. Enfin, s'il y avait un « nous ».

— Il y a bien un « nous ».

— Si tu le dis !

D'un mouvement nerveux, elle changea de position sur son siège.

— Je ne m'attends pas à ce que tu m'épouses simplement parce que nous avons couché ensemble. D'ailleurs nous n'avons même pas couché ensemble.

— Nous allions le faire.

Elle rougit soudainement.

— Je n'avais pas encore décidé, protesta-t-elle.

Il avait décidé, lui, et il était tout à fait sûr qu'elle lui serait tombée dans les bras. Plus maintenant, pensa-t-il amèrement. De toute façon, il l'appréciait et la respectait suffisamment pour cesser ses petits jeux.

— Tu avais raison de dire que nos rapports de collègues devaient passer en premier, déclara t il. Ce ne serait pas une bonne idée de trop nous rapprocher, tous les deux. J'ai eu tort d'insister. Ce projet est important pour moi, tu es un membre clé de mon équipe… Je ne l'oublierai plus.

Une émotion crispa le visage de Nevada, si fugace qu'il n'eut pas le temps de la déchiffrer. Le soulagement sans doute, ce serait le plus vraisemblable… Et s'il se sentait si dépité de son côté, c'était surtout une question d'orgueil.

— D'accord, murmura-t-elle.

Elle jeta un regard à sa montre et ajouta :

— Si cela ne t'ennuie pas, je partirai tôt ce soir. Avec

mes sœurs, nous voulons établir notre stratégie avant de parler à maman.

— Pas de problème.

Puis ils se plongèrent dans leurs tâches respectives et n'échangèrent plus un mot de la journée. En fin d'après-midi, Nevada prit ses clés, son sac et partit en disant à peine au revoir. Tucker la suivit du regard en se demandant si elle avait vraiment rendez-vous avec ses sœurs ou si elle cherchait à le fuir. Au fond, cela ne changeait rien. Sa décision était prise : s'il lui arrivait parfois de se comporter en salaud, comme tous les hommes de la planète, désormais, avec Nevada, il serait correct.

Quelques heures plus tard, Nevada avait presque réussi à se convaincre que Tucker faisait le bon choix en insistant pour qu'ils reviennent à de simples rapports de collègues. C'était l'option la plus raisonnable, ce serait plus facile sur le long terme… Oui, bien sûr, elle aurait préféré qu'il la trouve irrésistible, que ce soit un vrai déchirement pour lui de renoncer à elle, mais elle s'en remettrait. C'était triste de penser qu'elle devrait se passer de ses baisers fabuleux, mais cela aussi, elle parviendrait à l'assumer, avec le temps. Après tout, ce n'était pas comme si elle était amoureuse.

Quand elle arriva chez sa mère, Dakota et Montana l'attendaient dans l'entrée.

— Comment va-t-elle ? demanda-t-elle à voix basse.

— Toujours hystérique, toujours persuadée qu'elle va partir, soupira Montana. Prépare-toi à une séance difficile.

Elle suivit ses sœurs dans la cuisine où leur mère récurait frénétiquement son évier immaculé.

— Je refuse de discuter, annonça-t-elle en se retournant brusquement. Vous ne me ferez pas changer d'avis. Je n'épouserai pas Max.

Son éponge gouttait copieusement sur le carrelage.

Les trois sœurs échangèrent un regard interdit et, comme souvent, Dakota se dévoua pour ouvrir la discussion.

— Ce n'est pas un problème, maman. Nous ne tenons pas particulièrement à ce que tu épouses Max. Pas si tu n'en as pas envie.

Denise se concentra de nouveau sur son évier, qu'elle rinça à grande eau avant de s'attaquer aux plans de travail.

— Parfait, parce que je ne le ferai pas, articula-t-elle. Je me suis mariée avec votre père. C'était lui mon mari, nous n'allons pas revenir là-dessus.

— Je ne comprends pas, dit franchement Nevada. Pourquoi fais-tu comme si nous insistions tous pour que tu acceptes la demande de Max ? Pourquoi est-ce que quelque chose devrait changer entre vous ?

Denise se mit à retirer les brûleurs de sa gazinière.

— Il ne comprendra pas. Il va très mal le prendre.

— Qui, Max ? hasarda Montana.

— Oui. Je ne veux pas lui faire de peine.

— Et il n'aura pas de peine si tu pars loin d'ici ? demanda Dakota avec douceur.

Denise la dévisagea, interdite, et ce fut comme si on avait coupé le moteur frénétique qui la propulsait. Elle se tassa sur elle-même, son éponge lui échappa et elle fondit en larmes en arrachant maladroitement ses gants de ménage.

— Je ne peux pas, sanglota-t-elle. Je n'ai plus l'âge de tomber amoureuse. Ou de retomber amoureuse.

Ses filles s'empressèrent autour d'elle. Nevada se demandait si elle était particulièrement stupide aujourd'hui : elle ne saisissait tout simplement pas le problème.

— Je sais ce que vous pensez, gémit leur mère en sortant un mouchoir détrempé de la poche de son jean. Je ne vous donne pas le bon exemple. Je vous ai toujours dit d'être fortes et d'affronter vos problèmes mais c'est tellement dur, la moitié du temps je n'y arrive pas. J'étais tout de même bien obligée de le dire, c'est le rôle d'une mère…

— Très bien, tu as stoppé le ménage compulsif, c'est déjà un progrès, mais maintenant tu parles comme une folle, soupira Nevada en l'embrassant avec tendresse.

Elle l'entraîna dans le salon et la fit asseoir sur le canapé, en prenant place auprès d'elle. Dakota s'installa de l'autre côté et Montana s'assit en face d'elles sur la table basse.

— Maman, tu te trompes, attaqua Nevada. Ce n'est pas parce qu'un homme t'a demandée en mariage que tu dois quitter ta maison !

Les yeux de Denise se mouillèrent de nouveau.

— Mais qu'est-ce que je dois dire ?

— Essaie la vérité, proposa Dakota. Dis-lui que tu tiens à lui, mais que tu ne veux pas te marier. Tu veux continuer à le voir, n'est-ce pas ?

Denise approuva de la tête en silence, l'air coupable.

— Alors dis-le-lui ! S'il n'apprécie pas ta franchise, ce sera à lui de partir.

— Dis donc ! protesta Montana, c'est mon patron. S'il s'en va, mon job part avec lui.

— Désolée.

Nevada tapota le bras de sa mère pour l'encourager.

— Dakota a raison. Ce n'est pas parce qu'il te demande en mariage que tu es obligée de dire oui, et ce n'est pas parce que tu refuses que tout est fini entre vous. Il pense peut-être que toi, tu veux te marier. Ce serait assez dans tes principes.

Cette idée fit beaucoup pour apaiser Denise. Elle réfléchit, se moucha, puis reprit la parole.

— J'ai toujours eu ces principes, oui. Mais cette fois, c'est différent. J'aime Max, c'est vrai. Mais je ne veux pas me remarier. Je me le suis promis quand Ralph est mort.

Son débit s'accélérait de nouveau, elle balbutia :

— J'aime Ralph, j'aime Max… Max sera toujours mon premier amour et je voudrais que Ralph soit toujours mon mari.

— Alors tu dois le lui expliquer, déclara Montana

d'une voix ferme. Max tient à toi, m'man, tu es bien placée pour le savoir. Il ne cherche sûrement pas à te bouleverser. Au fond, ce que tu décris, c'est fabuleux : tu veux donner une place à chacun des hommes de ta vie. Je trouve ça très beau. Je parie que Nevada a raison : il t'a demandée en mariage pour toi autant que pour lui-même. Tu crois vraiment qu'il renoncerait à toi, simplement parce que tu refuses de te laisser passer la bague au doigt ?

Il y eut un long silence, puis sa mère murmura :

— Peut-être pas. Je crois bien que j'ai paniqué.

— Parle-lui, maman, insista Dakota, persuasive. Explique-lui ce que tu ressens. A mon avis, ce qu'il veut par-dessus tout, c'est ton amour.

— Oui. Tu as peut-être raison, il n'a jamais été quelqu'un de conventionnel. C'est peut-être pour cela qu'il m'a autant surprise en voulant…

Elle renifla de nouveau et leur sourit.

— Vous êtes des filles formidables. Je ne vous le dis pas assez souvent.

— Brode-le sur un coussin, proposa ingénument Montana.

Leur mère éclata de rire en les serrant sur son cœur.

— Merci d'avoir volé à mon secours.

— Tu l'as fait pour nous assez souvent, rappela Nevada. C'est un plaisir de pouvoir te renvoyer l'ascenseur.

— Merci ! Bien, en voilà assez de mes problèmes. Je parlerai à Max et s'il réagit mal, je ferai une nouvelle crise. D'ici là, tout va bien. Vite, dites-moi quelque chose pour me changer les idées ou je vais recommencer à me faire du souci.

Dakota et Montana se regardèrent.

— Nous pourrions parler du mariage, hasarda Dakota. Nous avons choisi la date.

Denise retint son souffle.

— C'est vrai ? Quand !

— La veille du nouvel an, s'écria joyeusement

Montana. Ce sera parfait ; en plus, c'est un samedi. Et tiens-toi bien : le *Gold Rush* a eu un désistement, leur grande salle de bal est disponible.

Denise bondit sur ses pieds.

— Vous l'avez réservée ?

— Oui ! répondit Dakota en riant. A l'instant même. Nous sommes allées la voir et elle est absolument parfaite. J'ai pensé à une décoration avec ces guirlandes, tu sais, qui font comme des milliers de petits points de lumière.

Nevada hochait la tête en souriant comme si elle se passionnait pour la nouvelle. Sincèrement, elle était heureuse pour ses sœurs et elle leur souhaitait de réussir leur cérémonie de rêve, mais cela faisait tout de même bizarre. Deux d'entre elles allaient se marier le même jour. Pour la première fois de sa vie, elle resterait à l'écart d'un événement fondamental. Montana dut capter sa pensée car elle se tourna brusquement vers elle.

— Ça ne te pose pas de problème ?

— Bien sûr que non ! Ce sera idéal. Ce désistement, quel fabuleux coup de chance ! Nous pourrons organiser un grand dîner, un bal… Ce sera une soirée merveilleuse.

Dakota scruta son visage comme pour s'assurer qu'elle était sincère. Nevada soutint son regard, déterminée à présenter un visage aussi normal, aussi heureux que possible.

— Tout va bien, assura-t-elle.

Dakota hocha la tête, rassurée. C'était la première fois que Nevada lui mentait.

Le lendemain matin, Nevada décida de rester en ville pour boucler des démarches administratives avant de se rendre sur le chantier. Sa tâche terminée, elle s'attarda encore un peu pour passer voir son neveu Reese et l'exubérant Fluffy, mais même cela ne suffit pas à l'apaiser. Elle ne se sentait ni triste, ni contrariée, juste… incapable de tenir en place. Comme si un événement important se préparait. Lequel ? Elle n'en avait pas la moindre idée.

Elle devait maintenant passer l'après-midi à son bureau, à plancher sur divers dossiers, l'aspect qu'elle aimait le moins de son métier. Elle envisagea de tricher, de prendre un gros engin pour aller arracher des souches pendant quelques heures, histoire de se passer les nerfs. Elle s'apprêtait à sortir de la caravane après avoir pris son casque quand Tucker y entra, le nez plongé dans un dossier.

— Salut, dit-il distraitement. Tout va bien pour ta mère ?

Elle s'arrêta court, saisie par le charisme qui émanait de lui. Ce charisme était pourtant un facteur de son quotidien, mais elle se sentait prise de court, tout à coup, comme si elle venait seulement de réaliser à quel point il était beau. Il portait sa tenue habituelle, chaussures de sécurité, jean et chemise à manches longues ; une tenue simple et virile, comme lui. Avec une sorte de stupéfaction, elle le détailla de bas en haut, s'arrêta sur sa bouche, cette bouche qui savait si bien l'embrasser, cette bouche grâce à laquelle elle avait retrouvé le chemin du désir. Elle comprenait maintenant la raison de sa nervosité, et elle savait comment l'apaiser. Malheureusement, Tucker venait de modifier les règles du jeu. Eh bien, pensa-t-elle en marchant droit sur lui : s'il pouvait changer la donne, elle le pouvait aussi.

Il leva les yeux à son approche. Sans lui laisser le temps de réagir, elle lui tira le dossier des mains et le laissa choir sur le sol. Puis elle l'empoigna aux épaules et s'empara de sa bouche dans un baiser passionné. Pour la première fois, elle s'autorisa à palper, caresser son large dos, tout en se pressant contre lui, et ce fut absolument fabuleux.

Pendant une fraction de seconde, il resta sans réaction ; allait-il s'écarter d'elle, refuser ses avances ? Elle perçut son indécision… Soudain, un élan le jeta en avant, ses bras se refermèrent sur elle et il cueillit sa bouche à son tour.

Les mains de Tucker sur elle, caressant, pétrissant ses hanches, son dos, ses seins. Transportée de désir, un appel brûlant entre les cuisses, Nevada gémit tout bas en lui saisissant le visage pour l'embrasser de toute son âme. Le feu jaillissait partout où ils se touchaient, leurs corps se rivaient l'un à l'autre… Tremblante, elle entreprit de déboutonner la chemise de Tucker, qui s'efforçait au même moment de dégrafer son soutien-gorge. Ils mirent un instant à coordonner leurs gestes. Enfin, il découvrit ses seins et ses lèvres fermes vinrent se refermer sur leurs pointes dressées.

Chavirée, les cuisses tremblantes, elle serra entre ses paumes la tête brune pressée contre sa poitrine. Quand il passa à l'autre mamelon, en l'aspirant dans sa bouche, en le léchant d'un mouvement régulier, la sensation se répercuta dans son ventre et la rendit folle de désir. Il recula, elle crut basculer. Elle faillit protester mais se tut en le voyant verrouiller la porte. Puis il ouvrit les tiroirs du bureau de Will, si brusquement qu'il faillit les arracher.

— Intéressant, comme fournitures de bureau, murmura-t-elle lorsqu'il lui montra un préservatif.

— Il les stocke pour les gars, c'est une blague qu'il leur fait.

— J'ai toujours adoré Will.

Voilà, elle était pieds nus, et il revenait vers elle en arrachant sa chemise. Elle s'accorda un instant pour admirer ses muscles bien sculptés, sa taille étroite, la virilité tendue sous l'étoffe de son jean. Il défit sa ceinture, puis ses boutons… et elle découvrit qu'elle s'intéressait beaucoup moins à l'apparence des choses qu'aux sensations.

Peau contre peau, ses bras enroulés autour d'elle, sa poitrine, sa bouche qui dévorait la sienne ; elle n'était plus qu'un faisceau de désir quand la main de Tucker s'insinua entre sa culotte et sa hanche, se déplaçant lentement, lentement… jusqu'à ce qu'un doigt se glisse entre ses cuisses.

Une plainte profonde lui monta à la gorge tandis qu'il explorait sa chair glissante, dessinait des cercles autour du point le plus sensible, se décidait enfin à l'effleurer… Au premier contact, un tourbillon de chaleur l'emplit tout entière, sa tête retomba en arrière, elle se mordit la lèvre, le souffle court, tout son être concentré sur cette caresse. Le tremblement de ses jambes s'intensifiait, ses membres étaient lourds, sans forces. Il ne lui avait fallu que quelques secondes pour se retrouver suspendue en plein ciel, à deux doigts du plaisir… Elle serra les dents, prit son courage à deux mains et repoussa Tucker.

— Déshabille-toi, ordonna-t-elle. Tout de suite.

Il obéit en se débarrassant de son jean et de son caleçon du même mouvement. Elle arracha ses derniers vêtements et se percha sur le bureau. Il prit un instant pour enfiler le préservatif et revint se presser contre elle. La main glissée entre leurs corps, elle le guida en elle. Chaque terminaison nerveuse en éveil, elle gémit en se mordant la lèvre ; tout au fond d'elle, le plaisir recommença son ascension insidieuse.

— Trop vite, gronda-t-il en se retirant à demi pour replonger aussitôt en elle. Bon sang, Nevada !

Malgré la tension, le désir, le plaisir, elle eut un petit rire.

— Ce n'est pas ma faute…

— Bien sûr que si. C'est trop *bon*.

Il revint à la charge, d'un mouvement irrésistible. Ses seins semblaient le fasciner, il lâcha ses hanches pour les caresser. Oh, ces sensations extraordinaires, si merveilleusement dosées…

— Laisse-toi aller, murmura-t-elle en nouant ses jambes autour de ses hanches.

Comme il hésitait, elle l'attira en elle plus profondément.

— Comme ça…, exhala-t-elle.

Emporté par la passion, il amorça un va-et-vient plus rapide, plus profond, en l'empoignant de nouveau aux hanches. Elle s'abandonna alors, encore et encore, si délicieusement qu'elle se cambra en haletant pour savourer le plaisir qui enflait en elle. L'orgasme s'abattit sur elle avec une violence inouïe. Elle s'accrocha à Tucker avec un cri rauque tandis qu'il accélérait la cadence et l'emportait plus loin, plus haut encore. Puis il gronda son nom et se laissa aller contre elle en tremblant.

Un battement furieux ébranlait le torse de Tucker. A moins que ce ne soit son propre cœur ? Peu à peu, leurs souffles s'apaisèrent et le quotidien reprit sa place. Nevada entendit de nouveau le grondement monotone des gros engins qui rampaient au large du chantier. Quand elle leva la tête, elle trouva le regard de Tucker posé sur elle.

— Je croyais que nous n'étions pas censés faire ça, dit-il.

— Nous n'étions pas censés faire ça.

— Ça n'a jamais été si bon de ne pas respecter les règles.

— Pour moi aussi, avoua-t-elle avec un petit rire.

Sans doute se sentirait-elle gênée plus tard, quand elle aurait eu le temps de réfléchir aux conséquences. Pour l'instant, une petite musique satisfaite chantait dans ses veines et son corps flottait, délicieusement détendu. Il l'embrassa doucement et se retira d'elle. Puis ils se rhabillèrent, tranquillement, en se tendant mutuellement leurs vêtements. Elle se penchait pour enfiler ses chaussures quand il la saisit à bras-le-corps pour l'embrasser de nouveau. Elle se blottit dans ses bras avec bonheur, en notant distraitement le son de gravier froissé qui signifiait qu'un véhicule se garait juste devant la caravane. Tucker avait également entendu. Il tourna la tête vers la fenêtre en murmurant :

— Une autre fois ?

Elle approuva de la tête. Vite, ils achevèrent de se rendre présentables. Dès qu'ils furent prêts, Nevada déverrouilla la porte et se montra sur le seuil. Une longue limousine noire tournait au ralenti juste devant les marches ; le chauffeur descendit pour ouvrir la portière arrière. Elle sentit la présence de Tucker derrière elle et l'entendit murmurer :

— C'est quelqu'un de la municipalité ?

— Les limousines, ce n'est pas vraiment notre style.

Elle se demandait encore qui pouvait leur rendre visite quand une botte de cuir noir se posa sur le sol de terre battue. Une botte au talon aiguille, suivie d'une jambe gainée de jean ; enfin, la femme entière parut. Grande, dotée d'une crinière brune coupée avec art et somptueusement vêtue d'une veste de laine blanche sur un pull rouge sombre. D'énormes lunettes de soleil cachaient son visage, mais Nevada n'eut aucune difficulté à la reconnaître. Comment aurait-elle pu oublier ces hautes pommettes, cette bouche charnue, cette perfection radicale ?

Caterina Stoicasescu venait de débarquer à Fool's Gold.

10

La conversation ne semblait pas à l'ordre du jour : aucun des trois ne prononça un mot. Nevada cherchait surtout à reprendre son souffle ! Figée sur le seuil, les bras ballants, elle regarda Cat retirer ses lunettes de soleil.

— Vous êtes tous les deux très surpris !

Et elle éclata de rire, le rire léger et charmant dont Nevada se souvenait si bien.

— C'est parfait ! C'est ce que je voulais. Quand j'ai accepté l'invitation, j'ai insisté pour qu'on ne prévienne personne et Pia m'en a fait la promesse. Voilà près d'un mois que je savais que j'allais vous surprendre tous les deux.

Le soleil illuminait ses traits. Cette lumière crue qui aurait dû l'enlaidir ne posait aucune ombre, ne soulignait aucune ride sur son visage parfait. Elle revenait pareille à elle-même, exactement telle qu'elle était dix ans plus tôt. Elle devait avoir près de quarante ans, mais l'âge ne la touchait que pour la rendre encore plus spectaculaire. C'était trop injuste.

Elle s'approcha d'eux avec une spontanéité charmante. Ce fut uniquement en respirant son parfum que Nevada sut qu'elle ne rêvait pas, que cette scène surréaliste n'était pas née de Dieu sait quelle mauvaise conscience. La femme qui avait autrefois obsédé Tucker faisait bien irruption dans leurs vies, au moment précis où… Quel *timing* !

— Vous m'avez tant manqué tous les deux !

Cat la serra sur son cœur. Nevada retrouva la force

inattendue de son étreinte, fruit de longues années de travail du métal. L'artiste l'embrassa sur les deux joues et se tourna vers Tucker.

— Tu as souvent pensé à moi, déclara-t-elle avant de l'étreindre à son tour.

Nevada pensa, très clairement : « je ne veux pas voir ça », mais elle fut incapable de se détourner. Elle assista donc à l'embrassade, vit Tucker se laisser faire sans réagir. Il avait un jour comparé Cat à une catastrophe naturelle : on avait beau la voir venir, il était trop tard pour s'écarter. On était déjà aspiré dans le vortex de la tornade, ou balayé par le tsunami. Ayant embrassé Tucker — sur la joue —, Cat le lâcha et glissa son bras sous celui de Nevada.

— Ce n'est pas une merveilleuse surprise ? Quand j'ai reçu l'invitation, j'ai failli la jeter. On m'invite partout, tout le temps ! C'est la célébrité, soupira-t-elle sur le mode tragique. Parfois, c'est un fardeau.

Puis son fabuleux sourire reparut et elle ajouta avec gourmandise :

— Mais alors, j'ai reconnu le nom. Fool's Gold, tu m'avais parlé de cet endroit, de ton enfance ici. Aussitôt, j'ai su que je devais venir.

Nevada parvint à retrouver sa voix.

— Quelle invitation, je ne comprends pas…

Une façon très polie de formuler ce qu'elle pensait réellement ! Enchantée de son effet, Cat expliqua :

— C'est pour un festival d'artistes, je ne me souviens pas des détails. Ne te fais aucun souci : j'aurai des obligations, mais je ne les laisserai pas m'accaparer tout à fait. Je veux que nous passions du temps ensemble, que nous réapprenions à nous connaître.

Quelle ironie ! Cat était ici par sa faute, parce que Nevada avait trop parlé de sa ville natale. Pourquoi ne pouvait-elle pas faire comme tout le monde et fuir le cadre de son enfance ?

— Nous devons aussi nous revoir, lança Cat à Tucker. Cela fait trop longtemps.

Cette fois, Nevada parvint à leur tourner le dos. Les mains sur les hanches, elle balaya le chantier du regard en se persuadant qu'elle voulait uniquement faire le point du travail de son équipe. Bien entendu, ce n'était qu'un prétexte, elle se raidissait déjà face à l'avenir. Elle savait si bien ce qui allait se passer ! Tucker avait beau répéter qu'il était guéri de son obsession, il ne pourrait pas résister. Cat était trop belle, trop fascinante, et il n'était qu'un homme comme un autre.

Au premier pas qu'elle fit pour s'écarter, elle sentit une légère gêne au niveau des muscles de ses cuisses, rappel de ce qu'ils venaient de partager quelques minutes auparavant. Humiliée, elle serra les dents. Allait-elle se retrouver dans la situation misérable de sa première année d'études ? A contempler son désir de loin, en se sentant perpétuellement exclue du paradis ? Elle avait gagné en maturité en dix ans, mais curieusement, cela ne la consolait guère.

— Je suis occupé, dit Tucker d'une voix brève en s'écartant de Cat.

Cat ne s'offusqua pas et se contenta de sourire.

— Tu n'es pas trop occupé pour une amie de toujours.

Elle se tourna vers Nevada pour ajouter cordialement :

— Dînez avec moi ce soir. Venez tous les deux. Ce sera comme avant.

Le premier réflexe de Nevada fut de répondre qu'elle préférerait se faire arracher une dent. Elle temporisa :

— Je ne peux pas.

— Bien sûr que tu peux, tu *dois* venir. Sinon, tu me briseras le cœur. Je me suis fait une telle joie à l'idée de vous revoir.

Son regard vert se ternit, elle murmura tristement :

— J'espère que tu me crois ?

Trop bien élevée, pensa confusément Nevada, trop marquée par les règles du savoir-vivre. Un peu de sans-gêne suffirait à l'extraire de cette situation intenable, mais elle ne parvenait tout simplement pas à trouver un mensonge crédible.

— Je… ah… Très bien, soupira-t-elle. Ce soir. Très bien.

Ce ne serait pas très bien, ce serait l'enfer. Elle ajouta :

— Mais pour l'instant, je dois filer.

Ce qu'elle fit sans demander son reste : elle tourna les talons et se précipita vers sa voiture en remerciant le ciel que les clés soient restées sur le contact. Quelques secondes plus tard, elle roulait vers Fool's Gold comme si le diable était à ses trousses.

Nevada quitta le parking en soulevant un plumet de poussière. Tucker ne pouvait pas lui en vouloir, mais il se retrouvait seul pour gérer Cat. Pas du tout troublée par le départ abrupt de Nevada, celle-ci s'insinua plus près de lui pour lui sourire.

— Viens avec moi à mon hôtel, susurra-t-elle en lui prenant la main. Je veux savoir tout ce que tu as fait depuis la dernière fois que nous nous sommes vus. Cela fait combien de temps ? Quatre ans, cinq ?

— Dix.

Presque malgré lui, il suivait le mouvement, se laissait entraîner vers la limousine.

— Si longtemps que ça ? dit la voix à son oreille, avec cet accent adorable dont il se souvenait si bien. Le temps passe trop vite…

Du geste, elle l'invita à monter le premier, se glissa auprès de lui. Le chauffeur referma la porte, la longue voiture démarra souplement. Bientôt, ils suivaient le même chemin que Nevada, mais à une vitesse beaucoup plus raisonnable.

Installée avec élégance sur le siège de cuir, Cat posa sur lui son regard lumineux.

— Dis-moi tout. Tu travailles toujours pour ton père ?

Prudent, il fit oui de la tête. Elle le contempla d'un air pénétré avant d'observer :

— Tu as toujours aimé construire. Je connais ce bonheur de créer quelque chose de beau à partir de rien. De voir sa création se dresser peu à peu dans toute sa pureté.

Il voyait mal où se situait la pureté d'un pont ou d'un casino, mais il ne protesta pas.

— Combien de temps resteras-tu ici ? demanda-t-il.

— Je ne sais pas très bien. Quand le moment sera venu de repartir, je le saurai.

Son regard vert se fit caressant.

— Tu es toujours aussi beau…

Il réprima un mouvement de recul. Dire qu'après tout ce temps, il se souvenait encore parfaitement de leur première rencontre ! Il n'était qu'un gamin à l'époque, son diplôme tout juste en poche. L'artiste s'était adressée à Janack Construction pour commander le socle d'une œuvre monumentale, et il était venu livrer leur devis en personne. Jamais il n'avait vu une femme comme elle.

En entrant dans son studio, il l'avait trouvée au travail. Il voyait encore le flot de soleil qui se déversait des verrières, les étincelles de son chalumeau, le son de son rire, car elle riait de joie en sculptant. Elle s'était laissée dégringoler de l'échafaudage pour l'accueillir. Au premier coup d'œil, il avait été perdu. Il s'efforçait encore de lui expliquer pourquoi il était venu quand elle l'avait embrassé. Ils étaient devenus amants cet après-midi-là, et elle s'était installée chez lui le soir même.

Sa vie avec Cat l'avait consumé tout entier. Il avait négligé son travail, cessé de voir ses amis et dépensé toutes ses ressources pour la sortir et lui faire des cadeaux. C'était une véritable addiction, plus rien d'autre n'avait d'importance. Il avait mis des années à comprendre que s'il ne prenait pas le large, il ficherait sa vie en l'air. La quitter s'était révélé encore plus dur qu'il ne l'imaginait. A chaque tentative, elle n'avait eu qu'un mot à dire pour le ramener à ses pieds. Et aujourd'hui ? Quand elle tendit la main pour caresser son visage, il saisit son poignet au vol et, lentement, délibérément, il abaissa son bras.

— Où es-tu descendue ? demanda-t-il.

— Dans un hôtel très beau, dans la montagne.

— Le *Gold Rush*, dit-il avec soulagement.

Au moins, ils ne logeraient pas sous le même toit, il serait en ville, protégé par la distance. Il ne lui faisait pas confiance et ne se faisait pas entièrement confiance non plus, il lui restait trop de souvenirs.

— Les voyages, c'est épuisant, soupira-t-elle en s'affaissant avec grâce contre le dossier de cuir. Le public a des exigences ! Tu te souviens comment c'était et cela n'a pas changé. Je n'ai jamais un instant de repos, il faut toujours agir, donner, créer. Le gouvernement français vient de me commander une pièce et je ne sais pas ce que je dois faire. Il y a déjà tant de beauté là-bas, je dois imaginer quelque chose pour exprimer mon talent en étant sûre de leur plaire…

— Tu te préoccupes de ce que pense ton public ? C'est nouveau.

Elle abaissa ses lunettes de soleil, révélant le vert si surprenant de ses yeux et l'humour sardonique qui y brillait parfois.

— Bien sûr que non, mais quelquefois, je fais semblant.

— Je te reconnais mieux, dit-il en lui souriant malgré lui.

— Tu pensais que je changerais ?

Il ne répondit rien. Elle détourna la tête pour contempler le paysage. Il y eut un silence, puis elle reprit à mi-voix :

— J'ai passé l'été en Amérique latine, dans la forêt des arcs-en-ciel. Les peuplades là-bas ne font qu'un avec la nature, j'ai tant appris auprès d'eux, spirituellement. Je pensais que les papillons allaient peut-être m'inspirer. Savais-tu que certains papillons volent des milliers de kilomètres chaque année ? Une migration. J'étais très impressionnée, mais quand je les ai vus, il ne s'est rien passé en moi.

Son regard revint se poser sur lui.

— Tu as suivi ma carrière ?

— Ce serait difficile de faire autrement.

Il préférait esquiver la question car, en réalité, il avait fait son possible pour ne voir aucun des articles, des émissions de télévision, aucune manifestation du *buzz* autour d'elle.

— Oui, j'imagine. Tout ce que je fais intéresse la presse. Tu ne peux pas savoir combien c'est difficile. Je voudrais tant être comme tout le monde, pouvoir entrer dans un supermarché sans être interpellée, pourchassée.

— Tu veux entrer dans un supermarché, toi ? Pour quoi faire ?

Elle lui sourit sans se vexer.

— Peut-être pas un supermarché précisément, mais tu vois ce que je veux dire. C'est difficile d'être si célèbre et si douée.

— Ta vie n'est que souffrance.

Dans un soupir, elle s'appuya contre lui en posant la tête sur son épaule.

— Je savais que tu comprendrais.

Manifestement, elle n'avait pas saisi l'ironie, à moins qu'elle n'ait choisi de ne pas comprendre, ce qui ne le surprendrait pas du tout. Ce qui l'interrogeait, en revanche, c'étaient ses propres sensations. Le corps parfait de Cat s'abandonnait contre le sien sans le troubler, il n'éprouvait pas la moindre envie de la prendre dans ses bras. Oui, elle était belle, et alors ?

Il resta immobile, en respirant son parfum familier et en sondant attentivement son propre cœur. Il lui semblait saisir tout à coup une chose très importante : le contraire de l'amour, ce n'était pas la haine, mais l'indifférence. Il avait déjà entendu cette phrase sans jamais la comprendre. La haine était encore une passion, alors qu'il ne s'intéressait plus du tout à Cat, n'éprouvait plus rien pour elle, ni désir ni rancune. Par la grâce de cette merveilleuse indifférence, elle n'était plus qu'une femme qu'il avait connue des années auparavant. Si on lui demandait de faire un choix entre son ancienne et sa nouvelle amante, il opterait pour Nevada sans hésiter. Faire l'amour avec elle avait été un plaisir sans mélange, un acte joyeux, jubilatoire. Il n'avait jamais apprécié une femme comme il appréciait Nevada.

Voilà la différence ! Décidément, il allait de découverte en découverte aujourd'hui. Il *appréciait* Nevada, il aimait parler avec elle, savourait sa compagnie. Jamais il n'avait éprouvé cela pour Cat ! Le désir, oui : il était fou de désir, possédé par un besoin désespéré d'être avec elle, mais ce n'était pas du tout la même chose. Il se fit l'effet du vieux Scrooge à la fin du Conte de Noël de Dickens, au moment où il s'aperçoit qu'il n'a pas raté la fête. Le moment où il comprend qu'il va pouvoir se racheter.

A l'instant où il se sentit sauvé, le doute revint. Pouvait-il être tout à fait sûr du salut ? Ne ressentirait-il rien de plus s'ils étaient seuls tous les deux, Cat et lui ?

— Pourquoi es-tu si heureux ? demanda-t-elle en soulevant langoureusement sa tête de son épaule.

— Je suis un type content, en général.

Ils arrivaient à l'hôtel. Un homme en uniforme vint ouvrir la portière et Cat descendit de voiture. En émergeant à son tour, Tucker assista à un phénomène familier et pourtant inexplicable : Cat parut... et aussitôt tous les hommes dans un rayon de cinquante mètres se précipitèrent pour se mettre à son service. Deux portiers supplémentaires s'avancèrent, et il y eut entre eux une compétition discrète pour savoir qui escorterait la célèbre artiste à l'intérieur. Trois autres membres du personnel se pressaient pour l'accueillir quand un petit homme au regard effrayé derrière ses lunettes rondes les écarta.

— Stoicasescu, vous voilà, comment allez-vous ? Tout se passe bien ? Le voyage ne vous a pas trop fatiguée ?

Cat offrit un beau sourire au personnel rassemblé, s'appuya au bras du plus grand des portiers et posa un regard froid sur le petit homme.

— Herbert, bonjour. Ma suite est prête ? Je suis à bout de forces.

— Bien entendu, bredouilla le petit homme en s'inclinant. Tout est parfait, je m'en suis assuré personnellement.

Il leva les yeux vers Tucker et reprit :

— M. Janack ? Je suis Herbert, l'assistant de Stoicasescu. Notre grande artiste m'a fait part de son plaisir à la perspective de votre dîner de ce soir. Mlle Hendrix sera également présente. J'ai fait les réservations.

Un instant, Tucker envisagea d'informer le malheureux qu'on ne pratiquait guère les ronds-de-jambe à Fool's Gold. Il se ravisa (le pauvre type avait déjà suffisamment à endurer) et répondit avec un plaisir sans mélange :

— J'ai d'autres projets pour ce soir.

Quel plaisir de se sentir libre ! Herbert le dévisagea, bouche bée, aussi choqué que s'il venait d'être frappé par la foudre.

— Mais vous êtes attendu…

— Cat devra surmonter sa déception.

Il se détourna en faisant signe à un taxi qui venait de déposer un client moins prestigieux.

— Mais, monsieur Janack…

Sans écouter les protestations du petit homme, il grimpa à bord du taxi, ordonna qu'on l'emmène à Fool's Gold et se laissa conduire en sifflotant.

— Rappelle-moi ce que nous faisons ici, chuchota Dakota en s'engageant à la suite de ses sœurs dans un long couloir feutré au rez-de-chaussée du *Gold Rush*.

— Tu es ici pour me protéger, répliqua Nevada. J'ai peur de me retrouver seule avec Cat.

— Mais pourquoi ? protesta Montana. Elle est géniale,

c'est une grande artiste, célèbre dans le monde entier. Elle doit être absolument fascinante !

— Fascinante, oui, soupira Nevada. La fascination n'est pas forcément une bonne chose.

Au fond, elle ne savait pas non plus ce qu'elle faisait ici. Une heure plus tôt, elle entamait une soirée tranquille sans rien demander à personne quand le téléphone avait sonné. C'était Cat, qui clamait qu'elle avait absolument besoin de la voir. Ce serait une soirée entre filles puisque Tucker avait décliné son invitation. Elle avait tenté de refuser puis, sans savoir comment, elle s'était entendue dire oui… Une force étrange était à l'œuvre, une force à laquelle elle ne savait pas résister.

— Cat est un phénomène, conclut-elle en soupirant.

— C'est impressionnant, ici, souffla Montana.

Elles erraient dans le voisinage de la grande salle de bal, les couloirs semblaient se croiser à l'infini.

— Qu'est-ce que nous cherchons ? demanda Dakota.

— La salle à manger privée.

Méthodiquement, Dakota se mit à passer en revue les plaques fixées à côté des portes. Un autre couloir coupait le leur à angle droit. Elles se séparèrent pour explorer les deux directions. L'épaisse moquette étouffait leurs pas.

— Ici ! lança Montana. La salle à manger privée, je vous jure, c'est vraiment écrit sur la plaque.

Elles se regroupèrent devant la porte.

— Il faut frapper ou entrer directement ? demanda Dakota à voix basse.

— Je n'en ai pas la moindre idée, répondit Nevada sur le même ton.

Elle opta pour un compromis, frappa un coup léger à la porte et la poussa aussitôt, en s'efforçant d'oublier que la dernière fois qu'elle s'était hasardée à entrer quelque part sans prévenir, elle avait surpris sa mère nue sur la table de la cuisine. Cette fois, en revanche, ce fut le bon choix. Elle découvrit une salle à manger spacieuse, avec une table centrale élégamment dressée pour quatre, deux canapés nichés dans les angles, un bar, et des portes-fenêtres s'ouvrant sur un petit jardin privé. Une musique douce jouait en sourdine et deux barmen jeunes et séduisants leur souriaient.

— Mesdames, dit le plus grand et le plus blond des deux. Mme Stoicasescu nous a demandé de vous accueillir. Elle vous rejoindra très bientôt.

Il présenta un plateau avec quatre coupes de champagne.

— Je ne peux pas, je suis enceinte, se lamenta Dakota. Vous avez autre chose ?

— Mais bien sûr.

Il offrit le champagne aux deux autres et la précéda vers le bar où il lui proposa tout un assortiment de jus de fruits et de boissons gazeuses. Le second serveur s'approcha avec un plateau de petits-fours salés.

— Mesdames…

Montana choisit une boule de melon entourée d'une feuille transparente de jambon, Nevada une mini-quiche.

— C'est délicieux ! s'enthousiasma la première.

Nevada approuva sans réserve. Quoi qu'on puisse penser de Cat, elle savait recevoir. Un quart d'heure plus tard, elles en étaient à leur seconde coupe, les petits-fours étaient largement entamés et elles avaient un peu oublié pourquoi elles étaient ici quand la porte s'ouvrit sur Cat. Ce soir, elle était entièrement vêtue de blanc, son pull très fin glissait de son épaule parfaite, ses cheveux flottaient librement autour de son beau visage, son maquillage était subtil et ses boucles d'oreilles de perle et de diamant devaient valoir le PIB d'une nation du tiers-monde. En la voyant, on cherchait instinctivement les projecteurs.

— Vous êtes venues ! s'écria-t-elle avec tant de joie que Nevada se sentit coupable d'avoir voulu refuser l'invitation.

Cat s'avança vers elle, mains tendues. Nevada se hâta de poser sa coupe pour les prendre dans les siennes.

— Je t'ai dit combien tu m'as manqué ? demanda Cat, rayonnante.

Elle semblait si sincère que Nevada se surprit à vouloir s'excuser pour leur longue séparation. Pour la seconde fois, Cat la serra sur son cœur, en la retenant plus longtemps que ne l'imposait la politesse. Puis elle se tourna vers ses sœurs.

— Je suis enchantée de vous rencontrer. Merci d'être venues.

Dakota et Montana échangèrent un bref regard.

— C'est nous qui vous remercions de nous avoir invitées, répondit gauchement Montana.

Nevada se hâta de faire les présentations.

— Des triplées ! clama Cat, enchantée. Que ce devait être amusant quand vous étiez petites. Que ce doit être réconfortant d'être trois !

Elle prit une coupe de champagne, la goûta rapidement et s'enquit :

— Nevada vous a dit qui je suis ? Il vaut mieux prévenir, certaines personnes ne se rendent pas compte et ensuite, elles se sentent bêtes de ne pas m'avoir reconnue. Je trouve plus facile de mettre les choses au point tout de suite, cela évite beaucoup de confusion.

Son attitude était stupéfiante d'égocentrisme et pourtant, venant d'elle, elle semblait parfaitement normale.

— Vous avez faim ? demanda-t-elle encore. Nous pouvons parler avant le repas, vous voulez bien ?

— Euh… oui, répondit Montana. Pas de problème. Nous avons goûté les petits-fours, ils sont très bons.

— Je suis contente.

Cat se dirigea vers l'un des canapés et s'arrêta net, l'air déçu.

— Oh… si seulement les deux canapés se faisaient face…

Instantanément, les deux serveurs passèrent à l'action. En quelques secondes, les canapés furent en position, séparés par une petite table basse sur laquelle elles pouvaient commodément poser leurs verres.

— C'est parfait ! clama l'artiste en les récompensant de son plus merveilleux sourire.

Du geste, elle invita les trois sœurs à s'asseoir, en gardant Nevada près d'elle. Commodément installée, elle sirota son champagne en étudiant attentivement les triplées.

— Je vois des différences. Selon l'éclairage, il y a de petites variations de structure et de couleur.

Délicatement, elle prit le menton de Nevada et lui fit tourner la tête.

— Il y a aussi le profil, qui n'est pas tout à fait identique. Je n'ai jamais sculpté des êtres humains, mais je vois quelque chose de très spécial chez vous trois.

Elle laissa retomber sa main en annonçant avec gravité :

— J'entre dans ma période féminine.

Cela tenait de la grande déclaration plus que du commentaire informel. Nevada se demandait encore ce qu'elle était censée répondre quand Dakota vola à son secours en déclarant avec conviction :

— C'est formidable.

Cat posa sur elle un regard approbateur.

— C'est vrai. Jusqu'ici, j'ai toujours considéré que mon inspiration était masculine, ou androgyne. Mais la Terre est femme et nous sommes tous issus de son sein. Comme le dit la Bible, la poussière retourne à la poussière. Je commence à mesurer les possibilités de l'énergie féminine. J'aimerais beaucoup vous sculpter toutes les trois, ensemble.

Elle ferma les yeux en renversant légèrement la tête en arrière.

— Oui, murmura-t-elle. Je vois. Ce serait si beau, si parfait. Plus grandes que nature, bien sûr. Vos trois corps mêlés…

— Nos corps ? s'étrangla Montana.

— Mmm, ronronna Cat en ouvrant les yeux. Nues. Ce serait l'idéal.

Les yeux de Dakota s'arrondirent mais elle répondit poliment :

— Ce ne sera pas possible, mais merci beaucoup de cette proposition.

— Pareil, se hâta d'ajouter Montana.

D'un mouvement souple, Cat se tourna vers Nevada :

— Juste toi, dans ce cas ?

Nevada se hâta d'avaler une gorgée de champagne.

— Je serai prise ce jour-là.

Cat se contenta de sourire en écartant, d'un geste ineffable, le plateau que lui présentait le serveur.

— Si je me souviens bien, vous avez toutes les trois grandi dans cette ville. C'est exact ?

— Oui, tout à fait, répondit Nevada, surprise que l'artiste se soit souvenue d'un fait aussi précis.

— C'est charmant. Je comprends pourquoi vous aimez ce lieu. Parfois, je rêve d'un foyer où je pourrais faire escale, pour me reconstruire. Un décor familier, cela a un pouvoir guérisseur, vous ne trouvez pas ? Je devrais peut-être m'adresser à une agence immobilière. Vous pouvez m'en recommander une ?

Cette question s'adressait à Montana qui, prise de court, hocha vigoureusement la tête. Fébrile, Nevada cherchait un moyen de détourner Cat de cette idée quand cette dernière reprit, avec beaucoup de gravité :

— Je voyage sans cesse, poussée par des forces que je ne puis contrôler, en quête de la prochaine inspiration. Une fois que je commence un projet, je travaille dans la fièvre. C'est épuisant.

La formulation pouvait prêter à sourire mais Nevada, qui l'avait vue au travail, savait qu'elle disait vrai. Cat était une bête de travail. L'œuvre en cours s'emparait d'elle. Elle montrait alors une endurance invraisemblable, sculptant de l'aube à la nuit, soulevant et manipulant de lourds blocs de métal… Mais très vite, elle partait sur une nouvelle idée.

— Vous êtes proches, toutes les trois ? Toi et tes sœurs ?

— Oui. Nous avons toujours été très soudées.

— Quand nos frères sont partis faire leurs études, cela a libéré de l'espace dans la maison, mais nous avons préféré rester à trois dans notre chambre, ajouta Montana. Nous n'avons jamais voulu être séparées avant de partir nous-mêmes à l'université. Là, nous étions prêtes à aller à des facs différentes. C'était difficile, mais cela nous a fait du bien.

Cat se pencha vers elle, fascinée par ses paroles.

— Quoi qu'il arrive, vous pouvez compter les unes sur les autres. Quel fabuleux cadeau ! Je n'ai pas beaucoup d'amis, vous savez ? Je ne suis pas moi-même une très bonne amie. Cela tient en partie à mon emploi du temps surchargé, mais aussi à ma façon de travailler. Je me donne tout entière à l'œuvre que je suis en train de créer, parfois, je ne suis pas disponible pendant des semaines d'affilée. Mon génie a ces exigences.

Quand elle se tourna vers Nevada, ses yeux verts brillaient de larmes.

— Je me sens si seule, parfois…

Emue, Nevada lui pressa gentiment le bras.

— Je te comprends…

Cat prit une grande respiration tremblante.

— Je devrais sans doute me couper tout à fait des autres. Il n'est pas juste de les laisser penser que je suis comme eux. Je ne pourrai jamais être comme les autres, mais ils sont attirés par moi.

Elle se tourna vers Dakota pour préciser :

— C'est une question de transcendance…

Nevada retira sa main en se demandant si elle allait éclater de rire ou prendre la porte.

*
* *

Enfin, elles passèrent à table et le dîner fut servi. Cat se concentra sur Dakota et Montana en les interrogeant longuement sur leurs vies et leurs centres d'intérêt. Elle semblait s'intéresser sincèrement à leurs réponses mais, fidèle à elle-même, elle ramenait aussitôt le propos à elle. Elle faisait cela avec une aisance si consommée que Nevada ne put qu'admirer sa technique.

— As-tu une photo de ta fille ? demanda Cat à Dakota.

Ravie, celle-ci sortit son téléphone portable, pressa quelques touches et lui passa l'appareil.

— Un joyau ! Quelle chance tu as, un bébé en route et ce petit ange.

— Je suis très reconnaissante…

— Je ferais des bébés magnifiques, déclara Cat.

Elle rendit le portable et se tourna vers Montana.

— Et toi, j'ai remarqué ta bague.

Montana étendit sa main gauche en riant.

— Elle est un peu voyante, mais Simon y tenait.

— Il est l'homme parfait, déclara Cat.

— C'est vrai, renchérit Nevada. Il est exactement l'homme dont Montana avait besoin.

— Et toi, tu n'as personne ? demanda Cat.

— Non, je… Non.

Elle pensait à ce qui s'était passé le jour même entre Tucker et elle. Sans doute ne devait-elle pas y attacher trop d'importance ? Cat n'avait pas encore mentionné Tucker, mais cela ne signifiait rien. Il pouvait parfaitement se trouver à l'étage en ce moment même, en train de l'attendre dans son lit. Cette pensée (et l'image qui l'accompagnait) lui fit l'effet d'un coup de couteau en plein ventre. Elle exhala discrètement, en s'ordonnant de se détendre, et la douleur passa. Le plus important était d'arriver jusqu'au bout de cette soirée sans se trahir. Plus tard, elle pourrait réfléchir à l'équation Tucker/Cat.

— Je n'ai personne, moi non plus, dit tristement cette dernière. Il y a des hommes, bien entendu. Partout, des hommes, mais aucun n'est spécial. Je commence à croire que je cours après un mirage. Je ne trouverai jamais la réalité.

Elle reprit son verre de vin et lança :

— Quand j'ai connu Nevada à Los Angeles, nous nous sommes tant amusées toutes les deux. Je me souviens d'une fête, à Hollywood… Tu te souviens aussi ?

— Oui, répondit Nevada. J'étais complètement hors de mon élément. Il y avait une foule de gens célèbres et j'étais sûre qu'on allait me demander ce que je fichais là.

Elle s'adressait à ses sœurs, mais ce fut Cat qui répondit, souriante :

— Tu étais charmante, absolument. C'est difficile pour moi d'accorder ma confiance, mais j'ai tout de suite senti que je pouvais avoir confiance en toi. Tu as été mon amie, et je ne t'ai jamais oubliée.

Nevada se sentit curieusement touchée par cette déclaration. Qui était vraiment Caterina Stoicasescu ? L'artiste arrogante et narcissique, ou une femme affreusement solitaire ?

11

Jo fronça les sourcils, contrariée de voir entrer deux nouveaux couples. Qu'avaient-ils tous à se donner rendez-vous ici, le bar était déjà bondé ! Une seconde plus tard, elle s'ordonna de se ressaisir. Où allait-on si elle commençait à se plaindre d'avoir trop de clients ! En fait, elle avait un problème, et il était temps de le régler. Comment ? Aucune idée, mais elle trouverait bien une solution. Les hommes !

C'était comme cette histoire de pomme, au jardin d'Eden : tout le monde accusait Eve, mais Adam aussi avait sa part de responsabilité. Il était bien libre de refuser, non ? Il faisait toujours tout ce qu'on lui proposait ? Si ses copains étaient venus lui dire de sauter d'une falaise, il se serait jeté dans le vide ? Bon, techniquement, si Adam et Eve étaient les seuls humains à l'époque, Adam ne pouvait pas avoir de copains mais… Contrariée par la confusion de ses pensées, elle se concentra sur son shaker. Ne pas s'égarer. Le cœur du problème, c'était Will.

La première difficulté était de prendre une vraie décision. Elle savait très bien ce qu'elle *devrait* faire : l'éviter autant que possible, et repousser ses avances quand il parvenait à lui en faire. Cette approche fonctionnait à merveille depuis des années. Seulement, quand elle se retrouvait face à Will, elle se surprenait à se demander comment ce serait de céder, juste une fois. Elle savait bien, pourtant, que ce ne serait pas une seule fois et qu'ensuite, il y aurait l'inévitable catastrophe…

La vérité était que les hommes n'étaient pas bons pour elle. A moins que ce ne soit elle qui ne leur valait rien ? Les deux à la fois peut-être, une incompatibilité organique, bref, mieux valait rester seule, c'était beaucoup plus sûr. Elle adorait sa vie et n'avait aucune envie de la remettre en cause.

Tout en suivant son raisonnement, elle abattait son travail habituel, mélangeait les cocktails, prenait les commandes, tirait les bières et orchestrait le ballet des serveuses du week-end. Tout se passa bien jusque vers 11 heures, quand la porte de la rue s'ouvrit une fois de plus… Elle sut sans se retourner que Will venait d'entrer.

Malgré elle, elle suspendit son geste, les doigts serrés autour du goulot d'une bouteille. Cette fois, il était sûrement venu lui dire qu'il en avait sa claque de son petit jeu. Elle avait eu sa chance, elle n'en avait pas voulu, il reprenait ses billes. Bien sûr, c'était un peu triste mais au fond, cela réglerait tout. Allez, un mauvais moment à passer et ensuite, elle serait libre. Maintenant, elle devait respirer, prendre son courage à deux mains, et se retourner vers lui.

Il se tenait à l'autre extrémité du bar. Leurs regards se heurtèrent, se verrouillèrent ; elle sentit son cœur battre plus vite. Il était séduisant ce soir, plus séduisant que jamais. Si seulement… Mais que faisait-il ? Interdite, elle ouvrit la bouche pour protester car il venait de franchir la ligne invisible, de pénétrer dans l'espace interdit aux clients. *Derrière* son bar ! Et il s'avançait vers elle avec détermination, en la couvant de son regard sombre.

— C'est n'importe quoi, dit-il.

Sur quoi il la saisit aux épaules, l'attira à lui et l'embrassa. Son baiser se répercuta jusque dans ses orteils. Tout au long du parcours, des terminaisons nerveuses s'éveillèrent d'un très long sommeil pour sauter de joie. Son souffle se bloqua, son cerveau également ; l'univers disparut et il n'y eut plus que la chaleur sexy de la bouche de Will.

De très loin, elle capta le changement de l'atmosphère du bar : un silence total s'était abattu sur la salle. La clientèle au grand complet devait suivre la scène ; depuis son arrivée à Fool's Gold, personne ne l'avait encore vue avec un homme.

Will la lâcha, recula d'un pas et la toisa d'un air de défi.

— Vas-y, dit-il. Incendie-moi.

Un brouhaha subit s'éleva dans la salle : les discussions venaient de reprendre à tue-tête, chacun cherchant à faire comme s'il n'avait rien vu… tout en s'efforçant d'entendre la suite. Elle serra les dents. Non, pas cela, elle ne se donnerait pas en spectacle. Le visage fermé, elle tourna les talons et s'engouffra dans la réserve. Will lui emboîta le pas. Voilà, ils allaient pouvoir discuter en privé, et maintenant qu'elle s'était soustraite aux regards de ses clients, elle se sentait prête à en découdre. Quand Will s'avança vers elle, elle leva la main pour le tenir à distance.

— Attends.

— Non.

Il parlait avec une fermeté irrésistible.

— Je n'attendrai plus, et je n'irai nulle part. Ne me prends pas pour un autre, Jo, je ne suis pas l'homme qui t'a fait du mal. Tu me plais. Je veux juste que tu me donnes une chance de te plaire aussi.

Il parlait avec une sincérité, une conviction émouvantes. C'était trop injuste, comment était-elle censée résister à une approche pareille ? Ce n'était même pas une stratégie, il n'avait pas prémédité son discours…

— Mais si, tu t'en iras, répliqua-t-elle en s'emparant du seul élément de son discours auquel elle puisse objecter. Quand vous aurez terminé votre chantier, tu reprendras la route.

— D'accord, concéda-t-il à contrecœur, mais c'est loin. Si tu veux encore de moi dans deux ans, nous chercherons une solution. Je changerai de job, je me ferai croupier au nouveau casino.

Cette façon désinvolte de parler de l'avenir la laissa sans voix. Il semblait suggérer qu'il voulait bien davantage qu'une nuit à deux ! Le regard plongé dans le sien, il assena :

— Je ne suis pas lui.

Encore ? Décidément, il semblait convaincu qu'elle le repoussait par peur de retomber dans une situation douloureuse qu'elle aurait vécue autrefois. Elle savait que plusieurs rumeurs circulaient sur son compte ; laquelle avait-il entendue ? Pensait-il qu'elle redoutait qu'il l'abandonne, une fois qu'elle serait tombée amoureuse ? Le malheureux, s'il savait ! Son départ n'était pas le problème, *il* n'était pas le problème. La difficulté se situait à un niveau bien plus profond.

— Je n'ai pas été battue, lança-t-elle.

— Content de le savoir, répliqua-t-il avec une brève grimace. Je n'aurai pas à retrouver le type pour le tabasser à mon tour.

Il parlait sérieusement ! Quel homme… adorable. Cela existait donc, un homme prêt à tout pour protéger les siens ? Eh bien oui, manifestement. Dommage qu'elle ne mérite pas sa protection.

— Je ne cherche pas un amour éternel, reprit-elle. Je ne m'intéresse qu'à l'instant présent.

— Je peux m'y intéresser aussi.

Sans doute ! Pourtant, il ne cherchait pas réellement une passade, cela, elle en avait la certitude. Pouvait-elle lui offrir ce qu'il attendait ? Pouvait-elle résister à ce qu'il proposait ? Ce serait si bon de s'abandonner dans ses bras ! Cette pensée lui fit mal. Un peu à cause du désir physique, mais surtout par nostalgie d'un lien exclusif, profond, tel qu'elle ne s'en était pas autorisé depuis des années.

— J'ai un chat, lui dit-elle.

— Personne n'est parfait.

Elle sourit malgré elle.

— Il est assez génial. Il te plaira.

Elle sortit ses clés de la poche de son jean et les lui tendit en ajoutant :

— J'aurai terminé dans une heure.

Il prit les clés, répéta son adresse, et se pencha vers elle pour l'embrasser.

— Tu peux me faire confiance, murmura-t-il.

Puis il sortit sans se retourner. Lui faire confiance, ce n'était pas le problème, pensa-t-elle en le suivant du regard. Pouvait-il lui faire confiance en retour ?

Nevada ne souhaitait pas revoir Tucker, pas tout de suite en tout cas. Elle aurait été bien en peine de lui expliquer sa réaction, mais elle se comprenait et c'était l'essentiel.

En fin de compte, la question ne se posa pas car il ne se manifesta pas. C'était même horripilant : normalement, il aurait dû chercher à la voir, non ? Ils venaient tout de même de faire l'amour et la coutume voulait que l'on se parle, au moins une fois, après une rencontre intime. Et à un autre niveau, il devait s'interroger sur son dîner avec Cat !

A moins qu'il ne sache déjà tout de ce dîner, après un week-end passé auprès de Cat, dans son lit au *Gold Rush*, à replonger à corps perdu dans sa relation obsessionnelle ? Elle ne voulait surtout pas se représenter la scène… mais elle ne pouvait pas s'en empêcher. Comme cette éventualité la mettait hors d'elle, elle décida de rentabiliser son irritation en faisant le ménage à fond. Sa tâche achevée, elle n'était toujours pas calmée. Elle s'offrit donc une longue promenade, mais rien n'y fit ; en fin de journée le dimanche, elle crépitait littéralement d'énervement.

Elle s'apprêtait à sortir courir, une mesure assez désespérée car elle ne faisait jamais de jogging, quand on frappa à sa porte. Tucker ! pensa-t-elle aussitôt. Quel soulagement : elle se sentirait tellement mieux si elle pouvait lui dire tout ce qu'elle avait sur le cœur ! Ensuite, il lui dirait qu'il regrettait et ils décideraient de l'attitude commune à adopter face à Cat. Galvanisée, elle alla ouvrir et se trouva nez à nez avec le diable en personne.

— Je dérange ? demanda Cat en entrant de son pas nonchalant. Ces garçons au rez-de-chaussée sont délicieux. Je les ai rencontrés tous les deux.

— Cody et Ryan ?

— Oui, murmura l'artiste en errant dans son salon. Oh, on est bien, chez toi, quelle harmonie ! Je veux vivre ici.

Nevada sentit ses entrailles se glacer. Elle parvint pourtant à écarter cette perspective atroce pour se concentrer sur un problème plus urgent.

— Cody et Ryan font des études.

— Je le sais.

— Ils ont tous deux commencé très jeunes parce qu'ils sont très doués. Ils bouclent leur doctorat mais je doute qu'ils aient plus de vingt-deux ans.

Les mains fines et solides de Cat effleurèrent une coupe de verre, une rangée de livres.

— Tu es gentille de te faire du souci, dit-elle d'une voix distante. Ce sont des adultes. Laisse-les vivre.

Nevada se sentait pourtant vaguement responsable, elle ne voulait pas voir Cat fiche en l'air la vie de ses locataires… Mais elle savait déjà qu'elle ne pourrait rien empêcher. Les garçons ne l'écouteraient pas, et Cat était tout simplement irrésistible. Même vêtue de la façon la plus décontractée en jean, bottines et pull violet, elle rayonnait de beauté, d'élégance et de mystère ; son moindre mouvement dégageait une énergie étonnante, comme si le monde était un endroit radicalement nouveau, et chaque objet une découverte excitante.

Elle posa le livre qu'elle examinait et demanda :

— Que fais-tu, là, tout de suite ? Oh, ce n'est pas grave, tu pourras le faire plus tard. Viens ! Je veux voir ta ville.

Elle lui tendait la main comme une enfant qui quémande une promenade.

— Je… oui, bien sûr, je vais te faire visiter.

Nevada prit rapidement ses clés, son portable, un peu d'argent ; quelques instants plus tard, elles descendaient l'escalier ensemble.

— Que veux-tu voir en premier ?

— Ce qui compte le plus pour toi. L'endroit le plus spécial.

Très bien. Ce ne serait donc pas la balade habituelle. Au lieu de se diriger vers le centre-ville et les rues commerçantes, Nevada obliqua vers le parc. La journée était ensoleillée mais fraîche. Près du lac, des enfants lançaient du pain aux canards sous la surveillance de leurs parents, confortablement installés sur les bancs. D'un côté, une bande d'adolescents jouait au foot ; de l'autre, des couples enlacés rêvaient, allongés sur des couvertures.

— Regarde les montagnes, au bout du lac. C'est là que vivaient les premiers habitants de la région, la tribu Maà-zib.

— Oui, j'ai fait des recherches à leur sujet, réagit aussitôt Cat. Des femmes d'une grande puissance artistique. Elles se sont rendues célèbres en travaillant l'or d'une façon très sophistiquée.

— Je ne savais pas, répondit Nevada, surprise.

— J'ai vu des pièces dans différents musées, expliqua la visiteuse en glissant son bras sous le sien. Le *Museo del Oro* à Bogotà en Colombie a accueilli une grande exposition. Une splendeur, tu devrais venir la voir avec moi.

— Je suis assez occupée en ce moment, mais c'est gentil de proposer.

— Toujours si timide ! clama Cat en riant. Je me souviens de cette qualité chez toi. Il me semble que la vie t'a bien traitée pourtant. Pourquoi résister, alors, aux nouvelles expériences ?

— Ce n'est pas vrai, protesta Nevada qui s'efforçait

de dégager discrètement son bras. Je ne résiste pas, j'aime la nouveauté.

— Ah ? demanda Cat en haussant ses sourcils parfaits. Donne-moi un exemple.

— Eh bien, j'ai un nouveau travail.

— Dans la ville où tu as toujours vécu, pour un patron que tu connais depuis des années. Tu es comme un petit oiseau qui a peur de quitter le nid.

— Tu ne me connais pas suffisamment pour avoir le droit de me juger.

— Je me trompe ?

— Oui. Oui, tu te trompes.

Nevada relevait la tête d'un air de défi, mais dans son for intérieur, elle se demandait avec inquiétude si Cat n'avait pas vu juste. Elle n'avait jamais été particulièrement aventureuse. Tout le monde n'était pas forcé de l'être, mais tout de même… peut-être devrait-elle évoluer un peu ?

— J'aime ma vie, ajouta-t-elle pourtant. J'aime avoir ma famille autour de moi et continuer à voir mes amis d'enfance. Toi, tu passes ta vie à voyager ; c'est peut-être une fuite en avant ? Que redoutes-tu de découvrir en posant tes valises ?

Cat rejeta la tête en arrière dans un grand éclat de rire.

— Voilà ce qui m'a manqué : tu me tiens tête ! Personne d'autre ne fait cela.

— « C'est une question de transcendance » ? cita Nevada, sarcastique.

— De peur, aussi. Je fais peur à beaucoup de gens.

— Au moins, tu es franche.

— Je peux l'être quand cela m'arrange. Et toi, tu es franche, tu dis la vérité ?

— Le plus souvent.

— A Tucker ?

Pourquoi fallait-il qu'elle pose justement cette question ! Nevada chercha à formuler sa réponse de façon à ne pas se trahir. Elle ne voulait pas accorder trop d'importance à sa relation avec Tucker ou, pire encore, donner l'impression de chasser sur les terres de Cat. Cette compétition-là, elle doutait de pouvoir la gagner ! Mais elle ne voulait pas non plus que Cat, croyant le champ libre, décide de séduire Tucker. A moins que ce ne soit déjà fait ? Quoi qu'elle dise, elle était perdante.

En même temps… Si Tucker acceptait aussi aisément de retourner dans une relation aussi désastreuse, elle ne voulait plus le voir. Elle avait trop tardé à répondre : Cat cessa de marcher et se planta devant elle.

— Ce n'était pas censé être une question difficile.

— Non ?

Cat plongea son regard vert dans le sien.

— Les meilleures choses dans la vie sont toutes simples, comme ton amour pour cette ville et le style de vie que tu as choisi. Tu as raison, je cours sans cesse. A la poursuite de l'inspiration, et aussi parce que je ne sais pas ce que je trouverais si jamais je m'arrêtais. Je cours parce que l'action, l'agitation m'empêchent de voir que je suis seule.

Pour la première fois depuis leur rencontre, dix ans auparavant, Nevada sut qu'elle était parfaitement sincère.

— Je suis désolée, souffla-t-elle.

Cat lui tapota gentiment le bras.

— Je suis une artiste célèbre dans le monde entier, et très riche. Tout va bien pour moi.

Nevada afficha le sourire que Cat attendait mais, au fond, elle se demandait si l'artiste avait jamais été heureuse.

— Maintenant, lança celle-ci, montre-moi tout le reste. Il doit y avoir une place centrale, je tiens absolument à la voir. Ensuite, nous irons au Starbucks commander une boisson avec de la crème fouettée.

Nevada hocha la tête avec soulagement.

— Oui, dit-elle. Parfait. Allons-y.

*
* *

Toute la matinée, Tucker endura le bruit insupportable sans rien dire, mais quand Will revint du déjeuner en sifflotant toujours gaiement, il atteignit la limite de son endurance.

— D'accord ! Tu es heureux ! On a compris !

Son assistant lui décocha un sourire impudent.

— Quelqu'un ici n'a pas de chance avec les dames ! Dommage, la vie est beaucoup plus plaisante quand on partage son lit.

— Jo ?

— Un gentleman ne donne jamais de noms.

— Tu n'as jamais été un gentleman, et c'est forcément Jo. On dirait que les choses se passent bien entre vous ?

Si Will était heureux, tant mieux ; si Jo était son genre, c'était formidable.

— Essaie juste de modérer le sifflement, d'accord ?

— Je ferai de mon mieux.

Will se renversa dans son siège en croisant les pieds sur son bureau.

— Je commence à apprécier ce petit coin du monde. Ce serait un bon endroit pour poser ses valises.

— Qu'en sais-tu ? Tu n'as jamais posé tes valises.

— Parle pour toi ! Moi, au moins, j'ai passé mes quinze premières années au même endroit. Il y avait de bons côtés.

Tucker connaissait suffisamment le passé de Will pour savoir que les bons côtés ne pesaient pas bien lourd à côté des mauvais.

— Tu es sûr de vouloir te lancer dans des considérations pareilles après un seul week-end auprès de Jo ?

— Oh ! Je ne prends pas de grandes décisions pour l'instant. J'envisage juste des possibilités.

— Et la possibilité d'abattre un peu de travail aujourd'hui ?

Will éclata de rire et consentit enfin à se mettre à la

tâche. Soulagé, Tucker se replongea dans le planning de la semaine. Pour l'instant, ils étaient toujours dans les temps, mais il y aurait forcément des retards. Sur un projet aussi important, c'était inévitable, et donc prévu dans ses projections de coûts. Mais il comptait faire son maximum pour qu'on n'ait pas à puiser dans ces réserves… Il se redressa, brusquement surpris par des éclats de voix, et comprit que deux gars se disputaient derrière la caravane. Il sautait sur ses pieds pour intervenir quand une voix de femme domina le brouhaha. Quand il passa la tête à l'extérieur, les deux hommes piétinaient sur place, l'air gêné.

— Il me semblait aussi, leur lança Nevada. On en reste là ?

Ils hochèrent la tête et filèrent sans demander leur reste.

— Tu veux me dire ce qui vient de se passer ? lança-t-il.

Elle lui jeta un bref regard opaque.

— Non. C'est réglé. C'est bien pour cela que tu me paies un gros salaire ?

Il ne l'avait pas revue depuis quelques jours. Pas depuis l'arrivée de Cat ou plutôt (et c'était autrement important), pas depuis leur séance amoureuse si folle et si satisfaisante, ici même, dans la caravane. Il réalisa subitement qu'elle n'avait pas cherché à en parler avec lui. C'était pourtant ce que faisaient les femmes, non ? Quand elles avaient fait l'amour, elles voulaient forcément en parler pendant des heures.

— Et à part ça… tout va bien ? reprit-il, subitement très conscient du fait que plusieurs gars de l'équipe pouvaient les entendre.

— Bien sûr.

— J'étais parti ce week-end… avec Josh. Nous avons fait un circuit à vélo, cent cinquante kilomètres.

Ses jambes se plaignaient encore de cet effort inhabituel.

— J'aurais dû te le dire, ajouta-t-il en s'éclaircissant la gorge, au cas où tu aurais eu besoin de me parler… du chantier.

— Merci pour l'info, dit-elle. Moi, je suis restée en ville. Avec Cat.

— Volontairement ?

— Ça s'est plutôt bien passé. Je la trouve changée.

— Ce doit être la grande métamorphose !

Elle eut un sourire rapide, mais reprit aussitôt ce regard neutre qui le déconcertait. Il aurait aimé lui dire qu'il en avait terminé avec Cat, qu'elle ne représentait plus rien pour lui, mais il lui restait un dernier test à effectuer. Il ne pourrait pas être tout à fait certain tant qu'il ne se serait pas retrouvé en tête à tête avec elle. Et d'ailleurs, même s'il avait été tout à fait certain, comment exprimer cela en public ? Inutile de demander à Nevada d'entrer dans la caravane, Will y était aussi…

— Bon, j'y retourne, dit-elle.

Il approuva de la tête et se replia dans le bureau.

— Il se passait quoi, là ? demanda Will.

— Un problème entre deux gars. Nevada a géré la situation.

— Elle est très efficace. Les gars la respectent.

— C'est bien pour cela que je l'ai embauchée.

Will laissa échapper une petite exclamation de dérision. Contrarié, Tucker demanda froidement :

— Tu cherches à suggérer que j'avais une autre raison ?

— Bien sûr ! Mais je suis de trop bonne humeur pour discuter avec toi, alors on va faire comme si je n'avais rien dit.

Pincements d'estomac, nausées, vertiges, mains moites ; dans d'autres circonstances, Denise aurait conclu qu'elle couvait une grippe. Cette fois pourtant, il n'était pas question de rentrer se coucher car ses symptômes ne devaient rien à un virus : ils se volatiliseraient dès qu'elle se serait mise au clair avec Max.

Elle lui avait déjà laissé deux messages sans obtenir de réponse. Toute honteuse d'avoir sombré dans une telle panique, déterminée à montrer davantage de courage, elle avait donc décidé d'aller le voir chez lui.

Elle respira à fond et actionna la sonnette. S'il refusait de la voir, elle pourrait difficilement lui en vouloir, mais elle espérait qu'il montrerait davantage de maturité et de force de caractère qu'elle. Ses efforts furent récompensés quand Max ouvrit la porte car son visage s'illumina en la voyant.

— Merci d'être venue, s'écria-t-il en s'effaçant pour la faire entrer.

— Tu ne me fais pas de reproches ?

Il secoua la tête en souriant. Elle passa devant lui et déboucha dans un salon lumineux meublé de canapés, de jolies tables rustiques et de tableaux colorés. Un cadre charmant ! Aussitôt, elle se demanda s'il avait fait appel à un décorateur — une décoratrice — et si c'était le cas, s'ils avaient couché ensemble.

— Tu t'en es chargée à ma place, dit-il.

Ses pensées s'étaient déjà précipitées si loin qu'elle le regarda sans comprendre.

— Tu ne m'as pas attendu pour te reprocher ton attitude, clarifia-t-il.

— Oui, c'est vrai. Je regrette. J'aurais dû venir plus tôt.

— Pourquoi plus tôt ? Tu n'étais pas prête.

Sa gentillesse imperturbable eut le don de la mettre hors d'elle.

— Cesse d'être aussi compréhensif ! Je ne le mérite pas.

Voyant qu'il allait répliquer, elle leva la main pour le faire taire.

— Je t'en prie, laisse-moi te dire.

— D'accord. Tu veux t'asseoir ?

— Non, merci. C'est un discours que je dois faire debout.

Du geste, il l'invita à poursuivre et elle perdit aussitôt ses moyens. Elle ouvrit la bouche, la referma. Ses arguments préparés avec tant de soin s'étaient envolés. Mais les paroles surgirent tout de même, et tout ce qu'elle avait sur le cœur se déversa en vrac.

— Je suis contente que tu sois revenu ; je croyais ne jamais te revoir. C'était merveilleux de retrouver notre ancienne tendresse, c'était même encore mieux qu'autrefois. J'ai vieilli mais cela ne semble pas te déranger.

— Je dois attendre que tu aies terminé ou je peux commenter au fur et à mesure ?

— Ne dis rien, je t'en prie.

Elle plongea son regard dans le regard bleu de son amour de jeunesse, et sentit qu'elle devait lui dire la vérité.

— J'ai aimé Ralph. C'était un homme bien, un mari et un père adorable. Je sais, ce sont des formules types qu'on récite sur chaque tombe, mais chez lui, c'était vrai. Il aimait ses enfants, il m'aimait. Parfois, il me demandait si j'étais sûre, si je n'avais aucun regret. Je détestais ça, je détestais m'apercevoir qu'il se posait encore la question. Je lui ai répété que je ne regrettais rien et j'espère qu'il m'a crue.

Pour la seconde fois, les paroles lui manquèrent. Elle se tordit les mains, comme si l'effort pouvait l'aider à formuler ce qu'elle devait exprimer.

— Je me souviens, quand j'ai eu les filles : c'était le matin de Noël, l'accouchement avait été difficile, j'avais fait une hémorragie. Pendant quelques heures, ils n'étaient pas sûrs de pouvoir me sauver. Je me souviens juste de Ralph qui me serrait la main en me suppliant de ne pas mourir.

Max l'écoutait attentivement, avec respect. Une subite envie de pleurer monta en elle, elle la réprima avec difficulté.

— En sentant ses larmes sur ma peau, j'ai su que je devais m'accrocher à la vie. Et en fin de compte, c'est lui qui est parti. Voilà plus de dix ans qu'il est mort et il me manque toujours.

— Je ne cherche pas à te couper de Ralph, dit-il.

— Je le sais. Quand tu es venu me voir, le premier jour, j'étais si heureuse ! Plus heureuse que je n'aurais dû…

Les larmes roulaient sur ses joues malgré elle. Avec beaucoup de douceur, il reprit :

— Tu l'as dit toi-même : voilà plus de dix ans qu'il est mort. Tu n'es pas obligée de passer ta vie entière dans le chagrin. Tu as le droit d'être heureuse.

— Je le sais. D'une certaine manière, je l'ai bien compris. J'ai fait une thérapie pour m'aider à faire mon deuil, je m'étais même convaincue qu'il était temps pour moi de rencontrer quelqu'un. Seulement, quoi que je fasse, mon amour pour mon mari fera toujours partie de moi. Je ne me remarierai pas. Je veux que Ralph reste l'homme que j'ai épousé.

Il s'approcha d'elle mais, avec beaucoup de délicatesse, il s'abstint de la toucher.

— Denise, je t'ai demandée en mariage parce que j'ai cru que tu serais plus à l'aise avec moi si tu étais ma femme. Je n'ai pas besoin de t'épouser pour t'aimer. Voilà quarante ans que je t'aime ! Je veux être avec toi. A toi de décider si tu le veux aussi, et de quelle façon.

— Tu ne m'en veux pas ? Tu n'es pas furieux que je ne veuille pas me marier ?

— Non…

Avec une tendresse bouleversante, il effleura sa joue du bout de ses doigts.

— Aime-moi. Reste à mes côtés.

— Cela te suffit ?

— C'est tout ce qui compte.

Elle se jeta dans ses bras et ils tournoyèrent sur eux-mêmes en s'embrassant passionnément. Puis il la lâcha pour essuyer doucement les larmes de ses joues.

— Promets-moi une chose, demanda-t-il tout bas.

Elle approuva de la tête et, les yeux levés vers lui, elle attendit la suite.

— La prochaine fois, ne t’enfuis pas. Parle-moi.

— Je te le promets. Pour toujours, Max.

— Pour toujours.

12

Nevada émergea de la pâtisserie de la place avec une boîte rose ornée d'un joli ruban. Il y avait six gâteaux à l'intérieur, et elle comptait bien les manger tous les six. On était vendredi soir. Après une semaine aussi stressante, elle méritait bien une orgie de sucreries.

Comme elle n'était pas particulièrement gourmande en temps ordinaire, elle se doutait bien qu'elle cherchait à compenser quelque chose, sans pouvoir dire quoi précisément. Elle ne parvenait pas à pointer du doigt un événement spécifique en disant : voilà ce qui m'a bouleversée. Au travail, tout se passait à merveille. La date du nivelage à l'explosif approchait et elle attendait ce stade du chantier avec impatience. Autant qu'elle puisse en juger, Cat et Tucker ne passaient pas leur temps ensemble. D'ailleurs, elle ne cessait de se répéter que s'ils se voyaient, ce n'était pas son affaire. Son besoin de sucreries était donc inexplicable, mais puissant.

En tournant l'angle de sa rue, elle faillit se heurter à un homme chargé d'une boîte de pizza.

— Tucker ! s'écria-t-elle lorsqu'elle le reconnut.

— Je t'ai téléphoné il y a une demi-heure, mais tu ne répondais pas, dit-il en lui souriant.

Elle lui montra sa boîte enrubannée.

— J'avais une course urgente à faire, j'ai laissé mon portable à la maison.

— Je me disais que tu avais peut-être un rendez-vous torride.

— Six gâteaux, cela compte comme un rendez-vous ?

— Cela dépend de ce que tu en fais.

Ils se fixaient dans le blanc des yeux. Sous l'intensité de son regard, elle sentit ses forces l'abandonner.

— Je ne t'ai guère vu cette semaine, murmura-t-elle. Nous sommes sur le chantier tous les deux, mais jamais au même endroit.

Le plus souvent, elle évoluait sur le site avec son équipe pendant qu'il restait dans la caravane, pris par les tâches mystérieuses qui occupent les futurs patrons de multinationales.

— Tu as été assez occupée avec Cat, rappela-t-il.

— Oui. Et toi, tu l'as vue ?

— Pas depuis le jour de son arrivée.

Il disait cela avec satisfaction, comme s'il lui donnait une excellente nouvelle. Elle hasarda :

— Elle est toujours très belle.

— Et alors ? fit-il en haussant les épaules. C'est fini avec elle. C'est fini depuis des années.

— Je vois.

Elle sentit ses épaules se détendre ; la soirée serait peut-être intéressante, en fin de compte ?

— Je veux bien te montrer la mienne si tu me montres la tienne, lança-t-il en agitant sa boîte à pizza.

Elle éclata de rire.

— Je marche ! Allons chez moi, j'ouvrirai une bonne bouteille.

— Du vin, des petits gâteaux… tu es une fille comme je les aime.

Vingt minutes plus tard, ils s'attablaient dans la cuisine de Nevada.

— Comment va ta mère ? demanda-t-il en attaquant sa part de pizza avec appétit.

— Bien ! Elle a réussi à s'expliquer avec Max. Ils ont décidé d'être ensemble sans officialiser leur situation.

Elle mangea quelques instants dans un silence pensif, puis elle ajouta :

— Je suis heureuse pour elle, mais je n'aurais jamais imaginé avoir une discussion pareille avec ma mère.

— Tu fais partie d'une famille américaine on ne peut plus classique.

— Je n'en suis pas si sûre, protesta-t-elle en riant. Tu… n'as vraiment pas revu Cat ?

— Non. Je n'avais aucune raison de la revoir. Elle n'est pas venue pour moi.

Autant qu'elle puisse en juger, il n'éprouvait pas l'ombre d'un regret. La question Cat ne semblait même pas l'intéresser. Il remplit leurs verres de vin en observant :

— On est bien, ici. Ta maison me plaît. C'est toi qui as tout agencé ?

Elle approuva de la tête.

— J'ai aussi réalisé la plupart des travaux. La maison date des années vingt. Le style victorien ne plaisait guère au voisinage, mais le propriétaire était un homme puissant et personne n'a osé protester.

— Ce type me plaît. Moi aussi, j'aime être celui à qui personne n'ose dire non.

— Cela ne m'étonne pas de toi. J'adorais déjà cette maison quand j'étais petite. Ensuite, elle a été vendue et transformée en logements assez minables, plus personne ne l'entretenait. Quand je l'ai rachetée, elle était dans un état lamentable. Il m'a fallu près de trois ans pour la rénover, mais cela en valait la peine.

Elle s'était endettée pour payer les matériaux, mais la location des logements du rez-de-chaussée lui avait permis de solder l'hypothèque l'été précédent. Restaient les traites du prêt d'origine, mais un jour, elle serait tout à fait propriétaire.

— A ta maison, dit-il en levant son verre.

— A ma maison.

— Tu me fais visiter le reste ?

Le reste, c'était le niveau supérieur, donc la grande salle de bains, le bureau et la chambre d'amis, et surtout sa chambre. Elle s'aperçut qu'il la couvait d'un regard qui suggérait qu'il se moquait éperdument de laisser refroidir le reste de sa pizza. Elle perdit subitement tout intérêt pour la nourriture, tandis que s'éveillait un autre appétit.

Il se leva, contourna la table et lui tendit la main. Avec un frémissement intérieur, elle y posa la sienne. Sans un mot, il la fit lever et s'empara de sa bouche. Chavirée, elle s'abandonna entre ses bras tandis que ses lèvres se promenaient sur ses joues, son nez, le contour de son visage… puis descendaient dans son cou, l'embrassaient juste sous l'oreille. Elle en eut des frissons. Il se mit alors à lécher délicatement la peau si sensible, puis descendit plus bas, explorant sa clavicule, l'échancrure de son chemisier tandis que ses mains remontaient dans une caresse enveloppante. Une vague de désir déferla en elle. Comment ne pas se souvenir des sensations soulevées par ces mains si expertes ? De la sensation de son corps d'homme rivé au sien ? Elle recula en l'entraînant vers l'escalier.

— Tu voulais visiter l'étage, chuchota-t-elle.

Docile, il grimpa à sa suite en demandant seulement :

— Je dois prendre le temps d'admirer la qualité des travaux ?

— Plus tard, peut-être, souffla-t-elle en riant.

Elle l'emmena tout droit dans sa chambre. La nuit était tombée. Elle abattit l'interrupteur qui commandait le lampadaire d'angle à la lumière si douce. La décoration de la pièce était très féminine avec des étoffes moelleuses, des dizaines de coussins et un mobilier délicat. C'était un refuge douillet, une retraite sensuelle. Tucker s'immobilisa un instant en regardant autour de lui.

— J'aime. C'est tout à fait toi.

Personne ne lui avait jamais dit cela auparavant. Ses sœurs elles-mêmes avaient été surprises en découvrant sa décoration. Cette pièce reflétait une part de sa personnalité qu'elle ne montrait à personne, qu'elle se cachait même parfois à elle-même. Tucker retira vivement ses chaussures et se retourna vers elle en murmurant :

— Dis-moi qu'il y a une énorme baignoire tout près d'ici.

— Il y a une énorme baignoire juste à côté.

— Tu es tout à fait la fille qu'il me faut.

Il s'arrêta sur le seuil de la salle de bains avec un sifflement admiratif. La baignoire dressée sur ses pattes de lion semblait l'enchanter. Tandis qu'il manipulait les robinets en cherchant la température idéale, elle alluma, le cœur battant, un bouquet de bougies. Enfin satisfait, Tucker laissa le flot dru se déverser dans la cuve et revint vers elle pour l'embrasser profondément, en explorant son corps de ses mains. Elle sentit sa peau se hérisser, les sensations jaillissaient partout où glissaient les doigts de Tucker, son corps se cambrait pour en quémander davantage. Quand ses mains se posèrent enfin sur ses seins, elle dut se retenir pour ne pas le supplier d'elle ne savait trop quoi au juste. Elle se mordit la lèvre : les doigts de Tucker passaient et repassaient sur ses mamelons durcis, la tension se répercutait dans son ventre, entre ses cuisses. Elle se haussa vers lui pour reprendre sa bouche, mais il recula légèrement en soufflant :

— L'eau…

La baignoire allait déborder ! A contrecœur, elle le laissa aller fermer les robinets. Puis il se tourna de nouveau vers elle et déboutonna sa chemise qu'il envoya sur le sol avant d'entreprendre de l'aider à se déshabiller. Tour à tour, chemisier, jean et sous-vêtements s'abattirent sur le carrelage ; il prit le temps d'embrasser longuement ses seins avant de se mettre nu lui aussi. Quand elle entra dans la baignoire, l'eau délicieusement tiède caressa sa peau en éveil. Il enjamba le rebord, s'allongea ; elle s'installa contre lui. Une position très agréable… mais elle ne pouvait plus le toucher, elle ne pouvait rien faire.

— Attends… Ça ne marchera pas, se plaignit-elle.

— Ça va marcher, souffla-t-il tout contre sa peau. Fais-moi confiance.

Il pressait ses lèvres contre sa nuque, ses mains

cherchaient de nouveau ses seins. Les yeux clos, elle s'abandonna en lui laissant l'initiative. C'était si bon de flotter dans l'eau chaude traversée par les langues de feu des caresses de Tucker. Les sensations fusaient en elle, son corps ondulait doucement, conquis. Oh, elle en voulait encore, davantage… Comme s'il avait capté sa pensée, il laissa descendre sa main plus bas, plus bas encore, et caressa longuement son ventre avant de se glisser entre ses cuisses.

Déjà, la longue ascension commençait. Le souffle court, elle se cambra en laissant sa tête retomber en arrière. Il trouva le point le plus sensible et, instinctivement, Nevada écarta les cuisses. Sous le rythme qu'il lui imposait, son souffle s'emballa, le plaisir grandit, ses muscles se tendirent.

— Viens… viens pour moi, souffla-t-il à son oreille.

La vibration grave de sa voix la surprit. Instinctivement, elle ouvrit les yeux et vit à travers la mousse onctueuse sa main qui la caressait. Une main brune, bronzée par les éléments, une grande main très masculine… quant à ce qu'elle lui faisait ! Fascinée, elle la contempla en pleine action et ce spectacle incroyablement sensuel lui fit franchir un nouveau plateau. Il dut sentir qu'elle approchait du but car ses mouvements s'accélérèrent. Avec une plainte très douce, elle laissa retomber ses paupières et s'offrit au plaisir, tout son être tendu vers l'événement qui se préparait. La pression s'intensifiait, son cœur battait à tout rompre… c'était là, juste hors de sa portée mais si proche…

Ses cuisses s'ouvrirent un peu plus largement, son dos se cambra contre la poitrine de Tucker, ses hanches se soulevèrent… et enfin, la délivrance, le plaisir fondit sur elle, la posséda, la fit trembler et crier.

— Comme ça…, murmura-t-il. Exactement comme ça.

Les derniers tressautements s'apaisèrent. Au lieu de s'abandonner à la langueur de l'instant, elle se redressa et se retourna vers lui. Il souriait.

— Tu crois t'être racheté, dit-elle, encore toute rose de son plaisir.

— Je ne crois pas, j'en suis sûr.

— C'est ce que nous allons voir.

Elle s'installa alors sur lui. L'angle était très différent de leur dernière fois, mais il s'engouffra tout aussi profondément en elle, la remplissant aussi parfaitement. Elle vit ses yeux se dilater, perçut l'accroc de son souffle. Un son rauque naquit au fond de sa gorge, il la happa dans ses bras et l'embrassa en imitant de la langue le mouvement de leur étreinte. Les mains crispées sur le rebord de la baignoire, elle installa un rythme insistant, et le désir revint, plus puissant encore que la première fois. Déterminée à l'assouvir, elle se perdit dans la pulsation et la floraison des sensations. Quand les mains de Tucker revinrent sur ses seins, elle se demanda combien de temps elle pourrait tenir.

— Encore, *encore*, souffla-t-elle en mordillant ses lèvres.

Plus vite, plus fort. L'eau jaillissait et s'écrasait sur le carrelage, mais elle s'en moquait totalement. Frénétique, haletante, elle intensifia encore le mouvement. Chaque élan trouvait l'endroit clé en elle, elle se précipitait plus près, plus près… Tucker laissa échapper une respiration sifflante, ses mains empoignèrent ses hanches.

— Tu vas me tuer…

Leurs regards rivés l'un à l'autre, ils vacillaient au bord du gouffre, mais Tucker luttait encore de toutes ses forces pour ne pas se laisser emporter.

— Juste une seconde, supplia-t-elle. Juste…

Elle ondula encore plus follement… et une véritable tornade de plaisir s'empara d'elle. Elle le chevaucha en prenant tout ce qu'il pouvait lui donner, avec la sensation d'avoir été jetée au cœur d'un tourbillon furieux… Vaguement, elle eut conscience qu'il explosait, lui aussi. Ses mains sur elle se crispèrent brutalement, il exhala un grondement profond, presque douloureux. Elle le regarda dans le blanc des yeux en s'exposant tout entière à la lumière de son regard.

Plus tard, le carrelage épongé, ils se replièrent dans la chambre avec le vin et les gâteaux. Perchés sur le lit, ils dévorèrent leur dessert avec délectation. Nevada s'efforçait de faire comme si tout était parfaitement normal, comme si, depuis ses années étudiantes, elle s'était métamorphosée en bête de sexe et que son comportement n'avait rien eu d'exceptionnel. En réalité, elle se sentait passablement gênée par son manque de retenue, il lui venait des envies de s'expliquer, de s'excuser peut-être. Elle avait bien conscience que ce serait totalement déplacé, mais jamais auparavant elle ne s'était lâchée à ce point.

Il présenta un gâteau devant sa bouche et le retira à l'instant où elle allait mordre.

— Tu risques ta vie, l'informa-t-elle.

Au lieu de sourire comme elle s'y attendait, le visage de Tucker se fit grave et son regard sombre interrogea le sien.

— Tu ne cesses de me surprendre, murmura-t-il.

Touchée, elle voulut répondre, mais il la fit taire en l'embrassant. Un baiser léger qui semblait chercher à lui communiquer un message qu'elle ne sut comment interpréter. Il lui abandonna le gâteau et remplit leurs verres en lançant :

— Je vais passer la nuit ici.

— Tu me demandes ou tu m'informes ?

— Je t'informe.

— Typiquement masculin.

En fait, elle n'avait aucune envie de se plaindre : tandis qu'ils se réinstallaient, adossés à la tête du lit, il lui sembla au contraire que la scène tout entière, eux deux ensemble dans sa chambre après l'amour, sonnait juste. Négligemment, il prit la télécommande et alluma le téléviseur.

— Et comme je suis un type charmant, je vais même te laisser choisir la chaîne.

Un instant, elle envisagea de le tourmenter en optant pour une émission de télé-achat, mais vu la satisfaction qui l'emplissait tout entière, elle décida qu'il méritait sa récompense.

— Il n'est pas très tard, le match USC ne doit pas être terminé.

Il tourna la tête pour lui sourire.

— La femme parfaite…

— Je sais.

— Je ne me doutais pas qu'il existait autant de magazines de mariage, murmura Nevada en feuilletant les revues qui s'amoncelaient sur la table basse.

— C'est une véritable industrie, s'écria Montana. J'ai décidé que planifier un mariage en quatre mois serait plus facile que prendre une année entière comme le suggèrent les spécialistes. On aura moins de temps pour s'angoisser sur chaque détail de l'organisation.

Une fois de plus, elles se retrouvaient dans le salon de leur mère, Dakota confortablement étendue sur le canapé, Nevada et Montana assises à même le plancher. Denise, elle, trônait dans son fauteuil préféré.

— Il y a beaucoup de décisions à prendre, dit cette dernière. Maintenant que la salle est réservée, il faut choisir les robes de mariée.

Dakota tapota son ventre qui s'arrondissait.

— Je ne sais pas encore quelle forme j'aurai. Je devrais peut-être attendre la naissance du bébé, en fin de compte. Ce n'est pas un peu vulgaire de se marier enceinte ?

— Non ! protesta Montana. Tu seras une mariée magnifique.

— Tu peux attendre si tu préfères, répondit leur mère, stylo en suspens au-dessus de son bloc. Dans ce cas, nous ferions le mariage de Montana au *Gold Rush*, et nous organiserions une autre cérémonie pour toi au printemps.

Son regard se posa sur Nevada et elle haussa les sourcils.

— Ce serait peut-être une double cérémonie quand même ?

Nevada leva les yeux au ciel.

— N'y pense même pas ! Les rapports les plus intimes que j'ai en ce moment sont avec Cat.

Ce n'était pas tout à fait vrai, mais elle se refusait à discuter de sa relation avec Tucker. Cette relation étrange, faite de non-dits, semblait devoir se prolonger quelque temps encore… Le cœur serré, elle pensa à la nuit qu'elle venait de vivre. Une nuit extraordinaire, pas seulement pour l'aspect physique (mémorable), mais aussi pour la simple joie d'être ensemble, la connivence qui s'était établie entre eux. C'était si facile de se parler, il la faisait rire, elle adorait ça. Avec lui, elle pouvait être elle-même. Jusqu'ici, son métier avait tendance à gêner les hommes, surtout s'ils l'avaient vue en action sur un chantier. Pas Tucker.

Ils avaient passé la nuit ensemble, préparé le petit déjeuner à deux, partagé un moment très intéressant sous la douche, puis elle lui avait annoncé qu'elle devait le laisser pour se rendre à cette réunion familiale. Le moment venu, partir avait été un vrai déchirement.

— J'ai rencontré ta Cat, annonça Denise. Stoicasescu, c'est comme ça qu'on l'appelle ? Je n'avais encore jamais croisé une artiste célèbre. Elle est très élégante, et beaucoup plus chaleureuse que je ne m'y attendais. Je suis allée sur internet pour voir ses sculptures, elles sont…

Elle s'interrompit pour chercher le mot juste et conclut :

— Très grandes.

— Dans ses sculptures, elle est parfaitement sincère mais le reste du temps, elle fait son show, lâcha Nevada en étendant plus confortablement ses jambes devant elle. Je me demande comment elle arrive à se distraire dans un coin perdu comme Fool's Gold. Je l'ai vue discuter avec Cody l'autre jour. J'espère qu'elle n'ira pas trop loin avec lui.

— Cody ? Qui est-ce ? demanda Dakota, intriguée.

— L'un de mes locataires. Un étudiant en sciences informatiques, un garçon très doué. Je ne crois pas qu'il ait beaucoup de succès auprès des filles. Avec Cat, il serait complètement hors de sa catégorie.

— Voilà un problème qu'on pourrait souhaiter à tous les étudiants timides, observa Montana en riant.

Effectivement, mais Nevada se souvenait trop bien du calvaire de Tucker. Fermement, Denise leur rappela l'ordre du jour.

— Le mariage ! Nous avons des décisions à prendre.

— Tu es bien sûre que ce ne sera pas une triple cérémonie ? taquina Montana. Allez, m'man, un petit effort ! Tu ne veux pas épouser Max ?

— Tout à fait sûre, merci, repartit sa mère d'un air pincé. En revanche, si vous et les garçons, vous pensez que je devrais le faire, je serai obligée de l'envisager. Ou si vous pensez que ce serait mieux pour les petits-enfants.

— Pas question, se hâta d'intervenir Nevada. C'est ta décision, maman.

Ses sœurs hochèrent la tête avec conviction.

— Ceci dit, Max et moi, nous sommes amoureux et nous sommes officiellement ensemble.

— Pas de détails, par pitié ! intervint Dakota.

— Pas de détails, non. Je tiens tout de même à vous avertir qu'il va s'installer ici avec moi.

Bon, on n'allait pas aborder de questions trop intimes. Nevada se détendit et lança :

— Ah ? Bonne idée. J'avais pensé que tu voudrais peut-être t'installer chez lui et vendre la maison.

Craignant un malentendu, elle se hâta d'ajouter :

— Ce ne serait pas un problème ! C'est ta maison, tu fais ce que tu veux.

— Non, réagit aussitôt sa mère, c'est *notre* maison

de famille, c'est ici que nous avons tous nos souvenirs. Je veux que nous continuions à nous rassembler sous ce toit, que Hannah y fasse son premier Noël…

— Mais la maison de Max ? Quelqu'un devra bien rester là-bas, pour les chenils ?

Max était à la tête d'une entreprise spécialisée dans le dressage de chiens à des fins thérapeutiques. Il possédait un grand terrain et vivait sur place, non loin des chenils.

— Une partie du personnel habite déjà sur place, répondit Montana. Je ne sais pas ce que Max décidera à terme mais pour l'instant, nous allons lui louer sa maison, Simon et moi. Ce sera la solution idéale. Nous aurons le temps de nous retourner et de décider si nous voulons construire, acheter ou rénover.

— Je vois que tout est déjà planifié !

Un peu vexée, Nevada se demandait quand on avait pris toutes ses décisions. Si encore elle s'était absentée, ce serait normal de trouver une foule de changements à son retour mais là, elle n'avait pas perdu le contact un seul instant.

— Max a une activité ? demanda Dakota. Montana dit toujours que le chenil n'est pas rentable ? Comment finance-t-il toute son opération ?

Denise eut un petit sourire satisfait.

— Max était à Seattle au début des années quatre-vingt. Il a rencontré Bill Gates et acheté des actions Microsoft lors de l'introduction en Bourse.

Nevada ouvrit de grands yeux. Voilà qui expliquait beaucoup de choses !

— Il est riche ? demanda encore Dakota.

— Très.

Montana éclata de rire.

— Et moi qui m'inquiétais de devoir nourrir nos chiens avec des fonds de poubelle !

— Je crois que tu n'as plus aucun souci à te faire, glissa Nevada.

— Et celle-ci ?

Denise brandissait une revue, ouverte à la photo pleine page d'une fille splendide en robe Empire.

— Elle est originale, une vraie merveille. Vous devez absolument commencer les essayages cette semaine, vous savez ? Vos choix seront déjà limités par le temps. Il faut attendre des mois pour qu'on vous crée un modèle de toutes pièces.

— De quelle taille sont les modèles existants ? demanda Montana.

— Le plus souvent, ce sont des tailles 40 ou 42.

— Ce serait parfait, alors.

Montana rejoignit sa sœur sur le canapé et elles se mirent à feuilleter la revue en admirant les robes.

— Il faut décider si nous aurons des demoiselles d'honneur, lâcha distraitement Dakota. Nevada, tu veux bien être notre demoiselle d'honneur commune ?

— Bien sûr !

Demoiselle d'honneur… Son cœur se serra un peu. Ses deux sœurs allaient se marier et elle assisterait à l'événement sur la ligne de touche. Si elle leur souhaitait le plus beau des mariages, si elle se faisait une joie de leur bonheur, elle aurait tout de même aimé pouvoir espérer la même chose pour elle. L'amour, les enfants, le *happy end* classique… ou tout simplement un homme dans sa vie.

Comme il fallait s'y attendre, ses pensées dérivèrent vers Tucker. Quel dommage qu'il refuse tout engagement ! Il voyait toujours l'amour comme un piège et elle n'espérait même plus le convaincre du contraire. Il était pourtant le seul depuis longtemps à l'avoir fait vibrer. Si elle n'y prenait pas garde, il pourrait bien lui briser le cœur… pour la seconde fois.

13

Par cette belle journée d'automne, tout Fool's Gold était sorti flâner. Nevada se promenait avec Cat sous les feuillages flamboyants, dorés ou rouges, qui pavoisaient les rues. A plusieurs semaines de Halloween, les vitrines débordaient déjà de citrouilles et de fantômes, qui voisinaient avec les paniers et les gerbes de blé accrochés aux linteaux des portes en l'honneur de la Fête des moissons. La place centrale accueillait une sorte de crèche modifiée, une scène de festin avec des mannequins grandeur nature pour commémorer Thanksgiving et la main tendue des tribus indiennes aux premiers immigrés. Ce tableau, Nevada le voyait chaque année depuis son enfance ; chaque fois, les costumes des personnages étaient un peu plus élimés, la peinture des visages s'écaillait mais c'était une image familière, bien ancrée dans l'affectif de la ville.

— Je ne sais pas, lâcha Cat en examinant la scène d'un air de doute. Ils ne m'inspirent pas beaucoup.

— Nous les installons chaque année. C'est une tradition.

Lentement, l'artiste tourna sur elle-même en contemplant la place centrale et les bâtiments qui l'entouraient.

— Vous pourriez faire beaucoup mieux que cela, déclara-t-elle. Fool's Gold est un endroit spécial. Je ressens l'énergie féminine qui règne ici. C'est une énergie très puissante.

Il faisait très doux pour un mois d'octobre. Le soleil brillait dans un ciel d'un bleu intense, mais les matinées se faisaient froides et les sommets commençaient à se gainer de blanc. Vêtue comme tout le monde d'un jean et d'une chemise à manches longues, Cat dégageait encore une aura incroyablement glamour. Cela tenait peut-être à la bordure de fourrure de son gilet ou à ses bottes de marque ; à sa crinière brune ou à l'éclat du soleil sur ses hautes pommettes. Elle avait téléphoné à Nevada en insistant pour passer l'après-midi avec elle. Nevada espérait revoir Tucker, et même se retrouver dans ses bras, mais il ne s'était pas encore manifesté et elle n'avait pas su refuser de retrouver celle qu'elle finissait par considérer comme une amie.

Cat se détourna des mannequins figés pour lui sourire.

— Je sens l'appel de notre mère la Terre, confia-t-elle.

Elle parlait tout à fait sérieusement et semblait persuadée que Nevada allait la comprendre.

— Que dit-elle ? demanda celle-ci, perplexe.

— Que je dois créer une chose merveilleuse pour cette ville. Viens, allons boire un *latte*.

Elles retournèrent dans la rue principale. Cat semblait déjà connaître tout le monde : elle saluait ou souriait à quasiment tous les passants qu'elles croisaient.

— J'adore la façon dont les montagnes s'étirent vers le ciel, jubila-t-elle en glissant son bras sous celui de Nevada. Leurs silhouettes sont magiques à la tombée du jour, les couleurs aussi. Je ne sais pas travailler la couleur. J'ai souvent voulu tenter la peinture, ce serait tout à fait nouveau pour moi, mais… si je n'étais pas brillante ?

— Tu es obligée de l'être ?

Habituellement, on n'exigeait pas d'avoir du génie pour tenter une nouvelle forme d'expression ! Nevada fut stupéfaite de voir Cat se tourner vers elle, les larmes aux yeux.

— C'est ce que je suis !

Très ennuyée, Nevada voulut la réconforter.

— Je suis désolée. Je plaisantais. Il ne faut pas m'en

vouloir, je ne comprends pas vraiment ce que tu fais, ou qui tu es.

C'était si difficile de savoir quelle attitude adopter ! Oui, bien sûr, elle trouvait souvent Cat irritante, arrogante au possible, mais c'était tout de même un être à part. Elle ne vivait pas comme les gens ordinaires. Un talent d'exception engendre une immense exigence. Cat était égoïste, entièrement centrée sur elle-même, mais elle donnait aussi énormément à travers ses œuvres. De quel droit Nevada se montrait-elle sarcastique, presque méprisante avec une immense artiste ?

— Chère Nevada, murmura Cat en reniflant délicatement. Je n'ai parlé à personne de cette envie de peindre. Tout ce que je fais est jugé si durement, tu comprends ? Les critiques, le monde de l'art, ils sont prêts à la curée, à tout instant. Prêts à dire que je suis sur le déclin, que je me répète, que la qualité de mon œuvre a baissé. Je ne veux pas être une *has-been*, je ne veux pas que tout soit déjà terminé. Je vis pour mon art, je ne sais pas ce que je ferais si on me le retirait.

Nevada envisagea de lui faire remarquer que même si le monde de l'art lui tournait le dos, rien ne l'obligeait à cesser de créer. Elle pourrait parfaitement continuer dans son coin, en ne montrant jamais ses œuvres. Mais bien entendu, l'idée était absurde : pour Cat, l'art et la célébrité étaient deux facettes du même phénomène.

— C'est encore une chose que j'aime ici, soupira l'artiste. Les gens sont si généreux, ils m'acceptent avec une telle simplicité. Ils sentent que je suis exactement comme eux.

Nevada secoua la tête avec un sourire.

— Tu es beaucoup de choses, mais certainement pas ça. Pas comme nous !

Cat posa sur elle son regard le plus affectueux.

— D'accord, mais au moins, ici, je suis acceptée comme l'une des vôtres. C'est merveilleusement reposant. Ce soutien me donne de l'énergie.

Tout revenait à elle, une fois de plus. Cat était le point central de son propre univers. Cette fois, le constat amusa Nevada plus qu'il ne l'irrita. Lorsqu'on a été reconnue comme une grande artiste à l'âge de quatorze ans, l'humilité n'était sans doute pas une option.

Au Starbucks, Cat salua plusieurs personnes par leur nom et flirta avec l'adolescent qui prenait sa commande. Le pauvre garçon rougit violemment et dut s'y reprendre à trois fois pour actionner sa caisse. Nevada contemplait la scène avec un certain trouble. Quel effet cela pouvait-il faire d'être née avec un tel pouvoir sur les hommes ? Elle se savait raisonnablement séduisante, elle n'avait jamais eu à se promener avec un sac sur la tête pour ne pas alarmer les populations, mais elle ne jouait tout simplement pas dans la même cour que Cat. Les inconnus ne butaient pas sur un mur invisible en la voyant, ils ne se précipitaient pas pour lui ouvrir la porte. Aucune rock-star ne lui avait dédié un album.

— Que prends-tu ? lui demanda Cat.

Nevada commanda un *caffe latte* citrouille-épices, en l'honneur de Halloween. Avec une pensée coupable pour les gâteaux de la veille, elle se dit qu'elle allait devoir faire attention à sa ligne dans les jours à venir, si elle voulait pouvoir entrer dans ses jeans. Cat commanda la même chose et elles emportèrent leurs boissons en terrasse.

L'une des petites tables alignées sur le trottoir se libérait justement. Elles s'installèrent face à face et savourèrent la beauté de l'après-midi et le ballet multicolore des feuilles d'automne. Cat se pencha pour en ramasser une qu'elle posa sur la table en la lissant de la main.

— Ce n'est pas juste du rouge, regarde bien. Il y a de l'écarlate et du cramoisi, du rouge cerise, du carmin et du vermillon. La nature nous montre le chemin de la perfection et nous passons nos vies entières à tenter de la saisir.

Nevada distinguait effectivement des rouges différents, mais elle aurait été incapable de les nommer. Elle aurait à peine remarqué cette feuille si Cat ne l'avait pas ramassée. D'un geste tendre, Cat rendit la feuille au vent et ses longues mains se refermèrent sur sa tasse.

— Certains jours, je trouve tout si difficile. Pas seulement mon travail, mais le fait de vivre avec mes dons.

Nevada s'efforça de ne pas lever les yeux au ciel. Pour se donner une contenance, elle goûta son *latte*. Par chance, Cat ne semblait pas attendre de réponse. Son regard vert s'était voilé, assombri par la souffrance.

— Ce que j'ai, mon talent car je n'ai pas d'autre mot, me sépare de tous les autres. Je ne peux pas renoncer à mon art et vivre comme toi, mais le prix à payer, c'est ce mur, perpétuellement dressé entre moi et les autres.

Pour la seconde fois, Nevada s'en voulut de sa réaction. Au fond, elle avait toujours jugé Cat trop vite, en s'arrêtant à son ego monumental et en oubliant qu'elle avait affaire à une personne vivante, sensible et vulnérable. Lentement, elle répondit :

— Je comprends que ce soit difficile. Tu es toujours en représentation. Les gens veulent te connaître parce que tu es douée et très célèbre alors… comment savoir s'ils sont sincères avec toi ?

Le visage parfait de Cat s'illumina.

— Oui ! Je savais que tu comprendrais. J'ai terriblement besoin de chaleur humaine mais je la crains aussi : je ne sais pas ce qu'on me demandera en échange. Je redoute de devoir renoncer à quelque chose de vital pour moi. Si je trouve l'amour ou le bonheur, je mettrai peut-être en danger ma créativité.

Sur un haussement d'épaules, elle conclut :

— A moins que ce ne soit seulement un prétexte. Les relations affectives demandent des efforts et je suis paresseuse. Je donne tout à mon œuvre et quand j'ai terminé, je veux qu'on prenne soin de moi. Je veux passer en premier.

— On dit que comprendre le problème, c'est la moitié du combat.

Cat la surprit en éclatant de rire.

— Je crois que ceux qui disent cela se trompent. Je ne tiens pas vraiment à changer. Je veux qu'on me gâte, j'adore ça !

Puis son sourire s'effaça, elle hésita avant d'ajouter :

— Mais parfois, je veux autre chose aussi. Davantage. Un lien, un véritable échange…

Elle se pencha vers Nevada et la stupéfia en déclarant :

— Je suis venue ici pour toi.

Que voulait-elle dire ? Nevada ne gardait qu'un vague souvenir de leurs discussions, dix ans plus tôt. Lui avait-elle parlé de son attachement pour la ville de son enfance ? Oui, il avait forcément été question de Fool's Gold. Cat était-elle à la recherche d'un lieu où les rapports seraient plus simples et chaleureux ? Le regard vert braqué sur elle s'adoucit.

— Je suis venue parce que je me suis souvenue de mon affection pour toi. Il y avait quelque chose de réel entre nous. Pour moi, c'est très rare.

Mal à l'aise, Nevada changea de position sur son siège. Elle avait l'impression bizarre que cette conversation l'entraînait vers un piège.

— Nous sommes amies, dit-elle. Tu as besoin d'amis.

Cat scrutait son visage avec attention.

— Nous pouvons être amies si tu le veux, dit-elle. Je pensais à quelque chose de mieux.

Elle approcha son visage à quelques centimètres, sa tête s'inclina sur le côté et sa bouche… Affolée, Nevada se leva d'un mouvement si brusque que sa chaise bascula en arrière. En elle, l'incrédulité le disputait à la stupéfaction. Elle avait forcément mal compris, Cat n'avait pas cherché à l'embrasser !

— Nevada…, murmura l'artiste avec un rire attendri.

Elle ne semblait absolument pas troublée par sa réaction, elle était amusée, tout au plus.

— Je… dois y aller, bredouilla Nevada. Je dois aller quelque part.

Elle aurait aimé trouver un prétexte plus plausible, mais son cerveau venait de déclarer forfait. Elle fit volte-face et s'enfuit en courant.

— Ce n'est pas drôle ! répéta Nevada en arpentant l'espace trop exigu de la caravane. Pas drôle du tout.

Assis sur l'angle de son bureau, Tucker la suivait des yeux avec un sourire hilare qui commençait sérieusement à l'énerver.

— Mais si, protesta-t-il. Cat te faisant des avances ? C'est à hurler de rire.

Elle pivota sur elle-même pour le foudroyer du regard.

— Autrement dit, tu trouves absurde qu'on s'intéresse à moi ?

Il leva les mains en mimant la terreur.

— Non ! Bien sûr que non, je veux juste dire que Cat ne s'intéresse qu'aux hommes. Crois-moi, je suis bien placé pour le savoir.

— Bon, d'accord, c'est logique, se lamenta-t-elle en reprenant son va-et-vient éperdu. C'est juste que j'aurais juré…

Elle secoua furieusement la tête. Non, il avait raison, c'était impossible. Elle avait mal compris, ou alors elle perdait l'esprit. Pourtant, sur le moment, elle aurait juré que Cat allait l'embrasser. En pleine rue, devant le Starbucks !

De retour chez elle après sa fuite, comme elle ne tenait pas en place, elle avait appelé Montana. Par chance, Simon venait d'être appelé en urgence au bloc opératoire. Oui, *par chance*, elle s'était dit cela, ce qui montrait bien qu'elle n'avait pas de cœur. Cela lui avait fait le plus grand bien de passer la soirée en tête à tête avec sa sœur, à faire des cartons en prévision de leur déménagement. Elle était rentrée tard, épuisée, mais elle avait tout de même eu beaucoup de mal à s'endormir.

— Nous parlions d'elle, dit-elle, en revenant pour la millième fois sur l'incident du Starbucks.

— C'est son sujet préféré.

— Tu ne m'aides pas du tout !

— Désolé.

Il ne semblait pas du tout désolé, il se retenait de rire.

— Je pourrais t'assassiner, tu sais ? C'est ma ville, ici, tout le monde m'aiderait à dissimuler ton corps.

— Je te manquerais.

— Pas autant que tu le crois.

Il vint poser des mains apaisantes sur ses épaules.

— Moi, je crois que Cat faisait son numéro habituel. Elle se répandait sur ses tourments, et tu as interprété.

— Peut-être…

Elle finissait presque par douter mais, sur le moment, l'intention semblait parfaitement évidente. Elle avait eu une frousse monstre.

— Tu n'y étais pas, protesta-t-elle. Elle n'arrêtait pas de répéter qu'elle entrait dans sa phase féminine. C'est peut-être sa façon de…

Il se remit à sourire.

— Tu étais tentée ?

Furieuse, elle repoussa ses mains.

— Tu es insupportable !

— Je peux mater ?

— Tu es répugnant ! C'est quoi ton problème ? J'ai de sérieux soucis.

— Une femme fabuleusement belle te désire. C'est un vrai problème, effectivement.

— Tu ne prends rien au sérieux.

— Et toi, tu prends cette histoire beaucoup trop au sérieux. Même si elle a réellement cherché à t'embrasser, c'est de Cat qu'il s'agit ! Elle ferait n'importe quoi pour attirer l'attention. Cela ne signifie pas qu'elle veut sérieusement faire l'amour avec toi.

Enfin, une réponse logique !

— Bon, ça, je peux l'admettre. Je lui manifestais de la compassion. C'était peut-être juste sa… sa réaction face à un peu de chaleur humaine.

— Voilà. Et si en fin de compte c'est sérieux, tu feras une vidéo ?

Elle saisit un dossier sur son bureau et se plongea dans le rapport qu'il contenait.

— Tu as dit quelque chose ? lança-t-elle distraitement. Je n'entends qu'un vague bourdonnement, c'est bizarre.

Il vint la rejoindre, fit pivoter son siège pour la placer face à lui et l'embrassa.

— Je suis désolé qu'elle t'ait contrariée. Je suis désolé que tu te sois sentie mal à l'aise.

Elle s'appuya contre lui en soupirant :

— Je n'ai rien contre les baisers entre filles, en théorie. C'est juste que ce n'est pas pour moi.

— Cat jouait avec toi. Quand tu la reverras, elle sera déjà passée à autre chose.

— Si seulement !

— Je te le garantis.

Une journée passée à dispatcher des chargements de bois de construction n'apaisa pas l'agitation de Nevada. Ne sachant plus que faire pour se calmer, elle fut soulagée de trouver un message en rentrant chez elle. Heidi lui proposait de la rejoindre au *Jo's Bar*. Elle appellerait aussi Annabelle et Charlie, et elles s'offriraient une soirée entre filles. C'était exactement ce qu'il lui fallait.

Quand elle poussa la porte du bar, les autres étaient déjà arrivées et une grande vodka-tonic bien glacée l'attendait.

— Vous avez lu dans mes pensées, soupira-t-elle en se laissant tomber sur le siège vide. Merci !

C'était magique, elle se sentait déjà beaucoup mieux.

— Donnez-moi vite les dernières nouvelles !

— Chez moi, tout va bien, lança joyeusement Heidi. Il n'y a plus eu d'évasions de chèvres et les vaches sauvages gardent leurs distances.

— Tu es la seule personne que je connaisse à avoir peur des vaches, répliqua Annabelle, amusée.

— Je n'ai pas peur d'elles, mais de leur mauvaise influence.

— Mais bien sûr ! Bref, moi aussi, je vais bien. J'adore ma bibliothèque, j'adore cette ville. Vous avez vu les couleurs des feuillages d'automne ? C'est sublime.

— Les feuillages sont inflammables, grogna Charlie.

— Ton romantisme te perdra !

Nevada riait de bon cœur quand elle vit le regard de Charlie se braquer sur elle par-dessus son cocktail.

— Tes sœurs se marient, assena-t-elle.

— C'est une question ou une accusation ?

— Disons que je suis surprise.

Interdite, Nevada vit que les deux autres filles la dévisageaient avec inquiétude.

— Je vois que vous avez discuté de la question !

— Un peu, oui, avoua Heidi en se penchant vers elle avec sollicitude. Il ne faut pas nous en vouloir, nous nous faisons juste du souci pour toi. Tu es l'une des triplées.

— Je suis au courant.

— Ce qu'elle veut dire, clarifia Annabelle, c'est que vous avez toujours tout fait ensemble. Et maintenant, elles se marient et nous nous faisons du souci pour toi.

— Je vous remercie, mais ce n'est pas la peine, s'écria Nevada, touchée par leur amitié. Ce n'est pas un problème. J'aime mes sœurs et leurs mariages ne me posent aucun problème.

Elle s'interrompit un bref instant. Si elle se sentait un peu exclue, elle était déterminée à ne pas s'en plaindre.

— C'est vrai que c'est un peu bizarre, avoua-t-elle, mais tout va bien, je ne voudrais rien changer.

Heidi fit une grimace comique en plissant le nez.

— Je sais bien que je suis nouvelle ici et que je ne suis pas censée avoir une opinion…

— Ne te gêne surtout pas, recommanda Charlie.

— Tes sœurs me plaisent, je les trouve géniales, mais c'est tout de même un peu égoïste de leur part d'avoir opté pour une double cérémonie. Tu te retrouves forcément à l'écart. Elles n'auraient pas pu se marier séparément ?

— Oui, renchérit Jo qui s'approchait de la table avec un énorme plat de *nachos*. C'était la solution la plus logique. Enfin, elles sont heureuses, et les gens cessent de réfléchir dès qu'ils sont heureux en amour. Dakota et Montana adorent leur sœur, elles ne veulent pas lui faire de la peine, et d'un autre côté elles ont très envie de se marier en même temps. Les deux sont inconciliables.

— Mais je n'ai pas de peine, protesta Nevada. Sincèrement ! Oui, d'accord, cela me fait un peu drôle, mais je tiens beaucoup à ce qu'elles aient le mariage de leurs rêves. J'aurai mon rôle à jouer dans la cérémonie !

— Vous allez boire ce soir, n'est-ce pas ? demanda Jo en disposant assiettes et serviettes devant ses clientes.

— C'est possible, admit Charlie.

— Et vous rentrerez toutes à pied ?

Elles firent oui de la tête.

— Dans ce cas, la prochaine tournée est pour moi.

— Tu es de bonne humeur ! s'écria Nevada, surprise.

— Peut-être, admit Jo avec un bref sourire. Mais n'en dites pas trop ou je retire ma proposition.

Elle s'éloigna d'un pas tranquille. Intéressée, Nevada la suivit des yeux.

— A mon avis, cela se passe plutôt bien avec Will, glissa-t-elle. Il était tout heureux, lui aussi. Oh ! Tout le monde est amoureux sauf moi.

Les mots lui avaient à peine échappé qu'elle fit la grimace.

— J'ai dit ça tout haut ? s'enquit-elle sans grand espoir.

Les trois autres approuvèrent de la tête en silence.

— Oh, zut ! Désolée.

— Ne sois pas désolée, protesta Annabelle. L'amour, c'est fantastique, sauf si ça vous déchire le cœur avant de le piétiner avec de gros godillots.

— Toi aussi ? soupira Heidi.

— Oui… Je suis très douée pour choisir des hommes qui vont me faire du mal. S'il se trouve un fumier égoïste dans un rayon de cinquante *miles*, je suis sûre de me jeter à ses pieds. Enfin ça, c'était avant, j'ai décidé de changer. Et tant que je ne serai pas sûre d'y être arrivée, ce sera l'abstinence.

— Et tu tiens le coup ? s'enquit Charlie.

— C'est laborieux. Et toi ?

— Les hommes me trouvent intimidante, lâcha la pompier en haussant les épaules. Le plus souvent, cela me va.

Elle jeta un coup d'œil autour de la table.

— Bien ! Heidi gère sa peur des vaches, Annabelle entre au Carmel pour surmonter sa tendance à craquer pour les fumiers…

— Tendance à répétition, précisa Annabelle.

— D'accord. Et moi, j'ai renoncé à rencontrer quelqu'un parce que les hommes sont des imbéciles.

Elle se tourna vers Nevada et conclut :

— Il ne reste que toi. Tu devras nous représenter au tableau d'honneur des ils-vécurent-heureux-à-tout-jamais.

Nevada s'étrangla sur son cocktail.

— Moi ! Pas question. Je suis totalement nulle sur les questions amoureuses.

— Il y a Tucker, objecta Heidi. Il paraît qu'on vous a vus ensemble à la supérette. C'est forcément vrai : les rumeurs les plus fiables viennent toutes de la supérette.

Nevada réprima une envie de hurler.

— Disons que nous… enfin, c'est beaucoup dire.

— Donc tu te sers juste de son corps, dit Charlie en faisant tinter son verre contre le sien. Respect !

— On pourrait parler d'autre chose ? supplia Nevada d'une voix mourante.

Annabelle fit glisser une nouvelle part de *nachos* sur son assiette.

— D'accord. Dites, l'artiste invitée, Stoicasescu… elle est venue à la bibliothèque ce matin. C'est quelqu'un de très intéressant. Célèbre mais tout à fait abordable. Vous l'avez rencontrée ?

Un instant, Nevada envisagea sérieusement de se taper la tête contre la table. Mais à quoi bon, cela ne changerait rien. Que cela lui serve de leçon : elle avait voulu qu'on cesse de parler de Tucker, la conversation s'était immédiatement déportée sur Cat. A l'avenir, elle ferait attention à ne plus rien souhaiter.

Tucker regarda fixement son agenda. La journée, jusqu'ici tout à fait agréable et productive, venait de prendre un mauvais tournant.

— Pourquoi ? demanda-t-il.

Nevada leva les yeux de son écran.

— Pourquoi quoi ?

— Nous avons rendez-vous avec la maire. Pourquoi ?

— Je n'en ai pas la moindre idée. Elle n'a pas transmis d'ordre du jour.

— Bien sûr que non, elle veut nous prendre de court. C'est ce que font tous les élus.

— Pas ici ! Je te répète qu'elle soutient ce projet à cent pour cent. Selon le dernier traité signé avec la tribu Maà-zib, la commune peut taxer tout ce qui se construira ici. Tu mesures les retombées pour les caisses de la ville ? Arrête de te faire du souci !

Il aurait aimé être aussi optimiste mais dans son expérience, les élus créaient *toujours* des complications. Dire que tout allait si bien jusqu'ici ! Son plus grand souci s'était envolé : Cat ne lui posait plus aucun problème. Sur le chantier comme dans sa vie, tout se passait pour le mieux… et voilà qu'une nouvelle menace se profilait à l'horizon.

— Nous sommes à jour dans tous nos dossiers ?

— Oui. J'ai vérifié quand Marsha a demandé à nous voir. Ecoute, je la connais depuis toujours : elle ne cherche pas à nous saborder.

Un crissement de pneus sur le gravier… Une voiture se garait devant la caravane. Tucker se dirigea vers la porte en murmurant :

— J'espère que tu as raison.

Il respira à fond, ouvrit la porte et dévala les marches pour accueillir l'élue. Celle-ci mit pied à terre, impeccable comme toujours dans son tailleur sage et ses escarpins discrets, ses cheveux blancs coiffés dans ce style bouffant qu'affectionnaient les dames de son âge. Le regard de Tucker se braqua tout de suite sur le dossier qu'elle tenait à la main. Les ennuis viendraient de là.

— Bonjour, dit la maire d'un ton léger.

— Madame, dit-il en lui tendant la main. Heureux de vous voir.

— Je vous en prie, Tucker, je vous ai demandé de m'appeler Marsha.

— Oui, madame, murmura-t-il malgré lui.

Ils échangèrent une poignée de main, puis elle jeta un regard autour d'elle.

— Je vois que le chantier progresse. Il paraît que vous avez planifié une série d'explosions pour gagner sur le versant de la montagne ? J'apprécierais qu'elles aient lieu pendant les heures de classe, ce serait plus facile de s'assurer que vous n'avez pas de jeunes visiteurs.

— C'est déjà prévu.

— Excellent. Nous entrons ?

Comment cette femme s'y prenait-elle pour dominer aussi complètement les échanges ? Elle ne semblait jamais faire le moindre effort pour s'imposer mais cette fois encore, il la suivit dans sa propre caravane comme s'il était reçu par la Reine d'Angleterre. En entrant, il la trouva déjà confortablement installée dans le siège qui faisait face au bureau de Nevada.

— Vous êtes un peu à l'étroit ici, observa-t-elle en acceptant le café que lui offrait celle-ci. Je suppose que vous ne vouliez pas gaspiller des fonds pour aménager des bureaux ? Vous avez le sens des priorités.

— Merci.

Il approcha un siège et s'assit devant elle, Nevada reprit sa place. La maire posa son dossier sur le bureau.

— Nous sommes très satisfaits, le conseil municipal et moi-même, du déroulement du projet. Vous êtes en avance sur vos propres prévisions, ce qui est remarquable. Vos employés contribuent beaucoup à la vie de la commune, ils se comportent très correctement… et ils dînent au restaurant presque chaque soir. Nos commerçants apprécient !

Nevada jeta à Tucker un regard qui signifiait clairement : « Je te l'avais bien dit. » Il se détendit un peu. La maire ne semblait effectivement pas préparer d'offensive sournoise.

— Monsieur Janack, c'est un plaisir de travailler avec vous !

— Tucker, je vous en prie.

C'est alors que Marsha Tilson ajouta d'un ton très différent :

— Et cela me fait beaucoup de peine de devoir vous parler d'une question désagréable.

Et voilà, il le savait ! Pourtant, il avait beau réfléchir, il ne voyait absolument pas en quoi ils avaient pu la contrarier.

— Quel est le problème ? demanda Nevada. Nous avons toutes nos autorisations, nos plans sont approuvés, nous payons nos taxes…

La maire lui tapota la main d'un geste maternel.

— Je n'ai aucun reproche à vous faire au niveau du chantier, au contraire. J'aimerais que toutes nos entreprises se comportent d'une façon aussi irréprochable. En revanche, j'ai un problème assez délicat et j'ai besoin de votre aide. La vôtre tout particulièrement, Tucker.

— Très bien, dit-il en s'efforçant de ne pas trahir son appréhension. Quel est le problème ?

— Caterina Stoicasescu.

— Cat ? s'écria Nevada. Qu'a-t-elle encore fait ?

— Et plus important encore, pourquoi croyez-vous que je peux vous aider ? compléta Tucker.

— Oublie ça, lâcha Nevada. Notre maire sait toujours tout.

Décontenancé, il ne trouva rien à répliquer. Marsha Tilson se redressa en déclarant avec une gravité absolue :

— Le problème qui nous occupe doit trouver sa solution. D'un côté, l'attitude de Stoicasescu est généreuse et désintéressée. Quand nous l'avons invitée à notre exposition annuelle, nous n'imaginions pas un seul instant qu'une artiste de son calibre accepterait de venir. Elle s'est montrée absolument charmante, elle a accordé des interviews, elle est intervenue auprès des enfants des écoles — elle a même accepté de mener un *master class* à l'université.

Tucker fronça les sourcils, interdit. Depuis quand Cat s'impliquait-elle à ce point dans le quotidien de Fool's Gold ? Il fut assez inquiet de voir que Nevada semblait aussi stupéfaite que lui.

— Je ne savais pas. On dirait qu'elle cherche à se faire une place parmi vous ?

— Je n'en suis pas si sûre, opina la maire. Franchement, je la vois mal s'installer où que ce soit. Quoi qu'il en soit, il semblerait qu'elle se soit réellement attachée à notre ville. En tout cas, elle souhaite nous faire un grand cadeau.

Alerté, Tucker redoubla d'attention.

— Un cadeau qui vous dérange ?

Marsha Tilson chaussa ses lunettes, ouvrit son dossier et lut à voix haute :

— Inspirée par l'énergie féminine puissante et positive de Fool's Gold, Stoicasescu tient à vous remercier pour votre accueil. Ici, elle a eu le sentiment d'être des vôtres. Pour vous montrer sa gratitude, elle souhaite offrir une œuvre à la commune : une sculpture qui célébrera l'esprit de votre ville et le caractère féminin qui la rend si unique.

— Ce n'est pas le communiqué le mieux formulé que j'aie jamais entendu, opina Nevada, mais je ne vois toujours pas le problème. L'œuvre coûterait trop cher à installer ? Si c'est le cas, nous pouvons organiser un gala, collecter des donations. Cat est si célèbre que le pays entier voudra nous aider.

— Le coût de l'installation ne me pose aucun problème, pas plus que l'assurance nécessaire pour une œuvre originale, énonça Marsha Tilson en retirant ses lunettes. C'est plutôt l'œuvre elle-même qui constitue un problème.

— Je ne comprends pas, avoua Tucker.

La maire de Fool's Gold poussa un profond soupir.

— Selon sa formulation, Stoicasescu souhaite célébrer la féminité.

Son visage se crispa. Inquiet, Tucker murmura :

— Et comment veut-elle célébrer… ?

— Elle nous offre un vagin géant. D'après les croquis, il mesurera au moins cinq mètres de haut. Elle souhaite qu'il soit dressé sur la place, à l'emplacement actuel du tableau de Thanksgiving.

Tucker entendit Nevada s'étrangler. Etait-ce le choc, ou cherchait-elle à réprimer un éclat de rire ? Quant à lui, il cherchait désespérément ce qu'il pourrait dire.

— Un…

— Oui.

Mais à quoi pensait Cat ? Un vagin sur la place centrale de Fool's Gold ! Et d'ailleurs, maintenant qu'il se posait la question, il ne parvenait pas du tout à visualiser l'objet. Il n'était pas franchement expert en anatomie féminine, il savait ce qui lui plaisait et ce qui plaisait aux femmes, mais il n'avait pas exploré la question plus avant.

Nevada ouvrit la bouche, hésita, et soupira :

— Pour l'amour du ciel…

— Précisément, soupira la maire. Nous avons tenté de refuser courtoisement la proposition, mais l'assistant de Stoicasescu nous a fait un grand discours sur la liberté d'expression, en menaçant de nous exposer dans la presse nationale comme une commune rétrograde et ennemie de l'art. Nous avons déjà eu maille à partir avec la presse nationale et ce n'est pas une expérience que je tiens à répéter.

— Qu'attendez-vous de nous ?

La maire referma son dossier, rangea ses lunettes et se leva.

— Je veux que vous régliez le problème. Débarrassez-nous de tout : Stoicasescu, son assistant, et le vagin.

14

Tucker traversait le vaste terrain nu et nivelé pour aller inspecter en personne le versant de la montagne qu'ils s'apprêtaient à faire sauter. Ils comptaient gagner une douzaine de mètres de plat. Cela pouvait sembler peu de chose mais la manœuvre, assez complexe, provoquerait un éboulement de plusieurs tonnes de terre et de rochers. Ensuite, il faudrait déblayer, stabiliser le nouveau versant et l'étayer avant de pouvoir attaquer la phase suivante du chantier.

On creusait déjà les tranchées pour les conduites d'eau et les égouts ; des tuyaux de tous les formats, certains gigantesques, seraient installés dès leur livraison la semaine prochaine. Une fois qu'ils auraient l'eau courante et les évacuations, tout deviendrait plus simple, mais ils devraient faire face à une surveillance accrue des services publics. Au fond, c'était toujours donnant-donnant avec les communes.

Au loin, il voyait Nevada conférer avec son équipe. Les gars l'écoutaient attentivement, en hochant la tête ; l'un d'entre eux prenait des notes. Il se surprit à sourire avec affection. Cette fille était chef d'équipe jusqu'au bout des ongles.

— Dites, patron…

Il se retourna à demi, vit Jerry qui trottait en soufflant pour le rattraper et s'arrêta pour l'attendre. Jerry, cinquante et quelques années, travaillait pour Janack

Construction depuis près de trente ans et auprès de Tucker depuis une décennie.

— Je viens d'avoir le message, haleta-t-il en le rejoignant. Les artificiers seront là demain. Ils devront commencer par ausculter la roche et installer leur matériel, mais tout devrait être prêt vendredi. Il va y avoir du spectacle.

— Tu peux le dire.

Un éclat de rire féminin leur parvint. Instinctivement, ils se tournèrent vers Nevada

— Elle fait du bon boulot, opina Jerry. Quand ils ont su qu'ils seraient sous les ordres d'une femme, certains des gars n'étaient pas très contents, mais elle connaît son job, elle est efficace et facile à vivre. Jolie aussi. Sur ce point, ils ne risquent pas de l'embêter. Personne ne se permettrait de marcher sur vos plates-bandes.

Surpris, Tucker se retourna brusquement.

— Nous ne sommes pas…

Jerry lui lança un large sourire assorti d'un clin d'œil appuyé.

— Mais bien sûr ! Dites, je vous comprends : si vous n'étiez pas arrivé en premier, tous les jeunes auraient tenté leur chance.

Son sourire s'élargit encore et il insinua :

— Ses deux sœurs se marient à la fin de l'année. Si vous vous décidez à faire le grand saut, on vous fera sûrement un tarif de groupe !

Il éclata d'un grand rire en appliquant une claque cordiale sur l'épaule de Tucker.

— Si on lançait une cagnotte ? Vous pourriez gagner un paquet en pariant avec les gars.

— Merci, je passe, articula-t-il, les dents serrées.

Leur stratégie avait trop bien fonctionné : en faisant semblant d'être ensemble pour le protéger des assiduités des femmes de Fool's Gold, ils avaient aussi convaincu tout le chantier. Mais ils ne sortaient pas réellement ensemble, ils… ils se voyaient à peine ! Oui, bon, ils avaient couché ensemble, un peu par accident. Et il avait aimé, adoré même. Elle était géniale, il passait des moments extraordinaires avec elle ; pas seulement pour le sexe (incomparable) mais aussi pour leur complicité, son humour… Ils se comprenaient tous les deux. Elle était fine, intelligente, drôle, il avait très envie de la voir davantage, mais… non, ils ne sortaient pas ensemble. Nevada n'était pas « ses plates-bandes », pour reprendre la formulation de Jerry.

Sur un dernier signe de la main, celui-ci partit rejoindre le groupe qui entourait Nevada. Troublé, Tucker le suivit du regard. Il avait été très clair sur le fait qu'il ne tenait pas à se faire piéger une seconde fois. Nevada avait compris, n'est-ce pas ? Ils étaient bien sur la même longueur d'ondes ?

Il avait supposé que oui, mais il doutait tout à coup. Comprenait-elle *vraiment* les règles du jeu, ou attendait-elle quelque chose de sa part, un engagement ? A cette seule idée, il lui vint des sueurs froides. Car en plus d'une situation intenable sur le plan personnel, il aurait une révolte sur les bras. Le personnel du chantier au grand complet penserait qu'il l'avait fait marcher, sans parler de la réaction des gens de Fool's Gold. Il fallait faire quelque chose. Ils allaient devoir *en parler*, une perspective faite pour donner à un homme normalement constitué une envie brûlante de se faire ermite.

Très bien, il clarifierait la situation. Il dirait haut et fort qu'il n'y aurait pas de triple cérémonie et qu'il comptait toujours partir dans un an, ou un peu moins maintenant. Nevada lui manquerait, elle lui manquerait même beaucoup, mais il n'était pas question de l'épouser. Elle ou qui que ce soit d'autre.

Il n'avait jamais sérieusement envisagé de se caser. Il supposait que, tôt ou tard, il voudrait fonder une famille, mais cette perspective le renvoyait instantanément à son expérience avec Cat. A la perte de toute indépendance de pensée, de mouvement ou de volonté. A une humiliation radicale. Non, plus jamais ça, il mettrait tout de suite les choses au point avec Nevada… Instinctivement, il se dirigeait vers elle quand il vit un véhicule s'engager sur le chantier — une manœuvre normalement interdite — et rouler droit vers lui. Un véhicule de police. Surpris, il s'immobilisa. Quelques instants plus tard, la voiture se garait devant lui et l'officier au volant, une femme, mettait pied à terre.

— Tucker Janack ?

— C'est moi.

— Bonjour. Alice Barns, chef de la police. Contente de vous rencontrer.

— Contente ? Vous êtes sûre ?

Tucker s'efforçait de la faire sourire mais il se sentait tout de même un peu inquiet. Cette femme affable, assez ordinaire dans son uniforme bleu, semblait diantrement sûre d'elle.

— J'aime rencontrer de nouvelles personnes, assura-t-elle en le regardant fixement. Tenez, c'est pour vous.

Docile, il prit la grande enveloppe qu'elle lui tendait.

— Qu'est-ce que c'est ?

— Une convocation pour vous présenter devant le conseil municipal de Fool's Gold. Nevada doit se joindre à vous.

— Une convocation officielle ? Ils peuvent faire ça ?

Il était presque sûr que, légalement, un conseil municipal n'avait pas ce pouvoir.

— Si je suis là, ils peuvent le faire, répondit-elle en souriant.

De toute sa scolarité, Nevada n'avait jamais été convoquée dans le bureau du proviseur, mais la sensation devait être la même : appréhension et culpabilité. Elle n'avait jamais assisté non plus à une réunion du conseil municipal, mais l'atmosphère était forcément moins sinistre en temps normal, et il y avait sûrement plus d'une seule question à l'ordre du jour.

Tucker et elle se retrouvèrent autour d'une grande table de conférences face à sept femmes : la maire entourée de ses adjointes. Personne ne souriait. Devant chaque siège, on avait placé une feuille de papier comportant la date, l'heure de la réunion, la mention « Ordre du jour » et en dessous, centré sur la page, un mot unique : « Vagin de métal. » On demanda le silence et la maire prit la parole avec une gravité impressionnante :

— Je suis élue depuis plus longtemps qu'aucun autre maire de l'Etat de Californie. Ensemble, nous avons affronté des tremblements de terre, des blizzards, la maladie du raisin et l'incendie catastrophique qui a détruit l'une de nos écoles. Nous ne tomberons pas face à un vagin géant.

Un lourd silence s'abattit sur la petite assemblée. Nevada prit son courage à deux mains et répondit d'une voix mal assurée :

— Vous nous avez déjà dit cela lorsque vous êtes venue sur le chantier, mais je ne saisis toujours pas ce que vous souhaitez que nous…

— Trouvez une solution, coupa Marsha, sévère. Vous avez tous deux connu Stoicasescu par le passé. C'est pour vous revoir qu'elle est venue ici. Je vous tiens tous deux pour responsables.

Nevada aurait aimé protester. Après tout, ce n'était pas sa faute ; ni Cat ni ses cadeaux n'étaient de son ressort, mais l'expression des membres du conseil lui fit passer toute envie d'engager le débat.

— Oui, madame, murmura-t-elle.

Ils étaient donc « responsables ». Une position peu enviable ! Tucker intervint à son tour :

— Si je peux me permettre, ce n'est pas Nevada qui a eu une relation avec Cat. Il en va de ma responsabilité, pas de la sienne.

— Nevada et « Cat », comme vous dites, sont amies. Nevada lui a fait visiter la ville.

L'intéressée réprima une grimace. Cela lui apprendrait à vouloir se montrer accueillante.

— J'apprécie que vous défendiez Nevada, soupira la maire en se détendant un peu. C'est un point en votre faveur. Ecoutez, à ce stade, je me fiche de savoir qui réglera ce problème, je veux juste qu'il soit réglé dans les meilleurs délais. Il n'y aura pas de vagin géant dans ma commune. Nous nous sommes bien compris ?

Dociles, Nevada et Tucker hochèrent la tête.

— Très bien. Vous pouvez vous retirer.

Ils ne se le firent pas dire deux fois. Dans le couloir, Nevada s'adossa au mur pour reprendre son souffle.

— Si nous n'étions pas dans la ligne de mire, ce serait carrément comique.

— Tordant, convint Tucker en s'appuyant au mur qui lui faisait face. Qu'est-ce qu'on fait maintenant ?

— Il faut aller la trouver pour lui expliquer que la commune ne veut pas de son cadeau.

Elle avait assez envie d'envoyer Tucker au casse-pipe mais ce serait contre-productif : Cat ne l'avait quasiment pas vu depuis son arrivée.

— Je vais le faire, décida-t-elle.

— Tu es sûre ? Je pourrais essayer.

— Non. Toi, tu es son ex, il y a trop de bagage émotionnel. Elle est mon amie… plus ou moins.

— Que vas-tu lui dire ?

— Je n'en ai pas la moindre idée.

Nevada se rendit au *Gold Rush* en espérant y trouver Cat, mais le petit assistant bizarre de l'artiste la dirigea vers la mini-zone industrielle en bordure de la ville où celle-ci avait loué un local en guise de studio. Cat était donc déjà à l'œuvre ? Nevada reprit sa voiture pour la débusquer dans son refuge.

A l'adresse indiquée, elle trouva un grand bâtiment subdivisé en une douzaine de sites d'industrie légère. Tout au bout, la dernière unité était dépourvue d'étage intermédiaire. En pensant à la hauteur sous plafond nécessaire pour assembler un vagin géant, Nevada choisit de frapper d'abord à cette porte.

Pas de réponse. Elle frappa encore, sonna, finit par entrebâiller la porte et… une musique tonitruante lui sauta au visage. Elle eut l'impression bizarre de revivre sa première rencontre avec Cat : même tornade musicale, même échafaudage dressé au centre de l'espace, mêmes gigantesques plaques métalliques appuyées au mur. La structure de l'œuvre commençait à se dessiner : deux mâts soudés à leur extrémité formaient un V gigantesque, et un jeu de poulies fixé aux poutrelles du toit était prêt à hisser à leur place les éléments additionnels du puzzle. Plantée devant une longue table, les mains protégées par des gants épais, Cat découpait une feuille métallique à l'aide d'une sorte de sécateur surdimensionné. Un énorme croquis de l'œuvre terminée était affiché sur une cloison ; des spirales, des vagues, des dessins imbriqués recouvraient les courbes féminines. Si on laissait de côté le fait qu'il s'agissait d'un vagin, l'objet était très beau.

Cat tourna la tête, la vit ; son fabuleux sourire illumina l'atelier. Vite, elle retira ses gants pour actionner une petite télécommande. La musique se tut.

— Tu es venue ! s'écria-t-elle en se précipitant pour la serrer sur son cœur. Tu as vu mon atelier ? Il est parfait !

Nevada lui rendit rapidement son étreinte et s'écarta discrètement.

— En arrivant, je pensais à ton atelier à Los Angeles, dit-elle. J'ai encore du mal à saisir comment tu peux partir d'un processus quasi-industriel pour communiquer des émotions aussi délicates.

Les yeux verts de Cat brillèrent de plaisir.

— C'est ma magie personnelle.

Elle saisit la main de Nevada pour l'entraîner vers le croquis.

— Le plus souvent, je ne sais pas ce que je vais faire, je dois laisser la pièce me parler. Cette fois, j'ai eu une véritable vision. Tout est si clair !

Elle éclata d'un grand rire heureux.

— Il me semble presque que je ne devrais rien faire. A un certain niveau, la pièce est déjà terminée, je devrais pouvoir la toucher en tendant simplement la main.

— Stupéfiant. C'est un grand honneur que tu nous fais.

Cat s'appuya tendrement contre elle.

— C'est naturel pour moi. Tu es d'ici.

Oh, non, surtout pas ce genre de déclaration ! Nevada réprima un soupir anxieux. Fichue mission, qui l'exposait à un nouveau tête-à-tête ! Elle hasarda :

— Il y a juste un problème…

Sous le regard interrogateur de l'artiste, elle sentit son courage fondre comme neige au soleil.

— Un problème au niveau du thème. Le sujet est peut-être un peu osé pour Fool's Gold.

Cat leva les yeux au ciel.

— Je t'en prie ! Ne sois pas aussi provinciale. Mon travail célèbre la puissance des femmes.

Nevada réfléchit un moment. Dans un sens, un sein géant, ce serait pire. Ou pas. Bref, elle devait absolument se faire entendre.

— Ecoute, c'est une ambiance très familiale, ici. Les parents n'auront pas envie d'expliquer à leurs enfants ce que l'œuvre représente.

— Pourquoi pas ! Nous devrions être fiers de nos corps. Il y a de la beauté en chacun de nous.

Ses sourcils parfaits se froncèrent.

— Es-tu en train de me dire que la commune ne veut pas de mon cadeau ?

Sa voix était égale, presque neutre, mais Nevada sentait venir l'orage.

— Ils sont mal à l'aise avec le vagin. Si c'était autre chose…

— Autre chose ? rugit Cat. Parce qu'ils se permettent de me dicter ce que je dois créer ? Ils comptent s'immiscer dans le processus artistique ? Ils savent qui je suis ? Des gouvernements me versent des millions de dollars pour mes œuvres. Ils savent combien la France me propose ? Une commande que j'ai remise à plus tard pour pouvoir créer ceci, pour remercier ta ville…

— S'ils ne sont pas suffisamment reconnaissants, tu devrais peut-être envisager de ne pas le faire.

— Jamais !

Les yeux verts de Cat lançaient des éclairs, elle arpentait son atelier comme un fauve en cage.

— Comment osent-ils ? Je suis une artiste. Ils n'ont aucun droit de refuser ou de se plaindre. C'est un cadeau. Celui qui reçoit un cadeau n'a qu'à se taire. Mon œuvre placera leur ville sur la carte du monde. Ils devraient me supplier à genoux.

Nevada passait un très mauvais moment. Elle avait toujours détesté les cris, et la rage de Cat était tout bonnement terrifiante. Si terrifiante que quand l'artiste reprit sa lampe à souder et l'alluma, le regard fixe, elle céda à un mouvement de panique.

— Très bien ! Réfléchis à ce que je t'ai dit, nous en reparlerons.

Elle bondit littéralement dehors. Un hurlement furieux jaillit derrière elle. Tremblante, elle se jeta dans son véhicule et démarra en trombe.

— Regarde le bon côté des choses, recommanda Tucker. Au moins, tu n'as plus à craindre qu'elle veuille sortir avec toi.

— Tais-toi.

Elle ne pouvait pas l'envoyer paître comme elle aurait aimé le faire : ils se trouvaient sur le chantier, à quelques pas de leurs gars et des artificiers qui mettaient les touches finales à leur dispositif. Le moment était vraiment mal choisi pour une explication, ils ne pouvaient qu'échanger quelques phrases rapides, à mi-voix. Le côté positif, c'était que l'énorme explosion qui se préparait, et la dissolution de tout un pan de la montagne, allait sûrement la mettre de meilleure humeur.

— Tu veux que je lui parle ? proposa-t-il.

— Elle t'attaquerait au lance-flammes. Remarque, à cet instant précis, cela ne me semble pas une si mauvaise idée.

Tucker lui lança son sourire le plus impudent.

— Elle ne t'arrive pas à la cheville.

— Elle a l'outillage et l'envie de tuer. Tu aurais dû l'entendre. Elle trouve la ville horriblement ingrate, mais cela ne suffit pas à la faire changer d'avis.

Elle vit que ses hommes reculaient vers les abris.

— Je dois y aller.

— Tu te sentiras mieux après l'explosion.

— Je l'espère !

L'explosion comportait des dizaines de paramètres et une foule de consignes de sécurité. Une dernière fois, elle vérifia les éléments qui étaient sous sa responsabilité et s'installa pour assister au spectacle.

— Euh, chef ?

Elle se retourna. Jerry courait vers elle, la main plaquée sur son casque. Derrière lui, tête nue et les mains dans les poches, Cat s'approchait de sa démarche la plus décontractée.

— Vous avez de la visite, bredouilla l'homme.

Nevada se dressa en réprimant un juron.

— Qu'est-ce que tu… ? Attends, tu me le diras plus tard, nous devons reculer. Il va y avoir une explosion.

Elle entraîna sa visiteuse vers la caravane, lui donna un casque ; puis, les poings sur les hanches, elle répéta :

— Qu'est-ce qui t'amène ?

Cat posait sur elle son regard le plus tragique. Sa bouche charnue tremblait.

— Je le savais, souffla-t-elle. Tu es en colère.

— Pas exactement…

Ennuyée, elle vit les yeux de Cat se mouiller.

— Tu m'as fait si mal en me disant ces choses. C'était comme si tu me poignardais en plein cœur, comme si tu broyais mon âme, l'essence même de mon être. Ce que tu m'as demandé de faire, de changer… Je croyais que tu m-me connaissais…

Sa voix s'étrangla comme si elle retenait un sanglot. Nevada jura tout bas et l'entraîna un peu plus loin.

— Je ne cherchais pas à broyer ton âme.

— Comment as-tu pu me dire cela ?

— Je n'ai fait que te dire la vérité : Fool's Gold ne souhaite pas installer un vagin géant sur la place.

— Mais c'est mon cadeau. C'est ce que je fais, c'est qui je suis.

— Transcendante ?

La bouche de Cat se retroussa. Comment lui résister quand le sens de l'humour transparaissait derrière les effets dramatiques ? Et cette fichue beauté qui faisait qu'on lui pardonnait tout…

— Oui, murmura l'artiste. Je veux le leur offrir parce que ce sera comme te l'offrir à toi. Chaque fois que tu le verras, tu penseras à moi.

— Effectivement.

Une voix cria une mise en garde : une minute avant l'explosion. Ne sachant plus où donner de la tête, Nevada saisit le bras de Cat pour la faire reculer de nouveau. Affreusement consciente de l'absurdité du débat, elle lança :

— J'ai déjà un vagin. Tu ne peux pas faire autre chose ?

Cat secoua la tête avec impuissance.

— Ce n'est pas toi qui es en cause, insista Nevada. Je comprends bien que tu nous offres un fabuleux cadeau, mais quel sens cela a-t-il si nous n'en voulons pas ?

— Tu ne comprends pas. Quand tu le verras pleinement, tu seras reconnaissante. Tous les autres aussi.

— Mais non ! Nous serons horrifiés. Cela ne peut pas être autre chose ? Un cercle parfait ? Une silhouette de femme ?

Cat éclata de rire.

— Ne sois pas ridicule, bien sûr que non. C'est ce que je dois faire. Je ne décide pas.

— Techniquement, si. C'est toi qui crées la pièce, c'est toi…

C'est alors qu'elle s'envola.

De très loin, elle avait eu conscience d'une voix qui scandait un compte à rebours, mais son attention était concentrée ailleurs. Comment rester lucide pendant que Cat alignait ses théories ahurissantes ? Résultat, elles ne s'étaient pas mises à l'abri.

Sa trajectoire fut brève ; le sol se précipita à sa rencontre, beaucoup plus dur qu'elle ne s'y attendait. Le choc vida brutalement l'air de ses poumons. Etourdie, elle contempla le ciel, la tête parfaitement vide… et lutta subitement pour reprendre son souffle. Elle avait mal partout et ses oreilles tintaient.

— Quelqu'un va devoir s'expliquer, marmonna-t-elle en se redressant avec précaution.

Ses jambes fonctionnaient normalement, elle ne voyait pas de sang sur ses vêtements. Elle respirait sans difficulté et son vertige se calmait. Mais… Cat ! Affolée, elle regarda autour d'elle et trouva son amie assise sur le sol à quelques pas, l'air stupéfait. Dans un grondement rauque, le flanc de la montagne s'effondra ; un immense rideau de poussière se déploya en silence.

— Ça va ? demanda Nevada.

Cat hocha affirmativement la tête.

— J'aurais dû faire plus attention. Je m'en veux ! s'écria Nevada.

Elle devrait sans doute se relever, mais ce projet lui semblait un peu trop ambitieux pour l'instant.

— Et toi ? souffla Cat en rampant vers elle. Tu es blessée ?

— Non, juste secouée.

Absurdement, Nevada se mit à rire.

— Comme le martini de James Bond !

Cat se mit à rire, elle aussi. Des cris s'élevèrent alors. Péniblement, elle se retourna… et vit tout un groupe d'hommes casqués courir vers elle. Oh, non, quelqu'un avait remarqué leur vol plané, on allait faire toute une histoire.

— Je n'irai pas à l'hôpital, maugréa-t-elle.

Cat saisit ses épaules entre ses mains.

— Tout va bien se passer, lui dit-elle avec conviction.

Et elle l'embrassa. Affolée, Nevada crut un instant qu'elle hallucinait, la conséquence d'un stress post-traumatique. Mais non, bien sûr que non ; secouée, elle l'était, mais elle savait encore reconnaître un baiser ! Des lèvres tièdes, très douces se pressaient aux siennes. Voilà ce qu'elle remarqua en premier : la douceur du contact comparée à la fermeté d'une bouche masculine. Sa tendresse. Puis le parfum de Cat la submergea, elle reprit conscience des mains puissantes qui serraient ses épaules. Que faire ? La repousser semblait la meilleure option, mais elle ne voulait pas être brutale ou créer encore plus de confusion en choisissant mal l'endroit où elle poserait la main. Elle n'avait pas encore arrêté de plan d'action quand elle entendit un grand cri.

— C'est de l'or ! vociférait une voix d'homme. Vous le voyez ?

La bouche de Cat lâcha la sienne. Elle recula vivement, toujours sur son séant. C'était le moment idéal pour sauter sur ses pieds et s'enfuir ; elle s'apprêtait à tenter la manœuvre quand Tucker, Will et plusieurs de ses gars les entourèrent. Portable à l'oreille, l'un d'entre eux appelait l'équipe médicale. Tucker s'agenouilla près d'elle et l'empoigna. Nevada se demanda combien de personnes allaient encore l'agripper aux épaules.

— C'est quoi, ton problème ! tonna-t-il. Tu aurais pu te faire tuer.

Il semblait à la fois furieux et fou d'inquiétude. Curieusement, elle se sentit tout de suite beaucoup mieux.

— Je ne suis pas morte, fit-elle remarquer.

— Les femmes !

Il se pencha vers elle et l'embrassa à son tour.

Cette fois, le contact était beaucoup plus familier, et très plaisant. Quand il se redressa, sans cesser de la foudroyer du regard, elle ne put s'empêcher de lui sourire. C'était agréable d'être si populaire, tout à coup… après une si longue solitude.

15

Tucker se planta devant Nevada, les poings serrés. Elle répétait qu'elle n'avait rien, mais comment pouvait-elle en être sûre ? La situation le rendait fou : elle aurait pu être tuée par l'explosion, enfouie sous l'éboulement. Quand il l'avait vue balayée comme un pantin par le souffle de l'explosion… Sans parler du geste de Cat. Il peinait à se l'avouer, mais le tableau auquel il venait d'assister le bouleversait.

Il avait du succès auprès des femmes, ce n'était pas du tout une vantardise machiste, plutôt une réalité du quotidien, mais si son rival était une rivale, il ne savait plus comment réagir. La logique voulait qu'il prenne ses distances avec Nevada. Entre eux, tout devenait trop intime. Mais pour l'instant, il se fichait de la logique comme de sa première chemise. Il voulait monter la garde devant elle en martelant sa poitrine de ses poings. Même s'il n'avait aucune idée de ce que cette attitude était censée signifier.

L'équipe médicale arrivait en courant avec sa civière et ses mallettes, précédée par l'un des pompiers présents sur le site pour l'explosion, une sorte d'amazone qui se laissa tomber à genoux en braquant une petite lampe torche dans les yeux de Nevada.

— Tu es blessée ? s'écria-t-elle.

— Je vais bien, Charlie, protesta Nevada en esquissant un mouvement pour se lever.

— Stop !

— Ne bouge pas.

Tucker et la dénommée Charlie avaient réagi en même temps. Vaincue, Nevada resta sagement à sa place.

— Moi aussi, je vais bien, lança Cat. Personne ne s'inquiète pour moi ?

Le premier infirmier s'agenouilla près d'elle en lui prenant le pouls.

— Je m'occupe de vous, madame. Comment vous sentez-vous ? Des vertiges ? Mal à la tête ?

— Vous avez dit « madame » ? murmura Cat en fermant les yeux. Maintenant, j'ai vraiment le vertige.

Nevada se mit à rire. Outré, Tucker la foudroya du regard.

— C'est sérieux ! Tu as peut-être un vrai problème.

Le second infirmier rejoignit Charlie ; Tucker s'écarta un peu pour les laisser travailler, sans cesser de couver la patiente d'un regard anxieux. Tout se précipitait, il voyait de sa place plusieurs groupes escalader les éboulis. La surface n'était pas encore stabilisée, il était responsable de leur sécurité, il devait les refouler, mais pourquoi semblaient-ils si excités ? Une agitation bizarre s'était emparée du chantier, c'était à lui de la canaliser mais, pour l'instant, il ne pensait qu'à Nevada.

L'infirmier rangea son appareil de tension en déclarant :

— Vous allez bien.

— Vous êtes sûr ? protesta Tucker. Vous l'avez à peine auscultée… Et si elle s'est heurté la tête ?

— Je ne me suis pas heurté la tête, soupira Nevada.

— Tu ne t'en souviens peut-être pas.

Elle leva les yeux au ciel.

— Je n'ai pas mal à la tête, pas de bourdonnements dans les oreilles. Je vais bien.

Elle sauta sur ses pieds et pivota lentement sur elle-même en ouvrant les bras comme un athlète victorieux.

— Tu vois ? Rien de cassé.

L'infirmier de Cat aidait celle-ci à se redresser. Egalement indemne, elle ne semblait pas aussi pressée de se relever ; ses gestes n'avaient pas leur grâce habituelle quand elle se mit péniblement sur pied et vint s'accrocher à Nevada en scrutant tendrement son visage.

— J'ai encore du mal à réaliser… Nous aurions pu être tuées. Nous devrions retourner à mon hôtel pour nous reposer.

Nevada se hâta de se dégager.

— Merci, mais non, je dois… Tucker, tu veux bien trouver quelqu'un pour raccompagner Cat à son hôtel ?

Celui-ci faisait déjà signe à Jerry de les rejoindre. Cat protesta un peu, mais le choc semblait l'avoir sérieusement ébranlée car elle renonça à protester et se laissa escorter vers sa voiture. Les infirmiers retournèrent à leur véhicule, mais pour Charlie, l'incident n'était pas clos. Campée devant Tucker, les poings sur les hanches, elle clama :

— Vous avez une drôle de notion de la sécurité. Vous êtes censés respecter des normes, sur les chantiers ! Elle se trouvait beaucoup trop près.

— Attends, non, protesta Nevada, c'est moi, je me suis laissé déconcentrer…

— C'est une façon de le dire, grogna-t-il.

— Toi, ne commence pas, cria Nevada, furieuse.

— Tu l'embrassais !

Il n'avait pas eu l'intention de le dire, c'était sorti tout seul. Médusée, Charlie les dévisagea tour à tour. Nevada croisa son regard et rougit brutalement.

— Ce n'est pas moi, c'est elle, qui… enfin, c'est une longue histoire…

— J'ai tout mon temps ! Mais je croyais…

Le regard de Charlie allait toujours de l'un à l'autre.

— Moi aussi, gronda Tucker.

C'était… insupportable. En théorie, l'idée de deux filles ensemble pouvait être émoustillante ; mais seulement en théorie, et pas quand l'une des deux était avec lui.

— Tu l'as vraiment embrassée ? demandait Charlie, hilare. C'était comment ?

— Différent.

— En bien ou en moins bien ?

— Tu te renseignes pour toi ? s'enquit Nevada. Parce que je te préviens tout de suite : la place est à prendre. Cat entre dans sa phase féminine.

— Elle n'est pas mon genre. Je ne suis pas intéressée, juste curieuse.

Excédé, Tucker leur tourna le dos, mais la vue du chaos qui régnait sur le chantier ne fit rien pour améliorer son humeur. Que se passait-il encore ? Will dévalait maladroitement l'éboulement en lui faisant de grands signes.

— Tucker, tu dois venir, haleta-t-il dès qu'il fut à portée de voix. L'explosion a éventré tout un réseau de grottes. Elles sont remplies d'objets… des objets en or. Des statues, des… Ça a l'air très ancien, c'est peut-être indien.

— Les Maya, s'écrièrent en chœur Nevada et Charlie.

— La tribu Maà-zib…

Tucker se demandait déjà ce que cette découverte signifierait pour le chantier. Une nouvelle de ce genre, aussi passionnante soit-elle, n'était pas faite pour réjouir un responsable de travaux. Il y avait des retards en perspective !

— Vous pouvez emmener Nevada à la caravane ? demanda-t-il à Charlie.

— Pas question, répliqua celle-ci. Je veux voir ça.

Elle se lançait déjà à l'assaut de l'éboulement.

— Tu as entendu les infirmiers, jeta-t-elle par-dessus son épaule. Je suis en pleine forme. Will, quelles seront les retombées de cette découverte ?

— Tout dépend de l'emplacement des grottes. Des experts viendront prendre en charge le site archéologique, on verra quelles dispositions…

Tucker n'entendait plus leurs paroles. A peu près rassuré sur le compte de Nevada, il se remit à penser en patron du chantier. Des silhouettes couraient ici et là sur le flanc défoncé de la montagne. S'il y avait de nouvelles chutes de roche, des glissements de terrain, ils étaient tous en danger. Il s'élança à son tour à l'assaut de l'éboulis en criant à Will :

— Il faut boucler le périmètre. Des cordes, des poteaux, de quoi interdire l'accès !

Il ne s'agissait pas seulement de sécurité, s'il y avait réellement des objets en or dans ces grottes, il fallait tout de suite en maîtriser l'accès. Il jura tout haut. Son chantier venait de devenir ingérable ! Bon, une chose à la fois : déjà, renvoyer tout le monde en bas ; ensuite, il déciderait de la conduite à tenir.

— C'est tout au bout du futur parking, s'écria Nevada quand il la rejoignit au bord du trou béant ouvert dans le corps de la montagne. Les grottes sont peut-être hors de ta propriété et dans ce cas, ce ne sera pas ton problème.

— Je n'aurai pas cette chance.

Spontanément, il entoura ses épaules de son bras.

— Toujours pas de maux de tête ? Des bleus ?

— Des bleus, sûrement, j'ai atterri assez rudement. Pour le reste, tout va bien.

Il embrassa le paysage du regard. La grotte semblait très grande ; ici et là, il vit luire l'éclat mystérieux, reconnaissable entre tous, de l'or. Des formes étranges se dessinaient dans la pénombre, il distingua des traînées d'objets, des bijoux peut-être, des silhouettes couchées sur le flanc, renversées par le souffle de l'explosion… et d'autres silhouettes qui allaient et venaient en échangeant des exclamations. Assez rudement, il rappela tout le monde et leur ordonna de se regrouper en terrain sûr devant la caravane. La grotte évacuée, il descendait à son tour, flanqué de Will et Nevada, quand une voiture s'engagea sur le chantier en cahotant. Il réprima un nouveau juron. Les ennuis commençaient !

La voiture se rangea devant eux et Marsha Tilson en descendit.

— J'ai reçu un coup de fil. Nous avons donc un problème.

Elle leva les yeux vers le chaos de roches et de terre meuble.

— Personne ne doit monter là-haut, dit-elle sèchement. Le sol n'est pas stable.

— J'ai déjà fait descendre mes hommes.

— Bien. J'ai prévenu notre chef de police, elle postera des officiers autour du périmètre jusqu'à ce que nous sachions exactement à quoi nous avons affaire.

Elle se retourna vers eux en haussant les sourcils.

— Il y a vraiment de l'or ?

— Les experts devront vérifier mais je le crois, oui.

— Un vagin géant, ce n'était pas suffisant ?

— La découverte archéologique servira au moins à détourner les esprits du… de la sculpture, avança Tucker.

— Si vous faisiez votre job en nous débarrassant de la sculpture, nous n'aurions pas besoin de détourner les esprits.

— Effectivement. Merci de me le rappeler.

Nevada quitta le chantier de bonne heure. Entre la presse, la police et les curieux venus de tout le comté, le chantier entier se trouvait bouleversé. Demain, elle se retrousserait les manches pour y mettre un peu d'ordre ; ce soir, elle voulait surtout faire le point d'une existence subitement devenue beaucoup trop compliquée.

Enfin tranquille ! En glissant dans un bon bain chaud, Nevada ne put s'empêcher de penser à l'épisode délectable vécu ici même avec Tucker. Un épisode qui n'avait été que le prélude d'une nuit mémorable ! Il était réellement doué ; si seulement sa première expérience avec lui avait été aussi merveilleuse… Aurait-elle lutté pour l'arracher aux griffes de Cat, dix ans plus tôt ? Peut-être… mais cela n'aurait sûrement rien changé : à l'époque, il était trop obsédé par l'artiste.

Elle réprima un petit rire en s'enfonçant dans l'eau jusqu'au menton. Comme les choses changent ! Maintenant, c'était Cat qui faisait une fixation sur elle. Son baiser n'avait pas du tout plu à Tucker ! Intéressant… et même assez comique : il semblait plus choqué qu'elle. Seulement, il y avait un autre aspect, nettement moins amusant : Cat lui posait un réel problème et elle ne savait pas du tout comment s'en sortir.

Elle comptait refuser ses avances, bien entendu — mais comment ? Si Cat avait le don de la mettre hors d'elle, elle avait fini par l'apprécier sincèrement. Autant que possible, elle aimerait qu'elles restent amies… Oh ! et puis elle chercherait une solution demain. Ce soir, elle était vraiment trop fatiguée. Elle n'avait qu'une envie : laisser la bonne chaleur du bain apaiser ses muscles douloureux.

Lorsqu'elle émergea de la baignoire, les membres lourds, Nevada avait faim et aucune envie de faire la cuisine. Ce serait donc un plat à emporter. Elle feuilletait son stock de menus de restaurants proposant la livraison à domicile quand on sonna à la porte. Saisie, elle se figea. Pas Cat, par pitié ! Leur prochaine rencontre demanderait une certaine préparation, et aussi beaucoup de tact et de délicatesse…

On sonna de nouveau. A pas de loup, elle traversa le salon, risqua un regard à travers le judas… et ouvrit tout grand la porte en s'écriant :

— Ouf !

Tucker se tenait sur le seuil, beau, souriant, l'image même de la compétence… Il était parfaitement irrésistible.

— Tu t'attendais à voir quelqu'un d'autre ? s'enquit-il.

— Je *craignais* de voir quelqu'un d'autre.

— Je suis venu réclamer ma femme.

On n'était plus au Moyen Age, elle devrait sans doute objecter, mais cette façon d'affirmer son territoire lui alla droit au cœur.

— Je te ramène chez moi, ajouta-t-il. Fais ta valise.

Nous avons une réservation pour dîner dans une demi-heure. J'ai choisi le vin.

Très bonne idée le vin, tout comme la perspective de passer la nuit avec Tucker.

— Donne-moi cinq minutes !

La suite de Tucker au *Ronan's Lodge* comprenait un salon agréable et une grande chambre. Nevada jeta son sac de voyage sur le lit en s'écriant :

— Nourris-moi !

— Toi au moins, tu vas droit au but.

— Toujours.

Il lui prit la main en riant et l'entraîna vers la porte. Au restaurant, on leur donna immédiatement la meilleure table. Le maître d'hôtel s'empressa, leur servit le vin et les laissa en tête à tête avec leurs menus.

— Dix points pour l'organisation, dit-elle à mi-voix.

— Je peux parfois me montrer assez civilisé, murmura-t-il en retour.

— Contente d'avoir droit à une démonstration.

Sérieux tout à coup, il se pencha vers elle pour scruter son visage.

— Comment te sens-tu ?

— Bien. Mon dos et mon derrière sont juste un peu douloureux.

Soudain, elle eut un mouvement d'humeur.

— Je n'arrive pas à croire que j'aie pu être aussi stupide. Je connais pourtant les consignes ! Tu vas faire un rapport ?

— Pas cette fois. Mais si jamais tu recommences, attends-toi à avoir de gros ennuis.

— Je ne recommencerai pas.

Elle promettait avec d'autant plus d'assurance qu'aucune autre explosion n'était prévue.

— Alors, qu'est-ce que j'ai raté ?

— J'ai une peur bleue de votre maire, avoua-t-il.

— Tu n'es pas le seul. Marsha obtient toujours ce qu'elle veut.

— Elle est réellement impressionnante ! Un quart d'heure après son arrivée, le périmètre était bouclé et des officiers de police montaient la garde. Les renforts arriveront demain, nous faisons appel à des compagnies de sécurité pour assurer la relève. Côté archéologie, les services compétents sont contactés et une équipe de chercheurs va être constituée pour s'occuper de la découverte.

Nevada goûta son vin tout en écoutant Tucker. Un goût riche et boisé roula sur sa langue. En plus de tous ses autres talents, Tucker savait choisir le vin.

— Qu'est-ce que cela signifie, pour nous, au niveau du chantier ? demanda-t-elle pour revenir à l'instant présent.

— Votre maire affirme que nous récupérerons entièrement le site sous quinzaine. Si elle dit vrai, c'est jouable ; nous pourrions même encaisser un mois de présences étrangères sur le chantier. Il suffira de retourner notre planning, en remettant le parking à plus tard et en nous concentrant sur le casino. Cela nous obligera à passer quelques commandes d'urgence, mais c'est l'avantage de travailler sur un projet aussi étendu. La grande question sera de décider à qui appartiennent les objets découverts.

— Tu as pu les voir ?

— Quelques pièces ; il y a des blocs gravés, des statues, des bijoux… C'est une découverte majeure. Je ne connais rien à l'archéologie mais j'imagine que les archéologues seront fous de joie.

— L'avenir du complexe touristique est assuré, il y aura même un musée sur place !

— Moi qui redoutais de m'ennuyer dans une si petite ville.

— Ici ? Jamais !

Elle s'aperçut qu'il étudiait de nouveau son visage.

— Arrête de t'inquiéter ! Je vais bien.

— Je ne peux pas m'en empêcher. Tu t'es fait souffler par une explosion sous mes yeux.

Il secoua légèrement la tête comme pour en déloger une image effrayante et demanda :

— Et Cat, comment va-t-elle ?

— Je ne lui ai pas parlé.

— Ne me dis pas que c'est déjà fini entre vous ?

Elle répondit par une question :

— Dis-moi franchement, tu es jaloux ?

— Pas exactement jaloux, mais… c'est assez difficile à encaisser. C'était la première fois que je voyais deux filles s'embrasser.

— Moi aussi.

Elle s'interrompit un instant en se mordant la lèvre.

— Je vais devoir lui parler. Je ne pense pas qu'elle s'intéresse réellement à moi, tu sais ? Je crois qu'il est surtout question de nourrir sa fichue inspiration, mais je n'ai pas du tout envie de la blesser.

Elle prit son verre, le reposa aussitôt. Une nouvelle idée venait de la frapper.

— Pour l'amour du ciel, nous nous sommes tous embrassés, toi, elle et moi. C'est quasiment une partouze !

Il se renversa contre le dossier de son siège en éclatant de rire. Ce rire franc, très masculin, se lova autour d'elle, chaleureux, délicieusement réconfortant. Elle se sentait toujours mieux auprès de Tucker. Cela tenait à une foule de choses, elle aimait sa façon de la taquiner, de la désirer, de la traiter en égale, en membre à part entière de son équipe. Aujourd'hui, elle avait apprécié son côté protecteur…

Un peu troublée par la teneur de ses pensées, elle posa son menu en lançant :

— Prépare-toi au pire. J'ai envie d'un steak.

— Tu l'as mérité.

Il fit signe au serveur de prendre leur commande. Dès que l'homme fut reparti, il remplit leurs verres en demandant :

— Tu connais l'histoire des Maà-zib ? Je ne savais pas que la tribu travaillait l'or.

— Moi non plus. Les légendes qu'ils ont laissées dans la région tournent surtout autour de leur société matriarcale. Les hommes ne jouaient pas un rôle très important, sauf au moment où les femmes voulaient être enceintes.

— Quel romantisme. Ma mère avait davantage de sang Maà-zib que mon père, elle en savait peut-être plus que nous. J'ai posé la question à papa il y a quelques années, mais il ne se souvenait pas qu'elle ait jamais parlé de leurs ancêtres. Quant à lui, personne ne lui a jamais rien raconté de son côté.

— Tu étais tout petit quand elle est morte ?

— Je ne me souviens pas du tout d'elle. J'ai quelques vagues images, mais je ne sais pas si ce sont de vrais souvenirs : je crois que je les ai fabriquées à partir des récits de mon père.

— Ça doit être dur pour toi.

— Je n'ai pas connu autre chose. On ne peut pas regretter ce qu'on n'a jamais eu.

Nevada réfléchit un instant, puis hocha la tête. C'était sans doute vrai, mais elle trouvait cela triste.

— Si elle avait vécu, tu crois que vous auriez tout de même mené des vies de nomades, en suivant ton père sur ses chantiers ?

— Je ne me suis jamais posé la question. Il aurait sans doute moins voyagé si elle avait vécu.

Il lui sourit et se pencha pour poser la main sur la sienne.

— J'aurais pu grandir dans un endroit comme Fool's Gold.

— Il y a pire, répondit-elle en lui rendant son sourire.

— Je me plais ici, bien plus que je ne m'y attendais. Une communauté soudée, solidaire, c'est vraiment formidable… même si la maire est un peu envahissante.

— Très protectrice !

— Tu peux le dire. Heureusement qu'elle n'est pas armée.

Les doigts de Tucker jouaient toujours avec les siens, déclenchant des réactions en chaîne dans les recoins secrets de son corps. *Tout à l'heure*, pensa-t-elle. Si elle proposait de monter tout de suite, Tucker serait sûrement d'accord, mais elle avait envie d'attendre. Pas seulement pour le plaisir de l'anticipation, mais parce que passer un moment à deux, parler, manger ensemble comme un couple ordinaire, c'était aussi précieux que le reste.

Dès que cette idée se formula dans son esprit, elle prit conscience du danger qu'elle courait. D'abord parce qu'ils travaillaient ensemble et que ce genre de rapport est toujours délicat entre deux collègues ; ensuite et surtout parce que Tucker ne croyait pas à l'amour. Or il n'était pas question d'amour entre eux ! Le moment semblait bien choisi pour se souvenir qu'elle ne devait pas s'investir dans cette relation.

Jo reposait sur le flanc, le corps abandonné et, pour une fois, l'esprit tranquille. Will était couché face à elle. La main posée sur sa hanche, il la contemplait avec intensité.

— Ça pourrait devenir addictif, murmura-t-elle.

— Parfait.

Jo fixa le plafond en silence. Non, ce n'était pas parfait. C'était beaucoup de choses, mais parfait ? Sûrement pas. Elle courait un risque terrible et maintenant, elle se sentait incapable de faire machine arrière. C'était si facile d'être auprès de Will, elle se sentait si bien. Chaque geste, chaque parole en sa présence semblait couler de source. C'était absolument terrifiant.

Son chat Jake sauta sur le lit. Avec l'insolence typique des félins, il l'ignora et se dirigea vers Will pour quémander une caresse.

— Fichu chat, grommela Will en le grattant derrière les oreilles.

— Tu dis toujours ça, mais tu es très gentil avec lui.

— Il est plutôt correct. Pour un chat.

Elle lui sourit.

— Au fond, tu es un gros nounours. Tu joues les durs, mais c'est un genre que tu te donnes.

Au lieu de lui rendre son sourire, il l'embrassa et lui dit :

— Je t'aime.

Un gouffre de silence s'ouvrit soudain entre eux. Le choc la paralysa un instant, puis elle se redressa brusquement en tirant le drap sur elle. Des pensées affolées s'entrechoquaient dans sa tête. *Non, pas l'amour, jamais l'amour.* Ce n'était pas censé arriver, pas à ce point !

Will esquissa une grimace qui n'était pas dénuée d'humour.

— A voir la terreur dans ton regard, ce n'est pas une bonne nouvelle ?

Elle roula hors du lit, ramassa son string et l'enfila, avant de lutter pour passer un T-shirt à manches longues. Ce fut uniquement quand elle fut couverte qu'elle trouva le courage de se retourner vers lui.

— Non, dit-elle. Ce n'est pas une bonne nouvelle.

— Au moins, tu es franche.

Il se redressa et s'adossa à la tête du lit. Son regard exprimait une réelle souffrance.

— Tu veux bien me dire pourquoi ?

Jo s'efforça de réfléchir posément. Will était un homme bien, un homme de cœur, mais aussi un homme normal. Il ne pourrait pas comprendre. Si elle lui disait la vérité, elle le perdrait, mais si elle se taisait, le résultat serait le même. Elle venait déjà de lui faire du mal, ce qu'elle aurait voulu éviter à tout prix.

— Tu comptes passer le reste de ta vie à te cacher ? demanda-t-il. Que t'est-il arrivé, quelqu'un t'a fait du mal ?

Elle croisa les bras sur sa poitrine d'un geste défensif. D'une voix qui tremblait un peu, elle lança :

— Ça ne marchera pas. Si je te le dis, tout changera.

— Non, bien sûr que non. Je ne suis pas ce genre d'homme.

Cela, il l'avait déjà dit mais il se trompait. Tous les hommes étaient ce genre d'homme.

— Je t'en prie, insista-t-il. Je ne peux rien faire pour t'aider si je ne sais pas de quoi il s'agit.

— Personne ne peut m'aider, personne ne peut rien changer. On ne peut pas défaire le passé.

Il la regarda dans le blanc des yeux.

— Tu ne pourrais rien me dire qui me détacherait de toi. Je t'aime. Cela ne changera pas.

Il était sincère et elle aurait presque pu le croire, mais ce n'était pas vrai, bien sûr. Elle n'aurait pas cette chance. Ce serait trop facile.

Etait-ce une grande faiblesse de sa part de ne pas vouloir le perdre ? Longtemps, elle resta debout devant lui, indécise, avant de parvenir à admettre une chose terrible : elle n'avait pas le choix. Si elle ne parlait pas ce soir, il remettrait le sujet sur le tapis demain. Et le jour suivant, et le suivant, jusqu'à ce que leurs rapports se dégradent. Autant s'épargner cette souffrance, autant tout dire tout de suite.

Elle alla chercher la petite chaise ancienne placée dans l'angle de la chambre, la posa face au lit et s'assit. Le passé qu'elle avant tant voulu laisser derrière elle la saisit alors dans son étau.

— Mes parents sont morts quand j'étais très jeune, dit-elle.

Elle étudiait ses mains avec attention, pour se donner une contenance.

— J'ai été placée en famille d'accueil pendant quelques années, et j'ai changé plusieurs fois de foyer… Ce n'était pas formidable, mais il ne m'est rien arrivé d'épouvantable, on n'a pas abusé de moi. Toutefois, je n'étais jamais vraiment chez moi, tu comprends ?

Elle leva les yeux, et sentit son cœur se serrer en le

voyant si grave, si attentif. Cette soirée allait très mal se terminer, mais il était trop tard pour trouver un mensonge à substituer à la vérité.

— Quand j'ai eu quinze ans, on m'a envoyée chez une femme… C'était son premier accueil, elle ne connaissait pas bien le système. Une femme mûre. A l'époque, je la trouvais vieille mais maintenant que j'ai quelques années de plus, elle me semble déjà moins décatie.

Ce souvenir lui arracha un sourire involontaire.

— Elle devait avoir cinquante-sept, cinquante-huit ans. Elle s'appelait Sandy. Elle était gentille, vraiment douce. Elle s'est attachée à moi, une chose que personne n'avait faite depuis très longtemps. Et puis j'ai rencontré Ronnie. Un an de plus que moi, un mauvais garçon sexy au possible, avec des tatouages et une moto. Je n'ai pas pu résister. Le jour où il m'a embrassée, il m'a semblé que je pourrais mourir sans regrets.

Elle fixait le coin de la couette, le sol, tout ce qui lui permettait d'éviter le regard de Will.

— C'était excitant d'être avec Ronnie. On prenait des risques. Un jour, nous avons même volé deux bouteilles d'alcool. C'était trop facile, nous nous sommes pris pour des caïds et nous nous sommes soûlés pour fêter ça. Sandy ne voyait rien, ne devinait rien. Ronnie était toujours très poli avec elle, elle l'adorait et elle était heureuse pour moi. Je m'en voulais de la tromper, mais cela ne m'a pas empêchée de continuer.

— Je connais ce genre de garçon, murmura Will.

— Dans ce cas, cela ne te surprendra pas de savoir que nous sommes allés de plus en plus loin. Quelques mois plus tard, nous avons volé la caisse d'un petit magasin d'alimentation, dans une ville à quelques kilomètres de la nôtre, puis ce fut le tour d'un pressing. Les commerçants ne cherchaient même pas à se défendre, et la police n'avait pas la moindre idée de qui nous étions. Et moi, je trouvais grisant d'être une criminelle, c'était un grand secret que nous partagions. Le jour, nous étions des lycéens, la nuit, Bonnie et Clyde.

Elle leva les yeux vers lui en ajoutant d'un air de défi :

— Je ne connaissais que le début de l'histoire de Bonnie et Clyde. Je ne savais pas comment elle se terminait.

Elle prit une grande respiration… et entama la partie la plus difficile de son récit.

— Nous avons décidé que notre cadeau mutuel de fin d'études, ce serait un hold-up de banque. Sandy me faisait remplir des dossiers pour aller à l'université, elle disait qu'elle avait de petites économies et qu'elle m'aiderait à tout payer. Une telle générosité, je ne pouvais pas y croire. J'aurais dû l'écouter, j'aurais dû accepter ce cadeau, mais à l'époque je tenais davantage à être avec Ronnie.

— Tu as fait un hold-up de banque ?

Will semblait terriblement choqué. Elle soupira :

— Nous avons essayé. Nous avions bien préparé notre coup et nous aurions pu réussir si le gérant de la banque n'avait pas décidé de nous tenir tête. Ronnie avait une arme et…

Sa voix s'éteignit. Après tout ce temps, cela faisait encore mal de prononcer les mots qui décrivaient la scène. Quant aux images, elles la hanteraient toute sa vie. La terreur dans les yeux du gérant, la façon dont son regard ne cessait de revenir aux photos alignées sur son bureau — une femme, trois enfants. Aujourd'hui encore, il lui semblait qu'elle saurait reconnaître ces petits.

— Nous étions si jeunes et si profondément stupides, dit-elle tout bas. Ronnie lui hurlait d'allonger l'argent et moi…

Sa gorge se serra si violemment qu'elle mit plusieurs instants à retrouver sa voix.

— Moi, je le soutenais, je disais que Ronnie allait l'abattre s'il ne faisait pas ce qu'on lui disait. J'avais une frousse terrible, mais j'étais déterminée.

Elle reprit son souffle avec un son rauque.

— La police a enfoncé les portes, l'une des clientes a crié « attention, ils sont armés ! », quelqu'un a tiré et ensuite… les coups de feu sont partis de partout…

Ce n'était pas du tout comme dans les films. Elle n'imaginait pas à l'époque que les détonations faisaient autant de bruit. Cela résonnait affreusement entre les murs de la petite banque, c'était à vous rendre folle et cela durait, durait. Elle était restée paralysée à attendre la mort, assez stupide pour penser que ce serait romantique de mourir avec Ronnie…

Elle courba de nouveau la tête et contempla ses mains. De très loin, elle entendit sa propre voix souffler :

— Il y avait tant de sang. Je ne savais pas qu'il pouvait y avoir autant de sang.

Elle voyait encore Ronnie étendu sur le sol de marbre. Quelqu'un hurlait, un son terrible qui vrillait ses oreilles douloureuses. Il lui avait fallu très longtemps pour comprendre que ce quelqu'un, c'était elle.

— On m'a arrêtée. Mon avocat a essayé de me faire dire que Ronnie m'avait forcée à le suivre. Il était mort, il ne pouvait plus me contredire. Je n'ai pas voulu. Je leur ai tout dit et j'ai plaidé coupable. Je ne voulais pas être obligée de revoir ces pauvres gens au procès. On m'a condamnée et on a bien fait.

Une grosse envie de pleurer l'envahit tout à coup… Elle changea de position sur sa chaise.

— Sandy est venue me voir. Elle était comme brisée. Elle n'arrêtait pas de répéter que c'était sa faute, bien que je ne cesse de lui dire le contraire… J'avais tellement peur qu'elle m'abandonne, elle aussi. Elle ne l'a jamais fait. Pas même quand je suis allée en prison.

Enfin, elle s'obligea à relever la tête pour regarder Will en face. Il avait un visage parfaitement neutre et maîtrisé, un regard indéchiffrable. C'était sans doute mieux que s'il l'avait traitée de meurtrière… mais pas beaucoup mieux.

— On m'a condamnée à douze ans, j'en ai purgé

neuf ; je suis sortie à vingt-sept ans, voilà près de dix ans maintenant. Sandy était malade, je suis restée auprès d'elle et je l'ai soignée jusqu'au bout. Elle m'a tout légué. J'ai vendu sa petite maison, je suis partie et, Dieu sait comment, j'ai trouvé Fool's Gold.

Will se taisait toujours. Frileuse tout à coup, elle croisa les bras sur sa poitrine.

— Si je pouvais tout changer, je le ferais. Si je pouvais donner ma vie pour que Ronnie n'ait pas à mourir comme cela… C'est un tel gâchis, pour lui comme pour moi. Nous n'étions que des gosses, mais nous aurions dû savoir que ce que nous faisions n'avait aucun sens. J'ai eu de la chance : le gérant de la banque s'est remis de ses blessures, et Sandy m'a soutenue. Elle n'a jamais cessé de croire en moi. Je ne sais pas par quel miracle, n'importe qui d'autre m'aurait tourné le dos.

Elle se tut en espérant que, cette fois, il briserait son terrible silence. Il resta muet. Elle tint à ajouter :

— J'ai retenu la leçon. Tout est différent maintenant, mais je vis avec ce fardeau.

— Il y a de quoi.

Il roula hors du lit, du côté opposé, sans s'approcher d'elle. Avec des gestes brusques, il entreprit de se rhabiller. Instinctivement, elle battit en retraite derrière sa chaise. Une fois vêtu, il leva enfin les yeux vers elle.

— Je pensais qu'on t'avait battue, ou alors que ta famille était du Milieu et que tu cherchais à leur échapper. Ce sont les rumeurs qui circulent en ville.

Elle ne réagit pas, s'interdit de montrer à quel point ses paroles lui faisaient mal.

— Ton passé n'a rien d'héroïque, tu n'es qu'une vulgaire criminelle. Un innocent aurait pu mourir à cause de toi et un coupable est mort. Je ne veux rien avoir à faire avec ça.

Il enfonça les pieds dans ses chaussures et saisit son blouson. Un instant plus tard, elle entendit claquer la porte d'entrée.

*
* *

Le silence se déploya dans la pièce, la remplissant à craquer. Jo se mit à trembler d'un froid qui venait du plus profond de son être. Elle avait tellement froid… Elle grelottait littéralement et, tout à coup, ses yeux se mouillèrent. Elle ne pourrait donc jamais échapper à son passé ? Elle ne demandait pas à oublier, elle trouvait normal de payer son crime, mais tout de même… Elle avait changé. En devenant une autre femme, elle avait cru mériter un autre avenir. Cet espoir, elle devait maintenant y renoncer.

16

Tucker était face à une vision d'apocalypse. Des policiers, des soldats, des vigiles et des touristes erraient sur son chantier. Des véhicules de toutes sortes se massaient au pied de l'éboulis. Pour ne rien arranger, Heidi Simpson avait dressé un étal au bord de ce parking de fortune où elle vendait ses produits, et aussi de l'eau de source, des sodas et des sandwichs. Tout le monde devait gagner sa vie, Tucker l'admettait sans problème, mais pourquoi fallait-il que tant de personnes aient décidé de le faire sur *son* chantier ? Et lui, quand le laisserait-on travailler ?

Son portable vibra. Depuis la découverte des grottes, cela n'arrêtait pas. Il dégaina l'appareil et aboya :

— Janack.

— Tu passes sur CNN, dit la voix de son père. Je ne sais pas si je suis fier de toi ou atterré.

— Le choix n'est pas difficile pourtant. Moi, je sais très bien ce que j'en pense.

Il se replia dans la caravane pour entendre plus aisément. Son père riait. Tucker se laissa tomber sur son siège en soupirant :

— Je me répète que cela pourrait être pire. Au moins, la trouvaille est tout au bout du site, juste au-delà de la limite de notre terrain. Légalement, ce n'est pas notre affaire. Dès qu'on aura emporté les objets, tout rentrera dans l'ordre.

— Je vois que tu contrôles la situation.

— *Nevada* contrôle la situation. Elle s'est proposée

pour tout coordonner, et pour faire la liaison avec la commune et les instituts de recherche.

— Tu vois : c'est toujours une bonne chose d'avoir quelqu'un du cru dans son équipe.

— Toujours, oui…

Les qualités de Nevada allaient bien au-delà du simple fait d'être du cru, mais il ne le précisa pas à son père. Ils parlèrent encore quelques minutes, du chantier, du planning, des prévisions de Tucker, puis Elliot proposa :

— Tu veux que je fasse un saut là-bas ?

— Je m'en sors.

— Je le sais, fils. Tiens-moi au courant, d'accord ? On en reparle bientôt.

Le téléphone raccroché, Tucker contempla la porte quelques instants. Il n'avait pas envie de retourner dehors. Il aimait les chantiers bien ordonnés et celui-ci ne ressemblait plus à rien… mais c'était tout de même *son* chantier. Il se secoua et sortit de la caravane. Nevada parut alors à ses côtés.

— Bonne nouvelle ! lança-t-elle, les yeux brillants. Les archéologues arrivent. Jerry vient de me signaler leur bus.

Elle l'entraîna vers la table qui servait aux repas de son équipe, sortit deux croquis de sa poche et les lissa de la main.

— Tu sais ce que nous devrions faire ? Niveler une route temporaire pour simplifier l'accès aux grottes, déclara-t-elle en suivant le tracé du doigt. En rassemblant tous les gros engins, il ne nous faudra pas plus d'une demi-journée et cela rendra les fouilles deux fois plus efficaces. Je crois que cela en vaut la peine : nous serons envahis moins longtemps.

— Et ce foutoir ? demanda-t-il avec un geste englobant tout le site.

Elle jeta un bref regard à la ronde.

— J'aurai ça sous contrôle d'ici demain.

— Impossible !

Elle éclata de rire.

— Fais-moi confiance, je suis habituée au chaos et à l'anarchie. Nous étions six gosses à la maison ; ce que tu vois ici n'est rien à côté d'une maisonnée comme la nôtre. Bon, tout se réglerait plus vite si ma mère était aux commandes, mais je peux aussi faire du bon boulot.

Elle lui exposa son plan, qu'il trouva tout à fait remarquable. Son père avait raison, il avait de la chance de l'avoir sous la main. Grâce à elle, ce séjour à Fool's Gold était devenu un vrai régal.

S'il fuyait l'engagement, il ne vivait évidemment pas comme un moine. Il désapprouvait l'approche de son père, qui nouait une nouvelle liaison à chacun de ses déplacements et optait plutôt pour des relations à court terme, sur un registre léger ; des relations faciles à rompre, condamnées dès le premier jour. Ce qu'il partageait avec Nevada était tout à fait nouveau pour lui : ils pouvaient parler de tout, passer des heures ensemble sans s'ennuyer un seul instant. Elle comprenait son travail et elle le comprenait, lui. Il lui faisait confiance et cela, c'était réellement exceptionnel.

— Alors ? demanda-t-elle. Tu me donnes le feu vert ?

— Le feu vert et aussi ma gratitude.

— Tu pourras me manifester ta gratitude à ta façon.

Elle lui adressa un sourire provocateur et il eut soudain envie de l'entraîner à l'écart pour la remercier immédiatement. Malheureusement, ce n'était ni le moment, ni le lieu. Déjà, une nouvelle voiture cahotait vers eux, un écusson sur la portière…

— La chef de police, maugréa-t-il. Celle qui a apporté la convocation. Tu crois que le conseil municipal veut nous revoir ?

Nevada n'eut pas le temps de lui répondre car Alice Barns les rejoignait déjà. Cette fois, elle n'avait pas d'enveloppe dans les mains.

— Bonjour, dit-elle. Je viens juste vous prévenir que les vigiles seront à votre disposition aussi longtemps que vous aurez besoin de leurs services. Je suis sûre que cela vous rend très heureux.

— J'en ai le cœur qui bat, ironisa Tucker.

Plus fort, il ajouta :

— Nous avons une estimation sur la durée de présence des archéologues ?

La chef de police fit un geste vers le parking, sur lequel se garait une camionnette poussiéreuse.

— C'est à eux qu'il faut demander cela. J'ai une liste de leurs noms et qualités, vous voulez un exemplaire ?

— Pas moi, non.

Tant que tout ne serait pas rentré dans l'ordre, il comptait se cantonner à l'autre extrémité du site. C'était même la seule chose qui puisse le « rendre heureux » : mettre des hectares entre lui et les fichus archéologues.

— Moi, je suis preneuse, intervint Nevada. J'aurai besoin de vérifier leur identité, pour m'assurer que des chasseurs de trésors ne s'introduisent pas dans les grottes. Ce site fait partie de notre Histoire, il n'est pas question qu'on vienne le piller.

La chef de police approuva avec un bon sourire. Là-bas, sur le parking, les archéologues débarquaient de leur véhicule. Ils chargeaient de gros sacs à dos sur leurs épaules, empoignaient des bouteilles d'eau, des outils. Jerry jouait les comités d'accueil. Une femme, grande, avec une courte frange brune, échangea quelques mots avec lui et Tucker le vit faire un geste vers leur petit groupe. Aussitôt, l'inconnue se dirigea vers eux.

— Tucker Janack ? Je suis Piper Tate.

Il lui serra la main avec prudence.

— J'ai déjà travaillé avec des chefs de projet, reprit-elle. J'ai bien conscience que vous voulez nous voir quitter le site le plus rapidement possible. Nous voulons la même chose. Notre priorité, c'est la sécurité des objets que vous venez de découvrir ; nos équipes se relaieront vingt-quatre heures sur vingt-quatre. Les objets se déplacent plus rapidement que les restes funéraires, vous pouvez être reconnaissant de n'avoir pas découvert de squelettes.

— Quelle chance pour moi.

Elle enchaîna avec d'autres pchef de police s'éclipsa discrètement. Tucker aurait donné beaucoup pour pouvoir en faire autant, mais il dut écouter, en approuvant mécaniquement de la tête, tout un exposé sur le processus de récupération et d'inventaire des objets, et aussi sur la conception originale des caisses qu'ils utiliseraient pour les emporter.

Lorsque l'archéologue s'éloigna enfin pour rejoindre son équipe, Nevada se mit à rire.

— Quoi ! clama-t-il.

— Tu vas devoir apprendre à faire semblant. Tu mourais d'ennui, c'était évident.

— C'était très ennuyeux. Je suis ici pour construire un complexe touristique, pas pour parler de vieilles statues.

— Toi, tu as besoin de passer quelques heures sur une rétrocaveuse.

Elle avait raison, cela lui ferait le plus grand bien.

— File, ordonna-t-elle en le poussant vers son véhicule. Je m'occupe de tout.

— J'y vais. Tu me fais un rapport toutes les deux heures ?

— C'est promis.

Il sortait ses clés de sa poche quand une voiture trop familière vint se ranger près du véhicule de police. Marsha Tilson était de retour.

— Dommage, souffla Nevada.

Décidément, ce n'était pas son jour. De quel crime allait-on encore l'accuser ? Crispé, il se tourna vers le véhicule au moment où une inconnue en émergeait, côté passager. Une jolie petite rousse très menue, qui semblait affreusement mal à l'aise.

— Annabelle ! s'écria Nevada. Qu'est-ce qui t'amène ?

— J'ai fait de l'ethnologie pendant mes études, soupira-t-elle. En me spécialisant sur les peuplades d'Amérique du Nord et particulièrement les Maà-zib. Je ne sais toujours pas comment notre maire l'a appris.

Tucker posa un regard perplexe sur Marsha Tilson. La maire de Fool's Gold semblait tout savoir sur tout ! Elle devait être à la tête d'un réseau occulte, à moins qu'elle ne soit télépathe, tout simplement.

— J'ai chargé Annabelle d'une mission, déclara Marsha avec entrain. Je souhaite qu'elle surveille les archéologues et qu'elle fasse la liaison entre eux et la commune. Depuis ce matin, la mairie reçoit des coups de fil des musées du pays entier, et même d'Amérique Centrale. Ils cherchent tous à faire valoir leurs droits sur les objets découverts ici.

Elle lissa son tailleur et reprit avec satisfaction :

— Les Maà-zib vivaient ici, et nous aurons notre mot à dire sur la destination finale des objets. Le musée Smithsonian de Washington a téléphoné. J'ai tenté de les intéresser au vagin géant de Stoicasescu, mais je n'y suis pas parvenue.

— Voilà une conversation que j'aurais aimé entendre, glissa Tucker à l'oreille de Nevada

Pour toute réponse, celle-ci lui lança un coup de coude. Les yeux de Marsha Tilson se plissèrent.

— Que faites-vous aujourd'hui, monsieur Janack ?

— Je m'occupe de mon chantier. Pour toutes les questions touchant à la trouvaille ou la coordination avec les divers intervenants, voyez avec Nevada.

La maire contempla les silhouettes qui entraient et sortaient comme des fourmis de la montagne éventrée.

— Je suis trop vieille pour ce genre de choses, soupira-t-elle en secouant la tête, désabusée. Il serait peut-être temps de prendre ma retraite.

— N'y pensez même pas, se récria Nevada. Venez, vous allez déjà goûter un excellent fromage de chèvre.

Les trois femmes se dirigèrent vers l'étal de Heidi. Tucker n'en croyait pas ses yeux : il était libre. Nevada venait de le dédouaner, par une manœuvre aussi simple qu'efficace. Enchanté, il se replia vers son pick-up ; il ouvrait la portière quand Nevada jeta un regard en arrière et lui décocha un large sourire. Il grimpa à bord en pensant combien c'était agréable d'avoir quelqu'un pour protéger ses arrières. A la première occasion, il en ferait autant pour elle.

Tucker acheva sa journée de travail en nage, couvert de poussière, et de bien meilleure humeur que le matin. Les dizaines de voitures garées sur son chantier, les archéologues qui grattaient la poussière, les vigiles omniprésents ne l'irritaient même plus ; le moment était venu de rentrer à l'hôtel, prendre une bonne douche et filer chez Nevada.

En passant par la caravane pour vérifier sa boîte mail avant de partir, il trouva Will qui le cherchait. Il n'avait pas vu son assistant de toute la journée. Il comprit pourquoi en voyant sa tête. Hagard, le visage livide et les yeux cernés, il n'avait manifestement pas dormi. Interdit, Tucker demanda :

— Il se passe quelque chose ? Quelqu'un est mort ?

— Personne, non. Tucker… transfère-moi sur un autre chantier. N'importe lequel, je m'en fiche, je veux juste partir d'ici.

Bon ! Il ne pouvait y avoir qu'une raison pour une demande pareille : une histoire de femme.

— Jo ? demanda-t-il.

Will hocha affirmativement la tête.

— Tu veux qu'on en parle ?

— Non. C'est toi qui avais raison, l'amour nous rend stupides. J'ai cru en elle.

Que répondre à cela ? Tucker serra les lèvres, désolé pour son ami.

— D'accord, soupira-t-il. Laisse-moi voir ce que je peux faire.

— Merci.

Will se leva, péniblement, comme un vieil homme. Au moment d'ouvrir la porte, il se retourna pour dire :

— J'ai cru qu'elle était la femme de ma vie. L'amour, c'est pour les imbéciles.

Une bonne journée, décida Nevada en sortant de sa douche. Dans un sens, elle aurait préféré que le chantier se poursuive normalement, mais gérer un carnaval pareil, c'était intéressant aussi, et elle en savait beaucoup plus qu'avant sur le fromage de chèvre. Joyeusement, elle acheva de se sécher, appliqua son lait corporel et s'habilla. Elle empoignait son sèche-cheveux quand le téléphone sonna.

— C'est moi, soupira la voix de Montana. Nous avons une urgence. Amour en péril.

C'était une tradition : chaque fois que l'une d'entre elles avait une peine de cœur, les femmes de Fool's Gold se rassemblaient, armées de bonnes bouteilles et de friandises, pour l'aider à endurer la première nuit, la plus douloureuse.

— J'y serai. Qui est-ce ?

— Jo.

Nevada accusa le coup.

— Quoi ? Non, pas possible. Will est génial.

— Peut-être, mais c'est fini entre eux. Je ne sais pas ce qui s'est passé, c'est Charity qui l'a trouvée en larmes.

— Je n'en reviens pas.

C'était tout simplement incompréhensible. Will adorait Jo, il avait tout fait pour la conquérir, ils étaient si heureux…

— Donne-moi vingt minutes.

— Très bien, je passe encore quelques coups de fil.

Nevada raccrocha, prit ses clés et une veste, ouvrit la porte à la volée… et faillit se heurter à Tucker.

— Bonsoir ! lança-t-il gaiement. Je venais te voir, on dîne ensemble ?

— Je ne peux pas.

Elle le regarda fixement et demanda à brûle-pourpoint :

— Que s'est-il passé entre Will et Jo ?

Ennuyé, il enfonça les mains dans les poches de son jean.

— Je n'en sais rien. Il m'a juste dit que c'était terminé et qu'il voulait partir sur un autre projet.

Elle le dévisagea, bouche bée.

— Non ! Il s'en va ? Mais qu'est-ce qui a bien pu…

— Je n'ai pas demandé.

Les yeux de Nevada se plissèrent, soupçonneux.

— Tu as quelque chose à voir dans cette histoire ?

— Comment ? Non, comment est-ce que je pourrais… ?

— Je me le demande. Tu répètes à qui veut l'entendre que les relations amoureuses sont toxiques, qu'un homme amoureux devient aussitôt le dernier des crétins. Tu as pu influencer Will, le pousser à rompre ?

Contrarié, il la toisa de haut.

— Non, Will a compris tout seul. J'ai l'impression qu'il a appris quelque chose sur le compte de Jo. Adresse-toi à la vraie responsable.

— A mon avis, le responsable, c'est lui.

— Mais bien sûr. Dans le doute, il faut toujours s'en prendre à l'homme.

— On ne sait pas ce qui s'est passé. Comment peux-tu être sûr que ce n'était pas lui ?

Puis, comme il ne répondait pas, elle lâcha :

— Bonsoir. Je dois aller aider une amie.

— Très bien !

— Très bien, oui.

Ils se foudroyèrent du regard, puis Tucker tourna les talons et s'en alla sans un mot. Nevada claqua la porte, mais le geste ne lui procura aucune satisfaction. Son cœur se serrait douloureusement. En rompant, Will et Jo venaient de renforcer les préjugés de Tucker contre l'amour.

*
* *

En l'espace d'une heure, le salon de Jo s'était rempli d'amies, de nourriture et de margaritas. Charlie et Montana avaient toutes deux apporté un stock de glaçons et s'étaient aussitôt mises à préparer des cocktails à la chaîne. Charity et Pia coordonnaient les amuse-gueules en les regroupant par type. Il y avait des hectolitres de crème glacée et aussi des cookies, une tarte, des sachets jumbo de M & Ms et des brownies avec glaçage maison. Celles qui préféraient le salé pouvaient choisir entre trois sortes de chips et quatre crèmes pour les tremper, et aussi des pistaches, des noix en mélange… et une petite botte de carottes nouvelles, unique touche diététique.

Nevada apporta un nouveau pichet de margaritas de la cuisine. Effondrée sur le canapé du salon, Jo était encadrée par Annabelle et Liz. Installée dans l'unique fauteuil, Dakota berçait Hannah à moitié endormie ; les autres s'étaient casées où elles pouvaient. Nevada remplit les verres vides et posa le pichet sur le buffet.

— J'avais envie d'une soirée entre filles, mais pas comme ça, soupira Pia.

— C'est épouvantable, renchérit Charity.

Nevada était tout à fait d'accord avec elles. Jo qu'elles croyaient immunisée contre le chagrin amoureux ! Le jour où elle donnait enfin son cœur, Will le piétinait. Annabelle passa le bras autour de ses épaules.

— Laisse-toi aller, tu as bien le droit…

— Je pleure depuis des heures, marmonna Jo en se mouchant. Ça ne va toujours pas mieux.

Elle se frottait les bras en frissonnant. Liz saisit une jolie étoffe tissée jetée sur le dossier du canapé et Annabelle l'aida à y emmitoufler leur amie.

— C'est idiot, protesta celle-ci. Je vais bien.

— Tu n'es pas franchement au meilleur de ta forme, la contredit Pia, mais ne t'inquiète pas. Nous avons toutes été dans le même état, un jour ou l'autre. Tu nous as aidées et maintenant c'est notre tour.

Elle jeta un regard à la ronde et reprit :

— Bon, je me dévoue pour poser la question. Que s'est-il passé ?

Le brouhaha des discussions s'éteignit, les femmes retinrent leur souffle. Vite, Nevada se percha sur un pouf près de Heidi. Face à ce public attentif, Jo sembla perdre pied. Son visage se crispa, mi-effrayé, mi-révolté. Nevada, qui s'attendait à ce qu'elle refuse de parler, fut surprise de l'entendre dire :

— Je crois qu'il faut que je vous raconte mon histoire.

D'une voix sourde, elle relata sa grande erreur de jeunesse et la façon dont son premier amour l'avait lancée dans une voie sans issue.

— Je sais que c'était mal, conclut-elle. Des innocents auraient pu mourir à cause de nous, Ronnie est mort. Je ne peux pas revenir en arrière et je ne demande pas à oublier, je n'oublierai jamais. Je ne cherche même pas à ce qu'on me pardonne, je veux juste… arrêter de me punir. Je n'ai peut-être pas le droit ? J'ai purgé ma peine, je regrette sincèrement, mais ça ne suffit peut-être pas ?

— C'est suffisant, dit Montana d'une voix ferme. Tu as fait le mauvais choix, une erreur horrible, mais tu as compris la leçon, tu as payé, et maintenant tu es l'une d'entre nous.

Les autres femmes hochèrent la tête, unanimes.

— Je ne comprends pas, intervint Nevada. Will est un type adorable, pourquoi a-t-il réagi de cette façon ? Comment a-t-il pu ne pas comprendre…

Elle se tut en secouant la tête, désemparée. Elle ne parvenait pas à concilier la scène que Jo venait de décrire avec ce collègue qu'elle appréciait tant.

— Tu n'auras qu'à lui demander, soupira Jo.

C'est exactement ce qu'elle comptait faire, et pas plus tard que demain ! Dakota se leva en tendant Hannah à Jo.

— Tiens, dit-elle. Je reviens tout de suite, c'est ma vessie de femme enceinte…

Elle haussa les sourcils, surprise : le visage morne, Jo contemplait le bébé sans faire un geste.

— Je ne peux pas.

— Pourquoi ? Tu la prends tout le temps, elle t'adore.

C'était vrai, la petite souriait à Jo en agitant les mains.

— Tu as entendu ce que je viens de raconter, bredouilla celle-ci, les yeux pleins de larmes. Tu ne peux pas me confier ta gosse après ça.

— Oh, je t'en prie !

Excédée, Dakota posa sa fille sur les genoux de Jo et fila vers les toilettes. Bouleversée, Jo serra la petite dans ses bras.

— Je ne mérite pas ça !

— Pourquoi pas ? protesta Charlie, outrée. Tu n'étais qu'une gamine quand tu as déraillé. Pour moi, ce qui compte, c'est la façon dont chacun prend ses responsabilités. Si tu étais là à nous expliquer pourquoi ce n'était pas ta faute, je t'en voudrais, mais c'est tout le contraire : tu sais que c'était mal, tu as purgé ta peine et tu es devenue quelqu'un de bien. L'idée, c'est d'apprendre à mieux faire, non ? On cherche bien à ce que les gens qui commettent des crimes éprouvent des remords et réintègrent la société en bons citoyens ?

Liz pressa gentiment le bras de Jo.

— Tu t'en veux déjà tant que ce serait ridicule d'en rajouter. Tu ne veux pas arrêter de te flageller ?

— Ce n'est pas l'avis de Will.

— Will est un imbécile, opina Charlie. Comme la plupart des hommes.

— Je craquais pour lui, avoua Jo d'une toute petite voix. Je croyais… J'étais bête…

Jo avait toujours été si solide, un roc. En la voyant si désespérée, si abattue, Nevada eut l'impression que l'univers sortait de son axe, en tout cas son petit univers personnel. Inacceptable ! C'était décidé, demain matin, dès son arrivée au chantier, elle prendrait Will à partie et elle tirerait l'affaire au clair. Elle voulait bien admettre que la confession de Jo soit un gros morceau à avaler mais tout de même… partir sans un mot ? Ce n'était pas vraisemblable, il manquait une pièce au puzzle, et elle comptait bien la découvrir.

La journée du lendemain matin démarra mal. Nevada se réveilla avec une gueule de bois à la dimension du talent des préparatrices de margaritas de la veille, et ni la douche, ni le café, ni l'aspirine ne firent grand-chose pour la revigorer. Il ne lui restait plus qu'à boire beaucoup d'eau et laisser passer les heures critiques.

Sur la route de terre menant au chantier, les cahots empirèrent son mal de tête et lui donnèrent la nausée. Quand elle poussa la porte de la caravane, elle n'avait plus qu'une envie : faire payer son malaise au monde entier. Par chance, la cible idéale s'offrait à elle car Will était installé à son bureau.

Elle se campa devant lui et attaqua d'emblée :

— Tu peux me dire ce qui t'a pris ?

Crier n'était pas une option, pas avec sa tête prête à éclater. Ce fut donc d'une voix contenue qu'elle persévéra :

— Quel est ton problème ? Je te faisais confiance, et tu as fait du mal à mon amie.

Will se leva. Il avait une mine aussi épouvantable que Jo, sans les traces de larmes.

— Ce n'est pas ce que tu crois.

— Tu la supplies, tu la harcèles pour qu'elle te confie son secret, elle finit par t'avouer une erreur qu'elle a commise quand elle n'était qu'une gosse, et tu la plaques ?

Mal à l'aise, il se dandina devant elle.

— Tu ne comprends pas…

— Dans ce cas, explique.

— Je ne peux pas.

— Tu ne *veux* pas.

— C'est la même chose.

— Pas du tout ! Pourquoi t'es-tu comporté ainsi ? Ce n'est pas comme si elle ne regrettait rien. Voilà dix-neuf ans que c'est arrivé et depuis, elle n'a pas fait un seul pas de travers. Pour qui te prends-tu pour oser la juger ?

Plus elle parlait, plus la moutarde lui montait au nez.

— Tu as quelque chose contre la femme qu'elle est devenue aujourd'hui ?

De sa place, Tucker suivait leur échange sans intervenir. C'était prudent de sa part, intelligent peut-être. Elle s'occuperait de lui plus tard.

— Tu ne comprends pas, répéta Will.

— Tu as raison, je ne comprends pas du tout ton attitude. Jo n'a pas pu te décevoir autant que tu me déçois. Je te faisais confiance, Jo aussi, mais je vois que tu es stupide et même malhonnête.

Il se raidit, mais ne répondit rien. Furieuse, elle lui tourna le dos et alla prendre son casque sur son bureau.

— Nevada, lança Tucker.

Elle se retourna comme une furie.

— Quoi ? Tu tiens vraiment à prendre part aux hostilités ?

Il étudia son expression un instant et secoua négativement la tête. A la porte, elle s'immobilisa un instant en espérant que Will la retiendrait, qu'il finirait par proposer une explication, des excuses. Comme rien ne venait, elle sortit.

17

— Tu m'évites.

Le ton n'était pas accusateur, mais Nevada réprima tout de même une grimace. Elle avait effectivement tout fait pour éviter Cat. Elle protesta tout de même, maladroitement :

— Je suis débordée depuis la découverte des grottes, j'ai eu énormément à faire pour tout coordonner sur le chantier. Ensuite, une de mes amies a été plaquée par son petit ami, elle est très mal…

— Les hommes sont parfois des monstres, convint Cat.

Elles flânaient dans la foule du Festival d'automne, mélange de fête des moissons, marché artisanal et bazar de farces et attrapes sur le thème de Halloween. Les étals de pulls péruviens et de bijouterie indienne voisinaient avec les stands de cookies à la citrouille et de pommes enrobées de caramel.

— Les hommes, répéta sombrement Nevada.

Elle en voulait encore à Will, et aussi à Tucker qui défendait son ami. Il avait été suffisamment malin pour ne pas chercher à la voir depuis quelques jours. Une bonne stratégie car il commençait à lui manquer.

— Moi, je travaillais, reprit Cat. Je me suis perdue dans mon art. C'est très efficace : tout ce que je ressens, je le canalise dans la création. C'est sans doute pour cela que je ne me suis jamais vraiment engagée dans une relation amoureuse : je ne m'accroche jamais longtemps à une émotion intense.

— C'est une analyse plutôt fine, dit Nevada, surprise.

— Il m'arrive d'être lucide, par moments, repartit Cat en souriant.

Nevada lui sourit avec affection. Le ciel était très bleu, l'air piquant sentait le feu de cheminée. Un flot de feuilles vivement colorées glissait des arbres. Les services municipaux débordés laissaient ce tapis somptueux se masser contre les vitrines et les maisons. Cat s'arrêta devant un stand d'écharpes artisanales pour admirer les coloris.

— C'est bien que le tricot soit revenu à la mode, dit-elle. Toutes ces pratiques traditionnelles donnent un espace aux femmes pour exprimer leur créativité. Plus notre société nous assujettit à la technologie, plus nous risquons de perdre les plaisirs simples qui apportent de la beauté dans nos vies.

Nevada en resta bouche bée. Deux déclarations empreintes de finesse et de discernement en moins de dix minutes ! Qu'avait-on fait de la véritable Cat ! Sans paraître remarquer sa réaction, l'artiste choisit une écharpe délicate dans des tons verts et vint la draper à son cou.

— Cette teinte t'ira. Je sais que tu crois que tes yeux sont quelconques, mais il y a beaucoup de couleurs différentes dans ton iris. Si tu portes du vert près de ton visage, tes yeux seront noisette.

— Merci, murmura Nevada, assez émue et confuse. Je ne savais pas.

— Je suis une artiste.

Elle choisit pour elle une écharpe d'un rouge profond, puis régla les deux. Tandis qu'elles s'éloignaient, elle prit la main de Nevada dans la sienne en murmurant :

— Arrête de me repousser…

La complicité et la tendresse qui les rapprochaient un instant plus tôt se dissipèrent aussitôt… Prise de panique, Nevada se laissa entraîner hors du marché jusqu'au calme relatif d'une petite rue. Là, n'y tenant plus, elle dégagea sa main.

— Cat, non, je ne peux pas. Je ne veux pas être avec toi de cette façon. J'aime que nous soyons amies, mais rien de plus.

Le soleil dorait le visage sublime de Cat. Elle ne semblait pas du tout désarçonnée par ce refus.

— Comment peux-tu le savoir ? Tu n'as pas encore essayé. Un baiser ne suffit pas pour se faire une idée. Rentre avec moi à mon hôtel. Nous ferons l'amour, et tu pourras décider.

Elle parlait d'une voix tout à fait tranquille et raisonnable. Nevada recula d'un pas.

— Non, Cat. Les filles, ce n'est pas pour moi.

— Tu seras peut-être surprise.

— Je suis sûre que non.

Cat scruta son visage un instant, et se pencha pour l'embrasser. Nevada fit un bond en arrière.

— Tu réalises bien que c'est de moi qu'il s'agit ? s'enquit Cat.

Malgré son malaise, Nevada ne put s'empêcher d'éclater de rire.

— Oui, j'ai remarqué !

— Bon. D'accord.

Sans façons, l'artiste glissa son bras sous le sien en soupirant :

— Je ne comprends pas ta décision, mais je l'accepte. A contrecœur.

— C'est bien sûr ? Tu n'y reviendras plus ?

— Oh non ! Inutile de me le dire deux fois.

Effectivement : il fallait le lui dire au moins vingt fois avant qu'elle ne comprenne. Boudeuse, Cat reprit :

— Tu compliques tout ! Cela pourrait être simple entre nous et… Je t'ai dit que j'entrais dans ma phase féminine ?

— Plusieurs fois.

— Alors tu dois comprendre que c'est important pour moi d'être avec une femme.

— Je comprends, oui. Tu veux que je demande autour de moi s'il y a des candidates ?

Ce fut au tour de Cat d'éclater de rire.

— Je n'ai pas besoin de ton aide pour trouver des amants.

Elle s'interrompit un instant et précisa :

— C'est toi qui es perdante.

— Je n'en doute pas.

Elles s'arrêtèrent pour examiner un stand de boucles d'oreilles.

— Au moins, j'ai mon travail, conclut Cat, philosophe. Cette pièce, si tu savais comme je suis heureuse de la façon dont elle prend forme ! Ce vagin est une vraie merveille. Les courbes, le contraste entre la dureté du métal et la féminité de la forme. J'avais bien envisagé de styliser mais pourquoi déguiser ce qui est ? La réalité vaut mieux que l'illusion. J'aurai terminé dans moins d'une semaine.

Nevada pensa à Marsha Tilson, à qui cette nouvelle ne plairait pas du tout.

— Tu comptes toujours offrir la sculpture à la ville ?

— Bien sûr.

Cat pressa amicalement son bras en précisant :

— Il y aura une cérémonie d'inauguration. Je veux que tu sois là.

— Formidable.

Une semaine après sa confession si chèrement payée, Jo se sentait toujours affreusement triste. Le quotidien tardait à reprendre ses droits, elle dormait mal, oubliait de manger. Un jour ou l'autre, elle devrait bien cesser de pleurer ou elle se transformerait en momie déshydratée.

Malgré la souffrance, elle travaillait toujours autant. Pas question de baisser les bras ! Elle avait trop investi dans son entreprise, à tous les niveaux. Elle ne la laisserait pas péricliter, surtout pour un homme ! Elle continuait donc à rire et discuter avec les clients comme elle l'avait toujours fait, mais cela lui coûtait beaucoup. Dire que l'aspect le plus agréable de son métier était devenu une corvée ! Au fond, elle n'avait plus qu'une envie : se recroqueviller dans un coin sombre en attendant de n'avoir plus mal.

Aussi fut-elle soulagée quand une course l'obligea à quitter le bar pour se rendre à la supérette du village. Un soulagement relatif car le fait de sortir n'interrompait pas la litanie qui se déroulait dans sa tête. Tout était sa faute, ce désastre était de sa responsabilité. La situation avec Ronnie avait aussi été désastreuse, pour des raisons différentes mais le résultat était le même. Les hommes et elle, cela ne fonctionnait pas.

Pourquoi avait-il fallu que Will vienne à Fool's Gold ? Tout se passait si bien jusque-là ! Son cœur se serra brutalement et elle faillit fondre en larmes devant le rayon des pâtes fraîches, par pure nostalgie d'un passé tout récent où sa vie était heureuse et sans complications. C'était fichu, maintenant. Ses amies semblaient très compréhensives, mais quand elles prendraient le temps de réfléchir un peu… Et même si elles ne la condamnaient pas, elles finiraient par se lasser en la voyant promener partout cette tête d'enterrement. Car elle ne pourrait pas faire autrement, surtout une fois que leur soutien commencerait à fléchir et…

De plus en plus abattue, elle s'engagea dans une nouvelle travée… et s'aperçut qu'elle marchait juste derrière Marsha Tilson. Saisie, elle s'arrêta net. Elle n'avait tout simplement pas le courage d'affronter celle qui la soutenait depuis le premier jour. Elle esquissa un mouvement pour s'esquiver… Trop tard, Marsha se retourna, leurs regards se croisèrent. Oh, et puis à quoi bon repousser l'inévitable ? La maire était quelqu'un de très direct ; si elle pensait que Jo n'avait plus sa place dans sa commune, elle le lui dirait tout net.

— Jo, dit Marsha en s'approchant, j'étais si désolée

d'apprendre, pour vous et Will. Je le trouvais charmant mais manifestement, je me trompais.

Jo hocha la tête ; elle attendait le « mais ». La phrase qui lui signifierait qu'elle n'était plus la bienvenue. C'est alors que la maire la stupéfia en lâchant son caddy pour lui ouvrir les bras. Puis, comme elle restait sans réaction, elle franchit sans hésiter les deux pas qui les séparaient et la serra sur son cœur.

— Tout s'arrangera, dit-elle tout bas, mais avec une énergie irrésistible. Vous allez vous en remettre. Cela prendra sans doute un certain temps, mais vous guérirez. Nous guérissons toutes.

Jo fit de nouveau oui de la tête ; elle luttait de toutes ses forces pour ne pas fondre en larmes. Marsha recula en demandant gentiment :

— Je peux faire quelque chose ?

Jo s'entendit répliquer :

— Je n'ai pas besoin d'aide pour faire mes paquets.

— Oh, mon enfant…

L'autre femme lui ouvrit les bras de nouveau et l'étreignit, très fort, comme si elle ne pouvait se résoudre à la lâcher. Quand elle recula, ses yeux bleus étaient mouillés de larmes.

— Crois-tu que je n'ai aucun regret ? Moi aussi, j'ai eu des gestes affreux, j'ai fait des choix lamentables. J'ai perdu ma propre fille à cause de mon orgueil stupide. Elle a fugué, elle n'est jamais revenue et tout est ma faute. Tous, nous avons honte de quelque chose mais toi, tu as été punie ; tu ne crois pas que j'aimerais que quelqu'un vienne me punir, et me dire ensuite que j'ai payé ?

— Je ne comprends pas, souffla Jo.

— Personne ne veut te voir partir. Tu es l'une d'entre nous, un membre important de la communauté. Nous t'aimons, Jo, tu fais partie de la vie de Fool's Gold autant que n'importe laquelle d'entre nous. Je regrette que ce jeune homme n'ait pas su accepter ton passé. Avec le temps, j'espère que tu comprendras que c'est lui qui a perdu au change. Il aurait pu te conquérir, il avait cette chance, mais il a été trop fier ou trop stupide. Nous ne sommes pas stupides et nous sommes heureux de t'avoir.

Cette fois, Jo ne chercha même plus à retenir ses larmes.

— Merci…

— De rien. Maintenant, va vite ranger ce panier. Ce soir, c'est moi qui te prépare à dîner.

— Je n'ai pas envie de me disputer avec toi, dit Tucker.

Nevada hésitait, déchirée entre l'envie de lui fermer la porte au nez et le besoin de se jeter dans ses bras.

— Will a fait du mal à mon amie et toi…

— Tu ne crois pas qu'il souffre, lui aussi ?

Beaucoup d'arguments étaient possibles, des deux côtés, mais en fin de compte personne ne sortirait gagnant du débat. Tucker ajouta :

— Tu me manques.

Et ces trois mots suffirent à balayer toutes ses réticences. Elle recula et le fit entrer.

— Tu as été tentée ? lui demanda Tucker.

Nevada enfonça sa cuillère dans sa coupe de glace à la pistache. Au sortir d'un interlude amoureux absolument torride, perchée sur le canapé en compagnie d'un homme irrésistible et presque nu, elle se sentait bien et même mieux. La crème glacée ne servait qu'à élever le moment d'un 10 à un 10 +.

Adossé à l'accoudoir qui lui faisait face, Tucker la poussa gentiment du pied.

— Je t'ai posé une question.

— Je t'ai entendu.

— Tu ne comptes pas répondre ?

— Tu te crois drôle mais tu te trompes. Tu connais déjà la réponse, tu as juste envie de m'entendre dire que je préfère faire l'amour avec toi.

Il eut un large sourire.

— En fait, j'attendais un peu mieux que ça.

— Quoi donc ? Que je préfère faire l'amour avec toi plutôt qu'avec qui que ce soit d'autre ?

— Ça me convient.

— Je ne vois pas comment toi et ton ego, vous parvenez à entrer tous les deux dans le même corps.

Pensive, elle lécha sa cuillère.

— Mes parents me disaient toujours qu'il fallait goûter avant de décider que je n'aimais pas. J'aurais peut-être dû prendre Cat au mot. Elle doit être étonnante au lit : toi-même, tu étais sous le charme à l'époque.

La réaction de Tucker fut foudroyante : en un instant, sa coupe se retrouva sur la table basse, il l'avait renversée et la chatouillait de ses doigts si agiles.

— Non ! hurla-t-elle en riant. Arrête ! Stop, je ne dis plus rien !

Elle lutta pour se dégager, en vain : il l'immobilisait de tout son poids, le visage illuminé.

— Dis « pitié », ordonna-t-il.

— Embrasse-moi.

— Je m'en contenterai.

Il avait les lèvres froides, le goût de sa crème glacée dans la bouche.

— Tu déclares forfait ?

Elle ne voulait pas déclarer forfait, pas en ce qui le concernait ! Il la rendait heureuse, vraiment heureuse, comme si… Elle coupa court à cette pensée au bout de laquelle elle voyait poindre le mot interdit, celui qui commençait par un grand A. Mais ce mot refusa de se laisser effacer, il resta suspendu sur sa tête comme l'épée de Damoclès. Non, elle ne pouvait pas tomber amoureuse, Tucker cherchait uniquement à passer de bons moments à deux. Il avait appris une leçon erronée auprès de Cat et elle ne voyait pas du tout comment l'aider à la désapprendre, mais la situation devenait critique et si elle devait se préserver, il était plus que temps de reprendre ses distances.

— Je peux récupérer ma glace ? demanda-t-elle.

— Bien sûr.

Il l'embrassa de nouveau, l'aida à se redresser et lui rendit sa coupe.

— C'est mieux comme ça ?

Elle se força à lui sourire en enfournant une cuillerée de glace dans sa bouche.

— C'est parfait.

Mais le moment était gâché et la glace l'écœurait un peu. Vite, elle chercha un nouveau sujet de discussion.

— Les derniers objets devraient être retirés des grottes mardi. Je crois qu'ils comptent boucler très vite leurs archives de photos. Tout est allé plus vite que je ne m'y attendais. Une fois que les grottes seront vides, les touristes partiront aussi.

— Il serait temps, grogna-t-il. Je suis content que Piper Tate soit aussi efficace.

— Elle t'a fait peur, le premier jour ?

— Un peu, oui.

Elle éclata de rire.

— J'aimerais assez travailler avec elle : c'est une femme qui sait ce qu'elle veut.

— Ce n'est pas toujours une qualité chez une femme.

Sous le regard qu'elle lui lança, il baissa la tête et fit mine de se concentrer sur sa crème glacée.

— On va faire comme si je n'avais pas dit ça, grogna-t-il.

— Je veux bien mais pour te racheter, tu dois me dire ce qui se passe avec Will.

— Tout mais pas ça ! clama-t-il en s'effondrant dans son coin du canapé.

— Très bien. Si on discutait de ce que nous *ressentons*, tous les deux ? De là où nous en sommes dans notre *relation* ?

Il mima un gros frisson.

— D'accord, tu as gagné. Will est venu me trouver

il y a deux jours pour me dire qu'il n'était pas sûr de vouloir partir, en fin de compte.

— Moi, il fait tout pour m'éviter.

— Et ça t'étonne ? Voilà des jours que tu le sermonnes.

— Il n'a pas été correct.

— Ça, tu ne peux pas le savoir.

Tucker ne souriait plus.

— Il a le droit d'avoir son opinion. Ce n'est pas parce que toi, tu acceptes la situation de Jo qu'il doit faire la même chose.

— Tu prends encore sa défense ?

— Je te dis juste que ce n'est pas à toi de lui dicter ses choix.

— Elle n'a fait que lui dire la vérité. Elle ne voulait pas parler de son passé, elle l'a prévenu plusieurs fois qu'il ne pourrait pas l'accepter et lui, il a juré que si. Rien n'a changé chez elle, il a juste de nouvelles informations.

— Et sur cette base, il a tort ?

— Il n'aurait pas dû jurer qu'il accepterait tout ce qu'elle lui dirait.

— Bon, cela, je peux l'admettre, mais le fait de ne pas apprécier que Jo ait fait des années de prison pour un crime qu'elle a effectivement commis ne fait pas de lui un sale type.

— Peut-être, concéda-t-elle à contrecœur. Moi non plus, cela ne me plaît pas.

— Et moi non plus. Il est malheureux, tu es furieuse ; l'ambiance au travail est devenue détestable.

Nevada baissa les yeux sur son pot de glace. Tucker avait raison.

— Je devrais probablement cesser de le foudroyer du regard, admit-elle.

— Ce serait un plus.

— Ce n'est pas professionnel.

— Effectivement.

— Arrête d'être d'accord avec tout ce que je dis, tu me déconcentres.

Il posa sa coupe de glace et la dévisagea gravement.

— Jo est ton amie, tu te montres loyale envers elle et tu as bien raison. Will est mon ami et je reste loyal envers lui. L'histoire de Jo est arrivée il y a très longtemps, c'est vrai, mais elle n'est pas anodine. Will ne parle pas souvent de son enfance, mais je sais que son père a fait plusieurs fois de la prison. C'est quelque chose de très dur pour un gamin ; pour lui, le récit de Jo a dû résonner d'une façon très particulière.

Nevada n'avait pas envisagé ce genre de choses.

— Tu n'as sans doute pas tort.

Il retrouva son sourire impudent pour glisser :

— Sans doute ? Une fois, une seule, dis-moi que j'ai raison.

Quand Jo ferma le bar ce soir-là, il était plus de 2 heures du matin. Habituellement, elle était déjà chez elle à cette heure, mais plus les jours passaient, plus elle travaillait tard. A quoi bon rentrer pour se retrouver en tête à tête avec son chagrin ?

Au moins, elle n'avait plus l'impression que sa vie s'effondrait. On ne la chasserait pas de Fool's Gold, la gentillesse de Marsha Tilson avait tout à fait dissipé cette angoisse. Ses amies la soutenaient toujours fidèlement. Elle mettrait sûrement longtemps à oublier Will, mais elle pourrait faire le deuil de cet amour ici même, là où elle avait choisi de vivre.

Elle verrouilla soigneusement la porte du bar et marcha vers sa maison par les rues tranquilles. Les nuits se faisaient plus froides, les journées plus courtes ; l'automne était là. Il y avait déjà de la neige sur les montagnes et elle attendait avec impatience que la ville blanchisse à son tour. Cette région était toujours belle mais de toutes les saisons, Jo préférait l'hiver.

Un véhicule de police passa au ralenti. L'officier au volant, une femme, la salua cordialement de la main.

Elle lui fit signe en retour, traversa la rue derrière la voiture. Une guirlande de lumières l'attira vers la vitrine de Morgan's Books. Les rues étaient pavoisées de drapeaux ornés de motifs de gerbes, de dindes de Thanksgiving et de cornes d'abondance. Jo avait déjà reçu trois invitations pour le dîner de Thanksgiving. Elle avait beaucoup d'amis ici, il faudrait que cela suffise à son bonheur.

Elle tourna l'angle de sa rue et atteignit sa maison. Elle remontait l'allée quand elle perçut un mouvement sous le porche. Une ombre se dressa, prit les contours d'un homme… Will.

A la lumière crue du réverbère, elle trouva son visage marqué, fatigué, affreusement triste. Ou peut-être interprétait-elle, pour se consoler ? Peut-être ne souffrait-il pas du tout, peut-être était-il juste passé lui annoncer son départ, histoire de s'assurer qu'elle avait bien compris qu'elle n'était pas assez bien pour lui ? Cette pensée l'aida à se redresser. Il lui avait brisé le cœur, mais il ne briserait pas sa détermination. Sans hésiter, elle gravit les marches et s'arrêta devant lui.

— J'ai besoin de te parler, dit-il.

— Tu crois que nous avons encore des choses à nous dire ?

— Tu m'as raconté ton passé. Je voudrais te parler du mien.

Bien. Ce n'était que justice. Elle approuva de la tête, déverrouilla la porte, le précéda dans le salon et lui fit signe de prendre place sur le canapé. Le tout sans un mot et en gardant ses distances : au lieu de le rejoindre sur le canapé, elle choisit le fauteuil près de la cheminée.

— Je t'écoute.

Il avait retiré son blouson et se tenait devant elle en chemise de flanelle et jean usé. Il ne s'était pas rasé ce jour-là et ses cheveux avaient besoin d'une coupe. Quel contraste avec le beau gars bien dans sa peau rencontré quelques semaines plus tôt ! Cela faisait mal de le voir si changé, et mal aussi d'être si heureuse de le revoir.

Il se pencha en avant, les coudes sur les genoux et se mit à parler sans la regarder, les yeux rivés au plancher entre ses bottes.

— Mon père était un de ces gars qui s'arrangent pour charmer tout le monde. Les femmes l'adoraient, surtout ma mère ; elle aurait fait n'importe quoi pour lui. Elle l'aimait, je l'aimais aussi, mais j'ai compris assez vite qu'il n'était pas comme les autres pères. Il n'avait pas de vrai boulot, il cherchait uniquement à se faire de l'argent facile.

Il s'interrompit, leva brièvement les yeux.

— De l'argent facile, c'était sa formule. Il se croyait trop malin pour travailler pour les autres. Un boulot à l'usine, ce n'était pas pour lui. S'il avait consacré à une carrière la moitié de l'énergie qu'il déployait à monter ses arnaques, nous aurions été heureux.

Il se racla la gorge et déclara d'une voix plus ferme :

— Mon père trompait les gens honnêtes pour leur prendre leur argent. Il était en prison plus souvent qu'en liberté, mais cela ne lui servait pas de leçon : il n'a jamais changé. Chaque fois qu'il était libéré, il avait déjà sa prochaine cible en tête.

— C'était sûrement très dur pour toi, dit-elle avec raideur.

— Oui. C'était dur. Je voulais qu'on s'en aille, qu'on ne le revoie jamais, mais ma mère refusait de m'écouter. Elle l'aimait, elle était persuadée qu'il finirait par changer. Il lui a brisé le cœur avec ses fichues promesses. Quoi que je dise, elle le croyait toujours. Je me suis juré que je ne serais jamais comme elle. Je ne me laisserais jamais duper par amour.

Elle ferma les yeux en frissonnant. Elle avait failli croire qu'il était venu s'excuser et lui dire qu'il s'était trompé sur son compte.

— Je n'ai jamais cru qu'on puisse changer, dit-il. Je

connaissais trop bien le fonctionnement de mon père et de ses amis. Ils n'avaient aucune envie d'être différents de ce qu'ils étaient. Leurs passages en prison servaient juste à leur ménager le temps de peaufiner leur prochaine arnaque. Quand tu m'as dit ce que tu avais fait, je ne pouvais pas le croire : j'avais craqué pour une femme qui était exactement comme lui. J'étais comme ma mère.

L'injustice de ces paroles la fit bondir. Elle ouvrit la bouche pour protester… mais à quoi bon ? Will ne verrait que ce qu'il voulait voir.

— Je me suis trompé…

Sur le moment, elle ne mesura pas ce qu'elle venait d'entendre. Il avait soufflé cela d'une voix si douce… Interdite, elle leva les yeux.

— Je me suis trompé, répéta-t-il en se redressant. Tu as changé, toi. Tu n'es plus cette adolescente paumée, tu t'es bâti une vie d'honnête femme, je vois qui tu es dans chacun de tes gestes. Tu n'es pas comme lui.

Il braquait sur elle un regard d'une intensité bouleversante.

— Je suis désolé, Jo. J'ai réagi brutalement, sans réfléchir.

Elle laissa ses paroles s'installer en elle et l'envahir, lentement, sans savoir elle-même ce qu'elle ressentait. Un soulagement ; peut-être un peu d'espoir, mais surtout une immense réticence. Elle lui avait fait confiance en lui révélant son grand secret, et cela lui avait fait très mal de se sentir rejetée. Ce soir, il revenait vers elle, mais comment être sûre qu'il ne tournerait pas de nouveau les talons à la première alerte ?

— Je crois en toi, dit-il. Je crois en nous. Je t'en prie, donne-moi une seconde chance.

Pour une fois, elle ne pleura pas mais ce fut presque pire : elle ne ressentit rien d'autre qu'une lourde résignation. Non, il lui en demandait trop. Elle ne voulait plus être vulnérable, elle ne voulait plus souffrir. Rester seule, c'était plus facile.

— Je suis désolée, Will, soupira-t-elle en se levant. Quand tu as cherché à te rapprocher de moi, j'ai mis des barrières pour une bonne raison : je savais que cela ne marcherait pas entre nous. Je ne voulais pas te parler de ce que j'avais fait parce que je sentais que tu ne pourrais pas l'admettre. J'avais raison : tu ne le pouvais pas.

Il se redressa à son tour.

— Non. Non, je ne peux pas accepter ça. Je me suis comporté comme un crétin, j'ai mal réagi, mais ensuite, j'ai compris. Je suis venu. C'est comme cela quand on forme un couple : on s'efforce de tirer les choses au clair à deux.

— En théorie. La vérité n'est pas si simple. Je suis seule depuis très longtemps maintenant… et c'est sans doute mieux comme ça.

Elle vit qu'il allait encore protester et leva la main pour l'interrompre.

— Je ne cherche pas à te punir, j'accepte juste le fait que je suis condamnée à vivre seule. Un homme dans ma vie… ce n'est pas possible.

Il eut une grimace.

— Rester seule, c'est une sécurité ? Ne rien risquer, pour ne rien perdre.

Une colère froide jaillit en elle. Elle l'accueillit avec satisfaction en sachant qu'elle lui donnerait la force dont elle avait besoin.

— C'est facile pour toi de me juger, articula-t-elle. Ce n'est pas toi qui t'es entendu dire que tu ne valais rien.

Il jura tout bas.

— C'est comme ça, alors ? Je n'ai pas droit à l'erreur. Je dois te pardonner, mais je n'ai pas droit au pardon en retour ?

— Je ne te demandais pas de me pardonner, je te demandais de me comprendre. Tu n'as pas eu à souffrir de mes actes. J'ai fait du mal à d'autres personnes, il y a très longtemps, cela n'avait rien à voir avec toi. Toi, tu m'as fait du mal. Tu es parti d'un événement qui ne te concernait en rien et tu t'en es servi comme prétexte pour me plaquer. Nous avons tous deux nos démons. Lequel d'entre nous devra souffrir la prochaine fois ?

Maintenant, il allait crier, la discussion dégénérerait en dispute. Elle se raidit… et fut surprise de voir ses épaules s'affaisser comme si on lui donnait un fardeau trop lourd à porter.

— Non, dit-il tout bas. Ne fais pas ça, Jo. Tu as de bonnes raisons d'être en colère. Si je pouvais reprendre ce que j'ai dit, je le ferais. Si je pouvais ne pas tout fiche en l'air… Tu n'es pas mon père, je l'ai bien compris. Sur le moment, j'étais si estomaqué…

Il s'interrompit en secouant la tête avec brusquerie.

— On se fiche de savoir ce que j'ai pensé. Je ne pourrai pas te convaincre. Tu ne verras que ce que tu voudras voir.

Il se détourna, marcha en boitant vers la porte. Sur le seuil, il se retourna à demi.

— Tu te trompes tout de même sur un point : je me suis mis en colère et j'ai mal réagi ; ça pourrait arriver à n'importe qui. C'est ce que j'ai fait ensuite qui te montre qui je suis. Je voulais partir, j'avais demandé à Tucker de me transférer sur un autre projet, mais le moment venu, je n'ai pas pu. J'étais incapable de renoncer à toi. J'ai réfléchi, j'ai tout remis à plat… C'est vrai que je t'ai fait du mal. Je reconnais mon erreur, mais cette erreur m'a appris une chose importante. Je fais de mon mieux pour m'excuser.

Il ouvrit la porte et soupira :

— Je ne suis pas le plus beau et certainement pas le plus riche, mais je suis un type solide et je t'aime. J'apprécie même ton fichu chat. Ce ne sont pas les erreurs qui définissent un homme, c'est ce qu'il en fait par la suite. Et ça, Jo, tu le sais mieux que n'importe qui parce que c'est toi qui me l'as appris.

Et il partit. Elle entendit son pas traverser le porche et s'éteindre peu à peu. En quelques instants, il n'y eut plus que le silence. Un glissement contre sa jambe… machinalement, elle tendit la main pour caresser Jake. Quand le chat leva la tête, elle crut lire une accusation dans son regard.

— Non, lui dit-elle tout bas, ne dis rien. Je ne peux pas lui pardonner. Je ne peux pas le laisser revenir dans ma vie. Que trouvera-t-il à me reprocher la prochaine fois ?

Il n'y eut pas de réponse. Rien d'autre que le silence et une pression brutale, douloureuse dans sa poitrine. Le souffle coupé, elle contempla le gouffre béant de son avenir. Oui, elle voulait — comme elle voulait ! — rappeler Will, mais tous ses instincts lui criaient qu'elle ne pouvait pas lui faire confiance. Il lui ferait mal de nouveau, et personne, personne ne valait tant de larmes.

Dans son cœur, une voix déchirante s'éleva pour lui souffler que les larmes étaient inévitables, qu'on ne pouvait pas aimer sans souffrir. Non, ce n'était pas trop cher payé, Will en valait la peine. Si elle le laissait partir, elle le regretterait toute sa vie. Les deux tendances se heurtaient, le besoin de se préserver luttait contre l'appel de son cœur qui se débattait à son tour, de toutes ses forces, contre le diktat de la raison. Sans l'avoir décidé, elle s'aperçut qu'elle s'était levée, qu'elle marchait. Elle ouvrit la porte d'entrée à la volée, dévala les marches, courut le long de l'allée et déboucha sur le trottoir. Où était-il ? Affolée, elle le chercha des yeux… et repéra enfin sa silhouette tout au bout de la rue.

— Will !

Elle cria son nom de toutes ses forces. Il était très tard, ses voisins dormaient, mais comment penser à ses voisins dans un moment pareil ? Elle vit la silhouette lointaine hésiter et se mit à courir. Quand elle ne fut plus qu'à quelques mètres, il ouvrit les bras et elle s'y jeta. Ce fut comme de rentrer au foyer après une longue absence. Il la pressa contre lui, si fort qu'elle eut de nouveau le souffle coupé, cette fois pour la meilleure des raisons possibles.

— Will, je…

— Plus tard, souffla-t-il en la faisant taire d'un baiser.

— Mais je dois te dire…

— Non.

Il relâcha son étreinte et passa tendrement le bras autour de ses épaules.

— Viens. Il fait froid, tu n'es pas couverte.

Elle se dégagea et se campa devant lui en l'empoignant aux épaules.

— J'essaie de te dire que je t'aime et tout ce que tu trouves à me répondre, c'est que je ne suis pas assez couverte ?

Il lui sourit, enfin, un sourire lent et sexy qui fit fondre son cœur, brûler sa peau.

— Moi aussi, je t'aime, Jo. On rentre à la maison ?

18

Tucker leva brusquement la tête en entendant des pneus crisser sur le gravier devant la caravane. Cela devenait bizarre, il avait fini par reconnaître ce véhicule entre tous les autres. Un de ces jours, il ferait installer une porte à l'arrière de la caravane, pour pouvoir s'échapper.

Bien, puisqu'il ne pouvait pas s'enfuir, il s'agissait de faire bonne figure. Il était tout de même un adulte, capable de tenir tête à n'importe qui. Mais toute la logique du monde ne l'empêcha pas de se tasser sur lui-même quand la porte s'ouvrit sur Marsha Tilson.

— Bonjour, Tucker, dit-elle gaiement.

— Madame.

Elle était fidèle à elle-même, vêtue de l'un de ses éternels tailleurs, la jupe précisément au milieu du genou, ses cheveux blancs parfaitement coiffés. Si son regard semblait chaleureux, il sentit tout de suite qu'il ne s'agissait pas d'une visite de courtoisie. Espérant désamorcer l'attaque, il se leva et se dirigea vers la cafetière.

— Les grottes sont vidées de leur contenu, annonça-t-il.

— De la crème, je vous prie.

Docile, il ajouta ce qu'elle lui demandait et lui apporta son offrande. Elle s'était installée près de la petite table où ils empilaient leurs rapports, la voie était libre. Pendant une fraction de seconde, il envisagea de détaler. Bien entendu, cela ne servirait à rien, elle le prendrait en chasse et, tôt ou tard, elle réussirait à le coincer. Mieux valait l'affronter tout de suite.

— Merci, dit-elle en goûtant son café. Cela doit vous simplifier la vie, je veux dire, le fait que les objets en or aient été emportés.

— J'avoue que je n'appréciais pas le flot continu des touristes. C'était un vrai casse-tête sur le plan de la sécurité.

— J'imagine le problème.

Elle posa sa tasse et déclara :

— J'ai suivi la progression du chantier jusqu'ici et je dois dire que je suis impressionnée. Ce centre touristique sera un vrai bonus pour Fool's Gold.

— Nous apprécions beaucoup votre soutien, et celui du conseil municipal. Certains élus ne verraient pas d'un bon œil la création d'un casino sur leur commune.

— Sans doute, mais je ne me fais aucun souci, répondit-elle avec un doux sourire. Si quelqu'un se comporte mal, notre police est tout à fait capable de gérer la situation. Les taxes que versera le centre justifient à elles seules l'effort que nous devrons fournir. Elles vont nous offrir un nouveau lycée. On dit bien que les enfants sont notre avenir !

— Il paraît, oui.

Tout cela était bien joli, ils faisaient tous deux de belles phrases, mais quand la maire allait-elle lâcher sa bombe ? A moins qu'elle ne veuille encore le harceler au sujet du cadeau douteux de Cat ? Cela, c'était une bombe d'un autre genre, qu'il ne savait pas du tout comment désamorcer. Il n'avait d'ailleurs fait aucun effort dans ce sens. Surpris, il réalisa qu'il n'avait quasiment pas revu Cat depuis son arrivée. Dire qu'à une époque de sa vie, elle représentait tout pour lui ! Qui oserait dire que le temps ne guérit pas de tout après cela ?

— Nous venons de traverser deux années difficiles qui m'ont enseigné une leçon importante, déclara sa visiteuse. Nous ne nous sommes pas montrés suffisamment vigilants, nous n'avons pas suffisamment planifié, nous nous sommes laissé ballotter par les événements.

Cette désastreuse émission de téléréalité, par exemple, et maintenant cette découverte archéologique… Nous ne pouvions pas les anticiper mais nous aurions dû mieux nous préparer. Voilà pourquoi j'ai décidé de créer un comité d'entrepreneurs. Des femmes et des hommes qui ont le sens des événements et qui savent se projeter dans l'avenir. Son but sera d'apporter un nouveau type de leadership à la commune en nous faisant des propositions, à moi-même et au conseil municipal.

— C'est une excellente idée, répondit-il poliment.

Il se demandait encore pourquoi elle lui disait cela, et quand elle en viendrait à la mauvaise nouvelle.

— Je suis contente qu'elle vous plaise car j'aimerais que vous fassiez partie de ce groupe. Je souhaiterais même vous placer à sa tête.

Interdit, il la dévisagea sans réagir. Elle était réellement redoutable, il n'avait absolument rien vu venir.

— J'apprécie l'invitation, mais je ne suis pas l'homme qu'il vous faut pour ce poste.

— Et pourquoi pas ?

— Je suis seulement de passage. Dès que le chantier entrera en phase deux, je partirai sur le prochain projet.

Marsha Tilson serra les lèvres.

— Je suis perplexe. J'avais cru comprendre que ce chantier serait le dernier que vous piloteriez en personne. Dans un an, vous prenez la tête de l'entreprise, n'est-ce pas ?

— Comment le savez-vous ?

— Je sais tout, soupira la vieille dame. Je pensais que vous l'aviez compris. Vous ne prenez pas la tête de l'entreprise de votre père ?

— Si, mais…

— Et une fois que vous serez le grand patron, vous pourrez installer la maison mère où vous voudrez ?

— Bien sûr, mais…

— Et si je ne me trompe, vous ne tenez pas particulièrement à vivre à Chicago. Vous envisagez bien de déplacer l'administration centrale ailleurs ?

Cette fois, c'en était trop. Il sauta sur ses pieds en s'exclamant :

— Attendez une seconde ! Cela, je n'en ai parlé à personne. Je n'ai même pas encore pris ma décision.

Elle braquait sur lui son regard le plus opaque. Gêné, il reprit sa place. Elle laissa le silence s'étirer encore un long instant avant de reprendre, exactement comme s'il n'avait rien dit :

— Fool's Gold serait un bon choix pour le siège social de votre compagnie. Nous sommes très accueillants envers les entreprises. Le prix du logement est raisonnable et nos écoles sont parmi les meilleures du pays. Vous devriez y réfléchir.

Il n'en revenait pas : cette idée de déplacer le siège social n'était pas du tout d'actualité. Il n'en avait même pas discuté avec Will. Une fois seulement, il en avait été question : trois ans auparavant, avec son père, en Argentine.

— Qui êtes-vous ? articula-t-il.

— Je vous en prie, n'allez pas sauter sur des conclusions invraisemblables ; je suis juste quelqu'un qui écoute et qui regarde avec attention. Il est très clair que vous aspirez à changer de vie. Vous trouvez notre ville charmante, vous vous y sentez bien. Vous êtes venu ici pour Nevada et maintenant que vous êtes ensemble tous les deux, il serait logique que vous envisagiez de rester.

Il faillit sauter sur ses pieds une seconde fois et se ravisa juste à temps. Le raisonnement était effectivement logique, il ne pouvait pas le prendre en défaut mais… il n'allait pas rester, n'est-ce pas ? Il n'avait jamais été question de rester. Cela impliquerait de passer au niveau suivant avec Nevada et cela, c'était impossible. Il ne croyait pas au *happy end* ou à l'amour-toujours…

— Je vois à votre expression que vous n'êtes pas prêt à vous engager, murmura sa visiteuse. J'espère que vous changerez d'avis. Vous avez besoin de nous, Tucker, encore plus que nous avons besoin de vous.

Ayant dit ce qu'elle avait à dire, elle vida sa tasse, reprit son sac et quitta la caravane. Longtemps, il resta assis là, le regard dans le vague, à essayer de prendre la mesure de cet échange si surprenant. Inattendu. Vraiment très bizarre. Oui, bien sûr, il appréciait Nevada, il appréciait cette ville, mais… sûrement pas au point de déplacer ici le siège de l'entreprise !

Marsha Tilson se trompait, il ne recherchait pas la stabilité, ni sur le plan personnel, ni sur le plan professionnel. Une fois à la tête de Janack Construction, il continuerait à arpenter le monde. Il ne piloterait sans doute plus les projets en personne, mais il ne deviendrait pas pour autant un administrateur retranché derrière un bureau. Pour être heureux, il lui fallait davantage.

Quant à Nevada… Il s'était laissé déborder, les choses étaient allées trop loin avec elle. Il avait pourtant décidé de prendre ses distances, puis Cat était apparue et comme toujours, sa présence avait déclenché une sorte de réaction en chaîne. Il avait réagi à chaud et maintenant, Marsha Tilson pensait qu'entre Nevada et lui, c'était sérieux. Du coup, il se demandait si Nevada pensait la même chose.

Cette idée lui fit un tel choc qu'il sauta sur ses pieds et tourna quelques instants dans la caravane en jurant tout bas. Il ne voulait pas la faire souffrir ! Elle était formidable, il n'avait jamais connu de fille comme elle. Ils se comprenaient à demi-mot, ils faisaient une bonne équipe tous les deux, au lit comme sur le chantier. Il aimait la regarder, être avec elle, la faire rire… En fait, avant elle, il n'avait jamais fait confiance à une femme. Si les choses avaient été différentes, il croirait presque qu'elle était la femme de sa vie. Mais les choses n'étaient pas différentes et il savait trop bien ce qui se passerait si jamais il entrait dans l'engrenage de l'amour. Plus jamais. Pour qui que ce soit.

*
* *

Nevada arriva après le déjeuner, le visage rose et les yeux brillants, énergisée par une matinée sur le chantier. Tandis qu'elle lui donnait les dernières nouvelles des tranchées, il la contempla en se demandant à quel point elle lui manquerait quand il serait parti.

— Tu m'écoutes ? s'écria-t-elle.

— Bien sûr. J'ai tout compris.

— Je ne te crois pas. Tu as une expression très bizarre.

Cette fois, il eut de la chance : au moment où il cherchait une réponse, Will arriva à son tour, en coup de vent, avec un sourire jusqu'aux oreilles. Nevada haussa les sourcils en jetant un coup d'œil à sa montre.

— Près de 14 heures. Tu n'es plus du matin ?

— J'ai téléphoné.

— Tu as laissé un vague message sur la boîte vocale pour dire que tu aurais du retard. Sans aucune explication.

— C'est tout ce que vous méritez !

Will éclata de rire, fondit sur elle et la fit tournoyer dans ses bras.

— Félicite-moi ! Je suis fiancé.

Avec un cri de joie, elle jeta les bras autour de son cou.

— Je suis contente ! Je commençais à me lasser d'être en colère contre toi !

Il la lâcha pour tendre la main à Tucker.

— Je suis un sacré veinard !

Tucker s'efforçait de masquer sa stupéfaction. Son vieux compagnon d'errance, fiancé ? Quel choc !

— Félicitations, dit-il automatiquement.

— C'est arrivé quand ? demandant Nevada en lui sautant de nouveau au cou.

— Hier soir. Techniquement, très tôt ce matin.

Il se remit à rire en clamant :

— Je peux vous dire que ça n'a pas été tout seul.

— Mariés, s'écria Nevada en joignant les mains. C'est pour quand ? Je ne sais pas pourquoi, je vois mal

Jo organiser un grand mariage. Vous allez faire ça en ville ou filer quelque part discrètement tous les deux ?

— Ce sera comme elle voudra.

Il semblait heureux, et même plus, pensa Tucker. Débordé par cette péripétie inattendue, il hasarda :

— Donc tu vas rester ici.

— Oui ! jubila Will. Si j'osais repartir, elle me poursuivrait jusqu'au bout du monde. C'est irrésistible, chez une femme. Je terminerai ce chantier, et je chercherai un job par ici.

Il se rembrunit un instant, puis le bonheur reprit le dessus et il lança :

— Je crois que c'est un préavis de deux ans que je te donne.

Will quitterait la compagnie ? Comme ça, pour une femme ? Tucker peinait encore à encaisser la nouvelle quand Nevada ouvrit un tiroir de son bureau et en sortit une pile de revues.

— Mes sœurs m'ont laissé des magazines de mariage. Tu veux les consulter ?

Au lieu de reculer, horrifié, Tucker vit son vieil ami s'emparer de la liasse avec intérêt.

— Bien sûr ! Ça va intéresser Jo. Dis, il y a un bijoutier en ville ? Il me faut une bague de fiançailles. Une grosse !

— Va chez *Jenel's Gems*. Jenel te trouvera la bague idéale.

Les revues sous le bras, Will se dirigea vers la porte en lançant gaiement :

— Je file, patron. A demain !

La porte se referma derrière lui. Etourdi, Tucker se retourna vers Nevada comme pour la prendre à témoin. Que venait-il de se passer ? Et comment allait-il reprendre le contrôle de la situation ?

— Tu es sûre ? C'est si soudain…

Nevada ne savait pas elle-même ce qu'elle ressentait.

Malgré tout ce qui s'était passé entre elles, cela lui faisait tout drôle d'apprendre que Cat allait repartir. Leur amitié était encore si nouvelle… et c'était si compliqué d'être l'amie de Cat !

— Mon œuvre est terminée, je passe mon chemin, déclara l'artiste.

Elles se tenaient devant le *Gold Rush*, près de la longue limousine noire qui tournait au ralenti tandis que le chauffeur et Herbert, l'assistant de Cat, y chargeaient une quantité impressionnante de bagages.

— Ce sera à toi d'offrir ma sculpture à la ville, ajouta Cat.

— Quelle chance pour moi.

— Je savais que cela te plairait.

— Mais tu manqueras l'inauguration ?

Cat la mettait dans une situation intenable en lui imposant d'offrir à sa ville une sculpture représentant un vagin géant. Mais, curieusement, ce départ abrupt la troublait davantage.

— J'ai fait le plus important, déclara Cat.

Gentiment, elle posa la main sur l'épaule de Nevada.

— Pars avec moi.

— Tu sais très bien que je ne peux pas.

Les yeux verts de Cat s'assombrirent.

— Tu ne veux pas. Ce n'est pas la même chose.

Emue, Nevada se mordit la lèvre.

— Je regrette. Je sais que c'est important pour toi, mais il n'est pas question pour moi d'entretenir ce genre de relation.

— C'est toi la grande perdante de l'histoire, répondit l'artiste d'un ton léger.

— Sans doute.

A cet instant, Cody, l'un des locataires de Nevada, émergea de l'hôtel. Il lui lança un salut joyeux, tendit un sac de voyage à Herbert et grimpa à bord de la limousine. Abasourdie, Nevada se tourna vers Cat.

— Non, exhala-t-elle.

Le sourire de Cat se fit malicieux.

— Il n'est pas toi, mais il m'aide à passer les longues nuits d'hiver.

— Ce n'est qu'un gamin.

— Oui ! Un enthousiasme juvénile, une énergie inépuisable. Je lui enseigne exactement ce que j'aime. Ne t'en fais pas pour lui, il vit une expérience inoubliable.

Nevada ne trouva rien à objecter, à part, stupidement :

— Il ne m'a pas donné de préavis.

Elle se faisait pourtant davantage de souci pour l'avenir de Cody que pour son propre manque à gagner !

— Il reviendra ! Et d'ici là, je te verserai son loyer.

Elle n'eut pas le loisir d'argumenter davantage. Cat l'enlaça avec tendresse, et, avant qu'elle n'ait pu se détourner, les lèvres si douces de son amie se pressèrent aux siennes, s'attardèrent un instant, et se retirèrent.

— Si seulement je pouvais te convaincre, soupira Cat.

— Ce n'est pas seulement que tu es une fille, avoua Nevada. C'est aussi que je veux quelque chose de permanent. Un amour pour la vie, comme celui de mes parents. Mes sœurs ont trouvé les leurs, j'espère que cela m'arrivera aussi. Tu es quelqu'un d'extraordinaire, Cat, mais le long terme, ce n'est pas pour toi. Tu ne peux pas. Pas avec ton talent.

Les yeux splendides de Cat se remplirent de larmes.

— Tu as raison… Mon art passe toujours en premier. Tôt ou tard, je me sentirais mise en cage et mon œuvre en souffrirait.

Nevada sentit que, pour une fois, elles se parlaient avec une réelle franchise.

— Tu me manqueras, souffla-t-elle.

— Toi aussi, tu me manqueras.

Elles s'étreignirent rapidement et Cat lui sourit.

— Si j'avais pu aimer qui que ce soit, ç'aurait été toi.

Spontanément, Nevada posa la main sur sa joue.

— Je parie que tu dis ça à toutes les filles…

Cat s'engouffra en riant dans la limousine, Herbert

ferma sa portière et courut prendre place à l'avant, près du chauffeur. Un instant plus tard, la voiture s'engageait souplement dans la longue allée qui descendait en lacets vers la route.

Longtemps, Nevada resta debout devant le bel hôtel dressé face à la vallée. Le ciel était très pur mais on annonçait de la neige pour la nuit. C'était un temps idéal pour échanger de la tendresse devant un feu de cheminée, mais elle voulait davantage que cela. Le fait de dire cette vérité à Cat venait d'ouvrir une fenêtre en elle ; de mettre en lumière une conviction profonde. Oui, elle voulait un mari et une famille, des racines, des traditions. Elle voulait entendre l'homme qu'elle aimait lui déclarer son amour, et savoir que, quoi qu'il arrive, ils seraient toujours là l'un pour l'autre. Elle voulait *tout*.

Nevada eut beau rouler lentement, le trajet jusqu'au chantier lui sembla beaucoup trop bref. Elle eut pourtant le temps de préparer ce qu'elle voulait dire. Elle prenait un gros risque, la conversation pouvait très mal tourner, mais elle était décidée à essayer. Elle se devait de faire cette tentative.

Quand elle poussa la porte, Tucker était au téléphone. Il sourit en la voyant, fit signe qu'il n'en avait pas pour longtemps ; quelques secondes plus tard, il raccrochait.

— Que voulait Cat ? demanda-t-il.

— Me dire au revoir. Elle est partie.

— Et pour la statue, elle a changé d'avis ?

— Non, malheureusement. L'œuvre est terminée et elle me charge de l'offrir à la ville.

— Je ne voudrais pas être à ta place. Marsha Tilson ne va pas apprécier.

Ce problème, elle y réfléchirait une autre fois. Avec un léger vertige, elle s'avança vers lui, s'assit près de son bureau et inspira profondément. Ses mains tremblaient. Au moment d'ouvrir la bouche, elle eut un peu la nausée.

Ce n'étaient pas les conditions idéales pour une déclaration, mais elle ne voulait pas la remettre à plus tard.

Surpris par son expression, il fronça les sourcils et tendit la main pour effleurer sa joue.

— Tu vas bien ?

— Oui. Je dois te dire quelque chose.

— Tu pars filer le parfait amour avec Cat ?

— Non. Bien qu'elle me l'ait proposé.

— Cinq points pour sa persistance.

— Dix au moins. Tucker… je sais que ta relation avec Cat était difficile. Je sais que tu étais obsédé par elle.

Il se carra contre le dossier de son siège.

— Je crois que c'était la pire erreur de toute ma vie.

— Effectivement, mais tu n'étais qu'un gosse.

— A la fin, j'avais près de vingt-trois ans. J'aurais dû comprendre ce qui se passait.

— Mais comment ? Comment aurais-tu pu comprendre ? On n'apprend pas à déchiffrer les codes amoureux en errant sans cesse d'un pays à l'autre ! Tu ne savais pas ce que c'était de sortir avec quelqu'un, et de décider si oui ou non la relation aurait de l'importance ; tu n'avais jamais eu l'occasion de craquer pour une fille et de t'en remettre. Et tu as rencontré Cat, une femme capable d'en remontrer à l'homme le plus expérimenté. Tu as fait de ton mieux.

Il braqua sur elle un regard bizarre et demanda :

— Pourquoi me dis-tu tout cela ?

— Parce que tu n'as pas tiré les bonnes conclusions. Tu as cru apprendre une leçon mais tu t'es trompé de cible. L'amour n'est pas un piège, c'est un trésor. Il nous donne davantage qu'il ne nous prend. Regarde Will ! Tu l'as déjà vu plus heureux qu'il ne l'est en ce moment ? Ce type adorable, qui aimait son travail et la vie qu'il menait, laisse tout tomber, simplement parce qu'il veut être avec Jo.

— C'est sa décision.

— Tu penses qu'il le regrettera ?

— Je n'en sais rien.

— Mais si, tu sais.

Il haussa les épaules.

— D'accord, il est heureux. Et alors ?

Nous y voilà, pensa-t-elle. Le moment de vérité. Aurait-elle le courage de mettre son cœur à nu ? Jusqu'ici, elle avait toujours choisi la sécurité, pris la décision la plus facile ; il était temps de passer au niveau suivant.

— Je t'aime, dit-elle. Nous sommes bien ensemble. Je voudrais que tu restes ici et que nous fassions notre vie ensemble. Je voudrais que nous ayons un avenir tous les deux.

Elle s'interrompit en voyant poindre l'horreur dans ses yeux. Ce qu'elle venait de dire ne l'interrogeait pas, ne le rendait pas heureux. Au contraire, il se sentait agressé. Il se leva, lourdement, le visage figé par la colère.

— Ne commence pas avec ça, pas toi. Nom de Dieu, Nevada, pourquoi a-t-il fallu que tu… ? Je t'avais prévenue, tu disais que tu comprenais.

Et il sortit comme un ouragan. Le cœur battant, le cerveau vide, elle contempla la porte qui venait de claquer derrière lui. Tout avait dérapé si vite qu'elle ne parvenait pas à réaliser… Elle entendit rugir le pick-up de Tucker, le gravier fusa sous ses roues. Il était parti. Sans un mot.

Nevada ne dit rien à personne, elle ne le pouvait pas. Son chagrin et sa honte lui étaient odieux et elle ne tenait pas à en faire profiter son entourage. Elle termina sa journée, rentra chez elle, endura une nuit affreuse et retourna au chantier le lendemain matin sans avoir dormi ou mangé. Elle se sentait engourdie… avec des pics de souffrance.

En arrivant sur le chantier, elle passa par la caravane, officiellement pour prendre son casque ; sans se l'avouer tout à fait, elle espérait croiser Tucker. Tucker qui ne l'avait pas appelée mais qui accepterait peut-être de réfléchir à leur situation, malgré tout… Elle ne trouva que Will et en voyant son expression, elle sut aussitôt qu'il s'était passé quelque chose.

— Nevada, bredouilla-t-il. Je ne sais pas…

Il s'éclaircit la gorge, fit une nouvelle tentative.

— Il a juste…

Puis il renonça et s'avança vers elle en murmurant :

— Je suis désolé.

Cette fois, elle comprit. Elle regarda autour d'elle, nota ce qui était là et ce qui ne l'était plus… et la réalité de la situation croula sur elle.

— Il est parti, souffla-t-elle.

— Je regrette, répéta Will.

Tucker était parti. Pas pour la journée, pas pour un rendez-vous : il avait quitté Fool's Gold, pour de bon. Sans même poser la question, elle sut qu'il ne reviendrait pas.

19

Malgré les efforts de Marsha Tilson, la nouvelle de l'inauguration de la statue s'était ébruitée. Pourtant, Nevada avait bien noté l'absence de toute mention de l'événement dans le calendrier municipal en ligne. Pour une ville qui mettait un point d'honneur à informer sa population en temps réel, un silence chargé entourait la sculpture offerte par la grande Caterina Stoicasescu.

Au moins, cela évitait à Nevada d'avoir à répondre à une foule de questions. Au prix d'un effort constant de volonté, elle parvenait à assumer ses tâches habituelles. Elle faisait son travail, rentrait chez elle et se recroquevillait dans son lit jusqu'au moment de se lever le lendemain matin. Certaines nuits, elle pleurait ; d'autres, elle restait allongée dans le noir à attendre que la souffrance s'atténue, juste un peu. Une nuit, elle était même parvenue à dormir, ce qui aurait été merveilleux si elle n'avait pas rêvé de Tucker.

Avant de comprendre qu'elle était amoureuse de lui, la perspective du mariage de ses sœurs la mettait déjà mal à l'aise. Maintenant, ce serait un cauchemar. Si elle n'avait jamais sérieusement envisagé de former un troisième couple devant l'autel avec Tucker, elle avait tout de même espéré l'avoir près d'elle pour la soutenir. Elle s'était même laissée aller à imaginer qu'un jour… Mais maintenant, tout était fichu. Elle l'avait perdu.

La nouvelle de son départ ne s'était pas encore répandue en ville. Le chantier se trouvait assez loin de l'agglomération, et Tucker sortait peu. Résultat : les habitants de Fool's Gold le voyaient rarement. Sur le chantier, tout le monde était au courant, mais les gars n'en parlaient pas, surtout pas avec elle. Ils se montraient juste un peu plus protecteurs qu'à l'accoutumée et faisaient en sorte d'alléger sa tâche.

Will gardait ses distances. Parce qu'il redoutait qu'elle l'interroge, ou parce qu'il avait un peu honte de son propre bonheur ? A la première occasion, Nevada comptait lui répéter qu'elle était heureuse pour lui et que ni son cœur brisé ni la perte de l'homme qu'elle aimait vraisemblablement depuis dix ans n'y changeaient rien. Ce n'était pas parce qu'elle passait à côté de son propre *happy end* qu'elle ne s'intéressait pas à celui des autres.

Elle se sentait un peu coupable de ne pas se confier à sa famille. Sa mère et ses sœurs voudraient la soutenir et la réconforter, ses amies aussi… mais elle ne supportait tout simplement pas l'idée de se retrouver au centre d'une de ces réunions entre femmes, à entendre toutes ses proches répéter que Tucker était un crétin. Tant qu'elle n'aurait pas décidé comment elle devait s'y prendre pour survivre au désastre, elle gérerait son chagrin seule. Le plus difficile serait d'arriver au bout de la cérémonie d'inauguration sans que personne ne s'aperçoive qu'elle avait un problème.

La maire avait programmé l'événement à l'heure de la sortie des classes, sans doute pour s'assurer que personne ne serait disponible : ni les travailleurs/travailleuses, ni les mamans sans emploi, et surtout pas les enfants. Quand Nevada déboucha sur la place centrale, seuls quelques groupes clairsemés s'étaient rassemblés autour de la structure bâchée qui masquait la statue.

— Te voilà, lâcha Marsha Tilson en la voyant. Faisons bref, tu veux ? Pas de fanfare. Je dirai quelques mots, puis nous exposerons la fichue œuvre aux yeux du monde.

— Je suis désolée de ne pas avoir pu la convaincre de ne pas nous l'offrir, dit tristement Nevada.

Marsha Tilson secoua fermement la tête.

— Stoicasescu est un être buté, personne n'aurait pu la faire changer d'avis. J'espère seulement que quelqu'un vandalisera la statue au plus vite. Cela nous obligerait à la retirer d'ici. Ne serait-ce que pour préserver une œuvre inestimable.

Pour la première fois, son visage s'éclaira.

— Ce serait l'idéal. Nous sommes assurés contre le vandalisme.

— Vous avez vu la sculpture ?

— Non. Je n'ai pas eu le courage. Et toi ?

— Seulement les croquis préliminaires.

Marsha leva la tête vers la bâche que gonflait une petite brise.

— J'entends d'ici les commentaires de nos concitoyens. J'espère seulement que la presse n'entendra pas parler de cette histoire, je ne veux pas d'un nouveau siège des journalistes.

Elle jeta un regard à la montre fine à son poignet et soupira :

— Bien, c'est l'heure. Allons-y.

Elle gravit le petit podium installé au pied de la structure bâchée et saisit le micro.

— Bonjour à tous, merci d'être venus. C'est avec le plus grand plaisir que je vous présente l'œuvre de Caterina Stoicasescu. Cette grande artiste offre à notre ville une statue originale. Pour reprendre ses paroles, elle représente la magnifique féminité de notre ville de Fool's Gold.

Elle serra les lèvres et fit un signe bref. Une employée municipale vêtue de l'uniforme des Espaces verts actionna une grosse télécommande ; dans un doux vrombissement, un treuil commença à soulever la bâche. Avec la plus vive appréhension, Nevada vit apparaître la base de la sculpture : une courbe de métal dessinant un angle aigu… des volutes asymétriques… Au fur et à mesure que la bâche s'enlevait dans les airs, la forme en V se faisait de plus en plus prononcée. Enfin, la sculpture se découpa sur le ciel d'automne ; de part et d'autre du V, deux... haricots épais s'arrondissaient. Nevada pencha la tête sur le côté. Franchement, ce n'était pas si ressemblant.

— C'est quoi, maman ? demanda un petit garçon.

— Je ne sais pas du tout, répondit sa mère, perplexe.

— Merci, mon Dieu, murmura Marsha Tilson à l'oreille de Nevada.

Pour la première fois depuis plusieurs jours, celle-ci éclata de rire.

Le bureau du père de Tucker était grand comme un hall de gare, avec une vue panoramique sur le lac Michigan. Habituellement, Tucker aimait venir à Chicago ; il appréciait l'ambiance de la ville, ses restaurants, ses sorties, son énergie créatrice un peu fébrile. Cette fois, la culture comme la gastronomie le laissaient froid. Le visage crispé, il marchait de long en large sans un regard pour le panorama stupéfiant. Retranché derrière sa table de travail, Elliot le suivait d'un regard pensif.

— Je ne peux pas retourner là-bas, répétait Tucker. J'ai tout faux, je n'aurais jamais dû m'impliquer sur le plan personnel. Je savais pourtant que c'était une mauvaise idée, je ne voulais pas, mais... elle était là. Elle était juste là.

Il s'interrompit pour lever les yeux vers son père.

— Elle est tellement belle. Pas d'une façon évidente comme Cat ou comme un top model, mais elle a quelque chose qui vous saisit et qui ne vous lâche plus.

Il enfonça les mains dans les poches de son jean, les retira aussitôt.

— C'est une formidable professionnelle. Les gars l'adorent, ils la respectent... Elle a de l'humour, nous passons de bons moments ensemble...

Il s'immobilisa devant l'immense bureau et clama :

— Tu vois bien que j'étais obligé de partir !

— Non, répondit tranquillement Elliot Janack. Je ne vois pas du tout.

— Mais… je ne peux pas rester. Je sais ce qu'elle voudrait : l'amour, le mariage, le kit complet.

— Et en quoi est-ce un tel problème ?

Automatiquement, Tucker tourna les talons et se dirigea vers la porte. Au bout de trois pas, il se ravisa et revint.

— C'est vrai, je ne t'ai jamais dit ce qui s'est passé avec Cat. Caterina Stoicasescu, l'artiste. Je ne sais pas si tu te souviens, nous avions fait un petit travail pour elle il y a une dizaine d'années. C'est le premier projet que tu m'as confié. J'ai craqué, papa, je me suis vautré devant elle.

Péniblement, laborieusement, il décrivit son obsession pour cette femme irrésistible et le mal infini qu'il avait eu à se libérer d'elle.

— Je ne veux pas revivre ça. Nevada est une fille fantastique, je vais avoir beaucoup de mal à l'oublier, mais je ne serai jamais plus ce pauvre pantin.

Son père approuva de la tête.

— Alors, quel est ton plan ?

— Je m'occupe d'un autre projet. Je fais mes preuves. Je me doute à quel point tu dois être déçu que je ne reste pas pour terminer le centre touristique de Fool's Gold…

Excédé, il secoua la tête en marmottant un juron.

— Je parle de terminer le projet alors qu'on vient seulement de le commencer ! Will est plus que capable mais il n'a encore jamais piloté un projet de cette envergure. Il aura besoin de moi.

Elliot se renversa dans son siège.

— Et pourquoi crois-tu devoir prouver quoi que ce soit ?

— Je dois mériter mon poste. Tu ne vas pas me livrer l'entreprise simplement parce que je suis ton fils.

— Tucker, voilà des années que tu es capable de prendre la tête de Janack Construction. Je crois que tu es le seul à ne pas le savoir. Si tu n'es pas encore à la barre, c'est uniquement parce que je n'étais pas prêt à te laisser la place. Si je t'ai demandé de piloter le projet de Fool's Gold, ce n'était pas pour que tu fasses tes preuves. Tu m'as dit que le chantier t'intéressait alors je te l'ai donné. Tu as déjà amplement mérité ma confiance, et tu as toujours eu ma tendresse. Je suis très fier de toi.

Emu, tout heureux, Tucker avala sa salive, baissa les yeux et grommela :

— Merci, papa.

— De rien, fils.

Puis, avec un geste vers le fauteuil qui lui faisait face, il ajouta :

— Tu veux bien t'asseoir, maintenant ?

Tucker s'enfonça dans le coussin moelleux, et éprouva aussitôt un besoin irrésistible de sauter sur ses pieds. Pas question de se détendre, il avait besoin d'agir, de travailler… de fuir. Troublé, il écarta cette dernière option : il ne fuyait pas, il faisait un choix intelligent. Un observateur superficiel pouvait s'y tromper mais ce n'était pas du tout la même chose.

— Quand ta mère est morte…, reprit son père, une seule chose m'a permis de tenir le coup : je devais m'occuper de toi. Rester ici m'était impossible, il y avait trop de souvenirs. Alors j'ai erré de projet en projet et je t'ai emmené partout avec moi. Je me suis répété que tu apprécierais de connaître tous ces lieux, de rencontrer des gens aussi différents. J'ai pensé que ce serait toute une éducation. Tu as effectivement aimé cette vie, mais s'il y a eu de grands avantages, tu as aussi raté beaucoup de choses.

Il se pencha en avant, persuasif.

— Tu n'as jamais pu garder les mêmes amis, année après année. Tu n'es jamais resté dans la même école assez longtemps pour te perfectionner dans un sport ou pour vivre une relation suivie avec une fille. Je ne dis pas qu'il n'y a pas eu de femmes dans ta vie. Je n'ai pas oublié l'incident avec la fille de l'ambassadeur, quand tu avais dix-sept ans.

Tucker sourit malgré lui.

— Dis, ce n'était pas ma faute : c'est elle qui a escaladé ma fenêtre pour me souhaiter un bon anniversaire.

— Je note, repartit son père en riant. Bref, s'il y a eu des filles, tu n'es jamais resté en place assez longtemps pour approfondir les choses. Pas avant Cat.

Tucker haussa les sourcils, surpris.

— Tu parles comme si tu la connaissais.

— J'ai eu des échos. Un des gars de ton équipe s'est suffisamment inquiété pour m'appeler. Il estimait que tu étais en difficulté et il avait raison, mais j'ai choisi de ne pas m'en mêler. Il m'a semblé que tu devais apprendre la vie, et donc l'amour.

— Ils étaient donc au courant, soupira Tucker avec une grimace.

Son père se remit à rire.

— Tu n'étais pas très subtil ! Tu es tombé très amoureux, tu as eu le cœur brisé et tu as appris la leçon, exactement comme je le souhaitais. Seulement, tu t'es trompé de leçon, fils. Ce n'est pas stupide d'aimer. Certains d'entre nous ont la chance de rencontrer plusieurs amours dans leur vie, d'autres ne trouvent jamais personne, mais les vrais veinards croisent l'être qui change la face du monde. Pour moi, c'était ta mère. Je l'aime autant aujourd'hui que le jour où je l'ai demandée en mariage. Je n'échangerais pas les quelques années que j'ai pu passer avec elle pour une vie entière avec qui que ce soit d'autre.

Il se tut quelques instants, perdu dans ses souvenirs.

— Je donnerais tout ça…

Son geste englobait le bureau, l'entreprise entière.

— Je sacrifierais tout sauf toi pour la retrouver un seul jour. Aimer, c'est le plus grand de tous les cadeaux. Ce que tu ressentais pour Caterina, c'était…

— Une obsession, coupa sèchement Tucker. On me l'a déjà dit.

— Mais tu ne l'as pas cru. Tu penses toujours que tu ne peux pas aimer et rester toi-même. Tu crois que l'amour se paie trop cher. Tu te trompes, l'amour, c'est… Enfin, je vois bien que je ne pourrai pas te convaincre.

— Sans doute pas, non.

Elliot approuva de la tête.

— D'accord. Retrouvons-nous demain matin pour parler de l'étape suivante. Nous pouvons lancer le processus de transition qui te mettra à la tête de l'entreprise, ou te trouver un autre chantier à piloter.

— Merci, papa. Tu es… Je ne te mérite pas.

Ils s'étreignirent rapidement et Elliot empoigna affectueusement l'épaule de son fils.

— Ta mère aussi serait très fière de toi. Elle t'aimait très fort.

Emu, Tucker regretta de tout son cœur de n'avoir pu garder sa maman un peu plus longtemps. Elle était partie si vite, en laissant derrière elle un tout petit garçon et un mari en deuil. Dans l'ascenseur, il fit de gros efforts pour retrouver une image précise, une sensation… en vain.

Il avait un petit appartement, dans lequel il descendait lors de ses passages au siège de Janack Construction. Ce serait sûrement une bonne idée de rentrer dormir un peu. Il aurait la tête plus claire, il pourrait réfléchir sérieusement à ce qu'il voulait faire. Le mieux serait sans doute de quitter le pays. De travailler d'arrache-pied à un projet difficile, qui ne lui laisserait pas le temps de réfléchir. Le mieux serait d'oublier, puisqu'il ne pouvait pas revenir en arrière.

Vers 15 heures, le lendemain, Tucker éteignit brutalement son téléviseur en réprimant une énorme envie de jeter l'appareil par la fenêtre. Il n'y avait rien, mais rien d'intéressant à regarder ! Il n'avait pas dormi depuis deux jours. Il avait eu beau arpenter toute la ville, passer près de trois heures au gymnase de l'immeuble, il ne parvenait ni à se détendre, ni à se concentrer. Il lui fallait une jungle, ou un pays au bord de la révolution. Une bonne poussée de fièvre tropicale l'aiderait à remettre les choses en perspective.

Il s'arracha du fond du canapé, passa dans la cuisine minuscule et trouva une bière et un reste de pizza au réfrigérateur. Le temps de les rapporter dans le salon, ils ne lui faisaient déjà plus envie. D'un mouvement nerveux, il se tourna vers la chambre. S'il prenait une douche, il parviendrait peut-être à s'assoupir, au moins quelques minutes ?

A cet instant, on sonna à la porte et il se précipita. Nevada ! C'était forcément elle, elle était venue lui faire entendre raison. Elle saurait le convaincre, il se laisserait faire et… Il ouvrit la porte et trouva Cat plantée sur la moquette luxueuse du couloir.

— Oh ! exhala-t-il, affreusement déçu. C'est toi.

— Moi non plus, je ne suis pas si contente de te voir, se plaignit-elle en entrant sans y avoir été invitée. Je me sens très mal. Je ne travaille plus, je suis perdue et je ne trouve personne pour m'aider.

Arrivée au centre du salon, elle se retourna vers lui. Son expression était douloureuse, ses traits tirés ; sa bouche parfaite boudait.

— J'ai horreur de ça ! clama-t-elle en tapant du pied. Nevada me manque, sa stupide petite ville me manque. Le peu de créativité qui me portait s'est envolée. Je ne sais plus quoi faire. Cody n'a servi à rien.

— Qui est Cody ?

— Oh ! Un étudiant qui louait une chambre à Nevada. Je croyais qu'il me ferait du bien, mais pas du tout. Puis je me suis souvenue de comment c'était quand on était ensemble, alors je suis venue ici. Tu dois faire quelque chose, Tucker. J'ai besoin de toi.

Elle réclamait comme une enfant qui fait un gros caprice. Une enfant qui quitte la fête sur un coup de tête et qui s'aperçoit subitement qu'elle est toute seule.

— Je suis désolé mais je ne peux rien pour toi.

— Tu pourrais, mais tu ne veux pas.

Elle s'approcha de lui, posa les deux mains sur son torse.

— Comment peux-tu me résister ?

— Très facilement.

S'il avait pris le temps de la réflexion, il aurait sans doute formulé cela autrement mais il était sous le choc, car une vérité venait de le frapper avec la violence d'un météore.

— Je l'aime, dit-il.

Les grands yeux verts de Cat se plissèrent. Elle ressemblait tout à coup à un chat furieux.

— Qu'est-ce que tu as dit ?

Les yeux dans le vague, il retira distraitement les mains de Cat de son torse.

— Je l'aime, répéta-t-il, médusé. Depuis longtemps déjà. Toi, je ne t'aimais pas. Avec toi, je n'étais qu'un junkie qui attend la prochaine dose. Je ne retrouvais jamais l'euphorie des bons moments ; les mauvais moments, je croyais que j'allais mourir. Nevada n'est pas comme ça. Quand je suis avec elle, je me sens plus fort, plus heureux. Elle ne prend pas, elle donne. Elle donne tout.

Il pivota sur lui-même sans savoir ce qu'il voulait faire, où il voulait aller.

— Elle m'a dit qu'elle m'aimait et je suis parti. Mais à quoi est-ce que je pensais !

Il saisit Cat par les bras et cria :

— Elle m'a dit qu'elle m'aimait. Qu'est-ce que je fiche avec toi ?

Ses clés de voiture étaient restées sur la petite table près de la porte, son portable aussi. Il s'en empara et se rua dehors. Dans l'ascenseur qui descendait au parking, il pensa qu'il aurait sans doute dû emporter quelques affaires, ou au moins fermer la porte de son appartement. Bah, quelle importance ? Cat fermerait la porte derrière elle, ou pas, il s'en fichait. Cet appartement ne signifiait rien pour lui. Sa place était auprès de la femme de sa vie et — nom de Dieu ! — il allait retourner le lui dire.

Et si elle prenait un animal de compagnie ? Un chien peut-être. Nevada appréciait l'indépendance des chats mais un chien, ce serait plus réconfortant. Un bâtard charmant qui viendrait avec elle sur le chantier. Désœuvrée, elle ouvrit le site internet du Refuge animal de Fool's Gold pour voir quelques photos. Les candidats à l'adoption avaient tous de grands yeux tendres.

Tucker lui manquait. Elle aurait voulu être forte et courageuse, renoncer à lui une bonne fois pour toutes et entamer sa guérison. Objectivement, son départ était stupide ; si c'était là sa réaction face à une déclaration d'amour, elle était mieux sans lui. Mais elle ne pouvait pas être objective, en tout cas pas ce soir. Ce soir, elle avait mal. La plaie béante à l'emplacement de son cœur ne cessait de lui rappeler ce qu'elle avait perdu.

D'un geste impatient, elle referma le site. Ce n'était pas raisonnable de prendre un chien dans un moment de chagrin. Une fois qu'elle aurait surmonté sa peine, elle verrait si elle était prête à assumer la responsabilité d'un animal. Une attitude très rationnelle, très mature. Sa mère serait fière d'elle.

La sonnerie du téléphone la fit sursauter. Inquiète, elle leva les yeux vers l'horloge. Il était plus de 10 heures ! Quelqu'un de la famille avait un problème ? Sa gorge se dessécha en voyant le mot « police » affiché à l'écran.

— Allô ?

— Nevada, ici Aline Barns. Personne n'est mort.

Elle exhala.

— Contente de le savoir…

— Ceci dit, j'ai un problème. J'aurais besoin que tu viennes sur la place, le plus vite possible. Rien de très grave, rassure-toi, mais nous avons un… problème.

— Quel genre de problème ?

— Ecoute, viens, ce sera plus facile de te montrer.

La chef de police raccrocha. Interdite, Nevada contempla le combiné muet. Mais de quoi parlait-elle ? Ma foi, elle n'aurait pas la réponse en traînant ici. Avec un soupir, elle se mit sur pied, enfila ses chaussures, un blouson bien chaud et des gants car il faisait froid maintenant à la nuit tombée.

Elle marcha d'un pas vif dans les rues tranquilles. Par chance, il n'y avait pas de vent, mais elle ne sentait déjà plus ses oreilles en atteignant la place. Les réverbères illuminaient les bancs, les buissons dénudés et le véhicule de police garé à sa gauche. La sculpture bizarre se dressait au centre, illuminée par des projecteurs, qui éclairaient également une échelle, l'homme perché sur cette échelle, et les étincelles d'une lampe à souder.

La chef de police émergea de l'ombre et s'approcha d'elle.

— Je ne comprends pas, bredouilla Nevada. Est-ce qu'il…

Au premier mouvement que fit l'homme, elle le reconnut. Tucker ? Que faisait-il ici ?

Le visage épanoui, Alice Barns expliqua :

— Il semblerait qu'un vandale soit en train de démanteler cette horreur. La bonne nouvelle, c'est que l'artiste privilégie les assemblages très simples. Elle l'a fabriquée rapidement, ce sera très facile de la remettre en pièces détachées. Demain matin, l'un de mes officiers constatera que la sculpture a disparu. Ce sera une vraie tragédie. Il y aura une foule de paperasses à remplir.

Nevada ne voyait rien d'autre que l'homme sur l'échelle.

— Vous ne comptez pas l'en empêcher ?

— Empêcher quoi ? Je n'ai rien vu.

— Et la sculpture, que deviendra-t-elle ?

La chef de police haussa les épaules.

— D'après la rumeur, elle irait finir sa course dans un jardin de sculptures à San Francisco. Ils l'apprécieront forcément davantage que nous.

Elle frotta énergiquement ses mains gantées.

— Je dois rentrer. L'un de mes fils a un contrôle d'histoire demain matin, je veux m'assurer qu'il révise. Bonne nuit.

Elle s'engouffra dans son véhicule et démarra. Lentement, Nevada s'approcha de la statue. Une pluie drue d'étincelles tombait à terre ; instinctivement, elle se raidit en prévision du fracas que feraient les pièces de métal en s'abattant sur le sol. Puis elle vit que les éléments de la sculpture étaient soigneusement rembourrés, et que des tapis de gym étaient étendus au sol pour les recevoir.

— Tucker ! cria-t-elle.

Il se retourna, éteignit sa lampe à souder, la suspendit à un barreau de l'échelle et dévala les degrés. Elle l'attendit sans faire un geste, le cœur battant ; elle luttait tout à la fois contre l'espoir, la peur et une nausée affreuse. Il sauta au sol, arracha son masque de protection et la saisit dans ses bras. Sa bouche s'empara de la sienne, chaude, presque brutale ; elle sentit ses forces l'abandonner et s'accrocha à lui pour ne pas vaciller.

— Je suis désolé, dit-il, sa bouche tout contre la sienne. Je me suis comporté comme un crétin. Pire encore : un crétin qui t'a fait de la peine. Je regrette, Nevada, je n'aurais pas dû partir, mais j'étais obligé, c'était la seule façon pour moi de comprendre. Je suis de retour maintenant et je ne repartirai plus jamais. J'ai parlé à mon père pendant le voyage : je vais déplacer la maison mère de Janack Construction ici. Je veux vivre ici, avec toi, dans cette ville.

Il recula d'un pas en pressant les mains de Nevada entre les siennes.

— Je t'aime, Nevada. Je ne sais pas exactement quand c'est arrivé. Tu avais raison : ce que j'éprouvais pour Cat, ce n'était pas de l'amour, ce n'était rien de bon. Je ne voulais plus jamais revivre ça mais en me butant, j'ai failli te perdre. Tu me donnes une autre chance ? J'ai besoin d'être avec toi, je veux passer le reste de ma vie à te rendre heureuse. Dis-moi oui !

Elle flottait sur un petit nuage, littéralement : elle aurait juré que ses pieds ne touchaient plus le sol et elle se demandait un peu si elle ne rêvait pas. Il l'aimait. Tucker Janack l'aimait. Une chaleur délicieuse, un bonheur fou s'engouffra en elle. Elle plongea son regard dans le sien et sut qu'ils seraient toujours là l'un pour l'autre. Un avenir merveilleux s'ouvrait devant eux.

— Tu ne m'as rien demandé, murmura-t-elle en souriant. A quoi est-ce que je suis censée répondre ?

— Comment ? Oui. Bon.

Il inspira à fond, mit un genou à terre et lança :

— Nevada, acceptes-tu d'être ma femme ?

Une demande en mariage sur la place publique, en pleine nuit, avec les étoiles pour témoin… et juste devant un vagin géant. Ce genre de choses n'arrivaient qu'à Fool's Gold, pensa-t-elle en tirant sur ses mains pour le relever.

— Je t'aime, souffla-t-elle. Evidemment que je veux t'épouser.

Il la happa dans ses bras et la souleva en tournoyant sur lui-même. Puis son rire s'éteignit, il la posa délicatement sur ses pieds et l'embrassa. Perfection, pensa-t-elle confusément en lui rendant son baiser. Ils s'étreignirent, très fort, dans un contentement délicieux… puis il leva la tête vers la statue.

— Je dois terminer.

— Je vais t'aider. Cela ira plus vite, et nous pourrons rentrer chez nous.

Epilogue

17 h 45, la veille du nouvel an
Au Gold Rush

Il avait neigé toute la journée, une neige fine qui s'était épaissie vers la tombée du jour. Quand les préposés vérifièrent la liste des invités pour s'assurer que tout le monde était arrivé, un épais manteau blanc gommait les contours des voitures rangées sur le parking. La question de repartir ne se poserait pas car tous les invités avaient prévu de dormir sur place.

Dans la plus petite des deux salles de bal, des chaises pliantes décorées de délicats bouquets étaient alignées de part et d'autre d'une travée centrale. Selon la tradition, les invités se répartiraient d'un côté ou de l'autre selon qu'ils étaient les proches du marié ou ceux de la mariée — ou plutôt *des* mariés et mariées. Quelques amis de Finn Andersson, venus de South Salmon en Alaska côtoyaient d'anciens patients du Dr Simon Bradley ; Elliot Janack, le père de Tucker, alla se présenter à Sasha et Stephen, les jeunes frères de Finn.

Max Thurman se plaça côté « mariées » avec Hannah, la fille adoptive de Dakota, sur ses genoux ; la robe rose du bébé, ses petits souliers de dentelle et sa couronne de boutons de roses se détachaient sur son complet sombre. Les frères Hendrix étaient là, à l'exception de Ford qui n'avait pas obtenu sa permission. Ethan se tenait près de sa femme Liz et de leurs trois enfants, Ken et son fils étaient prêts à escorter Denise à sa place. Les amis de Fool's Gold se répartirent de façon à s'assurer que les deux côtés seraient amplement fournis. Les triplées Hendrix se casaient enfin, et on tenait à faire sentir à leurs maris qu'ils avaient leur place dans la communauté.

Les sœurs Gionni, toujours fâchées, s'étaient assises à l'opposé l'une de l'autre. En revanche, Eddie Carberry et Gladys Smith s'installèrent ensemble. Puis Marsha Tilson arriva avec sa petite-fille Charity et son époux Josh Golden ; leur adorable petite fille trônait dans les bras de Josh. Pia et Raoul Moreno firent leur entrée également, chacun portant une jumelle. Morgan, le propriétaire de la librairie, se plaça près d'eux et tendit aussitôt les bras pour prendre l'une des petites : il attendait toujours que sa fille consente à devenir maman. La famille McCormick occupait une rangée entière ; Janis et son mari Mike se regardaient comme au premier jour de leur lune de miel, des étoiles plein les yeux. Ils étaient pourtant mariés depuis plus de trente ans. Leur fille Katie et son mari Jackson attendaient leur premier bébé pour le printemps suivant.

Jo et Will firent une entrée discrète.

— Mes cheveux sont bien ? chuchota Jo, anxieuse.

— Tu es stupéfiante, répondit Will en posant un baiser sur sa tempe.

Elle lui sourit en se blottissant contre lui.

— Merci, mais je n'ai pas trop l'air d'une femme qui vient tout juste de faire l'amour ? Les gens vont me trouver vulgaire.

— Mais non, ils seront juste jaloux.

Ils se trouvèrent deux chaises côte à côte. Dès qu'elle fut assise, il saisit sa main gauche ornée d'une bague de diamant. Un grand mariage fastueux comme celui-ci, ce n'était pas pour eux. Le mois suivant, ils prendraient quelques jours pour filer à Las Vegas légaliser leur situation.

Charlie, Annabelle et Heidi arrivèrent ensemble.

— Joli, opina Charlie en jaugeant la décoration de la salle. Un peu chichiteux à mon goût, mais joli.

— Que c'est beau, soupira Annabelle. J'en regretterais presque de ne pas avoir la fibre plus romantique.

— Je me suis juré de renoncer aux hommes, mais j'aurais presque envie de changer d'avis, renchérit Heidi.

Elles se trouvèrent des sièges derrière Marsha Tilson, Charity et Josh.

Du fond de la salle, Denise Hendrix surveillait l'installation des invités. Le mariage avait été organisé en un temps record mais, jusqu'ici, tout se déroulait sans anicroche. Elle soupira de contentement. Le décor était charmant, le parfum des roses et des lis se mêlait à celui des grands cierges fins, le quintette installé dans un angle de la salle jouait une musique délicieusement tendre. Cette dernière touche représentait une dépense assez importante… mais ce n'était pas tous les jours qu'une mère mariait ses trois filles !

Elle se glissa dehors par la porte latérale pour aller inspecter la grande salle de bal, retenue pour la réception. Dans un chaos réglé au millimètre, chaque corps de métier mettait la dernière main à ses préparatifs. Le pâtissier disposait les petits gâteaux individuels sur des plateaux : plutôt que de commander trois pièces montées, les filles avaient choisi cette option, avec une couleur de glaçage différente pour chacune d'entre elles.

On livrait les verres, les coupes et les glaçons aux bars dressés dans chaque angle de la salle. Puisque personne ne conduirait ce soir, le champagne et les cocktails couleraient à flots pour l'apéritif, on ferait circuler des petits-fours, puis le dîner serait servi. Ensuite, les convives seraient invités à rejoindre la piste de danse et il y aurait un lâcher de ballons blancs à minuit.

Denise, créatrice et organisatrice de tout le dispositif, se massa machinalement l'estomac en s'interdisant d'avoir le trac. Tout se passerait à merveille. Elle frissonna, sourit et retourna en hâte dans l'autre salle. Dès que les filles seraient prêtes, elle irait se placer près de Max. Son Max !

— C'est moi, ça ? articula Nevada en se contemplant dans le miroir en pied. Ça ne peut pas être moi : les filles qui travaillent dans le bâtiment ne portent pas de diadèmes. Vous pouvez me dire comment j'en suis arrivée là ?

Dakota vint donner les dernières touches à sa coiffure.

— Le diadème appartenait à la grand-mère de Tucker et il tenait à ce que tu le portes. Tu n'allais tout de même pas refuser !

— Manifestement, non.

— Je te trouve très belle, intervint Montana.

— Nous sommes toutes très belles, soupira Nevada.

C'était vrai. Elles avaient réussi ce tour de force : s'offrir un triple mariage qui reflétait leurs styles individuels. La robe de Nevada était très simple, avec un bustier bien ajusté et une jupe presque droite, simplicité démentie par la fantaisie du nœud énorme qui naissait au niveau de ses reins et s'évasait dans une traîne élégante. Dakota avait opté pour une robe Empire de mousseline cousue de petites perles. Le décolleté plongeant soulignait sa poitrine tout à coup plantureuse, tout en camouflant le dôme de sa grossesse. Montana était très féminine avec ses cascades superposées de soie et de dentelles. Nevada portait le diadème de la grand-mère de Tucker, Dakota un simple voile, et Montana un gracieux chignon en couronne semé de fleurs minuscules.

Soudain, la porte de la chambre des mariées s'ouvrit et Denise entra en coup de vent.

— Vous êtes prêtes ?

Puis elle s'arrêta net, ses yeux s'arrondirent et sa main vint couvrir sa bouche.

— Oh… vous êtes si belles. Mes filles…

Ses yeux se mouillaient. Aussitôt, les triplées se précipitèrent pour l'embrasser. Emues, elles s'étreignirent, se murmurèrent de petits mots tendres et se supplièrent mutuellement de ne pas pleurer pour ne pas gâcher leur maquillage. Puis elles prirent quelques photos et Denise leur distribua leurs bouquets.

— Tout le monde est arrivé. Le dîner sera magnifique et je suis si heureuse…

Elle s'interrompit, prit une inspiration un peu tremblante et balbutia :

— J'aimerais que votre père soit là pour vous voir.

— Il est sûrement là, maman, s'écria Montana.

D'un geste impatient, Denise sécha une larme.

— Oui. Tu as raison. Allons-y.

Les trois mariées blanches, leur maman en bleu émergèrent dans le couloir désert. Ken et Reese vinrent chercher Denise, qu'ils installèrent en grande pompe auprès de Max et Hannah. Dans l'antichambre, les trois sœurs patientèrent ensemble en se tenant la main. Elles s'étaient mises d'accord sur leur ordre d'entrée en scène : Dakota s'était fiancée la première, donc elle prendrait la tête de la procession. Montana la suivrait, puis Nevada.

Le grand moment était arrivé. On jouait la Marche nuptiale, les invités se levaient dans un grand bruissement. Les trois sœurs échangèrent un dernier regard et Dakota s'éloigna la première, du pas lent et digne qu'elles avaient répété toutes les trois.

Tous les êtres qu'elle aimait étaient présents ce soir. Elle trouva le regard de Finn, lui sourit et lut dans ses yeux une tendresse bouleversante. Là-bas, dans l'assistance, une petite main s'agitait : Hannah qui riait, enchantée de voir sa maman. Hannah, son bébé ; la vie lui avait offert tant de trésors !

Montana s'avança à son tour ; sa robe bruissait à chaque pas, elle se faisait l'effet d'une princesse de conte de fées s'avançant à la rencontre de son prince. Là-bas,

Simon la contemplait avec ce sérieux qui l'avait toujours émue. Elle eut un sourire secret en pensant à ce qu'elle lui confierait plus tard, quand ils seraient seuls tous les deux : le résultat du test de grossesse fait le matin même. Ce soir, elle s'arrangerait pour éviter de boire du champagne ! Un bébé, pensa-t-elle avec bonheur. Peut-être même des jumeaux !

Quand Nevada se mit en marche à son tour, le regard de Tucker l'enveloppa et ne la quitta pas un seul instant. Une seconde, elle pensa à Cat, qui avait envoyé un message d'excuse, à leur grand soulagement, car ils redoutaient les fantaisies de l'artiste dans un contexte pareil. Son cadeau était toujours dans leur chambre à l'étage, emballé : ils avaient décidé qu'il leur faudrait une certaine quantité de champagne pour trouver le courage d'ouvrir le paquet.

Elle se trouvait encore à dix pas de l'autel quand son fiancé quitta sa place pour venir à sa rencontre. Un petit rire courut dans les rangs de l'assistance en le voyant saisir sa main pour la mener jusqu'à l'autel.

— Juste pour être sûr que tu ne changeras pas d'avis, chuchota-t-il à son oreille.

— Je ne changerai pas d'avis. Jamais.

— Je crois que nous sommes six dans ce cas…

Le pasteur sourit aux trois couples rangés devant lui et entonna les paroles bien connues :

— Mes bien chers frères…

— Je vais pleurer, souffla Heidi au milieu de la salle.

— Moi aussi, chuchota Annabelle.

— Pas question, siffla Charlie d'une voix mouillée. Cette mise en scène est une calamité, je me sens tout attendrie et romantique.

— Moi aussi, gémit Annabelle. Je veux rencontrer quelqu'un…

— Oh ! oui…, se lamenta Heidi. Mais tous les hommes valables sont déjà pris.

Marsha Tilson, assise juste devant elles, se retourna pour les toiser amicalement.

— Nous verrons cela l'année prochaine. J'ai comme un pressentiment…

Le 1er Juin

Prélud' n°351

Le secret de Little Harbour - Kathleen Pickering

Le cœur de Maria bat très, très fort. Enfin, elle va connaître la vérité ! Enfin, Daniel vient d'accepter de l'emmener à Little Harbour, là où, un an plus tôt, elle a été victime d'un drame qui a tout effacé de sa mémoire – y compris Daniel lui-même, dont elle ne conserve aucun souvenir. Daniel est-il vraiment son fiancé comme il le prétend depuis l'accident ? Ont-ils vraiment vécu une passion ou bien lui ment-il – mais, dans ce cas, pourquoi ? Maria s'est montrée d'autant plus froide et méfiante que, malgré ses prières répétées, Daniel a toujours refusé de la conduire sur les lieux du drame. Mais cette fois, elle touche le secret du doigt. Le secret de Little Harbour...

Prélud' n°352

Le défi de Lilah - Tracy Kelleher

Dix ans plus tôt, son diplôme en poche et des projets plein la tête, Lilah Evans a quitté Grantham University avec la ferme intention de ne plus y mettre les pieds. Pourtant, quand elle apprend qu'elle a été nominée pour recevoir le prix Alumni – une récompense très prisée –, elle n'imagine pas refuser l'invitation. Une fois face au maître de cérémonie, le séduisant Justin Bigelow, elle se réjouit même d'avoir accepté. Du temps de ses études, Justin était la mascotte de l'université, le garçon dont toutes les filles étaient amoureuses. Timide et complexée, Lilah n'était pour lui que l'éternelle « bonne copine ». Alors aujourd'hui, elle compte bien tirer parti de la situation et s'offrir une petite revanche sur le passé. Comment ? En séduisant celui qui a longtemps hanté ses rêves...

Prélud' n°353

Mensonge et conséquences - Emilie Rose

Roth Sterling est de retour ! Jamais Piper n'aurait cru qu'elle reverrait un jour Roth, son amour de jeunesse, l'homme qui lui a brisé le cœur avant de disparaître de sa vie du jour au lendemain. Et pourtant, c'est bien Roth qui revient à Quincey, pour prendre la relève du père de Piper à la tête de la police. Un Roth plus séduisant, plus viril... plus arrogant aussi, et qui n'est pas le bienvenu. Aussitôt, les habitants de Quincey manifestent leur animosité et forment une sorte de rempart autour de Piper et de sa famille. Une marque de solidarité généreuse mais qui pourrait bien attirer l'attention de Roth sur ce que Piper tient absolument à lui cacher – son mensonge, et son précieux secret...

Prélud' n°354

Par une nuit d'été - Molly O'Keefe

Ténébreux, sensuel, incroyablement séduisant, Jeremiah Stone incarne l'homme idéal pour Lucy Alatore. Aujourd'hui plus encore qu'hier, il est irrésistible! Alors, comment ne cèderait-elle pas à la passion qui brûle entre eux ? Certes, il y a plus d'un bémol à leur liaison : Jeremiah, désormais tuteur de ses trois neveux, n'a pas de temps à consacrer à une véritable histoire d'amour ; quant à Lucy, qui a fui Los Angeles pour éviter un scandale, elle n'a aucune envie de s'attacher à un homme. Et surtout pas dans ce coin paumé de Californie du nord où elle s'est mise au vert. Mais, après tout, pourquoi s'inquiéter du lendemain quand – justement – ils ont décidé que leur histoire n'en aurait pas ? Une décision raisonnable, non ? ... A condition que l'amour ne s'en mêle pas.

Prélud' n°355

A la recherche de l'homme idéal - Stephanie BOND

SÉRIE : «LES HÉRITIERS DE BLUE RIDGE MOUNTAIN»

C'est ça, la ville de Sweetness ? Cette poignée de bâtiments chauffés à blanc par le soleil ?... Nikki sent le doute l'envahir. Le doute et la colère. Où est donc le havre de paix que lui promettait la petite annonce : « La ville de Sweetness accueille cent femmes célibataires aspirant à changer de vie » ? En la lisant, elle avait imaginé le lieu idéal pour une fille comme elle, fraîchement plaquée et prête à tout pour s'éloigner de son ex. Mais à présent, furieuse, elle envisage de faire demi-tour immédiatement. C'est alors qu'elle aperçoit un homme étendu sur le sol. De quoi attiser ses réflexes de médecin... mais aussi ses désirs de femme : car le blessé est décidément très, très sexy. Un signe du destin... ?

Prélud' n°356

La promesse de Dylan Creed - Linda Lael Miller

SÉRIE : «L'HONNEUR DES FRÈRES CREED»

Kristy Madison est bouleversée à l'idée de revoir Dylan Creed. Comment faire face à celui qui, des années plus tôt, lui a brisé le cœur ? Comment affronter son regard quand il est convaincu qu'elle l'a trahi en épousant un autre homme alors qu'elle lui avait promis sa main ? Bien trop troublée, Kristy préfère fuir Dylan, par tous les moyens. Mais il n'est pas simple d'éviter un homme comme lui dans le petit village de Stillwater Springs. D'autant moins que Dylan l'attire malgré elle, comme si la flamme entre eux ne s'était jamais éteinte. Kristy a beau se dire qu'en renouant, elle renoncerait à la vie tranquille qu'elle a eu tant de peine à construire, elle ne peut s'empêcher de se poser mille questions. Et la première : qui est cette adorable fillette aux yeux bleus qui le suit comme son ombre ?

A paraître le 1er mars

Best-Sellers n°551 • suspense

La demeure maudite - Heather Graham

Comme chaque année, Ashley se réjouit d'accueillir dans sa superbe et majestueuse demeure de Louisiane — la plantation Donegal, au cœur du bayou — un festival historique qui rend hommage au passé de sa famille. Mais cette fois, rien ne se passe comme prévu : la fête tourne au cauchemar lorsqu'un cadavre est découvert, suspendu à l'ange de pierre qui surplombe le mausolée familial. Profondément choquée, et inquiète face à l'inaction de la police locale, Ashley décide de faire appel à une équipe d'enquêteurs du FBI, des spécialistes réputés pour avoir résolu les affaires les plus étranges. Une unité à laquelle appartient Jake Mallory, son premier amour, un homme atypique et pourvu d'un talent troublant pour communiquer avec l'au-delà. Mais aussi celui qui lui donnera le courage de dévoiler des secrets de famille que même la mort n'a pu ensevelir…

Best-Sellers n°552 • suspense

Ciel de feu - Karen Harper

Quand elle découvre que l'une des granges de la communauté Amish où elle vit vient de brûler, Sarah Kauffman est bouleversée. Non seulement elle est profondément touchée par la détresse des propriétaires, dont elle est proche, mais elle avait récemment obtenu d'eux l'autorisation de peindre une fresque sur le mur de la maison : tout le travail qu'elle a réalisé avec passion a été consumé dans les flammes. Mais lorsqu'un second, puis un troisième incendie se déclarent dans d'autres bâtiments également ornés de ses peintures, Sarah, stupéfaite, comprend qu'il s'agit bel et bien d'incendies criminels. Et que ces incendies ont un lien avec son propre travail. Décidée à découvrir la vérité, elle accepte alors sans hésiter de collaborer avec le troublant et charismatique Nate MacKenzie, l'inspecteur chargé de l'enquête. Très vite, les langues se délient, les secrets de familles se dévoilent, tandis que ses propres convictions commencent à vaciller. Se pourrait-il qu'elle soit la cible, la seule et unique cible, d'un criminel dépourvu de tous scrupules ?

Best-Sellers n°553 • suspense

Epiée - Leslie Tentler

« Je n'ai pas l'intention de vous tuer. A moins, bien sûr, que vous ne m'y forciez… »
Psychologue et animatrice d'une émission de radio, Rain Sommers a l'habitude des déséquilibrés qui l'appellent depuis les quartiers sombres de La Nouvelle-Orléans, pour donner libre cours à leurs fantasmes. Mais lorsqu'un auditeur commence à témoigner d'une obsession terrifiante pour elle et pour sa mère — une chanteuse emblématique assassinée trente ans plus tôt —, Rain prend peur. Qui peut bien être cet homme à la fois cynique et malsain qui semble très bien la connaître ? Près de basculer dans la panique, Rain n'a d'autre choix que d'accorder sa confiance à Trevor Rivette, un agent du FBI apparemment convaincu que l'auteur des coups de fil et le tueur en série sur lequel il enquête en ce moment ne sont qu'une seule et même personne. Mais en se plongeant dans l'enquête aux côtés de Trevor, Rain ignore encore qu'elle va se retrouver entraînée dans une spirale infernale où les secrets du passé et les événements récents sont inextricablement liés…

Best-Sellers n°554 • thriller

La signature écarlate - Andrea Ellison

A Nashville, personne n'a oublié la série de crimes qui ont terrifié la ville : dix jeunes femmes victimes d'un meurtrier sadique. Dix jeunes femmes au teint d'albâtre et aux cheveux de jais, aux lèvres outrageusement maquillées de rouge.

Vingt ans plus tard, la ville est de nouveau plongée dans la peur tandis que quatre nouvelles victimes sont découvertes, tuées exactement selon le même rituel. Pour les enquêteurs, il n'y a aucun doute : ces crimes portent la signature sanglante du même tueur. Mais pour Taylor Jackson, le lieutenant chargé de l'enquête, l'affaire va prendre une tournure plus personnelle : un détail dans le profil de l'assassin a en effet réveillé des souvenirs enfouis au plus profond d'elle-même. Des souvenirs qui lui font croire qu'elle a fréquenté de près le tueur. Pire encore : le portrait du suspect correspond point pour point à celui d'un notable de Nashville. Un homme qu'elle connaît bien…

Best-Sellers n°555 • suspense

N'oublie pas que je t'attends - Amanda Stevens

« Maman, je reviens bientôt. » Quand ce message est découvert sur le pare-brise d'une voiture garée devant chez elle, Tess Campbell reprend espoir. Car l'enfant qui a écrit ces mots ne peut être que sa petite Emily, kidnappée trois semaines plus tôt, et qui, elle en a la certitude, est toujours vivante. Mais à Eden, petite ville tranquille du Mississippi, Tess n'est pas seule à vivre dans l'angoisse de ne plus jamais revoir son enfant. Tout près d'elle, une autre mère, Naomi, endure ce calvaire depuis dix ans déjà. Depuis que sa fille Sadie a été enlevée dix ans plus tôt, dans la même école qu'Emily, et dans des circonstances étrangement similaires. Y a-t-il un lien entre ces deux enlèvements ? Et si oui, quels sont les mobiles des ravisseurs, qui n'ont fait aucune demande de rançon ?

Devant l'inertie de la police, Tess et Naomi décident d'unir leurs forces et de continuer à se battre. C'est alors qu'un nouveau drame se produit, qui vient relancer l'enquête : dans la petite école d'Emilie et de Sadie, une troisième fillette, Sara Beth, manque à l'appel…

Best-Sellers n°556 • roman

La fille du New Hampshire - Shannon Stacey

Quand sa rédactrice en chef découvre qu'elle a autrefois été la petite amie de Joe Kowalski, un auteur de bestsellers jaloux de son intimité, Keri Daniels se retrouve confrontée à un ultimatum : obtenir une interview exclusive avec Joe ou trouver un nouvel emploi. Furieuse mais désireuse de promouvoir sa carrière de journaliste qu'elle adore, Keri accepte de tenter sa chance auprès de Joe, quelle n'a pas revu depuis dix ans. Mais elle n'est pas au bout de ses surprises, car Joe lui propose bientôt un marché aussi surprenant qu'audacieux : si elle vient camper avec lui dans le New Hampshire, elle aura le droit de lui poser chaque jour une question pour son interview. Si c'est le prix à payer pour rédiger l'article de sa vie, qu'à cela ne tienne ! En revanche, pas question de céder à nouveau au charme ravageur de son ancien amant. Même si Keri a bien remarqué l'étincelle de désir qui illumine le regard de Joe quand il pose ses yeux d'azur sur elle…

Best-Sellers n°557 • historique

L'héritage scandaleux - Nicola Cornick

Londres, 1811

Après la disparition de son cruel époux, lady Joanna Ware est bouleversée par l'ultime humiliation que lui réserve le testament de celui-ci. En effet, non content de la déposséder de tous ses biens, son mari a fait d'elle la tutrice d'une petite Nina, fruit de l'une de ses innombrables liaisons. Pis encore : il a abandonné la fillette dans un monastère à l'autre bout du monde et exige que Joanna la récupère en personne. Malgré sa colère, Joanna est déterminée à sauver l'enfant, même s'il lui faut pour cela partir à l'autre bout du monde. Mais sa détermination vacille lorsqu'elle découvre qu'elle devra partager la garde de Nina avec le meilleur ami de son époux, Alex Grant. Car entre l'arrogant Alex et elle, la haine est palpable… tout autant que le désir.

Best-Sellers n°558 • historique

La fausse mariée - Margaret Moore

Midlands, 1204.

Pour remercier l'ombrageux inconnu qui lui a sauvé la vie alors qu'elle était attaquée par une bande de brigands, lady Elizabeth d'Averette est prête à tout… ou presque. Car lorsque le prétendu sir Oliver lui demande son aide pour infiltrer le château de Wimarc, l'une des forteresses les mieux gardées de la région, Elizabeth hésite. Certes, Oliver défend une noble cause : il veut libérer son frère retenu prisonnier injustement par le cruel Wimarc, mais son plan est aussi risqué qu'indécent. Comment pourraient-ils se faire passer pour mari et femme alors qu'ils se connaissent à peine ? D'autant qu'un tel mensonge les obligerait à une intimité intolérable pour une lady de son rang…

Composé et édité par les
éditions HARLEQUIN
Achevé d'imprimer en mars 2013

CPI
BRODARD & TAUPIN

La Flèche
Dépôt légal : avril 2013
N° d'imprimeur : 71841

Imprimé en France